HENRIK SIEBOLD

SCHATTEN KRIEGER

THRILLER

aufbau taschenbuch

MIX
Papier | Fördert
gute Waldnutzung
FSC® C083411

ISBN 978-3-7466-3950-5

Aufbau Taschenbuch ist eine Marke
der Aufbau Verlage GmbH & Co. KG

1. Auflage 2022
© Aufbau Verlage GmbH & Co. KG, Berlin 2022
Umschlaggestaltung www.buerosued.de, München
unter Verwendung eines Bildes von © Richard Nixon /
Arcangel Images
Satz Greiner & Reichel, Köln
Druck und Binden CPI books GmbH, Leck, Germany
Printed in Germany

www.aufbau-verlage.de

1

»Zwei Curry! Einmal mit Pommes, einmal ohne!«

»Für mich nur Pommes.«

»Zwei Bier.«

»Hey, ich war zuerst dran!«

»Heul doch.«

Samstagnacht im *St. Pauli Curry*, einer winzigen Imbissbude auf dem Hamburger Kiez. Die Bestellungen flogen nur so dahin. Die Gäste drängelten sich vor dem schwartig glänzenden Tresen. Touristen und Nachtschwärmer, dazu die alten Kizianer: Nutten, Luden, Verlorene. Sie liebten das *Curry*. Ohne Touristen wär's noch besser. Aber was sollte man machen?

»Eine Wurst to go! Ein Alsterwasser!«

»Drei Pommes, drei Bier!«

»'ne Curry extra scharf!«

Es roch nach Schweiß, nach Essen, nach zu vielen Menschen auf zu engem Raum. Die Stimmung war gut, ausgelassen. Sommer in der Stadt.

Der Einzige, dem der Trubel und der Geschrei nicht das Geringste auszumachen schien, war der Mann hinter dem Tresen. Er stand an der Bratfläche, sprach wenig, war hochkonzentriert.

Ein junger Gast, fünfziger Oberarme, Tribal-Tattoo am Hals, Gelhaare, schob sich nach vorne und schlug mit der Hand auf den Tresen. Er schrie in Richtung des Mannes am Herd: »Hey, du Penner! Ich habe schon vor einer halben Stunde bestellt. Vielleicht könntest du endlich mal ...«

Manuel Jessen, Betreiber des *Curry*, drehte sich um. Sehr langsam. Richtete sich zu seinen sehnigen ein Meter neunzig auf. Kein Gramm Fett, eine Narbe am Kinn, Augen wie ein klarer Winterhimmel.

Im Imbiss kehrte schlagartig Stille ein. Die Gäste hielten den Atem an.

Plötzlich kam die Situation dem jungen Motzer komisch vor. Er war zum ersten Mal hier, kannte die Regeln nicht. War vielleicht keine gute Idee, so herumzunörgeln.

Manuel sah den jungen Mann stumm an. In der Regel reichte das. War jetzt nicht anders.

»Also, äh, ich wollte nur ... ich hatte wie gesagt bereits vor längerem bestellt, und da dachte ich, ich sage einfach einmal Bescheid.«

Manuel Jessens furchiges Gesicht verzog sich zu einem Lächeln. »Dauert noch einen kleinen Moment. Hab Geduld.«

»In Ordnung. Tut mir leid.«

»Kein Grund, dich zu entschuldigen.«

Manuel drehte sich wieder um und widmete sich der Arbeit. Der Lärmpegel im Imbiss schwoll erneut an. Kiezgespräche. Die besten Clubs, die besten Drogen. Musik. Fußball. Der Hafen. Die Stadt.

Manuel hörte nicht hin. Er konzentrierte sich ausschließlich auf seine Speisen. Egal, was du tust, tu es ganz. Die neue Ladung Würste war noch nicht soweit. Die brauchten noch eine, vielleicht zwei Minuten. Es war wichtig, dass sie auf den Punkt gebraten waren. Gut durch, aber nicht trocken. Saftig, aber keinesfalls im Inneren roh.

HENRIK SIEBOLD
SCHATTENKRIEGER

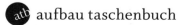 aufbau taschenbuch

HENRIK SIEBOLD ist Journalist und Buchautor. Er hat unter anderem für eine japanische Tageszeitung gearbeitet sowie mehrere Jahre in Tokio gelebt. Unter einem Pseudonym hat er mehrere Romane veröffentlicht. Er lebt in Hamburg.

Bisher sind als Taschenbuch und Hörbuch erschienen: »Inspektor Takeda und die Toten von Altona«, »Inspektor Takeda und der leise Tod«, »Inspektor Takeda und der lächelnde Mörder«, »Inspektor Takeda und das doppelte Spiel«, »Inspektor Takeda und der leise Tod« sowie »Inspektor Takeda und das schleichende Gift«.

Nacht für Nacht steht Manuel Jessen hinter dem Tresen seines Imbisses auf St. Pauli und bemüht sich voller Hingabe darum, seine Gäste perfekt zu bewirten. Sein Stammpublikum ist begeistert. All die seltsamen Kiezgestalten sitzen dort, essen und trinken. Ganz nebenbei rätseln sie, was es mit Jessen auf sich hat. Denn dass er ein Geheimnis hat, steht für sie außer Frage.

Manuel hat seine ganz besondere Geschichte; er war ein Elitesoldat, dann ein Gefangener der Taliban, später Schüler bei einem japanischen Zen-Meister – und nun ist er ein Auftragsmörder für das Netzwerk, dem er seine Befreiung aus Afghanistan verdankt. Er erledigt seine Arbeit so, wie er seine Gäste bedient – still und leise. Bis er einen Auftrag bekommt, der sich als Hinterhalt erweist – und ja, bis er sich in eine Frau verliebt, was er niemals wieder tun wollte.

Neuerdings hatte er zwei verschiedene Sorten im Angebot. Schwein und Lamm. Das war auf St. Pauli wichtig. Es gab immer mehr Gäste, die kein Schwein aßen. Trotzdem sollten sie erfahren, dass nichts so glücklich machte wie eine Currywurst. Jedenfalls eine gute. Und hier, bei ihm, gab es die beste. Natürlich waren die Pommes genauso wichtig. Auch die machte Manuel selbst. Er hatte es mit Tiefkühlware versucht, aber das Ergebnis hatte ihn nicht zufriedengestellt. Seitdem verarbeitete er ausschließlich frische Knollen. Früh im Jahr Zorba. Danach Bintje oder Laura. Er schälte sie, schnitt sie mit dem großen Küchenmesser in Streifen, frittierte sie, ließ sie abtropfen, salzte sie. Dafür verwendete er ausschließlich *Yukishio*, Schneesalz. Er bestellte es in Japan. Merkte jemand den Unterschied? Wahrscheinlich nicht. Aber ihm bedeutete es etwas.

Das Wichtigste von allem war die Currysauce. Auch hier leistete Manuel sich etwas, bei dem jedem Betriebswirt schwindelig würde angesichts des Verhältnisses von Aufwand und Ertrag. Er kochte den Ketchup selbst, alle vierzehn Tage. Aus frischen Tomaten. Außerdem suchte er eigenhändig die Gewürze aus, mischte und mörserte sie, rührte sie aufmerksam in die rote Sauce ein, kochte dann alles so lange, bis der Ketchup nicht mehr flüssig, aber auch nicht wirklich fest war. Die Konsistenz war wichtig. Ein Gast hatte ihm einmal erklärt, dass Ketchup ein thixotroper Stoff sei, ein nicht-newtonsches Fluidum, das weder fest noch flüssig sei. Manuel hatte interessiert genickt und sich wieder seiner Arbeit zugewandt.

Kurz darauf war es soweit. Die Würste waren kross und glänzend, die Pommes goldbraun, der Ketchup leuchtend rot. Manuel arrangierte die Portionen auf Papptellern, ökologisch abbaubar. Zwei davon schob er zu dem jungen Muskelmann hin. »Zwei Curry mit Pommes.«

Der Gast rang sich ein Lächeln ab. »Tut mir leid wegen gerade. Wollte dich nicht hetzen, Mann.«

»Vergiss es. Du bist jederzeit willkommen. Jetzt lass es dir schmecken.«

Der Gast ließ einen Schein auf den Tresen segeln. »Rest für dich.«

»Nicht nötig.« Manuel gab heraus. Er wollte kein Trinkgeld. Was seine Arbeit wert war, bestimmte er selbst.

Der junge Kerl zuckte mit den Schultern. Er wollte noch etwas sagen, aber da hatte Manuel sich schon wieder umgedreht, stand vor der Fritteuse. So konzentriert, als würde er meditieren.

Der Gast steckte die Münzen ein, blickte auf Manuels durchtrainierten Rücken. Seltsamer Typ. Nett, aber auch undurchschaubar. Man wollte keinen Streit mit ihm haben.

Dann probierte er von der Wurst, den Pommes, dem Curry-Ketchup.

Scheiße, war das gut.

So etwas Köstliches hatte er noch nie gegessen.

Ein wahrer Meister.

Aus einem Grund, den er selbst nicht kannte, verneigte sich der junge Muskelmann in Manuels Richtung. Der sah das nicht einmal, hatte ihm ja den Rücken zugedreht. Obwohl, er nickte dennoch kurz. Als hätte er es eben doch gesehen.

2

Es war das Jahr 2010. September. Sie waren in der Provinz Badachschan, etwa fünfzig Kilometer nordöstlich von Faizabad. Die Nacht war kalt. Aber das merkten die sechs Männer nicht. Ralf Keppler, einer der sechs, dachte dasselbe wie alle im Kommando. Es fühlte sich gut an, draußen zu sein. Sie konnten beweisen, dass sie nicht umsonst das jahrelange Training abgelegt hatten. Sie konnten zeigen, warum ausgerechnet sie aus Hunderten Bewerbern ausgewählt worden waren. Die Besten der Besten, die Härtesten der Harten. Die Klügsten der Klugen. Sonst wären sie nicht hier. Sonst würden sie nicht dazu gehören, keiner von ihnen.

Der Krieg am Hindukusch war zu diesem Zeitpunkt knapp zehn Jahre alt. Der scheinbare Erfolg der *Operation Enduring Freedom*, die frühen Siege bei Tora Bora und im Shahi-Kot-Tal waren längst vergessen. Nüchtern betrachtet galt für OEF dasselbe wie für ISAF: Die Strategie war gescheitert. Die Taliban waren nicht besiegt, sie waren einfach nur in tausend kleine Gruppen zersprengt.

Und damit noch gefährlicher.

Die vergangenen Monate hatten es bewiesen. Vor allem das deutsche Kontingent im Norden des Landes hatte hohe Verluste hinnehmen müssen. Warum? Weil die Deutschen als schwach galten. Nette Menschen, auch gute Ingenieure. Aber militärisch unerfahren und damit angreifbar. Die Taliban rechneten sich aus, mit Deutschland ein erstes Glied aus der Kette der Allianz sprengen zu können. Der Rest würde dann auch schnell kollabieren.

Also musste ein klares Signal gesendet werden: Ihr täuscht euch in uns. Oberst Klein hatte den Anfang gemacht mit dem Air Strike von Kundus. Blutig, aber wirkungsvoll. *Halmazag*, die geplante Offensive, würde ein Übriges tun.

Aber das waren nur die offiziellen Operationen. Es gab auch andere. Solche, von denen niemand etwas mitbekommen sollte.

Darum waren sie jetzt hier draußen. Kampferprobte Männer, die das taten, was in Deutschland keiner hören wollte: Krieg führen.

Ralf Keppler zog sein Halstuch höher. Es war das einzige zivile Kleidungsstück, das er trug. Jetzt in der Nacht rauschte ein schneidender Gebirgswind über die umliegenden Berghänge und ließ die wenigen, niedriggewachsenen Büsche zittern. Im Vergleich zu der elenden Sommerhitze war es ein Fortschritt. Die Luft war eisig, aber auch kristallklar. Der silberne Mond schien auf den Gebirgskamm, der sich wie eine gigantische, glitzernde Wand vor ihnen auftürmte. Es war ein berauschender Anblick. Vielleicht auch deshalb, weil es jede Sekunde mit ihnen vorbei sein konnte. Die Schönheit strahlte am hellsten, wenn der Tod nicht weit war. Und in diesem Land, in dem seit hundertfünfzig Jahren Krieg herrschte, war der Tod immer nah.

Hatte er Angst?, fragte Keppler sich. Sicher. Ließ er sich davon beirren? Nicht im Geringsten. Er war Gebirgsjäger gewesen, in Mittenwald stationiert, bevor er sich zum Kommando beworben hatte. Er war vorher schon gut gewesen. In Calw hatte man ihm den letzten Schliff verpasst. Er wusste, was er konnte. Er wusste, was er tat.

Amerikanische Blackhawks hatten sie vor zwei Stunden abgesetzt. Seitdem harrten sie bewegungslos aus und beobachteten die Umgebung. Hier draußen war Talibanien, vom Feind kontrolliertes Gebiet. Der Drop-off galt als einer der riskantesten Momente, schließlich waren die Hubschrauber in der kargen Landschaft kilometerweit zu hören. Aber sie hatten Glück. Nichts geschah.

Schließlich gab Jürgen Stork, der die Führung hatte, das erlösende Signal. Er machte eine kreisende Bewegung mit dem Zeigefinger. Zeit für den Aufbruch. Wie aus Lehm erschaffene Geister standen die Männer auf, bewegten sich, wurden wieder sichtbar. Stork blickte von einem zum anderen, fragte dann mit einem Grinsen: »Bereit für einen kleinen Spaziergang, Männer?«

»Na, sicher doch. Ein bisschen Bewegung kann nicht schaden«, antwortete Timur Cicek, halber Türke, immer für einen Spruch zu haben. Die anderen stimmten zu. Weitere Sprüche folgten. Leises Gelächter. Keppler nickte nur. Er war ein stiller Typ.

»Dann marsch, vorwärts. Gesprochen wird nur, wenn's nötig ist. Und, Männer: Augen auf! Wir meinen es ernst. Aber die anderen auch.«

Sie gingen los, einer hinter dem anderen. Drei Halbtrupps, sechs Mann, davon fünf Kampfspezialisten, ein Sanitäter. Es galt striktes Funkverbot. Sie waren auf sich allein gestellt und durften nur in äußerster Notlage Kontakt mit Kundus aufnehmen. Dann würden Hubschrauber aufsteigen und sie herausholen. Vorausgesetzt, sie lebten noch.

Von ihrem Ausgangspunkt aus lag mindestens ein Tagesmarsch vor ihnen, vielleicht auch zwei. In Wahrheit waren es Nachtmärsche, was die Sache nicht einfacher machte. Aber sie hatten keine Wahl. Tagsüber und bei guter Sicht wären sie den Taliban, den Syndikaten, den Clans, oder wer auch immer es auf sie abgesehen hatte, gnadenlos ausgeliefert. Aus dem gleichen Grund hatten sie sich von den Hubschraubern nicht näher ans Zielgebiet bringen lassen. Der Lärm der Maschinen hätte sie viel zu lange im Voraus angekündigt und ihre Mission vereitelt.

Worum es ging? Irgendwo in diesem unwegsamen Gelände ein Gehöft ausfindig zu machen, das auf keiner Karte eingezeichnet war. Angeblich traf sich dort eine Gruppe Talibankommandeure, um das Vorgehen einzelner Gruppen abzustimmen. Der Auftrag der sechs: die feindlichen Kämpfer lokalisieren, identifizieren und dann festsetzen.

Lautlos bewegten sie sich durch das feindliche Land. Schnell, aber nicht zu schnell. Ganz vorne ging Tommi Hoffmann, der einen guten Tritt hatte und die beste Spur im schwierigen Gelände fand. Hinter ihm kamen Timur Cicek und Grunert, der Sani. Beide trugen Nachtsichtgeräte. Gut, um Feinde aufzuspüren, aber schlecht, um im Gebirge vorwärtszukommen. Stork, ihr Anführer, ging direkt hinter ihnen und lotste sie mit nahezu lautlosen Kommandos. Als vorletzter folgte Bojan Mijatovic, den sie Jato nannten. Und schließlich Keppler. Er machte meistens den Schlussmann, das lag ihm. Er beobachtete das rückwärtige Gelände, aber er behielt auch die anderen im Blick. Nicht, dass er den Jungs nicht vertraute. Er wusste so gut wie sie alle, dass hier draußen niemand allein überlebte, dass man nur als Team den Kopf auf den Schultern behielt. Aber ein Stück weit blieb er trotzdem ein Einzelgänger. So war er schon als Kind und als Jugendlicher gewesen, und seitdem hatte sich nichts daran geändert.

Zwei Stunden lang folgten sie einem Pfad, der sie parallel zu einer Felswand in nördlicher Richtung führte. Mit der Ausrüstung und den Waffen konnte nicht wirklich von einem Spaziergang die Rede sein. Aber keiner beschwerte sich. Sie taten genau das, wofür sie ausgebildet worden waren.

Schließlich erreichten sie eine Anhöhe, von der aus sie über ein langgezogenes Tal blicken konnten. Als der Mond durch die Wolken brach, sahen sie, wie Tausende von Mohnblumen im Wind schaukelten.

»Seit wann bauen sie das Zeug so weit im Norden an?«, fragte Grunert.

»Spielt das eine Rolle? Das Zeug ist etliche Tausend wert. Es wird Wachen geben«, erwiderte Tommi, Storks Buddy.

»Aber sie werden nichts von uns mitkriegen. Und wenn doch, ihr Pech.«

Stork klopfte auf sein G36. Weiß aufblitzende Zahnreihen im Mondlicht.

Keppler, etwas abseits von den anderen, sparte sich jeden Kommentar. Der Mohn, die Drogen, das Geld, nichts davon interessierte ihn. Aber dieser Blick, der war zum Heulen schön. Für einen Augenblick vergaß er, dass er und sie alle in diesem gottverdammten Land nichts verloren hatten. Dass sie eines Tages wieder von hier verschwänden und dass sich dann nichts geändert haben würde. Alles würde wieder wie vorher sein.

Aber das war nicht sein Problem. Der Augenblick zählte. Die Nacht, die Landschaft, das Licht. Er fühlte sich lebendig, auch wenn er unterwegs war, um den Tod zu bringen.

3

In manchen Nächten hatte Manuel Jessen Unterstützung im Imbiss auf St. Pauli. Dann ging ihm Mamdouh Abdel-Haq zur Hand. Mamdouh war klein und schmächtig, hatte schwarze Locken, trug immer teure Turnschuhe. Er behauptete, aus Tunesien zu stammen, aber wer wollte das wissen? Fest stand, dass er dort, wo er herstammte, nicht hatte bleiben können.

Im Gegensatz zu Manuel war Mamdouh redselig. Fußball, Frauen, Essen, Kino, sein Großvater, Hollywood, Lyrik, Gott, Haustiere, Sternbilder. Es gab nichts, das vor Mamdouhs Meinung sicher war. Er konnte ganze Nächte hindurch vor sich hinplappern, wobei es schien, als müsste er nicht einmal Luft dabei holen. Vielleicht hatte er das Gefühl, er müsste für Manuel mitreden. Weil der halt meistens schwieg. Und doch waren die beiden sich auf sonderbare Weise ähnlich. Der eine redete viel, der andere kaum, und doch verrieten beide nichts über sich selbst und schon gar nicht die Wahrheit.

Letztlich spielte es keine Rolle. Mamdouh quasselte. Manchen gefiel es, anderen ging es gehörig auf die Nerven.

Das *Curry* hatte immer nur nachts auf, vom späten Nachmittag bis in die frühen Morgenstunden. So war's auf dem Kiez, die Menschen schliefen tagsüber und lebten nachts.

Jetzt war es drei Uhr morgens, die ruhige Zeit zwischen dem ersten Ansturm und dem letzten großen Schwung am frühen Morgen. Der Imbiss war gut besucht, wenn auch nicht überfüllt. Die meisten Gäste waren Stammkunden, die auf den wenigen Hockern vor dem schmalen Tresen Platz genommen hatten. Mamdouh plapperte, und Manuel schwieg.

Er versuchte, sich auf die Arbeit zu konzentrieren. Etwas Salz, etwas Sauce. Ein Sonderwunsch hier, eine Außer-Haus-Bestellung dort.

Aber wie, verdammt, sollte man das hinkriegen, wenn ein dauerplappernder Araber neben einem stand und einem den letzten Nerv raubte? Wie? Selbst der größte, erleuchteteste Zenmeister könnte es nicht. Es war unmöglich!

Beschwerte Manuel sich also? Nicht er, niemals. Er schüttelte nur sanft den Kopf und vertiefte sich umso entschlossener in die Arbeit. Würste wenden, Pommes goldbraun frittieren, Sauce dazugeben. Dann alles auf dem Teller arrangieren, eine Gabel dazu, servieren, fertig.

Mamdouh hatte entschieden, dass heute nicht Fußball, sondern Handball ein gutes Thema wäre. Nicht, dass er etwas davon verstand. Aber es hielt ihn nicht davon ab, sich darüber auszulassen. Er stand vorne am Tresen, ignorierte die Schlange der Laufkundschaft und plapperte in Richtung der Stammgäste munter drauf los. »Mal ehrlich, Leute, Handball! Was für ein idiotischer Sport! Jeder Bauer, der eine Tomate pflücken kann, kann auch Handball spielen. Wo ist die Kunst? Man nimmt den Ball, läuft übers Spielfeld und schmeißt ihn ins Tor. Und dafür jubelt jemand?«

Karolis, der Litauer, zwanzig Jahre zur See gefahren, ein Gesicht wie eine Felsenlandschaft, tippte sich mit dem Finger gegen die Stirn. »Du spinnst, Mamdouh! Es gibt Regeln! Es ist nicht so einfach, wie du denkst.«

»Und ob es das ist! Fußball, das ist Kunst! Aber Handball? Jeder Schimpanse könnte mitspielen!«

Juliette, die am Hans-Albers-Platz anschaffen ging und im *Curry* ihre Pause verbrachte, mischte sich ein. »Blödsinn, Mamdouh. Mein Bruder hat Handball gespielt. Es ist ein rauer Sport. Die meisten Fußballer wären zu weich dafür.«

Mamdouh sah sie entsetzt an. »Wie kannst du so etwas sagen? Manuel, hast du das gehört? Schmeiß sie raus! Sofort! Juliette beleidigt den Fußball.«

Ein anderer Gast meldete sich zu Wort, er sprach mit einem tiefen, dröhnenden Bass. »Kann mal jemand diesem Idioten das Maul stopfen? Das hält man ja im Hirn nicht aus!« Dacian Georgescu, über zwei Meter groß, ein Kreuz wie ein Kleiderschrank und Augen wie Bette Davis. Tief darin das Echo von Dingen, die er getan hatte, Dinge, die sich die meisten Menschen nicht einmal vorstellen konnten.

Mamdouh grinste ihn an. »Du hast ein Hirn, Dacian? So gut wie du versteckt es keiner! Respekt!«

Dacian lachte dröhnend auf. Er wandte sich an Manuel. »Manuel! Hast du etwas dagegen, wenn ich den Araber nehme und in zwei Teile reiße?«

Manuel drehte sich um, lächelte kurz, sagte nichts und widmete sich wieder seiner Arbeit.

Mamdouh winkte ab. »Wenn du mich in zwei Hälften reißt, rede ich stereo. Lass es lieber!«

»Wieso? Spricht dann dein Hintern?«

Sasikarn, ein thailändischer Kathoey, ein Ladyboy, die früher in einem der Etablissements gearbeitet, sich inzwischen mit ihrer Webcam selbstständig gemacht hatte, prustete. »Ihr seid widerlich, Jungs. Hört auf damit.«

»Man muss dieser quasselnden Küchenhilfe eine Lektion erteilen!«, beharrte Dacian trotzig.

»Ich bin keine Küchenhilfe, du rumänische Missgeburt. Ich bin

Chef de Salle! Der wichtigste Mann im Lokal. Abgesehen von Manuel, natürlich. Stimmt doch, oder? Manu, sag's ihm!«

Manuel, dessen Sinne immer wach waren, spürte, dass es diesmal nicht gutgehen würde. Mamdouh ging zu weit. Dacian war ein friedlicher Mann, aber es gab Seiten in ihm, die man nicht hervorkitzeln sollte. Es war Zeit, einzugreifen.

Manuel blickte auf die Riege der Gäste hinter dem Tresen. Der hundertjährige Olaf, der blaue Klaus. Kizianer seit Jahrzehnten. Versoffen, krank, liebenswert. Daneben saß Ursula, die Flaschensammlerin, die sich Nacht für Nacht ihr Essen abholte. Sie war die Richtige, und Manuel fragte: »Ursula, könntest du den Tresen übernehmen? Mamdouh und ich machen einen kleinen Spaziergang.«

»Einen Spaziergang? Warum denn? Ich unterhalte mich doch gerade so nett mit Dacian«, erklärte Mamdouh empört.

»Klappe! Du kommst mit.«

Manuel schob ihn unter dem freien Segment der Theke hindurch und geradewegs aus dem *Curry* hinaus auf die Straße. Dacian saß immer noch da und zitterte vor Wut. Manuel rief zu Ursula: »Gib dem Rumänen ein Bier aufs Haus!«

»Ist gut. Und lasst euch Zeit. Ich kümmere mich um alles.« Ursula war schon bei der Arbeit und hauchte Manuel einen Kuss zu. Was für ein seltsamer Mann, dachte sie. Keiner wusste etwas über ihn. Nicht einmal, wie alt er war. Vielleicht Mitte vierzig? Und auch sonst – nur Fragezeichen. Er war vor einigen Jahren auf dem Kiez aufgetaucht, hatte das *Curry* eröffnet und arbeitete seitdem Nacht für Nacht hier. Selten war er mal nicht da. Urlaub machte er nie. Was er tagsüber trieb? Wovor er geflohen war? Wohin es ihn eines Tages trieb? Wer wollte das wissen?

4

Aus dem einen geplanten Nachtmarsch wurden am Ende nicht zwei, sondern drei. Die Höhenluft kostete Kraft, das Gelände war schwieriger als erwartet. Hinzu kamen Orientierungsprobleme, trotz GPS. Und immer wieder, beim kleinsten verdächtigen Geräusch mussten sie Deckung suchen. Dann hieß es warten, die Lage klären, kein unnötiges Risiko eingehen. Kostbare Zeit verging. Trotzdem war es besser so. Egal, wen man hier traf, im Zweifel war er bewaffnet und bereit zu schießen.

Die sechs Kommandosoldaten marschierten jeweils bis knapp vor Sonnenaufgang, dann suchten sie einen Unterschlupf im Gebüsch oder hinter größeren Felsbrocken. Die Stunden am Tag vergingen qualvoll langsam. Es gab nichts zu tun. Sie mussten warten, konnten sich erholen und hoffen, dass die Dämmerung schnell anbräche.

Zugleich waren es gute Stunden, halb Traum, halb Wirklichkeit. Die Sonne schien, der Wind blies. Die Luft roch nach dem Salz der Berge und dem Staub der Ebenen. Sie waren im Krieg. Eines Tages, wenn sie längst wieder zuhause wären, würden sie an diese Zeit hier zurückdenken. Anders als die meisten könnten sie dann sagen, dass sie nicht nur im Lager gehockt hatten, sondern wirklich draußen gewesen waren. Sie hatten etwas erlebt. Klar, nach außen hin mussten sie die Klappe halten. Nichts von dem, was sie hier taten, war für die Öffentlichkeit bestimmt. Aber die jüngeren Kameraden würden begierig ihren Erzählungen lauschten. Denn sie gehörten dann zu denen, die wussten, was es hieß, zu kämpfen.

Den letzten Tag verbrachten sie in der Nähe eines Wasserlochs, verborgen in einer Senke zwischen dornigem Gestrüpp und einer grauen Felsnase, die über ihnen aufragte. Zeit totschlagen. Details ihrer Mission durchgehen. Möglicherweise gehörte zu der Gruppe, die sie aufbringen sollten, ein Mann namens Mujtaba Afridi. Er war ein Talibankommandant, der sich einer Platzierung unter den Top Twenty der JPEL, der Hitliste der meistgesuchten feindlichen Kämpfer, rühmen konnte. Die Begegnung mit einem Kaliber wie ihm könnte heiß werden. Schreckte sie das ab? Nicht wirklich.

Darum quatschten sie lieber über zuhause, über ihre Familien, ihre Autos, Urlaubspläne, Heiratspläne. Grunert schwärmte von dem Webergrill, den er sich für die Zusatzprämie kaufen würde. Er malte es für sie alle aus. Sommernachmittag im Garten, Verwandtenbesuch. Die Kinder plantschen im Aufblasbecken, er wendet die Nackensteaks und die Paddys für die Burger. Die Frauen tragen Bikinis und reiben sich gegenseitig mit Sonnenmilch ein. Tommi lachte. Er stand auf und gab eine pantomimische Vorstellung, tat so, als stünde der Webergrill direkt vor ihm, hier an den Hängen des Hindukusch. Warum tun wir es nicht einfach?, fragte Timur. Jetzt mal ehrlich, Leute, warum schnappen wir uns nicht eine von den verdammten Ziegen, die hier rumlaufen? Ein kleines Barbecue kann doch nicht verkehrt sein? Alle waren begeistert. Ein glimmendes Feuer, ein saftiges Stück Fleisch. Fehlte nur das kalte Bier dazu ... Es war mehr als verlockend. Tommi, der eine verdammte Kampfsau war, schlug eine Abstimmung vor. Stork riss daraufhin der Faden. Der Tod ist ein zu teurer Preis für ein verdammtes Stück Fleisch, meint ihr nicht? Schon gut, Jürgen. Entspann dich. Wir träumen doch nur.

Nur Minuten, nachdem Stork sie zur Ordnung gerufen hatte, passierte es. Plötzlich stand da dieser Junge auf einem Felsen über ihnen. Strubbelhaare, dreckiges Gesicht, barfuß, eine Rute in der Hand. Ein Ziegenhirte, vielleicht zehn, zwölf Jahre alt. Er blickte stumm auf die Soldaten, die es sich im Geröll bequem gemacht hatten und in einer fremden Sprache redeten.

»Ich glaube, wir haben Besuch«, sagte Jato. Er sagte es ganz ruhig, nahm sein Gewehr in Anschlag und zielte auf den Jungen. Die anderen folgten seinem Beispiel. Ein Zehnjähriger da oben, sechs Elitesoldaten hier unten.

Der Junge blieb seltsam regungslos. Vielleicht war er es gewöhnt, dass Waffen auf ihn gerichtet waren.

»Keiner schießt«, knurrte Stork. »Tommi, Timur, ihr zwei holt ihn runter. Dirk und Jato, ihr steigt auf den Felsen und sichert die Umgebung. Keppler, du siehst dich um, ob er allein ist. Los!«

Es war Routine. Gelände sichern, Umgebung auskundschaften, Feindbewegung ausmachen. Stumme Signalsprache. Profis bei der Arbeit. Ein geöltes Räderwerk. Präzise und tödlich.

Ein paar Minuten später trat so etwas wie Entspannung ein. Wie es aussah, war der Junge allein. Nur, was sollten sie jetzt mit ihm machen? Laufen lassen? Mitnehmen? Fesseln und einfach liegenlassen? Nichts davon war wirklich gut.

Noch während sie diskutierten, tauschte Stork ein paar leise Sätze mit Tommi Hoffmann aus. Die beiden kannten sich schon aus ihrer Zeit bei der regulären Truppe. Schließlich stand Stork auf, packte den Jungen am Genick und verschwand zwischen den Felsen. Eine Viertelstunde später kam er zurück. Allein. »Das Problem ist gelöst. Und ich will nichts hören.«

»Aber ...«

»Dem Kleinen ist nichts passiert, falls einer von euch das denken sollte. Ich hab's von den Amis gelernt. Ist immer gut, ein paar

Dollar in der Tasche zu haben. Wenn der Kleine das nächste Mal nach Hause kommt, sind wir schon längst nicht mehr hier.« Alle waren beruhigt. Außer Ralf Keppler. Er sah den Blutstropfen, der aus Storks Messerscheide rann.

5

Die Sommernächte auf St. Pauli hatten einen einzigartigen Duft. Reifenabrieb und Cannabis. Nuttendiesel, Hundepisse. Vier Uhr morgens. Manuel Jessen saß mit Mamdouh auf einer Bank auf dem Spielplatz in der Hein-Hoyer-Straße.

Er war ... ja, glücklich. Er hatte sich ein Leben aufgebaut, in dem es sich aushalten ließ. Zum ersten Mal seit Ewigkeiten hatte er das Gefühl, angekommen zu sein. Doch zugleich spürte er einen Stich. Alles war eine einzige Lüge. Irgendwann würde der Tag kommen, an dem er dies alles zurücklassen müsste. Unweigerlich. Weil dieser Tag bisher immer gekommen war.

Aber noch war es nicht soweit. Noch war er Teil dieser Welt. Er würde jede Sekunde davon genießen.

Mamdouh war ebenfalls erstaunlich still und nachdenklich. Es war schwer zu sagen, ob es an der Stimmung lag oder an dem Gras, das er und Manuel rauchten. Vermutlich an beidem.

Der Algerier – denn das war Mamdouh in Wahrheit; Manuel war einer der Wenigen, die es wussten – zog an der Tüte, reichte sie dann weiter. Manuel inhalierte tief und lächelte dabei. Von der nahen Reeperbahn wehte Partylärm herüber. Der Himmel leuchtete im orangefarbenen Widerschein der nahegelegenen Hafenanlagen. Tief im Osten waren die ersten Flecken Tageslicht zu sehen. Ein paar Jungs in einem Sportwagen röhrten mit zu viel PS und zu wenig Hirn die Simon-von-Utrecht-Straße entlang. Dann wurde es wieder still.

Mamdouh räusperte sich, blickte kurz zu Manuel und sagte dann mit verlegener Stimme:»Sag mal, Manu, findest du, dass ich zu viel rede?«

»Du? Wie kommst du denn darauf?«

»Ist so ein Gefühl. Manche von den Gästen sehen mich seltsam an. Als wenn ich ihnen auf die Nerven gehe. Tue ich das? Gehe ich den Leuten auf die Nerven?«

»Mach dir keine Gedanken, Mamdouh. Du bist in Ordnung, so wie du bist.«

»Nett, dass du das sagst.«

»Vergiss es.«

Augenblicke der Stille. Dann räusperte Mamdouh sich erneut.

»Weißt du eigentlich, dass du mehr für mich bist als ein Chef, Manu? Du bist mein bester Freund. Mein Bruder.«

Seine Stimme war ernsthaft und aufrichtig. Manuel legte ihm die Hand auf die Schulter.»Ich fühle genauso. Daran wird sich niemals etwas ändern.«

»Danke, Mann. Es bedeutet mir eine Menge, dass du das sagst.«

Sie blieben noch eine ganze Weile sitzen, schwiegen und genossen die Nacht und den Frieden.

Manuel wusste, dass Mamdouh eben darum nach Hamburg gekommen war. Um Frieden zu finden. Er hatte nie allzu viel darüber gesprochen, und doch hatte Manuel eine Ahnung von dem Leben, das Mamdouh einmal geführt hatte. Krieg. Folter. Manuel tippte, dass er für den Präsidenten Bouteflika Oppositionelle und Islamisten bekämpft und getötet hatte. Vielleicht war es auch umgekehrt gewesen, und er hatte gegen das Regime und für die religiösen Fanatiker gekämpft. Es spielte keine Rolle. Wichtig war, dass der Funke des Krieges in ihm erloschen war. Es war vorbei. Er hatte das Kapitel abgeschlossen.

Wahrscheinlich musste Mamdouh deshalb so viel reden, er musste mit den Worten die Erinnerungen betäuben. Manuel konnte es nachfühlen. Es war nie wirklich vorbei. Für niemanden. Auch für ihn nicht.

6

In der dritten Nacht erreichten sie das Gehöft, das ihr Ziel war. Es bestand aus zwei unterschiedlich großen Lehmhütten, dazu einigen Schuppen und Unterständen. Sie näherten sich auf etwa vierhundert Meter und suchten Deckung im Schatten einiger Bäume. Hier würden sie den Tag, möglicherweise auch noch die nächste Nacht verbringen. Das Ziel beobachten, Risiken kalkulieren, das Vorgehen festlegen. Sorgfalt ging vor Schnelligkeit. Eine der wichtigsten Regeln beim Kommando.

Drei Mann konnten schlafen, während zwei der drei anderen das Ziel beobachteten. Der letzte Mann sicherte die Umgebung.

Drüben war keine Bewegung auszumachen. Die Bewohner schienen noch zu schlafen. Aus einem Fenster des vorderen, größeren Gebäudes war der schwache Wiederschein eines glimmenden Feuers zu sehen. Weiter hinten sahen sie eine Art Carport, eher ein grob aus Balken und Ästen gezimmerter Unterstand, aus dem das Heck eines Pick-ups ragte. Bis zum Morgen geschah nichts.

Als der östliche Himmel sich grau färbte, erwachte auf dem Gehöft das Leben. Ein Generator röhrte, Rauch stieg auf, Essensgerüche breiteten sich aus. Keppler hätte jetzt zu denen gehören sollen, die schliefen. Aber er war nicht müde, darum lag er vorne bei den Beobachtern. Niemand sagte etwas. In der Ferne hörten sie Lärm. Ein paar Kilometer entfernt war eine Staubwolke zu sehen. Ein Geländewagen näherte sich mit hoher Geschwindigkeit. Er erreichte das Gehöft. Männer stiegen aus und begannen, Gegenstände aus dem Kofferraum zu laden.

Stork, der das Ganze durch seinen Feldstecher beobachtete, schnalzte mit der Zunge.»Gefällt mir nicht.«

Er reichte das Glas an Tommi Hoffmann. Der sah eine ganze Weile hindurch, sagte dann:»Gasflaschen. Viele. Sie laden sie auf den Pick-up, der in dem Schuppen steht.«

»Ich schätze nicht, dass sie damit kochen oder heizen wollen.«

Stork und Tommi wechselten einen wortlosen Blick. Dann wandte sich der Truppführer an Keppler, der inzwischen das Fernglas hatte.»Was sagst du?«

»Der Wagen wird präpariert.«

»Sehe ich genauso. Aber noch sind sie nicht soweit.«

Zwei weitere Stunden vergingen. Drüben auf dem Gehöft wurde gearbeitet. Sie zählten insgesamt sieben Männer, von denen sechs anpackten. Einer stand daneben, gab Anweisungen, nickte schließlich zufrieden. Ob noch weitere Kämpfer in den Häusern waren, vielleicht auch Frauen oder Kinder, war nicht auszumachen.

Gegen Mittag legten die Männer am Gehöft eine Pause ein. Sie verschwanden in der Hütte. Nichts weiter geschah. Die Sonne stand hoch am Himmel, und obwohl das Jahr schon fortgeschritten war und der Sommer in den Herbst überging, wurde es heiß. In dieser Höhe musste man vorsichtig sein, sonst brannte einem die Sonne die Haut von den Knochen. Stork und Tommi behielten das Gehöft im Auge. Die anderen drei schliefen. Keppler hatte sich ein paar Meter nach hinten zurückgezogen, wo er in einer Senke saß und sich mit dem Rücken gegen einen Baumstamm lehnte. Alles Mögliche ging ihm durch den Kopf. Ihm gefiel das Ganze hier nicht. Es passte nicht zusammen.

In der Abenddämmerung kam die Zeit, aktiv zu werden. Alle waren jetzt wach. Keppler und die anderen, die es sich hinten bequem gemacht hatten, robbten nach vorne, lugten nacheinander durch das restlichtverstärkende Glas. Einer der Afghanen verließ das vordere Gebäude, ging hinüber zu dem Schuppen. Sie hörten das Geräusch eines startenden Automotors. Der Mann fuhr den Pick-up aus dem Schuppen hinaus und wendete ihn. Dann stellte er den Motor aus, stieg aus und verschwand wieder im Haus. Sie konnten sehen, dass die Ladefläche des Wagens hochbeladen und mit einer Plane abgedeckt war.

»Also, Jürgen. Was ist los? Du weißt doch was ...«, fragte Keppler.

Der Kommandoführer grinste. »Erinnert ihr euch an den Typen, der heute Morgen in dem Geländewagen saß? Der mit dem weißen Pakol?«

»Klar.«

»Das war Mujtaba Afridi. Er ist also wirklich dabei. Glück für uns, Pech für ihn ... Was wir tagsüber gesehen haben, ist euch allen klar, oder? Die bereiten einen Anschlag vor. Das genaue Ziel ist unklar, aber eines steht fest. Die Toten sollen deutsche Pässe haben. Mit anderen Worten, dieser scheiß Pick-up wird spätestens morgen früh in Richtung Kundus, Masar-e Sharif oder vielleicht auch Faizabad fahren.«

»Wird aber nicht passieren, richtig?«, fragte Jato.

»Exakt.« Stork grinste. »Die Gasflaschen habt ihr gesehen. Darunter dürfte eine satte Schicht Sprengstoff liegen. Zusammen reicht das für einen massiven Anschlag. Mit Dutzenden toter Kameraden.«

»Also lieber ein Dutzend tote Taliban«, sagte Cicek.

Keppler sah überrascht in die Runde. War er der Einzige, der nicht Bescheid wusste?

Er schloss für einen Moment die Augen, blickte dann zu Stork. »Wir sind also nicht hier, um jemanden festzunehmen?«

»Gut kombiniert, Keppler.«

»Darum auch keine ANP und keine Dolmetscher?«

»Wofür auch? Wir haben nicht vor, uns zu unterhalten.«

»Sondern?«

»Kannst du dir denken. Oder nicht?«

»Scheiße, Stork.«

»Krieg, Keppler. Oder glaubst du, wir sind hier, um nett zu sein?«

»Bestimmt nicht. Aber warum hast du nichts gesagt?«

»Weil ich nicht wusste, ob ich dir trauen kann. Aber wenn es dir nicht passt, kannst du ja gehen.«

Ralf Keppler sparte sich eine Antwort.

7

Sonntagmorgen, halb acht. Die Straßen auf dem Hamburger Kiez, dem Amüsierviertel, waren verlassen, die Musik war verstummt, die Leuchtreklamen waren ausgeschaltet. Ein Windhauch ließ ein paar Pappbecher über den Asphalt rollen. Manuel Jessen beendete die letzen Aufräumarbeiten im *Curry*. Noch einmal über den Tresen wischen. Das Kochbesteck für den nächsten Tag bereit legen, die Getränkevorräte prüfen. Schließlich schaltete er das Licht aus, trat vor die Tür. Instinktiv blickte er sich um. Ein paar Tauben am Straßenrand, Partymusik aus einem Dachfenster, ein früher Spaziergänger. Ein friedlicher Morgen.

Manuel ließ das Rollgitter hinab und hängte das Vorhängeschloss in die metallene Öse am Boden. Zeit, nach Haus zu gehen.

Manuel bewohnte eine Einzimmerwohnung im Stadtteil Rothenburgsort, nicht weit von St. Thomas entfernt. Es war ein schmuddeliger Straßenzug, der sich nicht einmal darum bemühte, etwas herzumachen. Hamburgs Hinterhof, jedenfalls einer davon.

Manuel war der Untermieter eines Untermieters, der die Wohnung in den achtziger Jahren bezogen hatte, aber längst schon irgendwohin verschwunden war. Seinen Namen kannte keiner mehr, vielleicht war er längst gestorben. Niemand fragte danach, nicht einmal der Eigentümer. Warum auch, solange die Miete pünktlich auf seinem Konto landete. Außerdem gab es auf die Art niemals Beschwerden wegen tropfender Wasserhähne oder undichter Fenster. Die Rechtlosen sind gefügig und machen selten Ärger.

Bei Can Babaoglu, der im Nachbarhaus einen Kiosk betrieb und auch am Sonntag geöffnet hatte, besorgte Manuel Milch, frische Brötchen, Katzenfutter. Er stieg das baufällige Treppenhaus hinauf ins oberste Stockwerk. Der Kater, der Manuels Rückkehr ahnte, begann zu schreien.

Bevor Manuel die Wohnung betrat, blickte er hinab zur unteren Kante der Tür. Die Sicherung war unversehrt. Er trat ein, strich dem Kater übers rostrote Fell. In der Küche öffnete er die Futterdose und füllte den Inhalt in den Napf. Er nahm sich ein Glas Wasser, setzte sich an den Küchentisch und sah dem Kater beim Fressen zu.

Dann ging Manuel hinüber ins einzige Zimmer der Wohnung. Es war karg möbliert. Ein Bett, ein Tisch, ein Stuhl. Nackte Wände. Ein paar Bücher, eine Kleiderstange.

Er war müde, legte sich dennoch nicht ins Bett. Stattdessen faltete er den *Zabuton*, setzte sich darauf, schlug die Beine unter, legte die Hände ineinander und versenkte sich in die große Stille.

8

Die letzten Geräusche auf dem Gehöft waren versiegt. Die Stille der afghanischen Nacht setzte ein. Kein Tierlaut war zu hören, nicht einmal das Summen von Insekten. Nur der Wind strich über die kargen Felsen.

Keppler, Stork und die anderen rückten vor. Timur Cicek, der ihr bester Schütze war, blieb zunächst zurück und sicherte. Die Aufständischen im Gehöft schliefen verteilt in den beiden Lehmhütten. Tür eintreten, Ziel lokalisieren und neutralisieren. Das war der ganze Plan. Einfach und schnell. Im besten Fall wäre alles binnen zehn Minuten vorbei.

Für die letzten Meter brauchten sie am längsten. Jetzt kam es darauf an. Im Schatten der Außenmauer des größeren Gebäudes sammelten sie sich. Auch Cicek schloss auf. Kein Wort fiel. Nur stumme Signale per Handzeichen.

Kurz darauf standen sie verteilt vor den Türen der beiden Gebäude. Sechs Männer, schwer bewaffnet, zu allem entschlossen. Ein letzter Blickkontakt, ein kurzes Nicken. Sie schoben die Nachtsichtgeräte herunter. Für keinen von ihnen war es das erste Mal. Sie hatten getötet, würden es jetzt wieder tun. Es war ihr Job. Das, wofür sie ausgebildet worden waren.

Stork wollte gerade die Tür des ersten Gebäudes auftreten. Im gleichen Moment bellte ein Hund, laut und wütend. Keiner rührte sich. Das Gebell erstarb. Stille.

Sekunden, Minuten.

Ist es gutgegangen?

Im vorderen Gebäude sind Stimmen zu hören. Das Klicken von Waffen, die durchgeladen und entsichert werden. Was tun? Zurück? Kommt nicht in Frage. Jetzt ziehen sie es durch. Es würde nur ein bisschen gröber werden als ursprünglich geplant.

Stork gibt das Zeichen. Vorsicht, gleich wird's laut. Er zieht eine Handgranate vom Gürtel, löst den Sicherungsring, tritt die Tür auf und wirft den Sprengkörper ins Innere.

Die Detonation ist ohrenbetäubend. Flammen lodern auf, panische Stimmen schreien durcheinander. Schüsse fallen. Rennende Gestalten, mehr Schüsse, mehr Schreie. Ordnung wird zu Chaos. Der Hund bellt die ganze Zeit. Im Rauch können sie kaum etwas sehen, trotz der Nachtsichtgeräte. Wer ist Freund, wer

Feind? Das Rattern einer AK47. Die kurzen, ploppenden Schüsse des G36. Treffer, Querschläger, Tote, Verletzte. Auch der Köter fängt sich eine Kugel ein, er heult auf, winselt, stirbt.

Keppler dringt mit Tommi und Jato in das zweite, kleinere Gebäude vor. Das erste Zimmer ist leer, aber wieviel Zimmer gibt es überhaupt? Ein Schuss fällt, der aus dem Nirgendwo kommt. Tommi Hoffmann stößt einen unterdrückten Fluch aus, er ist an der Seite getroffen worden, knapp unterhalb der Weste. Nichts Ernstes. Los, weiter, alles okay.

Der Feind hat vom Nebenraum durch die Lehmwand geschossen. Jato macht dasselbe. Er stellt auf Dauerfeuer und setzt eine ganze Salve durch die Wand ab. Ob er damit Wirkung erzielt, bleibt unklar. Von draußen ist Kampflärm zu hören. Eine weitere Handgranate geht hoch. Schritte, die in ein Rennen übergehen. Ein Schuss, ein Schrei. Hier drinnen wird ebenfalls geschossen. Ein Schatten huscht vor ihnen an der Wand entlang, macht einen Satz nach vorne. Das Kohlefeuer, das gerade noch in der Zimmerecke geglimmt hat, verwandelt sich in einen Funkenregen. Keppler wirft sich auf die Erde und schießt. Ein Körper sackt zu Boden. Aber da ist immer noch Bewegung. Jato hat auch etwas abbekommen, er gibt einen unterdrückten Schmerzenslaut von sich. Keppler hat die P8 in der Hand, robbt vorwärts. Der hintere Raum ist nur durch einen Vorhang abgetrennt. Er rollt sich unter dem Stoff durch, zielt und schießt. Drei Schuss, drei Treffer. Geklärt und gesichert. Raus!

Draußen auf dem Hof herrscht ein einziges Durcheinander. Leichen liegen herum. Viel mehr Leute, als ihnen klar war. Alle tot. Sie müssen die ganze Zeit im Haus gewesen sein. Das große Gebäude steht lichterloh in Flammen. Zwei der Taliban haben sich hinter dem Pick-up verschanzt und schießen wild um sich. Schwer zu sagen, ob der Wagen ihnen Deckung geben soll oder ob sie es im Gegenteil darauf anlegen, dass die Deutschen auf sie zielen und alles zur Explosion bringen. Das darf nicht passieren. Wenn die Sprengsätze auf der Ladefläche hochgehen, wären sie alle tot. Stork und Cicek haben hinter einer Viehtränke Schutz gesucht. Wo Grunert ist, weiß keiner. Das Ganze hier läuft richtig beschissen. Sie können es besser. Aber was soll's. Training ist eines, die Wirklichkeit etwas anderes.

Stork winkt Keppler zu und gibt ihm stumme Zeichen. Keppler versteht. Er dreht sich um und umrundet den rückwärtigen Schuppen, in dem Geräte für die Feldarbeit stehen. Er gelangt in den Rücken der beiden Männer hinter dem Pick-up. Zwei Schuss. Ende.

Plötzliche Stille. Sie warten ab, treten dann aus der Deckung, die Waffen immer noch im Anschlag, Blicke in alle Richtungen. Tommi hält sich die Seite, der Stoff seiner Hose ist blutdurchtränkt. Grunert taucht ebenfalls auf. Er war in die Flammen geraten und sieht aus wie ein verbrannter Toast. Aber er grinst, er ist in Ordnung. Jato humpelt, Durchschuss an der Wade. Er winkt ab.

Erleichterung macht sich breit. Kein Meisterstück. Aber es hätte schlimmer kommen können. Durchatmen.

Plötzlich hören sie einen langgezogenen Schrei. Ein Mann, eigentlich noch ein Junge, höchstens sechzehn Jahre alt, kommt aus dem dunklen Nichts der Nacht gerannt. Er reckt die Arme in die Höhe und hält in beiden Händen entsicherte Handgranaten. Sie schießen, sie treffen, aber der Junge rennt weiter wie ein geköpftes Huhn. Er erreicht den Pick-up. Stork brüllt nur ein einziges Wort:»Rennt!«

9

Entenwerder war eine Halbinsel auf der Elbe, nicht weit von Rothenburgsort entfernt. Früher Zollstation, dann Winterquartier für Schausteller, heute ein ausgedehnter Park. Wiesen, Pappeln, Grillplätze, umweht vom brackigen Geruch der Norderelbe.

Es war später Vormittag. Auf einer Wiese, abgeschirmt von einer wild gewachsenen Hecke, standen sich zwei Männer gegenüber. Die Blicke ineinander verbohrt. Der eine ernst, der andere lächelnd.

»Bist du soweit?«, fragte Manuel Jessen.

»Aber ja, Sensei.«

»Dann los! Versuche es! Lass dir etwas einfallen.«

Der Jüngere zögerte. Er trug genau wie Jessen einen grauen Gi und schwarze Hakama, den Hosenrock der klassischen japanischen Kampfkünste. »Ich bin mir nicht sicher. Was ist erlaubt?«

»Alles.«

»Alles?«

»Sicher.«

Mit vorsichtigen Schritten umkreisen sie einander. Simon, so hieß Jessens Deshi, sein Schüler, suchte nach einer Schwäche, nach einem Eingang in den Gegner. Wo ließ sich ein Schlag, ein Tritt, ein Wurf platzieren?

Er fand – nichts.

So ging es minutenlang. Ein Abtasten, ein Lauern. Immer wieder täuschte Simon einen Vorstoß an, machte einen Satz auf Jessen zu, deutete einen Schlag, einen Tritt, einen Griff an. Doch sogleich ließ er wieder davon ab. Auch wenn Jessen nur minimal reagierte, so genügte eine kleine Bewegung doch, um den beabsichtigten Angriff sinnlos erscheinen zu lassen.

Schließlich ließ Simon die Hände sinken, schüttelte seufzend den Kopf.

»Was ist los?«, fragte Manuel in ehrlicher Verwunderung.

»Es bringt nichts. Ich kann dich nicht angreifen.«

»Warum nicht?«

»Weil ich, noch bevor ich es wirklich tue, weiß, dass ich verlieren würde.«

Jessen lachte. »Es ist umgekehrt, Simon. Du verlierst, weil du es nicht wirklich versuchst. Stattdessen denkst du so laut, dass ich immer weiß, was du tun möchtest. Deine Blicke, deine Hände, deine Füße, alles verrät mir, was du vorhast. So kann ich dir antworten, noch bevor du deine Frage stellst.«

Der andere wirkte geknickt. »Was soll ich tun?«

»Sei im Moment! Lass deine Gedanken deinem Körper nicht vorauseilen.«

»Das sagt sich so einfach.«

»Weil es einfach ist. Einfach und unendlich schwierig zugleich. Versuche es!«

»Also gut.«

Simon schloss für einen Moment die Augen. Atmete. Konzentrierte sich. Dann schnellte er nach vorne, griff Manuel mit einem geraden Faustschlag an, hoffte auf eine instinktive Reaktion seines *Sensei*, die er in einen Wurf oder eine andere Aktion verwandeln könnte.

Es war längst zu spät. Simons Schlag traf ins Leere. Aber es war zugleich viel mehr als das, sein Angriff verlor sich in den Weiten des Universums. So fühlte es sich jedenfalls an. Bodenlos, endlos, undurchschaubar. Als würde er fallen, obwohl seine Füße noch am Boden waren.

Dann hob er tatsächlich ab, segelte in einem hohen Bogen durch die Luft und landete krachend auf dem Rücken.

Manuel Jessen lachte. »Das war gar nicht schlecht. Und jetzt noch einmal. Ich werde es dir leichter machen.«

Simon kam ächzend auf die Füße. »Leichter?«

»Aber ja. Versprochen.«

Sie verbeugten sich, standen dann wieder voreinander. Der Jüngere wirkte nun entschlossen. Er griff mit einem *Shomen Uchi*, einem Handkantenschlag auf den Kopf, an. Diesmal reagierte Manuel später, verschaffte seinem Gegner so die Illusion, wirklich treffen zu können. Im letzten Moment aber dehnte er erneut auf magische Art die Zeit. In tiefster Ruhe drehte Manuel sich aus, schmiegte sich an die Seite seines Angreifers, führte ihn, tanzte mit ihm, brachte ihn schließlich sanft und doch zwingend zu Boden.

»Besser.«

»Aber nicht gut genug.«

»Es gibt nie ein Genug.«

»Auch für dich nicht, *Sensei*? Hast du nicht die oberste Stufe erreicht?«

Manuel Jessen schmunzelte. »Es gibt keine oberste Stufe. Wenn du glaubst, sie erreicht zu haben, bist du längst schon auf dem Abstieg nach unten … und jetzt los! Noch einmal von vorne. Nicht denken, machen!«

Die beiden Männer schenkten sich nichts. Angriff um Angriff erfolgte, Schläge, Tritte, Würfe, Hebel. Unbarmherzig und doch auch von vollendeter Schönheit.

Tanzende Kraniche.

Wellen.

Wirbel.

Wind.

Dann lag Simon schwer atmend auf dem Boden. Es ging nicht mehr. Er fand nicht einmal mehr die Kraft, um aufzustehen. Manuel Jessen nickte wohlwollend. »Dann soll es gut sein für heute.«

Nachdem sein Deshi, der Einzige, den er hatte, fort war, setzte sich Jessen im Blickschutz einiger Büsche an die Uferböschung. Er schenkte sich aus einer Thermoskanne einen *Sencha* ein. Er schlürfte von dem bittergrünen Tee und blickte auf die Elbe hinaus.

Er liebte die trägen Mittagsstunden an der Elbe. Das sanfte Rauschen des Stroms, das entfernte Stimmengewirr der Fußballspieler, der Grillrunden, der Musiker. Hoch oben das Geschrei der Möwen.

Frieden.

Bevor Simon gegangen war, hatte er Manuel gefragt, warum er keinen Dojo eröffnete. Einen Sensei wie ihn gebe es nicht noch einmal in Deutschland, eine große Schülerschaft sei ihm sicher.

»Wäre das nicht besser als dein Imbiss?«, fragte Simon.

»Vielleicht ist mein Imbiss nichts anderes. Ein Dojo. Ein Ort des Weges.«

»Schon klar. Aber du verschwendest deine Talente, Sensei ...«

Manuel lachte. »Möglich, dass ich es eines Tages wirklich tue, Simon.«

»Was hält dich davon ab, es jetzt zu tun?«

»Es gibt Dinge, die ich erledigen muss.«

Simon wollte Näheres wissen, aber Manuel schüttelte den Kopf. Simon verstand. Er verbeugte sich, ging.

Manuel blickte hinaus auf die Elbe. Ein sanfter Sommerwind wehte.

10

Der amerikanische Chinook nahm sie im Morgengrauen auf, gute fünf Kilometer vom Einsatzort entfernt. Als sie an Höhe gewannen, konnte Keppler noch einmal auf die Folgen der letzten Nacht blicken. Die Ruinen des Gehöfts glimmten noch, und schwarzer Rauch stieg in den Himmel auf. Verkohlte Leichen lagen zwischen den Trümmern.

Stork sah ebenfalls nach draußen. Sein Gesicht hatte etwas Verklärtes, als schaute er auf die zerwühlten Laken eines Bettes, in dem er seine Unschuld verloren hatte. Es war ein wenig wild gewesen, ein wenig stürmisch. Aber er schien zufrieden zu sein.

Hatte Stork am Ende sogar recht? Keppler wusste es nicht. Er wusste gar nichts mehr. Außer, dass sie einigermaßen glimpflich aus der Sache herausgekommen waren.

Tommi Hoffmann hatte einen Streifschuss an der Hüfte abbekommen. Timur hatte einen Durchschuss am Arm, von dem er in der Nacht nicht einmal etwas gemerkt hatte. Jato hatte einen dicken Verband um die Wade, sie hatten ihn beim Marsch stützen müssen. Außerdem hatten sie alle Verbrennungen an den Armen, im Gesicht, am Körper. Müsste weh tun, tat es aber nicht. Adrenalin war eine Wunderdroge.

Der Heli flog flach übers Gelände. Die Ranger an Bord verteilten grinsend Coladosen. Alle an Bord waren wachsam. Die Taliban hatten vor nicht allzu langer Zeit einen Apache vom Himmel geholt.

Kepplers Blick reichte weit über die große, endlose Ebene, über die der Wind Wolken aus Staub und Dreck trieb. Es gab in diesem Land nichts zu gewinnen und nichts zu verlieren. Menschen töten, um anderen Menschen das Leben zu retten. Es ergab keinen Sinn.

Oder doch, es ergab Sinn, und dieser Sinn hatte einen Namen: Krieg.

Vorhin, während ihres Marsches, hatte Stork sich zu ihm zurückfallen lassen. Sie waren eine Zeitlang schweigend nebeneinander gegangen, dann hatte Stork gesagt:»Du warst gut heute Nacht, Keppler. Besser als die anderen.«

»Wenn du es sagst.«

»Du bist sauer auf mich wegen dem Jungen, oder? Wegen diesem Ziegenhirten? Du weißt schon, am ersten Tag an der Wasserstelle.«

»Nein.«

»Sicher?«

Keppler blieb stehen und schloss kurz die Augen.»Ich bin sauer auf dich wegen der Scheiße, die du uns erzählt hast. Hieß es nicht einmal, dass Vertrauen das Wichtigste für uns ist? Dass man sich da draußen hundert Prozent auf seine Kameraden verlassen können muss?«

Stork senkte den Kopf und ließ Kepplers Worte wirken.»Du hast recht, Ralf. Es war nicht in Ordnung von mir. Ich habe auf Anweisung gehandelt, aber das hätte ich zurückweisen müssen.

Wird nicht wieder vorkommen. Außerdem weiß ich jetzt, dass ich dir vertrauen kann. Euch allen.«

»Das heißt, es wird weitergehen?«

»Was denkst du denn? Schneller, als wir es uns wünschen.«

Keppler nickte nur stumm.

11

Der Mann hieß Müller, jedenfalls nannte er sich so. Er saß in einem Straßencafé in der Hamburger City, genoss einen Latte macchiato. Zum Schein las er in einer Zeitung, behielt in Wahrheit aber seine Umgebung im Auge. Kurz darauf entdeckte er in der Menschenmenge den großgewachsenen Mann, der sich dem Café näherte.

Wieder einmal musste Müller verwundert den Kopf schütteln. Er hatte im Laufe seiner Karriere mit manchen Männern zusammengearbeitet, die ungewöhnlich waren – wobei das Wort mal die Bedeutung von herausragend hatte, mal von absonderlich, gelegentlich auch von abartig. Für Manuel Jessen passte keiner dieser Begriffe. Er war eine Kategorie für sich.

Jessen war ihm einige Jahre zuvor empfohlen, man könnte auch sagen *zugeführt* worden. Müller erinnerte sich noch gut daran. Es war die Zeit im Sommer 2017 gewesen. Der vietnamesische Geheimdienst hatte kurz zuvor am helllichten Tage einen Landsmann entführt, mitten in Berlin. Der Vorgang an sich ließ sich verkraften, Trinh war nicht wirklich wichtig.

Aber die Dreistigkeit der Vietnamesen hatte einiges ausgelöst. Es war einfach zu viel gewesen. Ein Schlag ins Gesicht der deutschen Dienste. Die reinste Verhöhnung. Noch mehr ließ sich ein Land nicht vorführen.

Im Grunde aber hatte es schon viel früher angefangen. Irgendwann in den Zehner-Jahren. Die Russen, und zwar nicht nur die SWR, sondern auch GRU und FSB, begannen damals, immer hemmungsloser im Land zu agieren. Sondereinheiten machten Jagd auf Dissidenten, und zwar nicht nur auf dem Balkan oder im mittleren Osten. Sondern in Europa. In Deutschland. Der Tiergartenmord war da noch nicht geschehen, Skripal ebensowenig. Aber wer die Augen aufmachte, konnte all das ahnen.

Hinzu kam die massenhafte Einschleusung regimetreuer Tschetschenen. Nichts war sicher. Aber es gab Stimmen, die sagten, dass Moskau begonnen hatte, eine Untergrundarmee aufzubauen.

Die Türken machten genauso Sorgen. Ankara ließ seinem Geheimdienst MIT hierzulande eine immer längere Leine. Sie hatten es in erster Linie auf ihre eigenen Leute abgesehen. Aber machte es das besser? Hinzu kamen die Iraner, die Pakistanis, die so genannten Freunde aus den USA. Und natürlich China. Die beschränkten sich zwar noch weitgehend auf wirtschaftliche Ziele, warben Manager an, Wissenschaftler. Wissensabschöpfung, Industriespionage. Aber würde es dabei bleiben?

Das Prinzip dahinter war immer dasselbe. Globalisierung. Die betraf eben nicht nur die Wirtschaft, den Handel, die Kultur, sondern auch die weltweiten Kriege, im Inneren wie im Äußeren. Keine lokale Begrenzung mehr. Dort war hier, war überall. Besonders eben Deutschland. Berlin, Hamburg, München, sogar kleinere Städte wurden zum Tummelplatz ausländischer Dienste. Der Kalte Krieg des zwanzigsten Jahrhundert erschien im Vergleich wie ein Kindergeburtstag. Die Dreistigkeit der fremden Agenten sprengte alle Dimensionen. Warum auch nicht? Das Risiko, aufgehalten zu werden, war minimal. Jeder wusste, dass die Deutschen zahnlose Tiger waren. Weil sie als Einzige so etwas wie Fairplay versuchten. Die einen nannten es Recht und Gesetz. Die anderen grenzenlose Naivität. Wer sich im großen Spiel als Einziger an die Regeln hielt, war dem Untergang geweiht.

Dann passierte das mit den Vietnamesen. Danach war eine Handvoll Männer wie er, hoch spezialisiert und dafür zuständig, Deutschlands Sicherheit zu schützen, nicht mehr bereit gewesen, dem Treiben tatenlos zuzusehen. Ihre Haltung als Widerstand zu bezeichnen wäre pathetisch. Im Grunde wollten sie einfach nur ihren Job machen. Daraus war das entstanden, was bis heute nur *Das Netzwerk* genannt wurde.

Einen offiziellen Startschuss gab es nicht. Es ging eher mit vieldeutigen Blicken in der Cafeteria los, mit einem unterdrückten Stöhnen in der Runde im GTAZ, im Gemeinsamen Terrorabwehrzentrum, einem Schnauben beim Rapport in der G10-Kommission. Bei den Beteiligten setzte eine Art kollektives Abtasten ein, um herauszufinden, zu welcher Seite der Kollegen man gehörte. Die, die weiter Dienst nach Vorschrift machen wollten. Oder die, die bereit waren, andere Saiten aufzuziehen.

Das erste – und in der vollständigen Besetzung auch einzige – Treffen fand im Winter desselben Jahres statt. Sie buchten ein abgelegenes Tagungshotel, reisten getrennt an, sprachen sich nicht mit Namen an. Es waren Vertreter aller Dienste. Eher die zweite als die erste Führungsebene. Über die Agenda brauchten sie nicht lange zu diskutieren. Erstens: Sie mussten schnellstmöglich einen Kanal zu den Briten und Amerikanern öffnen. Zweitens: Sie brauchten ein Werkzeug. Einen Mann oder auch eine Frau, um das auszuführen, was sie für nötig erachteten.

Einige Wochen später kam es zu einem weiteren Treffen, diesmal in kleinem Kreis. Er selbst, dazu ein Vertreter aus Pullach, inzwischen Berlin, sowie einer aus Köln. Außerdem war ein Amerikaner anwesend, der sich Brian nannte. Nur ein Vorname. Er war einer von Langleys Statthaltern in Deutschland. Der Amerikaner ließ sich berichten und segnete die Pläne des Netzwerkes uneingeschränkt ab. Müller erinnerte sich gut an diese erste und einzige Begegnung mit ihm. Brian war ein gedrungener Mann mit der typisch amerikanischen Mischung aus messerscharfer Intelligenz und überheblicher Dummheit. Er trank Cola und betrachtete seine deutschen Gesprächspartner, als wären sie primitive Eingeborene, die gerade begonnen hätten, die große Welt zu entdecken. Grinsend erklärte er:»Ihr Deutschen glaubt immer daran, dass am Ende alles gut wird. Ihr habt sogar recht. Nur vergesst ihr, dass man dazu erst einmal die Bösen töten muss. Gut, dass wenigstens ein paar von euch es kapiert haben.«

Müller und die Kollegen sparten sich jeden Kommentar. Ein Mann wie Brian würde sowieso nicht verstehen, dass Gut und Böse Begriffe waren, mit denen man Kindern die Welt erklärte. Erwachsene wägten nüchtern Mittel und Zwecke ab. Aber es spielte keine Rolle. Brian erklärte ihnen, dass er ihr Anliegen im Vorfeld einem Freund vorgetragen habe. Wer dieser Freund sei, spiele keine Rolle. Er verfüge überall auf der Welt über Männer, die die Kriterien erfüllten, die das Netzwerk im Sinn hatte. Männer, die Jobs erledigten. Der Amerikaner schob ein Dossier über den Tisch. Auf der ersten Seite war ein Foto angeheftet, das das hagere Gesicht eines Deutschen zeigte, vielleicht Ende dreißig, der auf Hamburg St. Pauli eine Imbissbude betrieb.

Gelächter auf Seiten der Deutschen. Im Ernst? Das ist Ihr Mann? Ein Koch?

Brian erklärte, dass sie sich nicht von Äußerlichkeiten täuschen lassen sollten. Die Wurstbude sei nur Tarnung, der Mann ein absoluter Profi. Perfekt ausgebildet. Er sei zwar ein wenig widerspenstig, aber das sei kein Problem. Außerdem hätten sie dafür gesorgt, dass er nicht Nein sagen konnte, und zwar ganz egal, was sie von ihm verlangten.

Müller hatte damals versucht, von Brian mehr über den Unbekannten aus Hamburg zu erfahren. Wer er war, wer ihn trainiert hatte, warum er diese so seltsame Tarnung errichtet hatte. Auch in welcher Weise die Amerikaner ihn in der Hand hatten. Brian aber sagte nichts. *Take it or leave it.* Die Deutschen besprachen sich in einem Nebenraum, kehrten zu Brian zurück und erklärten sich einverstanden.

Wenige Wochen später hatte Müller ihn zum ersten Mal gesehen. Manuel Jessen. Er – und ausschließlich er – war es, der für das Netzwerk den Kontakt zu ihm hielt.

Als Manuel nahe genug herangekommen war, hob Müller die Hand. »Jessen! Hier bin ich!«

Der Ruf und das Winken waren überflüssig, Manuel hatte ihn längst ausgemacht. Er ging zwischen den um diese Uhrzeit nur noch spärlich besetzten Tischen hindurch, gab Müller die Hand und setzte sich. Als der Kellner erschien, orderte Manuel einen Espresso.

»Was haben Sie für mich, Müller?«

»Sie kommen gerne schnell auf den Punkt, was?«

»Je nachdem, mit wem ich rede.«

»Ja, sicher …« Müller war sich nicht sicher, ob er beleidigt worden war.

Dann warf der Geheimdienstler einen kurzen Blick in die Umgebung, kramte in seiner Aktentasche und zog einen braunen Umschlag im Letter-Format hervor, das etwas kürzer und breiter als ein deutsches DIN-A4-Blatt war. Offenbar war das Material also amerikanischen Ursprungs, schloss Manuel.

Müller reichte ihm den Umschlag. »Darin finden Sie alles, was Sie brauchen. Wir erwarten, dass es schnell geht.«

»Das heißt?«

»Möglichst sofort.«

»Sie wissen, dass ich so nicht arbeite.«

Müller verzog den Mund. »Also schön. Sie haben eine Woche. Maximal. Sehen Sie sich das Material an. Sie werden feststellen, dass es keinen Aufschub duldet. Es könnte sonst laut werden in Hamburg.«

»Worüber reden wir? Ein Anschlag? Hier in der Stadt?«

»Davon gehen wir aus.«

Manuel schüttelte zweifelnd den Kopf. »Ein fremder Dienst plant einen Anschlag? Wieso?«

»Kein Dienst.«

»Sondern?«

»Sehen Sie es sich an.«

Manuel wollte noch etwas sagen, schwieg dann doch. Er schob den Umschlag in seine Tasche, machte Anstalten, aufzustehen. Müller hielt ihn mit einer Geste zurück. »Noch etwas. Wir vermuten, dass das Ziel Papiere bei sich hat. Dokumente. Stellen Sie die sicher.«

»Welche Art Dokumente?«

»Schwer zu sagen. Formulare, vielleicht eine Landkarte, so etwas.«

Jessen nickte. »War's das?«

»Was das Geschäftliche angeht, ja. Wenn Sie möchten … noch einen Kaffee?«

Manuel warf Müller nur einen stummen Blick zu, erhob sich dann und verschwand wortlos in der Menschenmenge.

Der Geheimdienstler sah ihm nach, schüttelte dabei den Kopf. Seltsamer Mann. Still. Aber er erledigte seine Jobs. Das war am Ende alles, was zählte.

12

Es gab insgesamt vierzehn Kommandoeinsätze, verteilt über einen Zeitraum von etwas mehr als einem Jahr. Ralf Keppler wusste nicht, wer die Befehle gab und wer eingeweiht war. Alles lief streng geheim ab, aber anders als beim ersten Einsatz erfuhren er und die Jungs nun schon zu Beginn jeder Mission, worum es ging. Nach außen hin blieb es bei den üblichen Lügengeschichten. Geiselbefreiungen, Verhaftungen, Informationsbeschaffung. Keppler rätselte, wer eigentlich mit diesen Geschichten getäuscht werden sollte. Die Einsatzleitung in Masar-e Scharif? Das ISAF-Kommando? Das Ministerium? Das Kanzleramt? Die Öffentlichkeit?

Zweimal während der Zeit flogen sie nach Deutschland zurück. Es gab Urlaub, anschließend ein paar Tage in der Kaserne in Calw. Auch hier galt Schweigen als oberste Devise. Keppler sah während dieser Zeit den jungen Anwärtern beim Training und den Eignungsprüfungen zu. Im Stillen dachte er, dass diese hoffnungsfrohen, ehrgeizigen Jungs nicht die geringste Ahnung hatten, worauf sie sich einließen. Sie betrachteten ihren Dienst beim Kommando als eine Art Ferienlager mit ausgedehntem Sportprogramm. Als Belohnung winkten aufregende Fernreisen. Er selbst hatte es am Anfang genauso gesehen. Keppler dachte gerne an die ersten Wochen zurück. Eignungsfeststellungsverfahren. Sechzehn Anwärter, die gemeinsam in die Höllenwoche gingen. Neun von ihnen schafften es. In der letzten Nacht kamen sie zurück ins Lager und gingen durch das Spalier der applaudierenden Kameraden. Unbeschreiblich, unvergesslich. Dann folgte die eigentliche Ausbildung. Geiselbefreiung zu Land und zu Wasser. Schießprogramm, Kampfeinsatz, Geländeerkundung, Taktik in Hinterhalten, Survival. Am besten hatten ihm die Wochen in Belize gefallen. Ausbildung im Dschungelkampf. Schlamm, Hitze, Mückenplage. Es war eine Frage der Ehre, durchzuhalten.

Aber war es auch eine Ehre, in ein Dorf in den afghanischen Bergen einzudringen und jeden abzuschlachten, der einem vor die Kimme kam? Oder ein Munitionsdepot der Taliban zu verminen und ohne Rücksicht auf Zivilisten zur Detonation zu bringen? Es war ihr dritter oder vierter Einsatz gewesen, weit im Norden der Provinz Balkh, an der Grenze nach Usbekistan. Keine Ahnung, auf wessen Befehl er zurückging. Sie bekamen die Instruktionen, dazu sogar eine detailgenaue Karte. Sie brachten die Sprengladungen an und gingen in sicherer Distanz in Deckung. Der Rumms, der folgte, übertraf alles, was sie erwartet hatten. Kein Vergleich zu dem Pick-up, der während ihres ersten Einsatzes hochgegangen war. Diesmal radierte die Explosion mehr oder weniger die ganze Siedlung vom Erdboden aus. Dutzende von Menschen kamen um, obwohl die meisten von ihnen einfache Dorfbewohner waren und im Zweifel nichts von der Munition wussten. Später ging es über die Ticker der Nachrichtenagenturen und wurde sogar in der Tagesschau erwähnt. Ein tragischer Unfall in einem Munitionslager, ausgelöst durch ein paar analphabetische Idioten in den Reihen der Aufständischen. Über fünfzig getötete Dorfbewohner. Wieder einmal hätten die Taliban ihre menschenverachtende Ideologie unter Beweis gestellt … Die Lüge war in der Welt, und niemand kam auf die Idee, sie zu hinterfragen.

Stork hatte einen guten Riecher für Zweifel bei seinen Untergebenen. Und er hatte gute Antworten. Er machte Keppler, aber auch den anderen immer wieder klar, was die Alternative zu ihren Einsätzen war. Beispielsweise das Munitionslager. Die Taliban hätten mit eben diesen Waffen, mit dem Sprengstoff, den Mörsergranaten, den Sturmgewehren noch viel mehr Menschen getötet. War es nicht besser, sie verreckten selbst an ihren Waffen?

Das war die Logik des Krieges. Alles ließ sich mit diesen Gedankenspielen rechtfertigen. Die Einwände, die man vorbringen konnte, waren naiv, dumm oder feige. Es gab keinen Ausweg aus dem Dilemma. Oder besser noch, es gab gar kein Dilemma. Was Keppler und die Kameraden unter Storks Kommando taten, war brutal. Und zugleich war es auf eine unwiderlegbare Art richtig.

Aber war es das wirklich?

13

Manuel Jessen saß auf einer Bank in einem Stadtteilpark im Hamburger Osten. Ein paar Kinder plantschten in einem Brunnen, Hunde tobten über die Wiese. Plaudernde Mütter, die Glocke eines Eisverkäufers. Unbeschwerte Sommerstimmung. Er zog Müllers Dossier aus dem Kuvert und wartete. Wie üblich dauerte es einige Minuten, bis die Schrift und die Bilder auf den zuvor weißen Blättern hervortraten und lesbar wurden. Nun hatte er eine Viertelstunde, bevor alles wieder verblasste und für immer verschwunden sein würde.

Berkan Cetin stammte aus einem Dorf in der Nähe von Izmir. Mit sechs Jahren war er mit seiner Familie nach Deutschland gekommen, wo bereits mehrere Verwandte lebten. Das war im Jahr 1988. Cetin besuchte die Schule und begann anschließend eine Lehre als Automechaniker, die er allerdings nach einem Jahr abbrach. Einige Jahre später arbeitete er als freier Versicherungsmakler. Er verkaufte frisierte Policen an türkischstämmige Landsleute. Anschließend wurde er Mitinhaber einer Diskothek in Hannover, die aber nach kurzer Zeit Insolvenz anmeldete. Cetin, inzwischen 27 Jahre alt, zog nach Hildesheim, wo er offiziell als arbeitslos gemeldet war und nebenbei Geld in einem Wettbüro verdiente. Er begann, sich der Religion zuzuwenden, besuchte eine Moschee in der Nordstadt. Dort lernte er die Leute kennen, die über sein künftiges Schicksal entscheiden sollten. Im Herbst 2013 reiste er über Tunis, Istanbul und Kilis ins im Aufbau befindliche Kalifatgebiet. Nach der Einnahme von Mossul lebte er zunächst dort. Er war Anfang dreißig und damit einer der älteren Rekruten, die der IS in Deutschland hatte gewinnen können.

Cetins Einsätze für das Kalifat führten ihn nach Aleppo und Manbidsch. Ab Ende 2014 diente er als Stadtkommandant in al-Mayadin, einer ostsyrischen Kleinstadt am Euphrat. Er war ein gefürchteter Mann, der unzählige Hinrichtungen anordnete, dazu für Folter und Verstümmelungen verantwortlich war. Einiges davon befahl Cetin seinen Untergebenen, anderes führte er selbst aus. Auf einem der Blätter befand sich ein grob gerastertes, offenbar aus größerer Entfernung aufgenommenes Foto von Cetin. Er lächelte breit, hielt dabei in der einen Hand ein Messer, in der anderen den Kopf eines enthaupteten Mannes.

Im Frühjahr 2016, als die Allianz vorrückte, verschwand Cetin vom Radar der internationalen Dienste. Da er auch in den folgenden Monaten nicht mehr in Erscheinung trat, setzte sich die Vermutung durch, dass er tot war. Die tragfähigste Theorie besagte, dass Cetin noch in al-Mayadin in Ungnade gefallen war und dasselbe Schicksal erlitten hatte, das er so vielen anderen zugefügt hatte. Er war von den eigenen Leuten ermordet worden, vielleicht weil er es mit dem Sadismus übertrieben hatte, auch wenn das in den Reihen des IS schwer vorstellbar war.

Vor knapp zwei Monaten tauchte Cetin überraschend wieder auf, nachdem er unter dem Namen Kabir Awad als vermeintlich libanesischer Geschäftsmann nach Deutschland eingereist war und sich seitdem in Hamburg aufhielt. Während die Behörden sein Visum und seine Identität ohne weiteres akzeptierten, blinkte auf dem Bildschirm eines Analysten im vierhundert Kilometer entfernten Köln ein rotes Alarmsignal auf.

Der Mann gab ein paar Programmbefehle ein und setzte in geschulter Professionalität ein Mosaik aus Daten und Informationen zusammen. Es kristallisierte sich heraus, dass Cetin die Hansestadt offenbar nicht zufällig als Ziel gewählt hatte und bereits kurz nach seiner Ankunft begonnen hatte, einschlägige Aktivitäten zu entfalten. Unter anderem hatte er Kontakt zu Personen und Einrichtungen aufgenommen, die den inzwischen versprengten Strukturen des IS in Deutschland zugerechnet wurden.

Mit dem Printout suchte der Analyst das Zimmer seines Vorgesetzten auf, der schnell zu dem Ergebnis kam, dass der Vorgang in die allmorgendliche Leitungsrunde gehörte, danach auch in der Lagebesprechung des GTAZ in Berlin zur Sprache kommen sollte. Alles deutete darauf hin, dass Cetin als hochgradiger Gefährder mit einem konkreten Ziel nach Deutschland gekommen war.

Der noch am selben Tag erfolgte Vorschlag des Unterabteilungsleiters, Cetin möglichst umgehend aus dem Verkehr zu ziehen, fand in der Morgenrunde wenig Beachtung. Die einhellige Meinung: Ruhe bewahren, nicht übertreiben. Eine neue Identität und einige Kontakte zu Glaubensgenossen, egal wie radikal, sprächen nicht unbedingt für eine unmittelbar bevorstehende Operation. Der Unterabteilungsleiter schlug eine Observierung, zumindest aber eine weitere Überprüfung vor. Die Reaktion der Runde: Kopfschütteln. Es gebe zu viele Fälle, darunter einige, die deutlich konkreter seien. Solange Cetin keine unmittelbaren Schritte unternehme, könne man ihn nicht als dringlich behandeln.

Beim anschließenden Morgenkaffee bat ein Kollege des Unterabteilungsleiters darum, einen Blick ins Dossier werfen zu können. Er sah die Papiere durch, meinte dann aber, dass die Beweislage in der Tat zu dünn für ein Eingreifen sei. Cetin sei sicherlich nur einer der vielen ehemaligen Kämpfer, die ihre Vergangenheit hinter sich gelassen hatten und auf ein friedliches Leben in Deutschland hofften.

Zurück in seinem Zimmer griff eben dieser Kollege zum Telefon und wählte eine Nummer, an deren Ende sich eine Männerstimme meldete: Müller.

Während die Schrift auf den Blättern des Dossiers verblasste, wandte Manuel Jessen sein Gesicht der tief stehenden Sonne zu. Er schloss die Augen. Er atmete. Er suchte nach innerer Ruhe, ohne sie zu finden. Nichts hatte sich geändert. Er war immer noch ein Todbringer.

14

Es war der November des Jahres 2012. Über die Amerikaner kam die Information, dass Alim Abdulrashid, ein seit langem gesuchter Al-Quaida-Anführer saudischer Nationalität, in der Provinz Paktia mit lokalen Talibanführern zusammenkommen sollte. Es war der langgehegte Albtraum der Allianz, dass das Bündnis der Taliban mit den internationalen Terroristen wieder aufleben könnte.

Anders als früher war der Auftrag absolut sauber. Die Zielpersonen lokalisieren und identifizieren, anschließend beobachten und, wenn gefahrlos möglich, festnehmen. Tote sollten vermieden werden, schließlich galt es, Informationen zu gewinnen. Die Gefangenen würden anschließend von den Amerikanern übernommen werden. Ralf Keppler dachte an Guantanamo und Abu Ghuraib. Er fragte sich, ob es nicht humaner wäre, die Männer zu töten.

Außerdem wunderte er sich, dass der Einsatz in Paktia stattfinden sollte. Das war weit im Süden des Landes, nahe der pakistanischen Grenze und unter den ISAF-Strukturen kein Einsatzgebiet der Bundeswehr. Warum wurden ausgerechnet sie für den Einsatz angefordert? Als er Stork danach fragte, grinste der. Die Amis haben halt endlich eingesehen, dass wir es draufhaben. Das ist unser Verdienst, Keppler. Sie vertrauen uns. Sie wissen, dass wir den Job erledigen.

Das Kommando begann erneut mit einem Nachtmarsch, diesmal allerdings im Safed-Koh-Gebirge, irgendwo zwischen dem Peiwar-Pass und der Grenze zur Nachbarprovinz Nangarhar. Verflucht schwieriges Gelände. Das Ganze wäre schon unter normalen Umständen eine echte Herausforderung. Aber bei voller Bewaffnung und in der stetigen Gefahr, beschossen zu werden, war es die Hölle.

Trotzdem war dieser Teil der Unternehmung noch der leichteste. Später würden sie es mit ganz anderen Schwierigkeiten zu tun bekommen, denn es war kaum anzunehmen, dass ein solches Treffen ohne den Schutz einer größeren Anzahl von Kämpfern stattfinden würde. Aber was soll's, auch damit würden sie fertig.

Sie waren zwei Tage unterwegs, bis sie endlich ihr Ziel vor Augen hatten. Es war ein kleines, nomadenartiges Zeltlager, das das lokale Talibankommando auf einer Art Hochebene errichtet hatte. Eisiger Wind fegte über den dürren Grasboden. Die Hänge der Berge waren schneebedeckt. Aus den Zelten stieg Rauch auf, und rundherum grasten Ziegen und Kühe.

Ein ahnungsloser Beobachter hätte das Ganze für das Lager einer Bauernfamilie halten können, die trotz der Jahreszeit noch nicht ins Tal abgestiegen war und ihr Vieh weiter hier oben grasen ließ.

Sie wussten es besser.

Sie verschanzten sich am Rande der Hochebene und taten zunächst nichts als zu beobachten. Auf diese Art vergingen mehrere Tage. Nach und nach trafen die Delegierten ein, wenn man sie denn so nennen wollte. Unter Storks Regie fertigten sie hochauflösende Fotos der Zusammenkünfte ein, die unter freiem Himmel abgehalten wurden. Die Aufnahmen verschickten sie per Satellitenfunk, erhielten zumeist am nächsten Tag, mitunter schon nach wenigen Stunden, Bestätigungen über die Identitäten der Männer. Und in der Tat, es las sich wie ein Who-is-Who der Führungsebene der Neo-Taliban wie auch des Regionalkommandos von Al-Quaida. Am Ende saßen dort ein gutes Dutzend Männer, die, wären die Amerikaner wieder auf die Idee gekommen, ein Terror-Quartett herauszugeben, allesamt Buben, Damen und Könige wären. Sie wurden bewacht von einer kleinen Schar Kämpfern mit Kalaschnikows. Einige trugen sogar hochmoderne Manpads, tragbare Flugabwehrraketen, vermutlich sogar Stinger, um sich gegen Überraschungsangriffe durch Kampfhubschrauber zu wappnen.

Stork schien es zu freuen. Er wusste, dass diese Aktion ihnen einen Orden einbringen könnte, im Zweifel sogar einen der Amerikaner. Keppler hielt sich die meiste Zeit abseits. Wie üblich. Er blickte hoch zum Himmel, er blickte hinüber zu den Zelten. Er fragte sich immer noch, warum die Amerikaner das hier nicht selbst übernommen hatten. Gerade wo es doch um führende Köpfe des Feindes ging.

Nach weiteren vierundzwanzig Stunden war der Zeitpunkt gekommen, um loszuschlagen. Die Herausforderung bestand darin, die Distanz zwischen ihrem Posten und dem Zeltlager zu überwinden. Gute neunhundert Meter grasbewachsene Hochebene, die keinerlei Deckung bot. Durch die Ferngläser hatten sie zwar ein paar kahle Büsche und kleinere Felsen ausgemacht, aber nichts davon war groß genug, um auch nur einen einzigen Mann vor neugierigen Blicken zu schützen. Und vor Kugeln schon gar nicht. Der Plan ergab sich damit fast von selbst. Sie mussten auf die Nacht warten und dann schnell und lautlos vorrücken. Sollten ihre Feinde über Nachtsichtgeräte verfügen, hätten sie ein Problem. Aber das Risiko mussten sie eingehen.

Kurz vor Mitternacht ging es los. Jato machte die Vorhut. Er hatte das Streichholz gezogen und musste das Versuchskaninchen machen. War die Wache bei den Zelten aufmerksam genug, um eine Annäherung zu bemerken? Wenn ja, würde er unter Beschuss geraten. In geduckter Haltung trabte er vorwärts, näherte sich den Zelten bis auf hundert Meter. Nichts passierte. Die anderen rückten nach. Kurze Verschnaufpause. Letzte Blicke. Hochgereckte Daumen. Dann los!

Es ging schnell und fast lautlos über die Bühne. Sie töteten vier der Wachen, setzten zwei weitere fest. Die anderen flohen in die Dunkelheit, ließen sogar ihre Waffen zurück, vermutlich in der Hoffnung, dass dann nicht auf sie geschossen würde. So kam es dann auch.

Noch während Jato, Stork und Grunert das Gelände sicherten, traten Cicek, Hoffmann und Keppler mit erhobenen Waffen in die Zelte. Sie bellten auf Deutsch, Englisch und Pashtu, dass sich bloß niemand rühren solle. Alle hielten sich daran. Zwei, die es nicht taten, ließen ihr Leben. Einen Koch und zwei Helfer jagten sie davon. Die übrigen Männer wurden gefesselt und in einem der Zelte festgesetzt.

Als die Sonne über den östlichen Horizont der Hochebene kroch, war alles erledigt. Sie konnten kaum glauben, wie glatt es gegangen war. Niemand verwundet, nicht einmal kleinere Blessuren.

Sie fachten das Feuer im Mittelpunkt zwischen den Zelten an, tranken heißen Tee und kauten dazu die Riegel, die ihnen während eines Einsatzes als Hauptnahrung dienten. Stork nahm Funkkontakt mit der amerikanischen Basis auf. *Mission accomplished.* Ihr könnt die Männer abholen. Es sind nur zehn, weil sich zwei gewehrt haben und dran glauben mussten. Ließ sich nicht ändern. Zehn also? Genau. Good job, Man!

Jetzt hieß es warten. In spätestens zwei Stunden würden die Helis der Amerikaner eintreffen. Sie würde die Gefangenen aufnehmen und die Deutschen zurück in ihr Lager bringen.

Keppler stand wieder einmal abseits der anderen. Die kannten das schon von ihm, ließen ihn gewähren. Er hatte seine Einsatzhandschuhe ausgezogen und wärmte sich die Hände an dem Teebecher aus zerbeultem Aluminium. Er fragte sich, was als Nächstes käme. Ein paar Wochen Pause und dann wieder ein Einsatz? Ging es immer so weiter? Aber warum? Wofür? Die Kämpfe in Afghanistan waren im elften Jahr, der Abzug der westlichen Truppen war längst beschlossen. Niemand machte sich Illusionen. Die Aufständischen gingen Gefechten aus dem Weg und warteten einfach ab, bis ihre Feinde das Land verließen.

Was war also der große Plan? Gab es überhaupt einen? Oder machte man einfach weiter, weil keiner den Mut aufbrachte, die Wahrheit auszusprechen? Dass sie gescheitert waren.

Keppler trank einen Schluck Tee. Er schloss die Augen und lauschte in die große Stille des Gebirges.

Aber es war nicht still.

Da war ein entferntes Surren. Zu dünn für einen Blackhawk

oder einen Chinook. Näherte sich auch zu schnell. Die anderen, die beim Feuer saßen, redeten und lachten, hörten es nicht. Keppler hob den Blick, der weit über die Ebene reichte. Das Surren wurde lauter. Wie das Geräusch eines gigantischen Insekts. Er wusste, was los war, noch bevor sich in seinen Gedanken die entsprechenden Worte geformt hatten.

Predator.

Drohnenangriff.

Als Keppler die anderen warnen wollte, war es schon zu spät. Die erste Raketensalve schlug ein, wahrscheinlich Hellfire, vielleicht Griffins. Sie verwandelten das Lager in einen gigantischen Feuerball. Dort, wo gerade noch die Zelte gestanden hatten, war nur noch Rauch und Flammen. Überlebenschance null.

Galt für die Gefangenen. Galt für die eigenen Leute.

Die zweite Welle des Angriffes erwischte dann auch ihn, Keppler. Ein Geschoss schlug in seiner unmittelbaren Nähe ein und riss ihn von den Füßen. Was sollte das? Es waren amerikanische Drohnen. Verbündete. Die wussten doch, dass sie hier waren. Sie hatten Funkkontakt. Die Fotos! Alles war abgesprochen. Absicht? Versehen? Dilettantismus?

In den letzten Sekunden, bevor Keppler das Bewusstsein verlor, wurde es ihm klar. Es war von Anfang an geplant gewesen. In Washington, in Langley, wo auch immer. Die Deutschen sollten die Taliban und die Al-Quaida-Kämpfer lokalisieren, identifizieren, festsetzen. Die Koordinaten durchgeben. Und dann zusammen mit ihnen sterben.

Kollateralschäden.

Zumal der Einsatz nicht offiziell war. Niemand erfuhr davon. Niemand würde sich trauen, Fragen zu stellen.

Eine weitere Rakete schlug ein. Keppler wurde durch die Luft geschleudert. Noch einmal kam er zu sich. Es roch nach verbranntem Fleisch, und er wusste, dass der Geruch von seinem eigenen Körper ausging. Er blickte an sich hinab und sah, dass seine Uniform verschwunden war. Da war nur noch rohes, blutendes Fleisch. Der Knochen seines Unterschenkels lugte seitlich aus seinem Bein hervor. War das wirklich er selbst? Er spürte keinen Schmerz. Er spürte überhaupt nichts. In seinem Kopf war ein lautes Fiepen, vermutlich waren seine Trommelfelle geplatzt.

In einem letzten Kraftakt drehte Keppler sich auf die Seite. Dort, wo vorhin Stork und die anderen gesessen hatten, war nur noch ein Krater. Tote Körper, ganz oder in Teilen, lagen herum. Abgetrennte Arme, zerfetzte Beine. Jatos Kopf, halb verbrannt, lag neben den heruntergebrannten Resten eines der Zelte. Sein übriger Körper lag mehrere Meter weiter hinten. Jemand wimmerte auf, vielleicht war es Stork. Er entsandte dem Leben einen letzten Gruß und starb.

Keppler wusste, dass er ihm bald folgen würde. Aber es machte nichts. Nun würde er für immer Teil dieser Bergwelt sein, die er so sehr zu lieben gelernt hatte.

15

Manuel Jessen betrat lautlos die Wohnung in Altona. Dritter Stock, Altbau. Im Flur ein Dielenboden, der schon unter den Schritten eines Kindes geknarrt hätte und der doch unter Manuels Schritten lautlos blieb.

Vorsichtig drückte er die Klinke herab, blickte ins Zimmer. Obwohl es draußen bereits helllichter Tag war, herrschte Dunkelheit. Die Vorhänge waren zugezogen. Er hörte leise, sanfte Atemgeräusche.

Manuel trat ins Zimmer, schloss die Tür hinter sich. Er wartete, bis seine Augen sich an die Dunkelheit gewöhnt hatten. Er sah hinab auf den schlafenden Körper, der in dieser warmen Sommernacht nur halb bedeckt vom Laken war. Die Wölbungen ihrer Hüfte, das Rund ihrer Brüste, die Kuhle über ihrem Schlüsselbein.

Er entkleidete sich, streckte sich dann lautlos neben ihr auf der Matratze aus. Er schloss die Augen, sog den Duft ihrer Haut ein.

Sie drehte sich um, gab ein verschlafenes Knurren von sich.

»Manuel?«

»Schlaf weiter.«

»Ich mag's nicht, wenn du mich beim Schlafen beobachtest.«

»Das habe ich nicht getan.«

Sie lachte. »Was immer du sonst getan hast, ich mag es nicht.«

»Bist du sicher?«

»Nein.«

Sie streckte die Arme aus, zog ihn an sich. »Ein Mann wie du müsste nach Pommes und sonst etwas riechen ... aber das tust du nicht.«

Er lachte seinerseits. »Weil ich weiß, wie es geht.«

Sie gurrte. »Ich glaube, du kennst dich auch mit anderen Dingen aus.«

»Vielleicht. Probieren wir es aus.«

Sie zog ihn an sich, auf sich, in sich. Voller Vertrauen, von dem er wusste, dass er es nicht verdient hatte.

Sie schliefen bis zum Mittag. Dann saßen sie auf Theas Balkon, tranken Milchkaffee aus provencalischen Schalen und aßen Toastscheiben mit Marmelade. Aus dem Zimmer drang Musik von Lady Gaga. Thea mochte die Sängerin, warum auch immer.

Sie fixierte ihn über den Rand ihrer Kaffeeschale, ungeniert, sehr ernst.

»Was ist?«, fragte Manuel.

»Ich überlege, ob ich dich rauswerfe und nie wieder hereinlasse.«

»Wenn du möchtet, dass ich gehe, musst du es nur sagen.«

»Falsche Antwort, Herr Jessen.«

»Was wäre die richtige?«

»Du könntest mich fragen, warum ich darüber nachdenke. Du könntest mir das Gefühl geben, dass es dir wichtig ist. Dass ich dir wichtig bin. Dass du leiden würdest, wenn es passiert.«

Er war überrascht. Er schloss die Augen. Dann: »Okay. Warum also? Warum willst du mich rauswerfen?«

»Weil ich Angst habe, dass du eines Tages sowieso nicht mehr kommst. Bevor das passiert, beende ich es lieber selbst. Auch das würde mir wehtun. Aber nicht ganz so sehr.«

Er sah sie an, schüttelte den Kopf. Weil er sie nicht verstand? Nein, er verstand sie sogar sehr gut. Er schüttelte den Kopf, weil sie zu Recht Angst hatte. Es könnte gut passieren. Oder mehr noch, es würde passieren, unweigerlich. Vielleicht schon bald.

»Ich werde alles dafür tun, dass es nicht dazu kommt. Dass ich nicht gehen muss. Aber ich kann es nicht versprechen«, sagte er.

»Warum nicht?«

»Das kann ich dir nicht sagen.«

Sie schnaubte. »Das ist eine beschissene Tour, Manu. Ganz mies. Ich meine, im Prinzip sagen das alle Männer. Immer. Hör zu, Süße, es kann sein, dass ich eines Tages gehen muss. Als wenn sie ein Pferd vor der Tür angebunden hätten, mit dem sie dann in den Sonnenuntergang reiten. Aber verdammt, warum habe ich bei dir das Gefühl, dass es wirklich so ist?«

»Ich habe kein Pferd.«

Sie lachte, aber sofort blitzte wieder der Zorn in ihren Augen. »Ich hätte jetzt Lust, mich mit dir zu streiten. So richtig. Ich würde dir gerne eine Szene machen. Ich würde dich gerne anschreien, dir Vorwürfe machen, dich vielleicht sogar schlagen. Und wenn wir uns dann versöhnen, dann würde ich dich fragen, was eigentlich mit dir los ist. Was dein Geheimnis ist. Was mit dir nicht stimmt.«

»Warum fragst du nicht einfach?«

»Habe ich schon einige Male versucht. Du hast nie geantwortet.«

»Sei nicht unfair. Du hast genauso geschwiegen, als ich mehr von dir wissen wollte.«

Es stimmte. Er hatte Thea vor einigen Monaten im Imbiss kennengelernt, wo sie gelegentlich in den frühen Morgenstunden auftauchte. Immer sah sie müde und erschöpft aus. Sie trank meistens nur ein Bier, draußen auf den Stufen vor dem *Curry*. Dazu rauchte sie eine Zigarette. Dann zahlte sie und verschwand wortlos. Das Problem war, dass sie ihn trotzdem eingefangen hatte.

Nach ihrem fünften oder sechsten Besuch setzte er sich zu ihr auf die Stufen. Sie redeten. Manuel erfuhr, dass sie sich um einige der Mädchen aus den Etablissements kümmerte. Weil sie früher selbst eine von ihnen gewesen war – aber das sagte sie nicht. Sie kümmerte sich auch um die Fixer. Aus dem gleichen Grund, aber auch den nannte sie nicht. Sie half den Brückenschläfern, den Ausreißern, den Verlorenen, den Traurigen. Weil sie all das selbst gewesen ist und vielleicht immer noch war – eine Traurige, eine Ausreißerin.

Genau wie er.

Vielleicht war das der Grund, aus dem er sie mochte. Der Grund, aus dem er sich auf sie einließ.

Obwohl er es nicht durfte.

Obwohl er sie dadurch in Gefahr brachte.

Darum hatte er immer wieder darüber nachgedacht, Schluss zu machen. Sie ahnte es, das war ihm jetzt klar.

Sie verschwand in der Wohnung, kehrte kurz darauf mit frischem Kaffee auf den Balkon zurück. Außerdem hielt sie einen Schlüssel in der Hand. »Hier. Ich weiß zwar, dass du die Wohnungstür auch so aufkriegst, das hast du heute morgen mal wieder bewiesen. Aber ich möchte, dass du künftig den Schlüssel benutzt, in Ordnung?«

Er starrte sie an, wohl wissend, dass er ihr Geschenk nicht annehmen durfte. Sie aber griff nach seiner Hand, legte den Schlüssel hinein und schloss seine Finger darum.

16

Als Keppler die Augen öffnete, fand er sich in vollkommener Dunkelheit wieder. Nur sehr weit entfernt, oben am schwarzen Himmel, funkelten ein paar Sterne. Ihr Licht schien in winzig feinen, staubdurchzogenen Strahlen zur Erde hinab und warf ein Punktmuster auf den Boden.

Es war ein Anblick von bizarrer, traumhafter Schönheit.

Wie durch einen zähen Morast stieg sein Bewusstsein an die Oberfläche empor, bis er wieder einigermaßen klar denken konnte. Was war passiert? Wo war er? Wieviel Zeit war vergangen?

Keppler wusste es nicht.

Er spürte Schmerzen. Überall. Sein Kopf, seine Brust, seine Beine, jede Stelle seines Körpers sandte kaum zu ertragende Signale der Qual aus.

Dann wurde ihm auf eine überraschende, ja, heitere Art klar, was all seine Schmerzen und sein Leiden zu bedeuten hatten.

Er lebte.

Auch wenn er es sich selbst nicht erklären konnte, er hatte auf jener Hochebene im Safed-Koh-Gebirge nicht den Tod gefunden.

Noch während er versuchte, sich an weitere Einzelheiten zu erinnern, versank er erneut in einer bodenlosen Schwärze.

17

Berkan Cetin war ein schmal gebauter Mann mit blasser Haut und länglichem, dunklem Haar. Die Brille und der akkurat gestutzte Bart verliehen ihm das seriöse Äußere eines Akademikers. Manuel Jessen fiel es schwer, in ihm denselben Mann zu erkennen, der wenige Jahre zuvor zahllose Menschen gefoltert, ermordet, eigenhändig enthauptet hatte.

Manuel saß am Steuer eines Ford Siesta, den er unter falschem Namen angemietet hatte. Seit dem Treffen mit Müller waren drei Tage vergangen. Er folgte Cetin, der in einem altersschwachen

Punto unterwegs war. Der Wagen gehörte einem jungen, syrisch-stämmigen Studenten, dessen Verbindung zu Cetin sich Manuel noch nicht erschloss. Überhaupt hatten ihm die zurückliegenden 72 Stunden gezeigt, dass Müllers Dossier alles andere als vollständig war. So lebte Cetin nicht wie angegeben in einem Hotel am Stadtrand, sondern in einer Wohnung in Hamburg-Horn. Wem die Wohnung gehörte oder wer sie an Cetin vermittelt hatte, war unklar. Erst die Observierung einer Hinterhof-Moschee im nahe gelegenen Stadtteil Hamm hatte Manuel auf die Spur Cetins gebracht. Die Moschee, die Cetin täglich aufsuchte, galt als Treffpunkt salafistischer, allerdings nicht-militanter Muslime.

Allmählich gewann Manuel einen Überblick über Cetins Lebenswandel. Der Mann schlief nachts nur wenige Stunden. Durch ein gegenüberliegendes Dachfenster beobachtete Manuel, dass er die meiste Zeit in einem Sessel saß und las. Er betete regelmäßig. Seine Einkäufe erledigte er in verschiedenen Supermärkten, wobei all die Lebensmittel, die nicht halal waren, ungeöffnet im Müll landeten. Dass er sie überhaupt kaufte, war ein Täuschungsmanöver. Es zeigte, dass er mit einer Überwachung rechnete. An den Vormittagen besuchte er die Moschee in Hamm, führte lange Gespräche mit dem dort tätigen Geistlichen. Einmal wurde die Unterhaltung so laut und hitzig, dass Manuel sogar draußen einzelne Worte hören konnte. Offenbar stritten Cetin und der Imam. Allerdings sprachen die beiden Arabisch, das Cetin stockend, aber offenbar gut genug für eine Unterhaltung beherrschte. Manuel hingegen verstand nur einzelne Gesprächsfetzen, der eigentliche Inhalt des Streits entging ihm.

An den Nachmittagen bewegte Cetin sich mit dem Punto stundenlang kreuz und quer durch das Hamburger Stadtgebiet. Sein besonderes Interesse galt den hafennahen Gebieten am südlichen Elbufer, Moorburg, Veddel, Harburg, Peute, Grasbrook. Mehrfach suchte er die Niederlassungen großer Speditionen auf, verschwand einmal sogar für einige Zeit in einem Bürotrakt. Was wollte Cetin da? Wartete er auf eine Lieferung? Mit was? Sprengstoff?

Dann erkannte Manuel das Schema. Nicht Cetins Ziele – der Hafen, die Containerterminals, die Speditionen – waren entscheidend. All das diente nur der Ablenkung. Bedeutsam waren die Wege, die er dabei zurücklegte. Wie zufällig führten sie ihn immer wieder entlang der riesigen Firmenareale von Holborn, Nynas, BP, Shell.

Jetzt sah Manuel klarer. Cetin spähte die Hamburger Raffinerien aus! Aus diesem Grund also hatte Müller davon gesprochen, dass es, sollte der Mann seine Pläne umsetzen können, in Hamburg laut werden würde.

Was eine Untertreibung war.

Sollte Cetin wirklich eine der riesigen ölverabeitenden Anlagen in die Luft jagen, wären die Folgen für die Stadt jenseits alles Vorstellbaren. Eine Katastrophe mit Opferzahlen, die in die Hunderte, in die Tausende gehen könnten.

Der Auftrag hatte Manuel nicht geschmeckt. Er war anders als alles, was er bisher für Müller erledigt hatte. Cetin war kein Mitarbeiter eines fremden Dienstes, sondern ein Terrorist.

Aber gut, was er vorhatte, musste verhindert werden.

18

Keppler war wach. Zum ersten Mal drückte keine tonnen-schwere Last auf seinen Körper, auf sein Bewusstsein. Er konnte einigermaßen klar denken.

Also, wo war er?

Wieviel Zeit war vergangen, seit er das letzte Mal bei Bewusst-sein gewesen war? Minuten? Stunden? Tage?

Er wusste es nicht.

Die Sterne, die er zuvor gesehen hatte, waren verschwunden. Über ihm war nur noch Dunkelheit.

Dafür aber gab es eine andere, schwächere Lichtquelle, nahe am Boden. Sie war unruhig und flackernd.

Er starrte in die Richtung, aus der das Licht schien. Dann wurde ihm klar, dass es ein Feuer, vielleicht auch nur eine Kerze sein musste. Was immer es war, es befand sich im Nebenraum, und ein Teil des Lichts kroch unter einer Türritze hindurch zu ihm.

Es hieß, dass da Menschen waren. Vielleicht Freunde, vielleicht Feinde. Was spielte es für eine Rolle? Er war nicht allein!

Keppler wollte schreien, brachte aber nur ein heiseres Kräch-zen zustande. Nicht laut genug, als dass ihn jemand hören konnte. Aber immerhin, sein Körper nahm einen Teil seiner normalen Funktionen auf.

Er probierte es noch einige Male, sah dann ein, dass es keinen Zweck hatte. Man hörte ihn nicht. Oder man wollte ihn nicht hören.

Keppler versuchte sich aufzusetzen, konnte es aber nicht. Die Anstrengung war zu groß.

Er sackte zurück, blieb kraftlos liegen und spürte, wie sein Herz in seiner Brust raste. Keuchend rang er nach Luft.

Nach langen Minuten wurde es besser.

Er schlief wieder ein.

Als er erneut erwachte, wiederum ohne jedes Zeitgefühl, beschloss er, sich ein Bild seiner Umgebung zu machen. Da das Feuer, oder was immer es gewesen war, erloschen war, konnte er nicht das Geringste erkennen. Ihm blieb nichts anderes übrig, als seine Finger zu benutzen, um sich tastend eine Vorstellung davon zu machen, wo er sich befand.

Zentimeter um Zentimeter schob er die Hand nach vorne, traf überraschend schnell auf Widerstand. Es war eine Wand, vermutlich aus Lehm. Er tastete zur anderen Seite. Hier hatte er etwas mehr Platz. Er konnte den Arm fast ganz ausstrecken, dann stieß er auch hier auf Widerstand. Der Ort, an dem er sich befand, war offenbar eine Art Kammer. Da er lang ausgestreckt auf dem Boden lag, weder mit dem Kopf noch mit den Füßen eine Wand berührte, musste sie lang und schmal sein. Er schätzte eine Breite von vielleicht anderthalb Metern und eine Länge von vielleicht zwei Metern oder etwas mehr.

Seine Hand ertastete noch etwas anderes. Es fühlte sich glatt an. Es bewegte sich, floh träge davon. Ein Insekt, ein Käfer, vielleicht eine Spinne. Keppler wusste es nicht. Er drückte zu. Das Insekt gab ein Knacken von sich, und etwas Feuchtes, Geleeartiges spritzte heraus.

Keppler führte seine Finger an die Lippen und benetzte sie mit der feuchten, glibberigen Masse. Ein Regenguss in der Wüste.

19

Manuel machte sich keine Illusionen. Für Männer wie Müller war ihr Job, war die Politik nichts anderes als eine Art Schachspiel. Die Welt war ihr Spielbrett, und sie bewegten die Figuren darüber, wie es ihnen beliebte.

Dass dieses Spiel keinen Sieger kannte, wusste Müller genau wie seine Widersacher. Es interessierte sie nicht. Sieg oder Niederlage waren immer nur Zwischenstände. Sie machten einfach immer weiter.

Für Manuel hatte es vor knapp vier Jahren begonnen. Sein erster Auftrag. Ein nordkoreanischer Agent war nach Deutschland beordert worden, um eine Gruppe junger Dealer zu töten, die ihrerseits einen Drogenkurier Pjöngjangs um zwei Zentner Crystal Meth erleichtert hatten. Das staatliche Drogengeschäft war ein entscheidender Baustein in Nordkoreas Programm der Devisenbeschaffung gewesen, da verstand der Machthaber aus dem fernen Osten keinen Spaß. Manuel erfüllte den Job und eliminierte den Killer, nahm ihn also endgültig aus dem Spiel. Müller hatte von ihm verlangt, anschließend auch die Dealer, kleine Vorstadtjungs, deren Träume deutlich größer waren als ihr Verstand, auszuschalten. Den Mörder töten, aber den Mord dann selbst begehen. Perfide Logik. Es sollte eine Botschaft an Kim Jong-un sein: Wer in Deutschland umgebracht wurde, bestimmen wir immer noch selbst.

Manuel erledigte den Job. Offiziell. In Wahrheit lebten die drei jungen Männer seitdem auf Phuket und betrieben eine Bar mit Musikbühne und Whirlpoolbereich. Manuel hatte sie mit neuen Identitäten und genug Geld für die ersten Monate ausgestattet.

Wahrscheinlich wusste Müller sogar davon, ließ Manuel aber gewähren. Es amüsierte ihn. Für Manuel war entscheidend, dass er mehr als eine Schachfigur war. Er hatte seinen eigenen Willen. Jedenfalls Reste davon.

Es folgten Russen, ISI-Agenten, Islamisten; Nazis. Sogar ein Hitman der CIA, der einen deutschen Kommunalpolitiker töten sollte. Der Deutsche organisierte eine Bürgerinitiative gegen die Erweiterung einer NSA-Abhöranlage im südlichen Hessen. Der amerikanische Agent sollte ihn töten. Manuel verhinderte es, indem er ihn vom Spielbrett nahm. Müller schob die Sache den Russen in die Schuhe. Keiner glaubte es. Langley versuchte einen neuen Weg und stellte dem deutschen Politiker einen Scheck über zwei Millionen Euro aus, woraufhin der seine Bürgerinitiative einstellte und nach Mallorca zog. Na also, geht doch.

Entscheidend war, dass man niemals Leichen fand. Wenn doch, dann mussten die Tatorte so gut präpariert sein, dass sogar die besten BKA-Analysten keine Spur eines Verbrechens fanden.

Auf Manuel war in dieser Hinsicht Verlass. Er wusste, was er tat. Ein perfekter Handwerker des Todes.

Es war der fünfte Tag der Observierung. Am Nachmittag fuhr Berkan Cetin wieder kreuz und quer durchs Stadtgebiet. Diesmal hielt er sich in Richtung Norden.

Nach allerlei Umwegen erreichte der Punto ein Gewerbegebiet im Stadtteil Lurup. Vermutlich ging es um Materialbeschaffung. Cetin fuhr langsam, schien nach einer Adresse Ausschau zu halten. Er setzte den Blinker und fuhr auf das Firmenareal einer Autolackiererei. Dort steuerte er den Wagen vor eine Werkshalle. Er stieg aus und verschwand im Inneren des Gebäudes.

Manuel parkte einige Meter entfernt am Straßenrand. Lange

Zeit geschah nichts. Dann war röhrender Lärm zu hören. Irritierend.

Kurz darauf bog ein Pulk Motorräder um die Ecke, durchfuhr ebenfalls das Werkstor und kam vor der Halle neben Cetins Wagen zum Stehen. Eine Handvoll Männer stieg ab. Dunkelhaarig, dunkeläugig, in Kutte. Keine Höllenengel. Die würden sich so offen nicht nach Hamburg trauen. Es waren *Basibozuks*, ein noch junger Verein, der sich nach den Freischärlern im osmanischen Reich benannt hatte. Letztlich waren sie nichts anderes als die deutschen Schlägertruppen der AKP oder auch anderer hoher Kreise in Ankara. Wieso sie ausgerechnet jetzt und hier auftauchten, war Manuel ein Rätsel.

Nachdem die Motoren verstummt waren, trat Cetin aus der Halle. Er war in Begleitung eines Mannes, vielleicht Türke, vielleicht Araber, der einen gediegenen Anzug trug, überhaupt etwas Würdevolles ausstrahlte. Cetin und der Anzugträger gaben den Kutten die Hand, umarmten deren Anführer. Dann wurde geredet, dazu heftig gestikuliert. Die Stimmen wurden lauter, die Oberkutte stieg aufs Motorrad, stieg wieder ab. Am Ende reichte man sich die Hand. Worum immer es ging, offenbar konnten die Männer sich einigen.

Cetin verabschiedete sich, stieg in den Punto, fuhr davon.

Manuel folgte ihm. Er war beunruhigt. Was hatte das Treffen zu bedeuten? Wer war der Mann im Anzug? Welche Rolle spielten die Basibozuks?

Er hatte nicht die geringste Ahnung. Er wusste nur, dass das, was er gerade beobachtet hatte, nicht zu dem passte, was er in Müllers Dossier gelesen hatte.

20

Es war hell. Keppler spürte es durch seine geschlossenen Lider hindurch. Er wollte die Augen öffnen, konnte es nicht. Seine Wimpern waren mit Blut und Eiter verklebt. Plötzlich war da etwas Kaltes, Feuchtes in seinem Gesicht. Er wandte sich hin und her, schüttelte den Kopf, gab stöhnende Geräusche von sich, versuchte sich zu wehren. Jemand hielt ihn fest, sanft und doch zwingend. Er gab seinen Widerstand auf, ließ es einfach geschehen.

Eine Stimme sprach leise zu ihm. Keppler konnte nicht verstehen, was sie sagte. Es war Paschtu oder Dari, vielleicht auch Urdu, er war sich nicht sicher. Auch er wollte etwas sagen, konnte es aber nicht. Seine Kehle fühlte sich wund an. Er war inzwischen mindestens eine Woche, eher seit zehn Tagen in der Zelle, ohne dass er in dieser Zeit auch nur ein Wort von sich gegeben hätte.

Er spürte wieder das feuchte, kalte Tuch im Gesicht, mit dem er gereinigt wurde. Kräftige Daumen drückten es in seine Augenhöhlen. Jähe Angst überkam ihn. Man wollte ihn nicht reinigen, man wollte ihn verletzen, foltern, seine Augen aus dem Schädel quetschen.

Dann aber ließen die Finger von ihm ab. Jemand lachte. Keppler lachte ebenfalls. Er konnte die Augen öffnen.

Der alte Mann, der ihn gesäubert hatte, trug Pluderhosen und ein Kurta, ein fast knielanges Hemd. Er hockte auf einem Schemel vor ihm, lachte ihn aus einem zahnlosen Mund an. Jetzt stand er auf und entfernte sich.

Keppler drehte den Kopf, versuchte, sich zu orientieren. Offenbar lag er auf einer grob gezimmerten Bahre im Halbdunkel einer

Hütte. Einige Meter entfernt saßen vier oder fünf Männer um ein Kohlenfeuer. Über den Flammen hing ein Topf. Die Männer unterhielten sich leise. Gelegentlich blickten sie zu ihm, setzten ihr Gespräch aber unbeirrt fort.

Ob sie über ihn sprachen? Keppler wusste es nicht.

Einer der Männer stand schließlich auf und näherte sich ihm. Auch er trug traditionelle Kleidung, dazu einen Parkol auf dem Kopf. Sein Bart war nach Manier der Taliban lang. Der Mann blickte mit regungslosem Gesicht auf Keppler hinab. Dann beugte er sich hinunter, packte ihn am Genick. Keppler wollte sich wehren, merkte jedoch sofort, dass er zu schwach dazu war. Der Mann redete auf ihn ein, zog ihn schließlich in eine sitzende Haltung. Dann nahm er einen Becher, der neben der Bahre stand, führte ihn an Kepplers Lippen und ließ ihn trinken.

Es war ein mit Zucker und Gewürzen versetzter schwarzer Tee, süß und bitter zugleich. Keppler spürte, wie die Flüssigkeit seinen Mund benetzte, dann langsam seine Kehle und seine Speiseröhre hinabfloss. Selbst noch in seinem Magen konnte Keppler den Tee spüren, ein Fremdkörper in seinen Eingeweiden, die Tage, vielleicht Wochen keine Nahrung aufgenommen hatten. Erst allmählich wurde die Flüssigkeit zu einem Teil von ihm, erweckte die Zellen seines Körpers zu Leben.

Es tat unendlich gut. Eine Auferstehung.

Keppler weinte.

Der Mann, der ihn getränkt hatte, half ihm, sich wieder zurückzulegen. Dann zog er sich zurück und setzte sich wieder ans Feuer.

Nichts weiter geschah. Die Männer redeten, ohne Keppler zu beachten.

Sehr viel später kam der Mann mit dem Parkol erneut zu ihm. Er setzte Keppler erneut auf, nahm dann eine Schale mit Brei in die Hand. Mit einem Holzlöffel fütterte er Keppler. Ein Bissen, zwei Bissen. Keppler konnte nicht schlucken. Er gab ein krächzendes Geräusch von sich. Der Mann verstand und ließ ihn wieder trinken. Dann gab es zwei weitere Löffel Brei. Es war mehr als genug. Keppler schüttelte den Kopf. Er konnte nichts mehr zu sich nehmen. Der Mann rief etwas zu der Runde hinüber. Eine kurze Diskussion entbrannte. Ein anderer Mann, der in der Runde saß, stand auf und kam ebenfalls herüber. Er blickte Keppler an, wirkte unschlüssig. Schließlich schüttelte er den Kopf und redete in kurzen Worten auf denjenigen ein, der ihn gefüttert hatte.

Der stand auf, griff mit einem Arm unter Kepplers Schultern und zog ihn auf die Beine. Obwohl der Mann kleiner und schmaler als Keppler war, konnte er ihn mühelos heben. Wie war das möglich? Keppler blickte an sich selbst hinab. Er erschrak. Der kräftige, großgewachsene Mann, der er gewesen war, war verschwunden. Er war abgemagert und knochig, wog kaum noch etwas, ein Schatten seiner selbst.

Ein solcher Gewichtsverlust konnte nicht binnen Tagen vor sich gegangen sein. Sein Zeitgefühl hatte ihn getrogen. In Wahrheit mussten etliche Wochen vergangen sein, während derer er mehr oder weniger bewusstlos in seiner finsteren Zelle gelegen hatte.

Der Paschtune brachte Keppler in einen hinteren Teil des Hauses, das, soweit Keppler es einschätzen konnte, eine aus Lehm errichtete Bauernkate war. Die Art Gebäude, in die er in den zurückliegenden Jahren immer wieder eingedrungen war, um ihre Bewohner zu verhören, zu fesseln oder auch zu töten.

Schließlich standen sie vor der Holztür, hinter der seiner Zelle lag. Jetzt konnte er sie zum ersten Mal im hineinscheinenden Licht sehen. Was die Größe anging, hatte er einigermaßen richtig gelegen. Der Raum war vielleicht anderthalb Meter breit, vielleicht zweieinhalb Meter lang. Er hatte keine Fenster, war mit fest verschraubtem Wellblech überdacht. Und er war leer. Kein Kissen, kein Stuhl, keine Unterlage. Nichts. Nur harter Lehmboden.

Sein Helfer machte eine Kopfbewegung in Richtung der Kammer.

»Nein«, sagte Keppler. Nicht laut, das gelang ihm nicht, aber laut genug.

Statt zu antworten, gab der Mann nur ein Knurren von sich. Er packte Keppler und stieß ihn in die Zelle hinein, wo er zu Boden stürzte. Die Tür wurde zugeschlagen und verriegelt.

Keppler fand sich in der ihm inzwischen vertrauten Dunkelheit wieder.

21

Manuel Jessen wartete. Etwa nach einer Viertelstunde hörte er, wie die Wohnungstür aufgeschlossen wurde. Es war kurz nach Mitternacht.

Er blieb in der Dunkelheit des Wohnzimmers sitzen. Die Geräusche verrieten ihm, dass Berkan Cetin sich die Jacke auszog, die Toilette benutzte, sich in der Küche ein Glas Wasser abfüllte. Anschließend ging er mit schlurfenden Schritten den Flur hinunter, trat ins Wohnzimmer und stellte das Licht an.

Sein Erschrecken, als er Manuel auf einem Sessel entdeckte, währte nur kurz, sofort hatte er sich wieder im Griff. Eine gewisse Gelassenheit machte sich auf seinen Zügen bemerkbar. Er war auf so etwas vorbereitet worden.

Manuel nickte ihm zu, nicht minder gelassen. »Guten Abend, Herr Cetin. Ich habe mir erlaubt, Tee zu kochen, während ich auf Sie gewartet habe. Möchten Sie eine Tasse?«

»Ich heiße Awad. Kabir Awad.«

»Hören Sie bitte auf. Ich weiß Bescheid.«

»Was wollen Sie von mir? Wer sind Sie überhaupt?«

»Das spielt keine Rolle.«

»Ich rufe die Polizei.«

»Tatsächlich?«

Cetin schien wirklich mit dem Gedanken zu spielen. Dann wurde ihm wohl klar, dass es eine schlechte Entscheidung gewesen wäre.

»Ich frage Sie noch einmal, wer Sie sind und was Sie von mir wollen?«

»Ich werde Ihre Fragen beantworten. Aber bitte setzen Sie sich doch hin.«

Manuel schenkte Tee ein. Er hatte ihn nach seinem Eindringen in die Wohnung in der Küche zubereitet, hatte anschließend den Wasserkocher sowie alle anderen Gerätschaften mit Wasser soweit gekühlt, dass dem Hausherren nicht auffallen konnte, dass sie benutzt worden waren.

Cetin knurrte einen Fluch, setzte sich dann Manuel gegenüber auf das Sofa.

»Sie sind von der Polizei?«

»Nein.«

»Verfassungsschutz? CIA?«

»Es spielt keine Rolle.«

»Sind Sie hier, um mich zu töten?«

»Ja.«

Auch jetzt dauerte der Schrecken nur kurz, wurde erneut von Gelassenheit abgelöst. Es nötigte Manuel eine gewisse Anerkennung ab. Es gab wenige Menschen, die ihren Frieden mit dem eigenen Ende geschlossen hatten. Berkan Cetin gehörte dazu.

Er selbst gehörte ebenfalls dazu.

»Ich muss Sie warnen. Sie stellen es sich einfacher vor, als es sein wird«, sagte Cetin, schlürfte nun tatsächlich von seinem Tee.

»Wir werden sehen.«

»Richtig, wir werden sehen. Dennoch … Haben Sie wirklich alles bedacht? Wie stellen Sie es sich vor? Schaffen Sie meine Leiche von hier fort und lassen sie irgendwo verschwinden? Das ist nicht so leicht, wie Sie vielleicht denken. Viele Menschen sind draußen unterwegs. Man wird Sie sehen. Ganz bestimmt sogar.«

Manuel durchschaute Cetins Manöver. Er schüttelte sanft den Kopf und sagte mit freundlicher Stimme: »Nehmen Sie bitte die Hand aus der Tasche und legen Sie die Waffe auf den Tisch.«

Cetin, der seine Hand im Stoff seiner Hausjacke vergraben hatte, stieß ein abfälliges Grunzen aus, ignorierte Manuels Anweisung. Der rollte mit den Augen und sagte mit einer nur um Nuancen strengeren Stimme: »Ich bitte Sie, Herr Cetin. Die Schmerzen, die Sie sich einhandeln, machen die Sache nicht besser.«

Cetin stieß erneut ein verächtliches Prusten aus. Dann fügte er sich, zog eine P7 aus der Tasche und legte sie auf den Tisch.

Manuel griff nach vorne, nahm die Heckler & Koch an sich und verstaute sie in seiner Tasche.

74

Cetin beobachtete ihn, schüttelte den Kopf, fragte seufzend: »Kann ich wenigstens ein letztes Telefonat führen? Ich möchte mich von meiner Frau verabschieden.«

»Sie sind nicht verheiratet, Herr Cetin. Die Frau, die Sie in Al-Mayadin geheiratet haben – sie hieß Shadia, wenn ich mich recht erinnere – ist tot. Aber damit sage ich Ihnen nichts Neues. Sie haben sie selbst getötet. Offenbar weil sie Sie verlassen wollte, nachdem Sie sie immer wieder misshandelt haben.«

»Sie hat bekommen, was Sie verdient hat.«

»Ich glaube Ihnen, dass sie die Dinge so sehen.«

Cetin sah Manuel mit unverhohlener Verachtung an. »Sie sind mein Henker. Das muss ich hinnehmen. Aber spielen Sie sich nicht zu meinem Richter auf. Es steht Ihnen nicht zu.«

»Sie haben recht. Es tut mir leid, wenn ich diesen Eindruck erweckt habe.«

Cetin sah ihn irritiert an. Manuel war offenkundig ein Deutscher, und doch fehlte ihm die übliche Überheblichkeit dieser so eingebildeten Menschen. Etwas war bei diesem Mann anders, aber er konnte nicht sagen, was es war.

»Was geschehen ist, ist geschehen. Mit meiner Frau, mit anderen. Wir handeln nicht nach irdischen Geboten. Aber das werden Sie nicht verstehen können, Herr …«

»Mein Name spielt keine Rolle. Und was die irdischen oder himmlischen Gebote angeht, da würde ich sagen, dass wir beide nicht dazu bestimmt sind, darüber zu urteilen.«

»Wie Sie meinen.«

Zwischen den beiden Männern entstand ein angespanntes Schweigen. Sie beobachteten sich verhohlen, wobei Cetin der deutlich Nervösere war. Manuel rechnete damit, dass er aufspringen und sich doch noch auf ihn stürzen würde. Doch nichts geschah.

Schließlich gab Cetin ein erschöpftes Seufzen von sich und sagte: »Wahrscheinlich haben Sie sogar recht, und ich habe wirklich den Tod verdient. Was wir getan haben, was ich getan habe, lässt sich nicht beschreiben. Es war ein Traum, erst schön, dann traurig. Unser Handeln war jenseits aller Vorstellungen, ein blutiges Paradies.«

»Sie benutzen schöne Worte. Ein Talent. Sie hätten etwas daraus machen sollen.«

»Das habe ich. Ich habe Gedichte geschrieben. Wollen Sie sie hören?«

»Nein.«

»Vielleicht überlegen Sie es sich dann noch einmal.«

»Das brauche ich nicht, Herr Cetin. Sehen Sie, die Leute, die mich gebeten haben, Sie zu besuchen, interessieren sich nicht für Ihre Vergangenheit, ebenso wenig wie für Ihre Lyrik. Sie sind besorgt wegen der Dinge, die Sie für die Zukunft geplant haben.«

»Sicher. Und nicht zu Unrecht. Viele weitere sollen sterben. Hier, mitten in Deutschland.«

»Gut, dass Sie es zugeben.«

Cetin sah Manuel nun ganz direkt an, er fand sogar zu einem Lächeln zurück, als hätte er in seinem Gegenüber etwas entdeckt, womit er nicht gerechnet hatte. »Was ist mit Ihnen? Sie wollen mich töten … Sie sind demnach nicht anders als ich. Auch der Mörder des Mörders verdient den Tod, nicht wahr? Ist es nicht ein wunderbares Paradox?«

»In der Tat, das ist es. Aber es ist von anderer Art, als Sie glauben, Herr Cetin.«

»Tatsächlich?«

»Sie denken in moralischen Kategorien. Es geht Ihnen um Sünde und Schuld, um Sühne und Gerechtigkeit. Aber all diese Dinge führen am wesentlichen vorbei.«

»Es geht mir um Gott. Mein Lohn wird nicht von dieser Welt sein.«

»Ich respektiere Ihren Glauben. Und Sie haben recht, ich bin vermutlich nicht besser als Sie. Aber ich weiß etwas, das Sie nicht wissen.«

»Ach ja?«

Manuel ließ einige schweigsame Sekunden vergehen, spürte in sich hinein, ob ihm dieses Gespräch behagte. Cetins Worte lagen nahe bei der Wahrheit. Sie waren einander ähnlich. Vielleicht nicht im Wesen, aber in den Dingen, die sie taten.

Manuel räusperte sich und erklärte mit leiser Stimme: »Der Punkt, den Sie übersehen, Herr Cetin, ist der, dass ich Sie gar nicht töten kann. Denn Sie sind bereits tot. Schon lange. Sie haben es nur noch nicht gemerkt.«

»Ein interessanter Gedanke. Überraschend auch. Noch fühle ich mich recht lebendig.«

»Sie täuschen sich, und ich denke, das wissen Sie.«

»So? Weiß ich es?«

»Sie sind gestorben, als Sie in Mossul einen zwölfjährigen Jungen wegen angeblicher Blasphemie enthauptet haben. Sie sind gestorben, als Sie in Al-Mayadin ein Dutzend Männer erschossen haben, die nicht einmal in Ihren Augen gesündigt haben. Es ging Ihnen nur darum, mit der Tat den Respekt Ihrer Befehlshaber zu erwerben. Sie sind gestorben, als Sie ungezählte jesidische Männer in die Wüste getrieben haben, wo sie elendig verdurstet sind.

Sie wissen so gut wie ich, dass Sie längst nicht mehr auf dieser Welt sind. Sie sind ein Geist, ein Dämon.«

Berkan Cetin schloss für einige Momente die Augen. Er fühlte sich betäubt von der spirituellen Wahrheit, die aus dem Mund dieses seltsamen Deutschen sprach. Noch mehr irritierte ihn, dass ihn dessen Worte erleichterten. Der Fremde half ihm, durch jene Tür zu treten, die er schon lange in seinem Inneren gesehen und die ihn schon lange angelockt hatte. Bisher aber hatte er sich gefürchtet, sich ihr auch nur zu nähern. Nun wusste er, dass ihn dort auf der anderen Seite eine friedliche Stille erwartete, nach der er sich tatsächlich schon lange sehnte.

Cetin öffnete die Augen und blickte Manuel fast freundschaftlich an. »Ich möchte mich bei Ihnen bedanken, mein Herr.«

»Nein, das ist nicht nötig.«

»Wie Sie meinen. Aber eine Frage bitte ich Sie doch zu beantworten.«

»Ich höre.«

»Vermute ich richtig, dass auch Sie ein Toter sind? Ich sehe in Ihrem Gesicht, in Ihren Augen, dass es so ist. Verraten Sie mir, wann Sie gestorben sind?«

Manuel schlug die Augen nieder. Die Trauer, die ihn überflutete, war kaum zu ertragen. »Sie haben recht.«

»Natürlich. Sonst wären Sie nicht hier.«

»Wie so viele, die den Krieg gesehen haben und sich in ihm verloren haben … Ich habe das Leben, wie ich es kannte, hinter mir gelassen.«

»Warum treten Sie dann nicht mit mir durch jene Tür, die Sie mir nun weisen?«

Manuel dachte über die Frage nach, sagte schließlich: »Ich will es so sagen. Es gibt noch eine andere Türe, eine, die ebenfalls zu Stille und Frieden führt. Es war mir vergönnt, sie zu finden, auch wenn es mich lange Anstrengung gekostet hat. Vielleicht hatte ich auch einfach nur Glück.«

»Sie werden mir vermutlich nichts über diese andere Seelentür erzählen?«

»Nein.«

»Ich verstehe.«

Sie beendeten ihren Tee und saßen schweigend voreinander. Es geschah schließlich schneller, als Manuel erwartet hatte. Cetin sprang in einer jähen Bewegung aus dem Sofa auf, versuchte sich auf ihn zu stürzen. Sein Gesicht zeigte dabei Hass ebenso wie die verzweifelte Hoffnung, doch leben zu können. Manuel aber glitt in einer fließenden Bewegung zur Seite, ließ Cetin in seinen leicht angewinkelten Arm rennen. Dann drehte er sich in einer leichten, mühelosen Bewegung zur Seite. Das knirschende Geräusch zeigte ihm, dass mehrere von Cetins Halswirbel brachen.

Für eine Sekunde standen sie reglos im Raum, zwei Männer, die sich scheinbar liebevoll umarmten. Dann glitt Cetin hinab zu Boden. Er war tot.

Manuel erledigte routiniert all das, was nun getan werden musste. Zunächst durchsuchte er die Wohnung nach den Dokumenten, von denen Müller gesprochen hatte – vergeblich. Cetin war offenbar vorsichtig gewesen und hatte nichts Schriftliches aufbewahrt, zumindest nicht hier in seinen Räumen.

Dann kam der anstrengende Teil. Als Erstes tauschte Manuel die funktionstüchtige Birne in der Deckenlampe gegen eine defekte aus, stellte eine Leiter in die Mitte des Zimmers. Er schulterte Cetins Leiche, bestieg die Leiter, ließ den toten Körper hinabfallen. Er musste die Prozedur zweimal wiederholen, bis der Körper in einer Position zu liegen kam, die seine tödliche Verletzung plausibel erscheinen ließ.

Ein tragischer Haushaltsunfall. Passierte öfter, als die Leute dachten. Der Arzt, der den Totenschein ausstellte, würde keinen Verdacht schöpfen.

Anschließend verwischte Manuel alle Spuren seiner Anwesenheit. Zuletzt wusch er das Teegeschirr und stellte es zurück in den Küchenschrank.

Er verließ die Wohnung auf dieselbe Art, auf die er gekommen war, über den Balkon, durch einen Hinterhof und durch den Keller eines benachbarten Hauses.

22

Keppler hatte keine Uhr, konnte den Himmel nicht sehen, die Sonne nicht, den Mond nicht, keine Sterne.

Er wusste nicht, wieviel Zeit verging.

Die winzigen Löcher im Dach seiner Zelle verrieten ihm, wann Tag war und wann Nacht. Aber konnte er diesem schwachen Hinweis trauen? Er schlief oft und lange, so dass er manchmal in der Dunkelheit einschlief und auch im Dunkeln wieder erwachte. Dann fragte er sich, ob ein ganzer Tag vergangen war oder doch nur kurze Stunden.

Auch die wenigen Mahlzeiten, die er bekam, lieferten ihm keinen Hinweis. Sie erfolgten unregelmäßig, vermutlich eben aus dem Grund, um ihm kein Zeitgefühl zu geben. Mal war es hell, mal dunkel, wenn man ihn aus der Zelle holte, ihm Wasser oder

Tee gab, etwas trockenes Fladenbrot, eine Schale mit Brei, einige Male Gemüse, ein einziges Mal Fleisch. Dann wurde er wieder weggesperrt, und man schien ihn für Tage zu vergessen.

Gelegentlich wachte Keppler auf und fand einen Krug mit Wasser in seiner Zelle. Offenbar schlief er so tief, dass er es nicht einmal merkte, wenn die Tür seines Gefängnisses geöffnet wurde. Das einzige Zeitmaß, das er hatte, war sein Bart, der immer länger wuchs, waren seine Haare, die erst bis in seinen Nacken, dann bis zu seinen Schultern wuchsen. In der gleichen Zeit magerte sein Körper weiter ab.

Daher wusste er, dass die Wochen zu Monaten geworden waren.

Aber warum war er hier? Was wollte man von ihm? Wieso töteten seine Peiniger ihn nicht einfach?

Keppler wurde nicht verhört und nicht gefoltert. Man hielt ihn wie in Stück Vieh in seinem dunklen, stinkenden Verlies, in dem er sich nicht waschen konnte, in dem er seine Notdurft verrichten musste und in dem sich logischerweise immer mehr Insekten versammelten und ihn quälten.

Einmal in der Woche gab man ihm die Gelegenheit, sich zu reinigen. Dafür durfte er die Zelle und sogar die Hütte verlassen. Man führte ihn in eine zum Himmel offene Kammer am Rand der Kate, in der eine Plastikwanne mit Wasser stand. Das Badezimmer. Keppler legte Hose und Kurta ab, die man ihm gegeben hatte. Als er das Badezimmer zum ersten Mal benutzen durfte, daher auch zum ersten Mal die Gelegenheit hatte, seinen eigenen Körper bei Helligkeit zu betrachten, erschrak er. Seine Haut war über und über von Schorf und Ekzemen bedeckt. Außerdem gab es keine Stelle seines Körpers, die nicht von Narben gezeichnet war. Sie stammten teilweise von den Wunden, die er durch Splitterteile beim Einschlag der Raketen erlitten hatte, teilweise von den Verbrennungen, die er sich dabei zugezogen hatte.

Der Bruch in seinem rechten Unterschenkel war äußerlich verheilt, aber jeder Schritt verursachte ihm Schmerzen. Keppler vermutete, dass der Knochen falsch oder auch gar nicht zusammengewachsen war.

Er fragte den Mann, der die Waschkammer bewachte, ob er einen Spiegel haben könnte. Der zuckte hilflos die Schultern, wirkte nicht einmal unfreundlich dabei.

»Einen Spiegel! Mirror!«

Kopfschütteln. Schulterzucken.

Keppler versuchte es mit einer Pantomime. Der andere nickte und lächelte, sagte dann aber: »No.«

Eine halbe Stunde später war Keppler wieder in seiner Zelle, war wieder in der Dunkelheit.

Er war während seiner Ausbildung auf eine Situation wie diese vorbereitet worden. Gefangennahme, Folter, Verhöre.

Aber die Wirklichkeit war anders als jedes noch so realistische Training. Man tat ihm ja nicht weh, man verhörte ihn nicht, folterte ihn nicht. Es geschah einfach … nichts.

Die Taliban wollten nichts von ihm wissen. Sie hielten ihn gefangen und ließen ihm ein Minimum an Versorgung zukommen, gerade genug, dass er nicht starb.

Warum? Warteten sie auf die passende Gelegenheit, um mit ihm als Geisel ein Geschäft machen zu können? Oder diente er ihrem Vergnügen, weil sie sehen wollten, wie lange ein fremder Soldat überleben konnte?

Es gab Tage, an denen wünschte Keppler sich, sie würden ihn verhören oder sogar foltern. Er würde nichts sagen, egal, womit sie ihm drohten, egal, was sie ihm antaten. Aber wenigstens hätte sein Wille eine Aufgabe, ein Ziel, auf das er sich konzentrieren könnte. Das war seine größte Herausforderung. Das Nichts. Die Tatsache, dass die Zeit verging, ohne dass irgendeine Veränderung eintrat. Tage, Wochen, Monate. Ab und zu gab es Essen, ab und zu etwas zu trinken. Einmal in der Woche das Waschen.

Mehr nicht.

Es wurde heiß, das war der Sommer. Es wurde wieder kühl, der Herbst. Dann wurde es beißend kalt. Winter. Ein ganzes Jahr war vergangen. Man gab ihm eine Decke und in den kältesten Tagen sogar zwei.

Irgendwann wurde Keppler klar, dass die Zeit selbst das Folterinstrument war, das man an ihn angelegt hatte. Es war ein Werkzeug von unvorstellbarer Grausamkeit. Es tötete seine Wahrnehmung ab, sein Gefühl für die Umgebung, für sich selbst. Stunden um Stunden, Tage um Tage lag er einfach nur da. Wirre Gedanken krochen durch seinen Kopf, Anflüge von Wahnsinn.

Die Zeit säte Zweifel in Kepplers Gedanken, trieb ihn in ein quälendes, sich endlos drehendes Fragenkarussel. Wie lange würde es so gehen? Was wollte man von ihm? Wieso töteten sie ihn nicht? Sollte er es einfach selbst tun? Alles beenden? Sich selbst das Leben nehmen?

An manchen Tagen erschien es ihm die einzig sinnvolle Möglichkeit. Vielleicht erwarteten es seine Bewacher sogar von ihm, fragten sich, warum er es nicht längst getan hatte. Ging es nur darum? Dass sie dann mit reinem Gewissen sagen konnten, den fremden Soldaten nicht getötet zu haben?

Keppler überlegte, wie er es bewerkstelligen könnte. Es würde nicht einfach sein, denn in seiner Kammer gab es keine Instrumente, die er nutzen konnte. Den Wasserkrug vielleicht? Er könnte ihn zerschlagen und sich mit einer der Scherben die Pulsadern aufschneiden. Aber das war riskant. Er könnte scheitern. Dann hätte er wieder Schmerzen. Aber tot und erlöst wäre er nicht.

Er könnte am Waschtag versuchen zu fliehen. Seine Bewacher hätten keine Wahl, sie müssten ihm den Gefallen tun und ihn erschießen. Andererseits war er kaum in der Verfassung, rennen zu können, geschweige denn zu kämpfen. Sie würden nicht auf ihn schießen. Sie würden ihn wieder einfangen, und alles wäre wie zuvor.

Einige Male lag er in seiner Zelle und versuchte den Tod mit reiner Willenskraft herbeizuführen. Er unterdrückte seinen Atem, bis der Druck in ihm unerträglich wurde. Im letzten Moment aber übernahm ein anderes Ich das Kommando, ließ seinen Körper atmen, ohne dass er es verhindern konnte. Er konzentrierte sich auf seinen Herzschlag, wollte ihn zwingen, sein Werk zu beenden.

Doch nichts geschah.

Oder war er längst tot? War das hier eine Variante der Hölle? Würde sein Dasein in der Kammer nie mehr aufhören, bis in alle Ewigkeiten nicht?

An einem der Tage, als die eigenen Gedanken ihn quälten, wie keine Folter es könnte, geschah etwas Überraschendes. Keppler hatte sich aufgesetzt, wollte eigentlich aufstehen. Um was zu tun? Gegen die Tür zu hämmern? Schreien und um sich schlagen? Darauf hoffend, dass sie dann keine Wahl hätten und ihn erschössen?

Aber wollte er wirklich sterben? Dieses Leben endgültig hinter sich lassen?

Keppler stand nicht auf. Er blieb sitzen. Er schloss die Augen. Er spürte seinen Atem, spürte das Blut in den Ohren rauschen, sogar den Schlag seines geschwächten Herzens. All das war Leben, reines, erstaunlich zähes Leben. Ein Geschenk. Er durfte es nicht fortwerfen. Denn es gehörte ihm nicht, sondern umgekehrt, er gehörte diesem Leben. Er konnte ihm vertrauen. Er konnte sich ihm hingeben.

Keppler saß da und spürte, wie die zuvor so quälenden Gedanken von ihm abließen. Ruhe erfasste ihn. Eine große Stille. Er war Teil dieser Stille. Überhaupt war er ein Teil von etwas Größerem, etwas, das ihn umgab und aufnahm, etwas, das immer schon war und immer sein würde.

Keine Gedanken. Keine Angst. Auch keine Hoffnung. Einfach nur nichts.

23

Der wichtigste Arbeitsschritt beim Zubereiten von Ketchup bestand darin, den Dingen ihre Zeit zu lassen. Aber bis dahin musste einiges erledigt werden.

Manuel schlief kurze Stunden, stand am Vormittag auf und begann mit den Vorbereitungen. Zunächst besorgte er neue Gewürze. Dazu besuchte er in St. Georg den Laden von Shri Prasad, einem Inder aus Chennai. In dem Lager des kleinen Geschäfts roch es betäubend nach Chili, Kreuzkümmel und Koriander, dazu auch nach Schimmel, Dreck und Fäulnis. Putzen war etwas für die niederen Kasten, und weil es die in Deutschland nicht gab, wurde halt nicht geputzt.

Gemeinsam schritten Manuel und Prasad die großen, offenen Säcke ab. Der Inder ließ Körner und Samen durch seine von den Gewürzen bunt gefärbten Finger rieseln. Manuel zerbröselte eine Kardamomkapsel und biss auf die sauerfruchtigen Samen. Er roch an dem bitteren Kurkumapulver, probierte den frischen wie den getrockneten Pfeffer. Er machte seine Bestellungen, ließ sich Säckchen mit Kardamom und Kreuzkümmel, mit Anis, Chili und Piment abfüllen, dazu erstand er ein kleines Gläschen mit sündhaft teuren Safranfäden.

Nach Abschluss der Geschäfte servierte der Ladenbesitzer Chai mit gesüßter Dosenmilch. Sie tranken und plauderten über das Leben in Hamburg, das Unverständnis der Deutschen für Kricket und die aktuelle Gewürzernte in Tamil Nadu.

Bevor Manuel aufbrach, sah Shri Prasat ihn nachdenklich an und sagte: »Ich denke darüber nach, mich zur Ruhe zu setzen. Aber erst brauche ich einen würdigen Nachfolger für das Geschäft. Wie wäre es mit dir, Manuel?«

»Mit mir?«

»Aber ja. Niemand hat so viel Gespür für Gewürze wie du. Eine Veränderung würde dir guttun. Oder täusche ich mich?«

Shri Prasat lächelte fein. Vor vielen Jahren hatte er in seiner Heimat verwundete Tiger gepflegt – nicht die mit Streifen, die mit Bomben. Er hatte einen Blick für Männer von Manuels Art.

»Es ist nicht so einfach, Prasat«, sagte Manuel.

»Sicherlich nicht.«

Manuel hob unschlüssig die Schultern. Er bezahlte und verließ den Laden, um seine restlichen Besorgungen zu machen. Er war in melancholischer Stimmung.

Bei seinem Freund Memis, direkt um die Ecke vom Imbiss,

kaufte Manuel Olivenöl und Zwiebeln, Knoblauch und Zucker, Salz und Essig. Dazu mehrere große Kisten Tomaten. Memis, der in der Gegend von Cizre gekämpft und durch eine türkische Kugel ein Bein verloren hatte, bot ebenfalls Tee an. Sie tranken ihn gemeinsam vor der Tür, plauderten über Lukas Podolski und Emin Boztepe, über den Teig einer perfekten Pide und den Geruch des Mittelmeers an den Stränden von Izmir.

In der winzigen Küche des *Curry* machte Manuel sich an die Arbeit. Auf dem Herd standen zwei 75-Liter-Töpfe aus Edelstahl, die er jeweils mit zwei Feuerkränzen beheizte. Als Erstes schwitzte er Zwiebeln und Knoblauch an, gab dann den Zucker hinzu, bis alles karamellisierte. Anschließend kam eine erste Portion Tomaten dazu, aber bei weitem noch nicht alle. Erst galt es, die Früchte kennenzulernen. Wie fest oder weich waren sie, wie reif? Wieviel Saft, wieviel Fleisch enthielten sie? Waren die Strünke zart genug, um sie mitzukochen, oder musste er sie herausschneiden? Wie war das Aroma? Sauer oder süß? Fruchtig oder herb? Das war wichtig, um die Menge an Gewürzen und auch die Kochzeit zu bestimmen. Ließ man die Tomaten zu lange auf dem Herd, wurde der Ketchup pampig, kochte man sie zu kurz, war er zu flüssig. Es gehörte Geduld und Erfahrung dazu. Vor allem aber erforderte es eine große innere Ruhe. Nur dann konnte man den Dingen den Raum geben, der ihnen gebührte.

Nach und nach gab Manuel die Tomaten in die Töpfe, würzte sie mit Salz, Pfeffer, Nelken, Lorbeer, Chili und Piment. Dann kümmerte er sich um die übrigen Gewürze. Er zerstieß die grünen Kardamomkapseln und sortierte die Schalen aus. Die Samen pulverisierte er im Mörser. Als Nächstes widmete er sich den Korianderkörnern. Dazu stellte er einen der großen Töpfe zur Seite und erhitzte eine gusseiserne Pfanne. In die goss er Öl, gab dann den Koriander hinzu. Er röstete ihn, bis er sein ganzes Aroma entfaltete. Nacheinander kam alles in die großen Töpfe, in denen der Tomatensud Blasen warf wie die Lava in einem Vulkankrater. Mit dem großen Stampfer sorgte Manuel für die richtige Konsistenz. Mamdouh hatte ihm erst neulich wieder erklärt, dass er ein Idiot sei und lieber einen elektrischen Pürierstab benutzen solle. Manuel wusste es besser. Handarbeit war gut für das Essen und gut für den Koch.

Der wichtigste Schritt zum perfekten Ketchup bestand am Ende darin, nichts zu tun.

Man musste die Töpfe in aller Seelenruhe auf kleinster Flamme kochen lassen. Es würde mindestens vier oder fünf Stunden dauern. Wichtig war, dennoch nicht mit der Aufmerksamkeit nachzulassen. Immer wieder musste gerührt werden. Nicht zu schnell und nicht zu langsam. Nicht zu kraftvoll, nicht zu nachlässig. Nur dann würde der Ketchup am Ende die richtige Konsistenz haben.

Zwischendurch wechselte Manuel durch das offene Küchenfenster ein paar Worte mit den Menschen aus der Nachbarschaft. Oder er sah einfach auf die Straße, sah den Touristen nach, den vorbeifahrenden Autos. Thea kam vorbei und holte sich einen Kuss ab. Sie winkte ihm keck zu. Er blickte ihr nach und wusste, dass er mit ihr das tun könnte, worüber er mit Shri Prasad gesprochen hatte: sich zur Ruhe setzen. Ein bisschen trainieren, ein bisschen kochen. Der Elbe zusehen. Sex haben. Grünen Tee trinken. Leben.

Vielleicht war es wirklich Zeit für ein neues Kapitel. Aber konnte er das? Würde man ihn gehen lassen?

24

An manchen Tagen verlor Keppler sich in fernen Erinnerungen. Wie alt war er? Vielleicht zwölf, noch nicht einmal ein Teenager. Man hatte ihn von zu Hause fortgebracht, warum wusste er damals nicht und auch heute nicht. Er hatte keine Erinnerungen an die Zeit davor, sie waren ausgelöscht. Man steckte ihn in ein Zimmer mit drei anderen Jungen und versicherte ihm, dass ein Platz im Heim das Beste für ihn wäre.

Das Beste für ihn? Die Worte der Betreuerin erschienen ihm schon in der ersten Nacht wie blanker Hohn. Denn da begann, was in den Wochen danach nicht mehr aufhören sollte: Demütigungen, Schläge, Quälereien durch die älteren Jungs. Sie fesselten ihn, enthielten ihm die Nahrung vor, zwangen ihn, aus den Toiletten zu trinken oder sich selbst Schnitte und Wunden zuzufügen. An den Tagen, an denen ihnen das zu mühsam war, schlugen sie ihn einfach nur zusammen, direkt, hart, brutal.

Er überlebte. Das Wort mochte groß klingen, aber es war die Wahrheit. Es gab andere, die weniger erdulden konnten, und sie starben. Zumeist nicht an der Gewalt der anderen, sondern indem sie sich in der Dusche erhängten, aus dem Fenster sprangen, abhauten und sich vor einen Zug warfen. Ralf hingegen lernte, durchzuhalten. Er lernte, dass keine Qual und keine Erniedrigung ewig dauerten.

Er erinnerte sich an den Tag, an dem ihm die bis dahin wichtigste Lektion zuteilwurde. Er lernte, sich zu wehren. Der Anführer seiner Peiniger hieß Uwe. Ralf war noch keine dreizehn, Uwe sechzehn. Ein großer Kerl, kräftig und verschlagen, der heimlich rauchte und trank, der tätowiert war, der damit prahlte, schon einen abgestochen zu haben. Stimmte das? Keiner wusste es, keiner wollte es ausschließen.

Uwe hatte in dem Heim ein Regime des Schreckens errichtet. Er hatte seine Leute, von denen er bedingungslose Loyalität verlangte. Drei, vier Jungs in jedem Alter. Sein Hofstaat, seine Vasallen. Die verschonte er. Alle anderen waren Opfer. Jeder kam einmal dran. Und Ralf besonders häufig. Warum das so war, warum Uwe gerade ihn so besonders hasste, wusste Ralf nicht. Es war aber auch egal. Uwe verprügelte ihn, würgte ihn, drückte ihm Zigaretten auf dem Handrücken oder im Gesicht aus. Wenn Ralf dabei schrie, wurde es nicht besser, dann näherte sich die Glut seiner Zunge, den Hoden, den Augen. Es gab noch andere, grausamere Dinge, aber an die wollte er nicht mehr denken.

Nach einem Jahr war Ralf klar geworden, dass es nur einen Weg gab, es zu beenden. Sollte er dabei scheitern, machte es auch nichts, denn schlimmer konnte es nicht werden. Die Gelegenheit kam in einer der nächsten Nächte. Uwe und seine Jungs rissen Ralf aus dem Bett. Aufstehen, mitkommen. Sie schleiften ihn an den Haaren in den Duschraum. Dort konnte sie niemand hören. Und das Blut ließ sich bequem wegspülen. Ralf sollte sich ausziehen. Sie hätten einen schönen neuen Schlafanzug für ihn. Aus Stacheldraht. Würde ihm bestimmt gefallen. Besonders die Hose. Sie würden sie richtig schön eng machen.

Ralf gelang es, die beiden, die ihn festhielten, abzuschütteln. Er rannte in den Vorraum, den mit den langen Waschbecken. Dort hatte er den Hammer versteckt. Er rollte über den Boden, griff nach dem Werkzeug, das unter dem Waschtisch klemmte. Die beiden, die Uwe vorschickte, erledigte er durch kurze Schläge auf harmlose Trefferflächen. Schultern, Oberarme. Dazu ein paar

Tritte, ein paar Schläge. Auf sie hatte er es nicht abgesehen. Es ging ganz allein um Uwe. Alles andere war unwichtig. Ralf stürmte nach vorne, holte Schwung und schlug zu. Uwe ging sofort auf die Knie, spuckte Blut und Zähne. Er würde es nie vergessen, diesen Ausdruck der Überraschung in Uwes Augen. Ralf schlug noch einmal zu. Irgendetwas in oder an Uwes Kopf knackte. Sein Blicke wurde starr. Dann fiel er krachend nach vorne und blieb liegen. Die anderen starrten Ralf ungläubig an. Er hielt den bluttriefenden Hammer in die Höhe. »Noch jemand?« Die Jungs schüttelten den Kopf. Einer grinste anerkennend. Die anderen wirkten erleichtert. Vielleicht hatten sie darauf gewartet, dass es endlich einer tat.

Uwe, an dessen Nachnamen Keppler sich nicht mehr erinnern konnte, überlebte, trotz Schädel- und mehrfachen Kieferbruchs. Ralf war zu jung, um bestraft zu werden, wurde aber in ein anderes Heim verlegt. Auch dort gab es Uwes, gab es Jungs, die herrschten und quälten. Er aber wurde nie wieder ein Opfer. Die Sadisten machten jetzt einen Bogen um ihn. Vielleicht hatten sie von der Sache gehört. Vielleicht spürten sie es auch nur. Einige versuchten, ihn zu gewinnen, wollten, dass er bei ihnen mitmachte. Als er älter wurde, boten sie ihm sogar den Thron an. Ralf lehnte ab. Er war still, er war ein Einzelgänger. Er war froh, wenn man ihn in Ruhe ließ.

Im dritten oder vierten Heim, in das sie Ralf steckten, begegnete er sich selbst. Er war fünfzehn, der andere Junge zwölf. Lesko. Er war schwach, verängstigt. Er wurde gequält, verprügelt, erniedrigt. Direkt hinter dem Heim lag ein Wald. Dort hatten sie Lesko hingebracht, wollten ihn bei lebendigem Leib vergraben. Als er schon fast ganz von Erde bedeckt war, tauchte Ralf auf. Es ging schnell. Der Spaten, mit dem sie gruben, wurde seine Waffe. An Lesko vergriff sich niemand mehr. Ralf kam in ein neues Heim.

Damals begann er zum ersten Mal davon zu träumen, Soldat zu werden. Er wollte einer sein, der die beschützte, die sich selbst nicht schützen konnten. Ob ihm damals wohl klar gewesen war, dass Soldaten dafür Menschen töteten? Vielleicht. Aber es war nicht das Entscheidende. Er wollte, dass die Menschen lernten, sich zu wehren. Und wenn sie das nicht konnten, würde er es für sie tun.

25

Ein paar Tage waren vergangen. An einem frühen Abend war das *Curry* ausnahmsweise leer. Thea kam in den Imbiss. Sie und Manuel hatten sich seit dem Morgen auf ihrem Balkon nicht gesehen. Er spürte sofort, dass etwas nicht stimmte.

Aber da sie nichts sagte, fragte er mit unverfänglicher Stimme: »Was nimmst du?«

»Nur ein Astra. Eine Wurst wäre schön, aber es geht gerade nicht.«

Er sah sie fragend an. Sie drehte sich um und erlaubte ihm einen Blick auf die andere Seite ihres Gesichts. Es war grün und blau, verschorft, die Lippe aufgeplatzt, die Wange genäht, das linke Auge zugeschwollen.

»Sieht nicht gut aus«, sagte Manuel.

»Fühlt sich auch nicht gut an.«

»Was ist passiert?«

»Nichts.«

»Verstehe.«

Manuel öffnete ein Astra und stellte es vor sie auf den Tresen.

»Strohhalm?«

Sie schaffte ein mühsames Lachen. »Wäre nicht schlecht.«

Manuel, der sonst nie trank, gönnte sich auch ein Astra. Sie gingen vor die Tür. Vorher und hängte er das Bin-gleich-zurück-Schild ins Fenster.

Sie stießen an. »Hat das Nichts einen Namen?«

»Ja, es heißt mieses Schwein.«

»Ist der Bruder von blödes Arschloch, richtig?«

»Genau.«

»Was genau ist zwischen mieses Schwein und dir passiert? Warum hat er dir das angetan?«

»Willst du es wirklich wissen?«

»Sonst würde ich nicht fragen.«

Thea trank vorsichtig von ihrem Bier, dann fragte sie: »Kennst du Mettmann?«

»Den Luden?«

Thea nickte, und Manuel sagte: »Ich dachte nicht, dass er sich auf die Art die Finger schmutzig macht.«

Thea wollte auflachen, griff sich aber sofort mit schmerzverzerrtem Gesicht an die Wange. »Immerhin zeigt es mir, dass du ihn wirklich kennst.«

»Wer nicht? Er gehört zum Kiez wie die Gullideckel und die Mülleimer.«

»Und die Pinkelecken«, ergänzte Thea.

Mettmann betrieb eines der Laufhäuser auf der Reeperbahn. Außerdem gehörte ihm eine Menge Grund und Boden auf St. Pauli. Es war wie im Mittelalter. Land verlieh Macht. Wann immer ihn die Konkurrenz unter Druck setzte, sorgte er mit einem lukrativen Mietvertrag für gute Stimmung. Auch gegen Joint Ventures hatte er nichts einzuwenden, er die Zimmer, die anderen die Mädchen. Dafür machte er mit jedem Geschäfte, mit den Albanern, der Thai-Mafia, den Angels. Hauptsache, es zahlte sich aus.

Manuel hielt sich aus solchen Dingen raus, aber durch den Imbiss bekam er so einiges mit. Dass Thea immer noch so tief drinsteckte, war ihm nicht klar gewesen.

Er beugte sich vor und strich ihr vorsichtig über die gesunde Wange. »Ich mache dir einen Eisbeutel.«

»Bist ein Schatz.«

»Bestimmt nicht.«

»Auf deine Art.«

Er ging in den Imbiss, legte hinten in der Küche ein paar Eisklumpen in ein Küchenhandtuch, das er in der Art eines *Furoshiki* knotete.

Thea nahm das Kühltuch und drückte es vorsichtig gegen die Wange. »Scheiße, tut das gut. Wenn du mir ein zweites Astra gibst, könnte ich glatt vergessen, wie mies ich mich fühle.«

Manuel holte ihr die gewünschte Knolle. »Also? Was ist passiert?«

Thea seufzte. »Es ging um eine Freundin von früher. Ist egal, wie sie heißt. Sie arbeitet für Mettmann. Früher Straße, jetzt Buchhaltung und so Zeugs. Er hat sie gefeuert und glatt vergessen, dass er ihr noch ein paar Gehälter schuldet.«

»Du wolltest ihn dran erinnern?«

»Sie braucht das Geld. Aber sie hat sich nicht hingetraut.«

»Also bist du für sie zu Mettmann?«

Thea nickte. »Er war bockig. Ich habe ihm etwas von Anwalt und Anzeige gesagt. Hätte ich nicht tun sollen.«

»War er es selbst?«

»Natürlich nicht.«

»Deniz, der Mops?«

»Eben der.«

Der Spitzname war viel zu niedlich für den Chef von Mettmanns Schlägertruppe. Deniz brachte hundertzwanzig Kilo pure Muskelmasse auf die Waage, war brutal und nahm es ohne Probleme auch mit einer Handvoll Gegner auf. Den Beinamen Mops verdankte er seinem Hund, den er immer dabei hatte und dem er auf verblüffende Art ähnlich sah.

Obwohl Thea tough war, stiegen ihr Tränen in die Augen. »Ich kenne Deniz von früher. Wir sind immer gut miteinander ausgekommen. Als er nach dem Gespräch mit Mettmann plötzlich vor mir stand, dachte ich, er wäre zu mir gekommen, um zu vermitteln. Ich konnte gerade noch Hallo sagen, da hatte ich auch schon seine Faust in der Fresse. Er hatte noch zwei Kumpels dabei, und jeder durfte mal. Ich bin erst im Krankenhaus wieder zu mir gekommen.«

Während Manuel ihr zuhörte, schnitt er eine Lammwurst in so kleine Stücke, dass es wie Hack aussah. Mit ein paar Pommes tat er dasselbe. Dazu gab es vom frischen roten Curry-Ketchup. »Meinst du, du kriegst das runter? Du solltest etwas essen.«

Thea versuchte einen Bissen, heulte dabei. »Danke, Manu.«

Er sah sie prüfend an, fragte dann mit leiser Stimme: »Soll ich mich drum kümmern?«

»Du meinst um Mettmann? Die Sache mit meiner Freundin?«

»Ist jetzt eher eine Sache zwischen dir und ihm, oder?«

»Lass es lieber. Eine wie ich landet im Krankenhaus. Einer wie du landet im Hafen.«

Manuel zuckte mit den Schultern, was immer das heißen sollte.

26

Keppler wurde krank. Er konnte nichts bei sich behalten, würgte die kleinste Menge Brei, die er vorgesetzt bekam, wieder aus. Es führte dazu, dass seine dunkle Zelle noch elender stank als ohnehin schon. Er bekam Fieber, er schwitzte, er sprach im Delirium. Immerhin gaben sie ihm nun mehr Wasser. Sonst änderte sich nichts.

Als er sich nach Wochen einigermaßen erholt hatte, hatte er so viel Gewicht verloren, dass er mit seiner Hand um seinen Oberarm greifen konnte. Er konnte durch Haut und Fleisch hindurch seine Knochen spüren. Er hatte kaum noch Zähne im Mund.

Es war der Tiefpunkt. Die einzige Emotion, zu der er noch in der Lage war, war Verzweiflung. Jetzt wollte er es wirklich tun. Er riss seine Decke in Streifen, die er zu einem Strick zusammenflocht. Aber seine Zelle bot keinerlei Vorrichtung, an der er sich hätte erhängen können.

Er verweigerte die Nahrung. Schon nach wenigen Tagen versank er in einem komaartigen Zustand. Immerhin weckte er so die Aufmerksamkeit seiner Bewacher. Sie schlugen ihn, aber als er immer noch nicht aß, hielten sie ihm den Mund auf und stopften den Brei in ihn hinein. Keppler hatte keine Kraft, sich dagegen zu wehren. Doch das wollte er auch gar nicht. Er begann wieder zu essen. Die Tatsache, dass sie ihn nicht sterben lassen wollten, erfüllte ihn mit Hoffnung. Offenbar hatten sie doch etwas mit ihm vor, hatten einen Plan. Der Tag würde kommen, an dem sich etwas an seiner Situation änderte. Wann es soweit sein würde, wusste er nicht. Aber es würde passieren, und bis dahin musste er durchhalten.

27

Mettmann hatte als junger Mann geboxt, und auch wenn er inzwischen alt war und Gewicht angesetzt hatte, strahlte er immer noch eine unterschwellige Gefährlichkeit aus. Die Menschen spürten es, wenn sie in seine Nähe kamen.

Manuel Jessen war ebenfalls ein gefährlicher Mann, nur dass er im Laufe der Jahre gelernt hatte, diese Eigenschaft nicht nach außen dringen zu lassen. Er war still und zurückhaltend, und damit trieb er Männer wie Mettmann in den Zorn. Sie tasteten Manuel mit dem Radar ihres Instinktes ab, erhielten aber kein klares Bild von ihm. Da war nur eine Art Nebel, eine Unschärfe, die ihnen nicht gefiel. Die Dümmeren unter ihnen schlossen daraus, dass sie es mit einem Idioten zu tun hatten. Mettmann war zu erfahren, um diesen Fehler zu begehen. Er blieb vorsichtig. In erster Linie aber war er neugierig. Nur darum hatte er sich entschlossen, Manuel zu empfangen.

Ach ja, seine Fresslust spielte auch eine Rolle. Im Vorfeld hatte er Manuel ausrichten lassen, dass er eine große Portion Currywurst und Pommes mitbringen sollte. Frisch zubereitet und heiß.

Sie saßen in Mettmanns Büro am Hamburger Berg. Der Lude leckte sich die Finger ab und sagte mit einem Ausdruck der Anerkennung im Gesicht: »Leck mich am Arsch, Jessen, das ist wirklich die beste Currywurst seit Langem.«

»Freut mich, dass Sie das sagen.«

»Wo, sagst du, ist deine Bude?«

Manuel erklärte es ihm.

»Habe ich noch nie gesehen. Obwohl ich da ab und zu vorbeikomme.«

»Mein Geschäft ist klein.«

»Bei der Qualität? Da machst du was falsch, Junge.«

»Ich denke nicht.«

Mettmann sah ihn aus seinen Schweinsäuglein an und lachte.

»Wahrscheinlich liegt's an deiner komischen Art.«

»Möglich.«

»Ich könnte dir helfen, mehr draus zu machen.«

»Nicht nötig. Ich bin zufrieden, so wie es ist.«

Mettmann knurrte. »Du bist witzig, Junge. Aber übertreib's nicht.«

»Sicher. Tut mir leid.«

Der Kiezunternehmer nickte versöhnlich. Sie saßen in einer Couchecke in seinem Büro. Der Hausherr griff nach einer Flasche auf einem Sideboard, sah Manuel fragend an: »Weinbrand?«

»Warum nicht.«

Der Lude füllte zwei Schwenker, schob einen zu Manuel herüber, allerdings nur so weit, dass der aufstehen und sich das Glas holen musste.

»Dann erzähl mal. Was willst du besprechen?«

»Eine Freundin war bei Ihnen, um Sie an ausstehende Gehälter zu erinnern. Ich denke, es gab Missverständnisse. Sie musste ins Krankenhaus.«

»Ach, das … Ich erinnere mich. Was hast du damit zu tun?«

»Wie gesagt, sie ist eine Freundin. Es gefiel mir nicht, was mit ihr passiert ist.«

»Mir gefallen auch viele Dinge nicht.«

»Ich denke, eine Entschuldigung wäre angemessen. Und Sie sollten dem anderen Mädchen das Geld geben, das ihm zusteht.«

»So? Sollte ich das?«

»Ja.«

Mettmann musterte Manuel erneut, kam aber offenbar wieder zu keinem schlüssigen Ergebnis. »Bist du ein Spinner? Zu viel Drogen?«

»Nein.«

»Dann erklär mir mal, wieso ich auf dich hören sollte.«

»Weil ich freundlich darum bitte.«

»Und? Beeindruckt mich das?«

»Das hoffe ich.«

Der Lude schüttelte verärgert den Kopf. »Diese Freundin von dir, diese …«

»Thea.«

»Richtig, Thea. Sie hat mir gedroht. So etwas kommt bei mir nicht gut an.«

»Die Narben in ihrem Gesicht werden sie auf immer daran erinnern.«

»Wieso sollte ich mit dir nicht dasselbe machen?«

»Ich habe Ihnen gutes Essen mitgebracht.«

Mettmann lachte. »Scheiße, du bist mir eine Nummer, Freundchen. Aber stimmt schon, dein Fressen ist wirklich vom Feinsten. Wenn nicht, wärst du sowieso längst wieder vor der Tür. Aber gut, um wieviel Geld ging es noch einmal?«

Manuel nannte die Summe. »Es sollte eine Kleinigkeit für Sie sein.«

Mettmann zückte sein Notizbuch und schrieb sich etwas auf. Dann betrachtete er Manuel, und ein schiefes Grinsen erschien auf seinem Gesicht. »Ich habe mich über dich erkundigt und ein paar interessante Sachen gehört. Weiß nicht, ob es stimmt, aber ich würd's gerne herausfinden.«

Zum ersten Mal verengten sich Manuels Augen. Mettmann bemerkte es. Mit zufriedener Stimme sagte er: »Ich mache dir einen Vorschlag, wie wir das Problem aus der Welt schaffen können. Folgendes: Du trittst gegen Deniz an. Wie es ausgeht, ist egal. Wird mir und einigen anderen Spaß machen, euch zuzusehen.«

»Ein Kampf?«

»Klar. Danach kriegt das Mädchen sein Geld. Was sagst du?«

Manuel schloss die Augen und ließ Mettmanns Worte auf sich wirken. »Einverstanden.«

»Gut. Man wird dir Zeit und Ort mitteilen. Und jetzt raus.«

28

Keppler wurde mitten in der Nacht wach. Zuerst wusste er nicht, was ihn aus dem Schlaf gerissen hatte. Etwas war anders als sonst.

Keppler lauschte in die Dunkelheit, aber es war nichts mehr zu hören. Vermutlich hatte er nur geträumt. Er wollte gerade wieder einschlafen, als er erneut einen ungewöhnlichen Laut hörte, fast so, als schliche ein Tier um das Haus.

Aber es waren keine Tiere, es waren Menschen.

Keppler legte das Ohr an die Tür seiner Zelle. Hatte jemand im Inneren des Hauses die Geräusche ebenfalls gehört? Hatten seine Bewacher gemerkt, dass sich mehrere Personen dem Haus näherten? Von drinnen war nichts zu hören außer dem entfernten, langgezogenen Atem mehrerer schlafender Personen.

Dann brach die Hölle los. Zunächst erfolgte eine Explosion, sofort darauf das typische Zischen einer Blend- oder Rauchgranate. Schritte, Schreie, Schüsse. Eine Handgranate explodierte. Wieder Schreie, das Aufstöhnen eines Sterbenden, Brandgeruch. Der Kampf, der zunächst im Inneren des Hauses stattgefunden hatte, verlagerte sich auf den Hof. Weitere Schüsse fielen, Männer schrien, Männer starben. Jemand rannte, ein weiterer Schuss, das klickende Geräusch einer Waffe, in die ein neues Magazin geschoben wurde.

Dann ... nichts! Die Kampfgeräusche versiegten, wurden von einer gespenstischen Stille abgelöst. Nur das leise Knacken und Prasseln eines Feuers war zu hören.

Keppler stand aufrecht in seiner Zelle, hatte die Fäuste geballt. Minuten vergingen, die ihm wie Ewigkeiten vorkamen. Nichts geschah. Waren die Angreifer schon wieder abgezogen? Oder waren sie unterlegen gewesen, waren tot?

Schließlich hörte er, wie sich Schritte seiner Zelle näherten. Was bedeutete das? War es seine Befreiung? Oder sein Untergang?

Die Tür wurde geöffnet. Der winzige Hoffnungsfunke, dass der Kampf ihm und seiner Befreiung gegolten hatte, erlosch auf der Stelle. Vor ihm standen zwei Männer, die an Kleidung und Bewaffnung unschwer als Taliban zu erkennen waren. Offenbar gehörten sie zu einer rivalisierenden Gruppe. Einer der Männer, klein, gedrungen, betrachtete ihn eine ganze Weile, schüttelte dann den Kopf. Flüsternd beriet er sich mit seinem Kampfgefährten. Der andere Mann zerrte ihn schließlich aus seiner Zelle.

Keppler wollte etwas sagen, aber ein Stoß mit dem Gewehrkolben machte ihm klar, dass er besser schweigen sollte. Dann wurde ihm ein Sack über den Kopf gestülpt. Man fesselte ihm hinterrücks die Hände, stieß ihn dann vorwärts nach draußen. Nach einer Weile näherte sich ein Fahrzeug. Keppler wurde auf die Ladefläche eines Pick-ups geworfen. Der Wagen setzte sich in Bewegung, fuhr dann mit rasender Geschwindigkeit durch die eiskalte Nacht.

Erst Stunden später endete die Fahrt. Keppler war vor Kälte halb besinnungslos. Er hatte kein Gefühl mehr in seinen zu eng gefesselten Händen.

Kein Wort wurde gesprochen. Durch den Stoff hindurch konnte Keppler erkennen, dass es Tag geworden war. Sie mussten sehr viel weiter unten im Tal sein, es war wärmer, und die Luft roch anders.

Er wurde von der Ladefläche hinuntergezerrt und mit unsanften Stößen vorwärtsgetrieben. Es wurde wieder dunkler. Offenbar hatte man ihn in ein Gebäude gebracht. Es war warm und stickig.

Keppler hörte Musik.

Taliban hörten keine Musik.

Er wurde auf einen Stuhl gedrückt. Dann zog man ihm den Sack vom Kopf. Niemand sagte etwas. Keppler machte sich ein Bild von seiner Umgebung. Er befand sich wieder in einem einfachen, traditionellen Haus, allerdings war die Einrichtung ... überraschend. Es gab einen Schreibtisch und einen Computer, einen Fernseher, Lampen, eine tragbare Musikanlage, logischerweise auch elektrischen Strom.

Ein Mann trat vor Keppler, es war derselbe, der ihn in der Zelle so aufmerksam betrachtet hatte. Er hielt eine AK47 in der Hand. Mit einem Zungenschnalzen sicherte er sich Kepplers Aufmerksamkeit. Der Mann trug ein zum Turban gewickeltes Tuch um den Kopf. Sein Bart war dicht und dunkel. Er blickte lange Zeit mit nachdenklichem Gesicht auf Keppler. Schließlich verzog sich sein Gesicht zu einem Grinsen, und er fragte in einem breiten, amerikanisch gefärbten Englisch:»Sieht so aus, als könntest du einen Burger vertragen, mein Freund. Und dann, verdammte Scheiße, erzähl uns, wer du bist.«

29

Zwei Nächte nach dem Gespräch mit Mettmann fuhr ein gelber Lamborghini vor dem *Curry* vor. Es war zwei Uhr morgens. Ein junger Mann, vielleicht Anfang zwanzig, stieg aus. Er trug trotz der nächtlichen Stunde eine Sonnenbrille. Er lehnte sich gegen seinen Wagen und verschränkte die Arme vor der Brust, machte ansonsten keinerlei Anstalten, sich bemerkbar zu machen.

Einige der Gäste machten Manuel auf den Kerl mit dem Lambo aufmerksam. Der hatte ihn längst bemerkt. Jetzt zog er sich die Schürze über den Kopf und wusch sich die Hände. Er bat Mamdouh, für eine oder zwei Stunden den Imbiss allein zu führen.

»Und was machst du in der Zeit?«, fragte der Algerier.

»Ich habe etwas zu erledigen.«

»Mit dem Typen da draußen?«

»Er ist nur der Chauffeur.«

Mamdouh sah Manuel kopfschüttelnd an. »Bist du gerade dabei, Mist zu bauen, Manu?«

»Ich hoffe nicht.«

»Soll ich nicht besser mitkommen? Ich kann auf dich aufpassen.«

»Nett, dass du es anbietest, Mamdouh. Aber ich komme allein klar.«

»Da bin ich mir nicht so sicher.«

»Es wird schon gut gehen. Bis später.«

Manuel verließ den Imbiss, gefolgt von den Blicken Mamdouhs und der Stammgäste. Sasikarn, der Kathoey, sah besonders unglücklich aus und sagte seufzend: »Hoffentlich passiert ihm nichts.«

Dacian, der Rumäne, schnalzte mit der Zunge. »Ich weiß zwar nicht, mit wem er sich trifft. Aber ich würde mir mehr Sorgen um den anderen machen.«

30

Die erste Befragung durch die Amerikaner fiel denkbar knapp aus. Als Keppler erklärte, dass er Deutscher sei, war die Enttäuschung in ihren Gesichtern deutlich zu erkennen. Offenbar hatten sie ihn für einen Landsmann gehalten. Aber ein Deutscher? Was sollte man damit anfangen?

Den versprochenen Burger gab es auch nicht. Keppler war nicht allzu traurig darüber. Fettiges amerikanisches Essen hätte ihn vermutlich getötet. Das tat solche Nahrung zwar mit jedem. Bei ihm aber wäre die Wirkung unmittelbar eingetreten.

Anschließend sperrten sie ihn erneut in eine Zelle. Ohne Antworten. Ohne Aussichten.

Es machte Keppler wahnsinnig. In all der Zeit, die er als Gefangener der Taliban verbracht hatte, hatte er sich in Geduld geübt. Er hatte gelernt, sich auch im Zustand äußerster Verzweiflung zu konzentrieren und in eine tiefe innere Stille zurückzuziehen. Jetzt aber gelang es ihm nicht mehr. Jede Minute, die verging, erschien ihm wie eine Ewigkeit. War er gerettet? Oder war er immer noch ein Gefangener? Nur dass seine Bewacher kein Paschtu mehr sprachen, sondern Englisch?

Immerhin war die Zelle ein Fortschritt. Es gab Tisch und Stuhl, eine Pritsche mit einer Matratze, einen Eimer mit Deckel, der als Klo diente.

Auf dem Tisch stand außerdem eine Plastikbox, in der sich Lebensmittel befanden. Brot, Trockenfleisch, ein Snackriegel, ein Softdrink. Keppler nahm etwas zu sich, ging dabei aber behutsam vor. Ein, zwei Bissen. Pause. Dann wieder ein Bissen.

Er fühlte, wie die Nahrung ihm Kraft gab, ihn auch mit Zuversicht erfüllte.

Am Nachmittag durfte er sein Gefängnis verlassen und sich in einem erstaunlich modernen Badezimmer waschen. Als er aus der Dusche stieg, fand er neue, saubere Kleidung vor.

Anschließend suchte ihn ein Amerikaner auf, der offenbar Arzt war oder zumindest eine rudimentäre medizinische Ausbildung genossen hatte. Er stutzte Kepplers Bart und schnitt seine Haare. Danach untersuchte er ihn, stellte ihm ein paar knappe Fragen, die die Länge seiner Gefangenschaft und die Behandlung betrafen, die er währenddessen genossen hatte. Etwas ausführlicher untersuchte er Kepplers Zähne, von denen nicht mehr allzu viele vorhanden waren, sowie seinen linken Unterschenkel, der zwar nicht mehr schmerzte, aber dessen Verformung deutlich sichtbar war. Zuletzt händigte der Mann ihm verschiedene Tabletten aus und gab ihm Anweisungen, wann er sie in welcher Dosierung zu nehmen hatte.

Keppler versuchte, dem Amerikaner seinerseits Fragen zu stellen. Der aber schüttelte stumm den Kopf. Als Keppler weiter auf ihn einredete, hob er die Stimme und sagte im Befehlston: »Don't talk. Just shut up.«

31

Der Lamborghini brachte Manuel zu einem Baustellengelände in einem noch unfertigen Teil der HafenCity. Die Luft roch nach Zement. Hochkräne und abgestellte Bagger, Kies- und Sandhügel ließen das Areal wie eine surreale Wüstenlandschaft erscheinen.

Gut dreißig Autos standen um eine kreisförmige Fläche aus Kies und Sand herum, die sie mit ihren Scheinwerfern erhellten. Neben den Wagen standen Männer, die redeten und rauchten. Die meisten trugen dunkle Kleidung. Sie hatten Tätowierungen, waren behängt mit Halsketten und Schmuck. Das Führungspersonal des Kiezes.

Manuel wollte aussteigen. Er hatte schon die Hand an der Türverriegelung, als sein junger Fahrer sich zum ersten Mal zu Wort meldete: »Ich soll Sie später ins Krankenhaus bringen. Aber ich weiß nicht, ob ich das machen kann. Wenn Sie mir die Sitze vollbluten, kriege ich Ärger. Ist nicht mein Wagen.«

»Wie heißt du?«, fragte Manuel.

»Noan.«

»Bist du Serbe?«

»Schätze schon.«

»Mach dir keine Sorgen, Noan. Du fährst mich später nicht in eine Klinik, sondern zurück zum Imbiss. Und dein Wagen bleibt sauber.«

Deniz, der Mops – er hieß eigentlich Coskun mit Nachnamen –, hatte schon als Jugendlicher mit Thai- und Kickboxen begonnen. Mit ein paar Titeln im Gepäck begann er im Alter von zwanzig eine Karriere als Türsteher. Auf diese Weise lernte er Mettmann kennen. Der Lude machte Deniz zu seinem Mädchen für alles, wobei dieses *alles* in der Regel Gewalt bedeutete.

Im Laufe der Jahre war Deniz einige Male im Imbiss gewesen. Manuel mochte ihn sogar, jedenfalls bis die Sache mit Thea passiert war. Deniz war ein Angeber, hatte aber auch seine herzlichen Seiten. Andererseits hatte Manuel sich nie Illusionen gemacht. In einer Nacht, die zwei Jahre zurücklag, hatte Deniz Sasikarn an die Brust gefasst dabei gelacht und erklärt, er dürfe das, es seien ja keine Titten, sondern Plastik. Manuel wollte ihn rauswerfen. Aber Sasikarn hielt ihn davon ab und meinte, dass es bei Deniz ja auch kein Hirn, sondern nur Matsch sei, er könne also nichts dafür. Manuel hatte geseufzt und gewartet, bis Deniz von selbst verschwand. Im Grunde war er froh darum gewesen, denn mit solchen Typen hatte man nicht gerne Ärger. Sie konnten nicht verlieren. Man konnte ihnen nur aus dem Weg gehen oder sie töten.

Manuel stand in der Mitte der im Kreis geparkten Autos. Er ließ Arme und Schultern kreisen, ging federnd in die Hocke. Aufwärmprogramm.

Deniz stand bei seinen Buddys und beobachtete ihn. Dann reichte er die Leine seines Mopses einem seiner Kumpel und sagte: »Pass mal kurz auf Cherry auf. Ich bin gleich zurück.«

Er trat ebenfalls in die Mitte zwischen den Autos. Er nickte Manuel zu und sagte: »Du bist der Wurstverkäufer aus der Talstraße, richtig?«

»Es ist nicht einfach nur Wurst, Deniz. Und es ist nicht in der Talstraße.«

»Egal. Mettmann sagt, ich soll dir die Fresse polieren. Warum genau, habe ich nicht verstanden.«

»Ist er hier?«

»Er sitzt in dem Oldtimer. Peinlicher Schrotthaufen.«

Deniz deutete mit einer Kopfbewegung auf einen dunkelroten 911er, einem Turbo S aus den 90er Jahren. Manuel hob anerkennend die Augenbrauen. »Der peinliche Schrotthaufen ist gut und gerne dreihunderttausend wert.«

»Kein Scheiß?«

»Kein Scheiß.«

»Egal. Wollen wir loslegen?«

»Sicher.«

Deniz war etwas kleiner als Manuel, dafür doppelt so breit. Er knipste sein Lächeln aus, ließ dafür seine Bizepse tanzen. Sie standen vielleicht einen Meter voneinander entfernt. Deniz hob die Fäuste wie ein Boxer, deutete einen Ausfallschritt an. Manuel blieb stehen und reagierte nicht. Sein Gegner schüttelte den Kopf. »Heb die Hände, Arschloch. Ich schlage gute sechshundert Kilogramm. Wenn du nichts tust, bist du tot.«

»Ich mach's, wenn es soweit ist.«

Deniz sah sich zu seinen Jungs um, die bei den Wagen warteten, wedelte mit der Hand vor seinem eigenen Gesicht. Dann wandte er sich wieder Manuel zu, ließ seine Rechte nach vorne schnellen, warf mit der Linken einen kurzen Haken hinterher. Manuel, der gerade noch völlig reglos dagestanden hatte, machte einen Schritt nach vorne, der anrückenden Dampfwalze entgegen. Er trat in die Kreisbahn des Schwingers ein, drehte sich um die eigene Achse, packte Deniz am Genick, zog ihn erst mit sich und ließ ihn dann in seinen aufgestellten linken Arm schlittern, so dass sein Gegner krachend zu Boden ging.

Deniz lag da und spuckte Sand. Jetzt war er wirklich sauer.

Manuel nickte ihm zu. »Wenn du einverstanden bist, war's das. In Ordnung?«

»Bist du blöd?«

»Wie du meinst. Dann komm hoch.«

Deniz stand auf. »Glaubst du, du kannst mich mit deinem Japan-Kungfu, oder was immer du da machst, beeindrucken? Das hier ist Kämpfen, Arschloch. Es ist erst vorbei, wenn einer nicht mehr aufstehen kann.«

»Schade. Aber in Ordnung.«

Sie gingen wieder in ihre Ausgangsstellung. Manuel wusste, dass sein Gegner nun aufmerksamer sein würde, er ihn nicht noch einmal so schnell stellen könnte.

Manuel senkte die Lider, nahm Deniz immer noch wahr, fixierte ihn jedoch nicht mehr. Er spürte die Erde unter den Sohlen und den Himmel über dem Scheitel. Alles war eins. Bewegung und Stille. Zeit und Raum.

Deniz schnellte nach vorne, schlug mit seiner linken Führhand, ließ eine Gerade mit der Rechten folgen, wollte eine unendliche Folge von Faustschlägen auf Manuel niederprasseln lassen. Nur dass Manuel nicht mehr da war. Er stand hinter seinem Gegner und strahlte eine Ruhe aus, als wäre er auf einem Spaziergang.

Deniz drehte sich um, schlug zu, ein Jab, ein Schwinger. Manuel klinkte sich ein, wirbelte um die eigene Achse, fixierte Deniz am Handgelenk und an der Schulter und ließ den Hundertzwanzig-Kilo-Brocken, getrieben von seinem eigenen Schwung, zu Boden krachen. Anders als vorhin blockierte er Deniz' Arm, so dass der in den Hebel fiel. Das Geräusch splitternder Knochen. Der große Mann schrie vor Schmerz auf, Cherry, sein Mops, der Herrchens verzweifelte Stimme hörte, winselte am Rand des Geschehens.

Manuel beugte sich zu Deniz hinab und fragte leise: »Willst du mehr? Oder können wir aufhören?«

»Du mieses Schwein.«

»Wie du willst.«

Manuel verstärkte den Hebel. Deniz' Handgelenk war bereits gebrochen, jetzt gaben Ellbogen und Schulter knirschende Geräusche von sich. »Scheiße, ist gut …«

Es schien eine Aufgabe zu sein. Manuel entließ ihn aus dem Hebel. Deniz aber sprang mit wutverzerrtem Gesicht hoch, umklammerte Manuel und riss ihn mit sich zu Boden. Die beiden Männer rollten als schlagendes Bündel über den Sand. Die Menge grölte. Scheine wechselten von Hand zu Hand. Manuels zuerst unterirdische Quote war zwischenzeitlich gestiegen, sank jetzt wieder ins Bodenlose. Erste Diskussionen, wer den Sarg bezahlen müsse und ob er überhaupt einen brauche.

Deniz hatte die Arme um Manuels Brustkorb geschlungen, presste ihm mit der Kraft einer Schraubzwinge die Luft aus den Lungen. Zugleich schleuderte er ihn hin und her, versuchte Manuels Kopf auf den Boden zu pressen. Dem war längst klar, dass die Zeit der Freundlichkeit vorüber war. Er versuchte mit dem Ellbogen nach hinten zu schlagen, erwischte Deniz erst an der Nase, dann in der Augenhöhle. Eine Wirkung blieb aus. Der Adrenalinrausch löschte jedes Schmerzempfinden aus.

Manuel, der kaum noch Sauerstoff im Blut hatte, wusste, dass es eng würde. Er hatte dem anderen zu viel Raum gelassen. Keine Zukunft, keine Vergangenheit. Reine Gegenwart. Nirgendwo galt das so sehr wie im Kampf. Das Fenster der Gelegenheit war klein, er durfte es nicht verpassen. Nicht denken, eins sein. Nicht verharren, fließen.

Er ließ los. Alles. Vollständig. Kein Widerstand, keine Wut. Nicht einmal Angst vor dem Tod. Einfach nur Nichts. Deniz, verblüfft, als hätte sein Gegner sich in Luft aufgelöst, öffnete seinen Griff. Das war das offene Fenster. In Sekundenbruchteilen war Manuel frei, stand wieder auf den Füßen. Sehr ruhig, sehr klar.

Als Deniz, schon mit schweren Armen, erneut gegen ihn anrannte, wich Manuel erneut zur Seite aus, schlug im selben Moment blitzschnell in Richtung von Deniz' Kehlkopf.

Der Muskelmann fror ein. Lediglich seine Augen traten aus dem Kopf hervor, nahmen einen Ausdruck von Unglauben an. Manuel wusste, dass er in diesem Moment über den Fluss des Lebens auf die andere Seite blickte – etwas, das er selbst so viele Male getan hatte, dass es ihn nicht mehr schrecken konnte.

Lange Zeit geschah nichts. Die Kämpfer standen scheinbar regungslos voreinander. Ein Raunen ging durch die Menge. Scheine, gerade noch angeboten, verschwanden klammheimlich wieder in der Tasche. Ein paar Anfeuerungsrufe. Dann nur noch Stille.

111

Deniz fiel. Langsam, träge. Ein gefällter Riese.

Manuel aber tauchte ein, fing den Mann auf. Zwei gezielte Schläge auf die Seiten vom Hals, zwei weitere Schläge unter die Rippen. Deniz' Atemreflex setzte wieder ein. Sehr sanft setzte Manuel ihn auf den Boden.

»Wird gleich vorbei sein. Am besten schonst du dich die nächsten Tage«, erklärte er seinem Gegner.

»Scheiße, Mann.«

»Tut mir leid.«

Eine gute Stunde später standen nur noch der Lamborghini und Mettmanns 911er auf dem Gelände.

Der Lude fragte: »Warum hast du meinen Jungen nicht getötet?«

Er wirkte enttäuscht.

»Hätte ich es tun sollen?«, fragte Manuel.

»Du hättest es gekonnt, so viel steht fest.«

»Vielleicht.«

Mettmann prustete verächtlich. »Ich habe selbst oft genug im Ring gestanden. Die anderen Schwachköpfe hast du vielleicht getäuscht. Mich nicht.«

Manuel zuckte mit den Schultern. »Was geklärt werden musste, haben wir geklärt. Wir haben einen Deal.«

»Musst du mir nicht sagen. Die Sache gilt.«

»Gut.«

Mettmann musterte Manuel. Schließlich verzog er das Gesicht zu einem durchaus freundlichen Grinsen. »Du bist ein seltsamer Typ, Manuel Jessen. Aber du gefällst mir.«

»Wie Sie meinen.«

»Fängst du bei mir an? Ich zahle dir mehr, als du mit deinen Würsten jemals verdienen kannst.«

»Ich bin zufrieden mit dem, was ich habe.«

»Sicher?«

Manuel nickte stumm.

Mettmann zuckte mit den Schultern. »Schade. Aber ich akzeptiere deine Entscheidung. Da ich ein Ehrenmann bin, wird das Finanzielle morgen erledigt.«

»Gut. Und seien Sie gnädig mit Deniz. Es ist so schon bitter genug für ihn.«

»Mal sehen.«

»Ein letzte Frage. Könnte ich den Wagen ein paar Tage behalten? Er gehört doch Ihnen, oder?«

»Den Lambo? Klar, kannst du haben. Aber wenn du mich fragst, das Ding taugt nichts. Italiener halt. Von mir aus nimm ihn, solange du willst. Wenn du genug hast, ruf mich an, dann holt Noan ihn ab.«

Manuel und Mettmann gaben sich die Hand. Der Lude lächelte.

»Was ich über dich gehört hatte, scheint zu stimmen. Allein um das zu wissen, hat sich der Abend gelohnt, mein Junge.«

»Was haben Sie denn gehört?«

»Dieses und jenes.«

»Glauben Sie lieber nicht zu viel davon.«

»Ich habe gesehen, was ich gesehen habe.«

Manuel ließ sich von Noan die Wagenschlüssel geben, startete den Lambo und fuhr mit soviel Gas davon, dass der Sand in einer hohen Fontäne über den Platz spritzte.

32

Einige Tage nach seiner Befreiung durch die Amerikaner – oder war es eine zweite Gefangennahme? – betrat ein Mann Kepplers Zelle. Es war derselbe, den er damals in der Hütte der Taliban als Erstes gesehen hatte. Allerdings hatte er die traditionelle Paschtunenkleidung durch einen Trainingsanzug von Nike ersetzt. Auch Bart und Haare wirkten gepflegter als beim ersten Mal, so dass er nun eher wie ein Hipster denn wie ein Taliban aussah. Er war klein und kräftig, wenn auch nicht auf die übertrieben amerikanische Art, die sich einer eiweißlastigen Ernährung und übertriebenem Gewichtstraining verdankte, sondern auf eine zähe, ledrige Art, die verriet, dass der Mann schon lange in der Wildnis, hier in Afghanistan oder sonstwo auf der Welt, im Einsatz sein musste.

Der Mann hatte zwei eiskalte Dosen Cola in der Hand, von denen er eine Keppler in die Hand drückte.

Er setzte sich auf den Stuhl, bedeutete Keppler sich ihm gegenüber auf das Bett zu setzen. Dann sah er ihn lange Zeit an, wirkte dabei auf eine irritierende Art amüsiert. Schließlich kratzte er sich die bärtige Wange und sagte in einem feststellenden Tonfall: »Du bist kein Deutscher.«

»Doch, sicher bin ich das.«

»Du verstehst nicht, Amigo. Du *warst* vielleicht einmal Deutscher. Aber jetzt bist du es nicht mehr.«

Keppler sah den Mann misstrauisch an. »Was soll das? Was wollen Sie von mir? Wer sind Sie überhaupt?«

»Das spielt im Moment keine Rolle. Es geht nur um dich. Darum, wer du bist. Oder besser gesagt, wer du nicht bist.«

»Worauf wollen Sie hinaus?«

Der Amerikaner grinste. »Ich habe mich über dich informiert, Ralf Keppler. Habe dabei etwas Interessantes herausgefunden. Es gibt dich überhaupt nicht. Weißt du auch warum? Weil du tot bist. Du bist vor fast zwei Jahren bei einem Einsatz in der Nähe vom Peiwar-Pass ums Leben gekommen. Scheinen unsere Jungs gewesen zu sein. Sehr bedauerlich, aber so etwas gehört zum Spiel ... Jedenfalls bist du tot, zerfetzt von einer Hellfire, genau wie fünf deiner Kameraden. Du bist begraben und vergessen. Aber soll ich dir noch etwas verraten? Das ist eine gute Nachricht. Tote leben nämlich länger, als man denkt.«

Keppler spürte, wie Angst und Verwirrung in ihm emporstiegen. Was sollte dieses bizarre Gespräch? Warum sagte der andere nicht, wer er war? Worauf lief das hier hinaus?

»Hören Sie mit dem Unsinn auf«, sagte Keppler. »Wir sind Verbündete. Ich kenne meine Rechte. Und Sie genauso.«

»Sie haben Rechte?«

»Allerdings.«

Der Amerikaner lachte laut heraus. »Lebende haben Rechte. Tote haben gar nichts.«

Kepplers Augen wanderten zur Tür der Zelle hinüber. Sie stand offen. War das seine Chance zur Flucht? Keppler wusste nicht genau, wieviel körperliche Leistung er zu erbringen in der Lage war. Im Zweifel zu wenig. Aber ein Versuch wäre es wert. Was hatte er schon zu verlieren?

Als Kepplers Blick wieder auf seinem Gegenüber ruhte, war dessen Grinsen verschwunden. Der Amerikaner hielt eine Waffe in der Hand, die er auf Keppler richtete.

»Denk nicht mal dran, mein Freund.«

»Und wenn doch? Was werden Sie tun? Mich erschießen?«

»Hast du Zweifel daran?«

»Es wäre Mord.«

»Ich sage es gerne noch einmal. Du bist schon tot. Und Tote kann man nicht ermorden.«

Keppler sackte zusammen. Die Trümpfe lagen vollständig in der Hand seines Gegenübers. Er hatte nichts.

Ein paar Sekunden des Schweigens vergingen, dann steckte der Amerikaner seine Waffe zurück in den Gürtelholster. »Hör auf, an Flucht zu denken, mein Freund. Mach dir lieber Gedanken darüber, welche Chance ich dir biete.«

»Dann erklären Sie es mir. Was wollen Sie von mir? Was bieten Sie mir an?«

»Ich ermögliche es dir, von den Toten aufzuerstehen. Nicht mehr und nicht weniger. Wie klingt das für dich?«

»Kommt drauf an, was ich dafür tun muss.«

»Alles, was ich dir sage. Jeden Auftrag, jeden Befehl musst du erfüllen. Ohne jeden Widerspruch! Ein fairer Deal, was meinst du?«

»Sie sind krank.«

»Vermutlich. Wie wir alle. Der ganze Krieg ist krank. Und jeder, der damit zu tun hat, sowieso. Aber egal, mein Angebot steht.«

»Was ist, wenn ich Nein sage?«

»Du weißt, was dann ist. Also?«

»Ich schätze mal, ich habe keine Wahl.«

»Ist das ein Ja?«

»Sicher.«

»Sehr schön. Willkommen an Bord, Amigo. Du wirst deine Entscheidung nicht bereuen.«

33

Früher Abend. Am Elbstrand tummelten sich zahllose Menschen. Sie gingen mit ihren Hunden spazieren oder saßen einfach da, blickten hinaus auf den Strom. Andere fanden sich in großen Grillrunden zusammen und tranken Bier aus Flaschen. Sie spielten Gitarre oder jonglierten, machten Yoga oder warfen ihre Frisbeescheiben über die Köpfe der übrigen Besucher.

Manuel saß mit Thea nahe am Ufer. Er hatte die Beine ausgestreckt und stützte sich auf die Unterarme. Sie hatte die Knie angezogen und ihre Arme darumgelegt. Es war nicht ungefährlich, so dicht am Ufer zu sitzen. Die dicken Pötte, die vorüberfuhren, türmten gerne einmal hohe Wellen auf, die bis weit über den Strand spülten. Aber das kannten sie. Als es vorhin passiert war, waren sie aufgesprungen und schreiend wie Kinder ein Stück landein gelaufen.

Manuel und Thea hatten die Gesichter nach Westen gewandt, der honigroten Sonne entgegen, die irgendwo hinter Blankenese dem Horizont entgegensank.

Manuel seufzte behaglich. Der milde Abend, das Wellenplätschern der Elbe, die leisen Gitarrenklänge, unterbrochen vom Klirren der Flaschen, die die Leute beim Zuprosten aneinanderschlugen ... all das schaffte ihn. Er war melancholisch.

Thea war da anders. Das Leben hatte sie abgeschliffen. Sie fand es auch schön, aber sie war so spöttisch, wie es nur ein Mädchen aus dem Norden sein konnte. Sie deutete in Richtung der Sonne, die schon halb verschwunden war, und sagte: »Ganz schön kitschig, oder? Sogar eine Urlaubspostkarte würde sich schämen, wenn so ein Motiv auf ihr drauf wäre.«

Manuel lachte. »Irgendwie muss sie ja untergehen. Dann doch lieber so.«

»Stimmt auch wieder.«

Seine Hand wanderte zu ihrer. Sie ging drauf ein. Fingerhakeln unter Verliebten. Das ging minutenlang so.

»Was hältst du von einem Bier?«, fragte er in einem Ton, als wenn nichts wäre.

»Klar. Hast du welches dabei?«

»Nein, aber ich besorg es uns.«

»Denk auch an den Jungen. Bring ihm eine Limo mit.«

»Ist gut.«

Thea hatte Ragib mitgebracht, so als wäre es das Selbstverständlichste. Er war zwölf Jahre alt, mit einem dunklen Wuschelkopf und flinken, alten Augen. »Wer ist er?«, hatte Manuel vorhin gefragt.

»Ein Junge. Lebt bei mir.«

»Er lebt bei dir? Seit wann?«

»Seit ein paar Tagen.«

Er sah sie fragend an. Sie zuckte mir den Schultern. »Sagen wir, er ist mir zugelaufen.«

»Kinder laufen einem nicht einfach zu.«

»Ragib schon. Er braucht ein Zuhause, und ich habe ihm eines gegeben.«

»Das ist nett von dir.«

»Dir würde ich auch eines geben. Wenn du es möchtest. Wir wären dann zu dritt. Du weißt, was das heißt, oder?«

»Weiß ich es?«

»Wir wären eine Familie, Manu.«

Nach dieser Erklärung hatte Manuel den Kleinen angelächelt

und ihm über den Kopf gestrichen. Ragib aber verzog das Gesicht zu einem stummen Fauchen. Er sah Manuel mit brennender Eifersucht an. Dann rannte er davon und spielte seitdem Fußball mit anderen Kindern. Er war nicht gut am Ball, aber er foulte besser als jeder andere.

Manuel handelte einer Grillrunde zwei Astra ab. Eine Limo zu finden war schon schwieriger, aber auch das gelang ihm.

Er kehrte zu Thea zurück, die mit sehnsüchtigen Augen zum roten Horizont blickte. Anscheinend konnte sie dem Kitsch doch etwas abgewinnen.

Thea rief nach Ragib:»Komm her, es gibt Limo.«

»Später«, rief der Junge zurück.»Muss die Hunde hier noch im Fußball besiegen.«

»In Ordnung. Aber übertreib's nicht.«

Manuel und Thea prosteten sich zu und nahmen beide lange Schlucke aus ihrer Knolle.

Thea ließ Sand durch ihre Faust rieseln.»Deniz war gestern bei mir und hat Blumen vorbeigebracht. Der Arsch war so groß mit Hut.« Sie hielt Daumen und Zeigefinger dicht beieinander.

»Das war er schon vorher, er versteckt es nur gut. Wie die meisten Typen.«

»Er trug übrigens einen Gips. Warst du das?«

»Und wenn?«

»Freu ich mich. Ich soll dich von ihm grüßen.«

»Danke, nett.«

»Anscheinend hast du ihn beeindruckt.«

»Hat er das gesagt?«

»Ich konnte es in seinen Augen sehen, als er deinen Namen aussprach.«

Thea beugte sich zu Manuel und küsste ihn. Er war erst überrascht, aber dann sprang der Funke über. Es wurde eine ziemliche Knutscherei, bei der sie sich über den Sand wälzten.

Ein wenig außer Atem sagte Thea: »Kommst du mit zu mir?«

»Jetzt?«

»Natürlich jetzt, du Blödmann.«

»Ich muss zum Imbiss.«

»Mamdouh hält die Stellung, oder nicht? Er kann auch noch ein bisschen länger auf dich verzichten.«

»Du kennst ihn nicht.«

»Keine Ausreden.«

»Also gut.«

»Dann los.«

Sie riefen nach dem Jungen, aber der wollte nicht kommen. Fußball war wichtiger. Manuel winkte mit dem Schlüssel vom Lamborghini. »Du darfst aufschließen und dich mal ans Lenkrad setzen.«

Der Junge war binnen Sekunden da. »Darf ich auch fahren?«

»Bist du blöd? Du bist zwölf Jahre alt.«

»Ich bin schon Auto gefahren.«

»Im Traum vielleicht.«

Der Kleine grinste. »Wenn du meinst.«

Sie gingen zu dritt in Richtung Parkplatz. Ragib in der Mitte, Thea und Manuel an den Seiten. Beide hielten den Jungen an der Hand.

Fühlte sich verdammt gut an, dachte Manuel.

Die Nacht war blau. Düfte nach Blüten, nach Asphalt, nach Sommer schwebten durchs Fenster hinein. Das Mondlicht warf Schattenmuster an die Wand. Thea und Manuel lagen nackt auf dem Bett, beide mit Zigarette. Beide erschöpft.

Manuel hatte vorhin, als es auf Mitternacht zuging, die Waffen gestreckt. An Arbeit war nicht mehr zu denken. Er rief Mamdouh an und erklärte ihm, dass er in dieser Nacht nicht mehr in den Imbiss kommen würde. Mamdouh hatte wild protestiert. »Wie stellst du dir das vor? Ich soll die ganze Arbeit machen? Für den Hungerlohn, den du mir zahlst? Das darf nicht wahr sein! Was bist du nur für ein Chef! Selbst keinen Finger krumm machen und andere für dich schuften lassen, so gefällt es dir, was?«

»Ich bin bei Thea, Mamdouh.«

Kurze Stille in der Leitung. Dann sagte Mamdouh mit samtweicher Stimme: »Bei Thea? Und ihr liebt euch? Das heißt, du willst richtig mit ihr zusammen sein? Vielleicht heiraten und Kinder machen?«

»So weit sind wir noch nicht, aber ...«

Manuel hörte Mamdouhs Stimme, als er in Richtung der Stammgäste rief: »Er ist bei seiner Freundin, bei dieser Thea. Sie hatten gerade Sex. Scheint etwas Ernstes zu werden. Das wurde aber auch Zeit.«

Dann sprach er wieder ins Telefon: »Bleib bloß bei ihr, Manu! Heute Nacht, morgen Nacht, solange du willst. Genieß es! Und mach dir um den Imbiss keine Sorgen. Du stehst sowieso nur im Weg herum. Ohne dich läuft es hier viel besser.«

»Bis morgen, Mamdouh.«

34

Zwei Wochen nach dem Gespräch mit dem Amerikaner – er hatte sich als Melvin Olden vorgestellt – saß Keppler an Bord einer C-130 Hercules und flog in 9000 Meter Höhe in Richtung Südosten.

Er hatte die Auferstehung gewählt. Und sich dafür bedingungslos in Oldens Hände begeben.

Was genau der Amerikaner mit ihm vorhatte, konnte Keppler bisher nur raten. Nähere Informationen? Fehlanzeige. Aus den wenigen Brocken, die Olden ihm hingeworfen hatte, verbunden mit dem, was Keppler sich zusammenreimte, hatte er ein ungefähres Bild gewonnen. Olden war *Operator in Chief* einer kleinen Kommandoeinheit der *Special Activities Devision*. Das waren die paramilitärischen Einheiten der CIA, deren Existenz zwar irgendwann in den zurückliegenden Jahren eingeräumt worden war, über deren Einsätze aber absolut nichts bekannt war.

Gerüchte darüber, dass die *SAD* in Afghanistan aktiv war, hatte es schon lange gegeben. Keppler hatte bereits zu Beginn seines Aufenthaltes am Hindukusch davon gehört. Nun wusste er als einer der wenigen, dass es die *SAD* erstens wirklich gab und dass sie zweitens tatsächlich im Land im Einsatz war. Doch anders als die allermeisten Menschen, die in Kontakt mit der Einheit kamen, lebte Keppler noch.

Nach weiteren Gesprächsrunden, die Olden noch in der Zelle mit ihm geführt hatte, hatte Keppler sogar begonnen, eine gewisse Sympathie für den Amerikaner zu empfinden. Es hatte ihn selbst überrascht. Vielleicht war es eine Form des Stockholmsyndroms, aber was machte das für einen Unterschied? Olden, der ihn auch jetzt auf dem Flug begleitete, war für einen aktiven *Operator*, sprich Kämpfer, erstaunlich alt, mindestens Mitte vierzig, vielleicht sogar noch älter. Er hatte die Gelassenheit eines alten Soldaten, der alles, wirklich alles schon einmal gesehen und erlebt hatte. Und der im Zweifel auch alles, wirklich alles schon einmal getan hatte. Aber Olden hatte auch andere Seiten. Er las Bücher und keineswegs nur Hemingway, Mailer oder andere Klassiker der Macho-Literatur, sondern auch Jonathan Franzen oder Thomas Wolfe. Eine bizarr anmutende Lektüre für einen Mann, der im Zweifel irgendwo eingegraben in Afghanistan, im Irak oder einem lateinamerikanischen Land lag und darauf wartete, ein Staatsoberhaupt zu töten.

Keppler und er führten angeregte Gespräche, die weit über ihr gemeinsames Handwerk – Krieg – hinausreichten. Olden vertraute ihm beiläufig an, dass er sich inzwischen in Afghanistan richtig heimisch fühlte und dass er unter den Paschtunen, Tadschiken und den anderen Volksgruppen viele sympathische Menschen kennengelernt hatte. Einige von ihnen hatte er bedauerlicherweise töten müssen, doch andere nannte er Freunde. Er denke sogar darüber nach, sich nach Ende des Krieges ein Stück Land zu kaufen, ein Haus zu bauen und sich irgendwo an den Hängen des Hindukusch niederzulassen. Einziger Wermutstropfen dabei sei die Tatsache, dass dieser Krieg eben niemals enden würde, und jeder, der etwas anderes behaupte, habe nicht das Geringste verstanden, nicht von Afghanistan, nicht von der menschlichen Natur und schon gar nicht von den unfähigen Strategen im Pentagon.

Als die Hercules nach knapp sechsstündigem Flug landete, hatte Keppler immer noch keine Ahnung, wo er eigentlich hingebracht wurde. Olden hatte ihm klar gemacht, dass er besser keine Fragen stellen sollte. Noch nicht. Als Keppler wenigstens hatte wissen wollen, wann er weitergehende Antworten erhalte, hatte Olden gegrinst und gesagt: »Erst dann, wenn wir deine Tafel vollkommen gesäubert haben, mein Freund. Wenn wir nicht nur deinen Namen entfernt haben, sondern auch deine Erinnerungen und überhaupt alles, was dich ausmacht.«

Olden, der die aufkeimende Panik in Kepplers Augen sah, lachte auf. »Keine Sorge, mein Junge. Wir schnippeln nicht in deinem Hirn herum, und wir benutzen auch keine Chemie, um deine Speicher zu leeren. So etwas haben unsere Docs lange versucht, hat aber nie wirklich funktioniert. Wir gehen inzwischen anders vor. Wir überzeugen dich einfach davon, dass du alles, was du nicht mehr brauchst, von selbst vergisst. Es ist im Grunde wie ein Umzug in ein anderes Ich. Wir können natürlich nicht verhindern, dass du ein paar Bilder, ein paar Namen, ein paar Gefühle behältst … Das ist okay. Leg dir eine Art mentales Fotoalbum zu, in dem du in melancholischen Augenblicken blätterst. Aber glaub mir, in ein paar Jahren willst du das gar nicht mehr. Dein altes Leben wird dann keine Rolle mehr für dich spielen. Sieh es positiv. Wir machen einen neuen Menschen aus dir. Davon träumen die meisten doch, stimmt's? Und du bekommst es frei Haus.«

Als Keppler unter den wachsamen Blicken Oldens und der anderen Bewacher durch die Tür der Hercules ins Freie trat, war es Nacht. Schwülheiße Tropenluft schlug ihm entgegen. Auf dem Rollfeld roch es nach Kerosin und heißem Asphalt. Ein Windhauch trug weitere Düfte zu ihm heran, vor allem nach exotischen Blüten und süßmorscher Verwesung.

Da sie nach ihrem Abflug von Bagram in südöstlicher Richtung geflogen waren, tippte Keppler, dass sie sich in Südindien oder – angesichts der langen Flugzeit noch wahrscheinlicher – irgendwo in Südostasien befanden. Ein Jeep brachte sie zu einem alten, baufälligen Terminalgebäude, das offenbar unter amerikanischer Regie stand. Während der Fahrt erhaschte Keppler einige Blicke aus dem Wagenfenster. Er sah, dass sich in der Ferne ein weiterer, zivil genutzter Flughafen befand. Auf dem Vorfeld standen zahllose Passagiermaschinen. Erneut setzte er die zurückgelegte Flugentfernung, die Zeitverschiebung, die er dank der Uhr am Armaturenbrett des Jeeps ermitteln konnte, sowie die ersten Eindrücke seiner Umgebung zu einem Bild zusammen. Am Ende kam er zu dem Ergebnis, dass er sich auf dem Don-Muang-Airport am Rande von Bangkok befinden musste. Die Amerikaner hatten ihre Basen in Thailand, die während des Vietnamkrieges Hochkonjunktur hatten, inzwischen zwar aufgegeben, nutzten aber Teile des ehemaligen Hauptstadtflughafens immer noch als Drehscheibe für ihre über den Pazifik abgewickelten Flüge in den mittleren Osten.

Als Keppler Olden seine Schlussfolgerungen mitteilte, grinste der Amerikaner. »Bist ein schlauer Kerl, Amigo. Hast natürlich recht. Aber versuch gar nicht erst, vertraut mit dieser Umgebung zu werden. Du bleibst nicht lange hier.«

»Was heißt das?«

Olden zuckte mit den Schultern. »Vielleicht drei oder vier Wochen. Es kommt darauf an, wie viele OPs nötig sind, um dich wieder auf die Beine zu bringen. Dir ist es vermutlich selbst nicht klar, aber du bist ziemlich im Arsch. Gesundheitlich, meine ich. Wenn wir nichts unternehmen, bist du in ein paar Tagen tot.«

35

In dieser Nacht war die Stimmung im *Curry* anders als sonst. Die Stammgäste saßen auf ihren Hockern und sprachen leise und friedlich miteinander. Keiner stritt, keiner wurde laut. Das änderte sich nicht einmal, als Mamdouh ihnen laut stöhnend erklärte, dass Hamburg die hässlichste Stadt der Welt sei. Sicher, die Alster, die Elbe, der Michel, das lasse sich schon aushalten. Aber denkt an Steilshoop, Leute. An den Osdorfer Born, an Billstedt, Kirchdorf-Süd! Schönste Stadt der Welt? Vergesst es!

Niemand sprang drauf an, obwohl es so offenkundiger Unsinn war. Manuel, dem es nicht länger gelang, sich aufs Kochen zu konzentrieren, drehte sich um und blickte die Stammgäste argwöhnisch an. Wieder passierte das Gleiche wie schon in den Stunden zuvor. Alle lächelten ihn an, so übertrieben wie die Eltern ihr Kleinkind anlächelten, das die ersten Worte gesprochen oder die ersten Schritte gemacht hatte.

»Ich schmeiß euch alle raus, wenn das so weitergeht«, knurrte Manuel.

»Aber, Manu! Wir freuen uns doch nur für dich! Alle tun das, ich auch!«, sagte Mamdouh spöttisch, doch durchaus auch versöhnlich.

»Ach, ja? Ihr freut euch?«

»Sicher, Manu! Mal ehrlich, du warst unerträglich! Still, mürrisch, in dich gekehrt. Aber jetzt hast du Thea und steckst endlich regelmäßig einen weg. Allen hier ist klar, wie nötig du es hattest. Nicht, dass du viel mehr reden würdest als zuvor, aber du bist zufrieden! Das zählt! Und wenn du es bist, sind wir es auch.«

Vom Tresen her kam zustimmendes Gemurmel. Manuel drehte sich um und sah die Stammgäste auf eine Art an, bei der anderen Leuten das Herz stehen bleiben würde. Aber Dacian, Ursula, der Blaue Klaus und Juliette, was taten die? Sie hoben ihre Astraflaschen und prosteten Manuel zu. Sie waren glücklich, weil er es war.

Später in der gleichen Nacht stand Manuel vor dem Imbiss und rauchte eine Zigarette. Am Nachmittag war er bei Thea vorbeigefahren. Sie hatte gekocht. Als Ragib vom Spielen kam, hatten sie gemeinsam zu Abend gegessen. Spaghetti. Dazu gab es Limo für den Jungen und einen Chablis für Thea und ihn. Anschließend saßen sie auf dem Balkon und hielten sich an den Händen.

Mamdouh hatte recht. Ja, er war glücklich. Zum ersten Mal seit langem.

Manuel spürte, dass sich fremde Blicke auf ihn richteten. Er sah sich um und entdeckte Noan, den jungen Serben, der ihn zu dem Fight gefahren hatte. Er stand hinter einer Litfasssäule und traute sich offenbar nicht rüber.

»Ich habe dich gesehen, Noan. Was gibt es? Willst du den Lambo abholen?«, fragte Manuel.

Der Junge verließ sein Versteck und schlurfte herüber. Er schüttelte den Kopf. »Ich bin nicht wegen dem Wagen hier. Deniz Coskun schickt mich.«

»Warum? Hat er immer noch nicht genug?«

»Nein, nein. Er ist ganz friedlich. Ich soll dich fragen, ob er Unterricht bei dir haben kann.«

»Unterricht? In was? Gutes Benehmen? Keine Frauen verprügeln, so etwas?«

»Er will kämpfen lernen. Er meinte, er hätte noch nie jemanden wie dich getroffen.«

»Aber er hat nicht den Mut, selbst herzukommen?«

»Er war nicht sicher, wie du reagieren würdest. Nach allem, was passiert ist.«

Manuel lächelte nachsichtig. Vor kurzem noch hätte er vielleicht abweisend reagiert. Aber jetzt? Ein neues Kapitel in seinem Leben schien sich zu öffnen. Vielleicht war die Nachricht, die Noan überbrachte, ein Wink des Schicksals. War es an der Zeit, den Imbiss aufzugeben und stattdessen einen kleinen Dojo zu eröffnen und einige Schüler um sich zu scharen? Den *Weg* wirklich zu seinem Lebensinhalt zu machen und ihn weiterzugeben an diejenigen, die offen dafür waren? Die Vorstellung war verlockend.

»Bestell Deniz, dass ich es mir überlegen werde.«

»Das heißt, du sagst nicht Nein?«

»Genau das heißt es.«

»Er wird sich freuen.«

Noan schob ab. Manuel sah ihm hinterher. Anscheinend sprach wirklich das Schicksal zu ihm. Es sagte ihm deutlich, dass es Zeit war, mutig zu sein. Ein neues Kapitel aufzuschlagen. Alles zurückzulassen.

Aber noch war es nicht soweit. Er war nicht frei. Er stand noch in fremden Diensten, die er nicht einfach kündigen konnte.

Und wenn er einfach Kontakt mit Müller aufnähme? Oder besser noch direkt mit Melvin Olden? Er könnte fragen, ob Melvin seine Schuld als beglichen ansah. Sicher, die zwischen ihnen vereinbarte Dienstzeit war noch nicht vorbei. Aber er hatte schon jetzt mehr als genug Jobs erledigt. Melvin würde mit sich reden lassen. Und Müller würde akzeptieren, was immer Langley vorgab. Außerdem würden die Amerikaner einen neuen Mann zur

Verfügung stellen. Vielleicht nicht so gut wie er. Aber letztlich könnte es Müller egal sein.

Manuel spürte, wie sich eine große Leichtigkeit in ihm ausbreitete. Es ging auf vier Uhr früh zu. In etwa zwei Stunden würde er den Imbiss schließen. Er würde nicht nach Haus gehen, sondern zu Thea. Er würde ihre Wohnungstür mit dem Schlüssel öffnen, den sie ihm gegeben hatte.

Nach dem Aufwachen würde er ihr davon erzählen. Dass er bereit für ein neues Leben sei. Mit ihr.

Der Zeitungsbote bog um die Ecke. Früher, als die Morgenpost noch ihre Nachtausgabe produziert hatte, war der Austräger immer schon am Abend gekommen. Seit es die nicht mehr gab, brachte er die ersten Exemplare im Morgengrauen, frisch aus der Druckerei.

Der alte Türke zog zwei Exemplare aus seinem Rollwagen, den er hinter sich herzog, und drückte sie Manuel in die Hand. Der bezahlte, und als der Austräger nach Wechselgeld kramte, schüttelte Manuel den Kopf. Es war ihr allnächtliches Ritual.

Manuel klemmte sich ein Exemplar unter den Arm, schlug das andere auf und drehte sich gleichzeitig um, um zurück in den Imbiss zu gehen.

Er stockte.

Er blieb stehen.

Atmete.

Es war die zweite Seite der Zeitung, ein seitenfüllender Artikel. Ein Mord in Wandsbek. Ein libanesischer Geschäftsmann namens Kabir Awad war getötet worden. Der Mord lag Tage zurück, das Motiv war noch völlig ungeklärt. Aber dank einer Zeugenaussage gab es seit neuestem eine präzise Täterbeschreibung.

In einem Kasten neben dem Artikel war das entsprechende Phantombild abgedruckt.

Manuel war unschwer auf dem Bild zu erkennen.

Sofort war ihm klar, was das bedeutete. Ja, er würde in ein neues Leben aufbrechen. Aber nicht so, wie er es sich Minuten zuvor noch vorgestellt hatte. Es würde kein Neuanfang sein.

Sondern eine Flucht.

36

Oldens Andeutung in Bezug auf Kepplers Gesundheitszustand war keine Übertreibung gewesen.

Daher brachte man ihn direkt von Don Muang in einen großen Klinikkomplex auf der Südseite des Chao Phraya. Die Schilder am Eingang boten keine direkten Hinweise, aber Keppler ging davon aus, dass die Einrichtung zur AFRIMS gehörte, der medizinischen Forschungssektion der US-Armee.

Dort führte man noch in der Nacht umfangreiche Untersuchungen mit ihm durch. Ärzte nahmen Blut-, Urin- und Kotproben, röntgten ihn von Kopf bis Fuß, inspizierten seine Haut, testeten seine neurologischen Funktionen, führten ein Belastungs-EKG durch und unterzogen ihn diversen psychologischen Tests.

Achtundvierzig Stunden später lagen die Ergebnisse vor. Keppler wurde ins Zimmer von Dr. Saltman gebracht, um das weitere Vorgehen zu besprechen. Saltman, mit Vornamen Carol, bekleidete den Rang eines Sergeants, eines Stabsunteroffiziers. Sie grüßte militärisch, ließ sich dann die Umstände von Kepplers Gefangenschaft bei den Taliban erläutern.

Schließlich nickte sie und sagte: »Jetzt verstehe ich so einiges. Und ich wundere mich nicht mehr über Ihren Zustand.«

»Olden meinte, es steht nicht gut um mich.«

Dr. Saltman gab ein prustendes Lachen von sich, blickte ihn sofort darauf um Entschuldigung heischend an. »Nicht gut um Sie? Das ist eine groteske Untertreibung. Aber sehen Sie einfach selbst ...«

Dr. Saltman heftete eine Röntgenaufnahme von Kepplers Unterschenkel an einen Leuchtmonitor. Sie tippte mit ihrem Kugelschreiber auf die Aufnahme und erläuterte, dass sich dort, wo eigentlich Kepplers Wadenbein sein sollte, eine Ansammlung kleinster Knochensplitter befand, zum Teil von wucherndem Muskelgewebe fixiert, zum Teil auch frei umherwandernd. Das allein hätte ihn bereits vor langer Zeit umbringen können, erklärte Saltman in nüchternem Tonfall.

Nachdem sie wieder Platz genommen hatten, las sie ihm eine lange Liste von Mangelerscheinungen vor, unter denen Keppler litt und die ebenfalls früher oder später – eher früher – zu seinem Tod führen würden. Aber – und das sei die einzige positive Nachricht dieses Tages – die meisten Menschen wären in Kepplers Zustand längst dahingeschieden, insofern könne er auf seine robuste Physis stolz sein.

Als Nächstes erläuterte die Ärztin ihm, in welchen seiner Körperregionen bedrohliche Infektionsherde nisteten. Dazu zählten eine latente Lungenentzündung, ein Magengeschwür und eine Knochenhautentzündung in der Schulter. In der Summe: tödlich.

Keppler, dessen Laune sich immer weiter eintrübte, glaubte, nun immerhin ein vollständiges Bild seines Gesundheitszustandes zu haben. Aber er sah sich getäuscht. Dr. Saltman nahm einen weiteren Befundbogen zur Hand und ihr ohnehin nur homöopathisches Lächeln verschwand vollends. Sie erklärte Keppler, dass die Zahl und Vielfalt der Parasiten, die seinen Körper bevölkerten, wirklich beeindruckend seien. »Wenn Sie die Namen aller Tierchen, die in Ihnen leben, auswendig lernen, könnten Sie ohne weiteres die Prüfung zum Parasitologen ablegen.«

Keppler sah sie fragend an. Saltman runzelte die Stirn. »Sie wollen keine Details, glauben Sie mir.«

»Doch, ich will die ganze Wahrheit erfahren.«

»Wenn Sie drauf bestehen.«

Sie nahm die Liste erneut zur Hand und erwähnte die Egel in Kepplers Leber, die Lao-Lao-Würmer in seinen Augen, die Bandwürmer in seinem Darm, die Zungenwürmer – nein, nicht im Mund, aber in seiner Lunge, die Hakenwürmer in seinen Beinen, die Trichinen in seiner Gesichtsmuskulatur. Hinzu käme der äußere Befall mit Zecken, Flöhen, Wanzen, Filzläusen und verschiedenen Hautpilzen. Saltman erklärte auch gleich, welche Schäden diese Parasiten im menschlichen Körper anrichteten.

Keppler verzog das Gesicht. »Lassen Sie mich raten. Tödlich?«

»Absolut. Selbst wenn wir Ihren Befall auf mehrere Personen verteilen würden, wäre für alle der Exitus zwingend.«

Keppler wurde übel. »Haben wir es denn jetzt?«

»Aber nein. Alles bisher war harmlos.«

»Sie machen Witze.«

»Leider nein.«

Dr. Saltmans studierte einen dritten Befundbogen, legte ihn dann zur Seite und schenkte Keppler einen langen Blick über ihre Lesebrille hinweg. »Haben Sie sich eigentlich schon einmal gefragt, warum Sie trotz Ihrer vielen Erkrankungen überhaupt noch klar denken können? Und warum Sie nicht schreiend vor Schmerzen und Übelkeit herumrennen und nur noch sterben wollen?«

»Ich wollte sterben, glauben Sie mir.«

»Aber im Moment offenbar nicht. Das ist bemerkenswert.«

»Wenn Sie es sagen.«

Dr. Saltman lächelte spöttisch. »Sie halten sich für einen harten Hund, richtig? Sie glauben, dass Sie sich nur deshalb nicht vor Schmerzen krümmen, weil Sie tough sind.«

»Ich würde es nicht ausschließen.«

»Ich muss Sie enttäuschen. Ihre Schmerzunempfindlichkeit liegt daran, dass Ihr nozizeptives System eine erhebliche Störung aufweist. Woran es liegt, können wir im Moment noch nicht genau sagen. Jedenfalls sind Sie ein interessanter Fall.«

»Was heißt das konkret, Doc?«

»Die Erregungsübertragung in Ihren Schmerzrezeptoren ist reduziert. Möglicherweise handelt es sich um eine seltene Form von Neuropathie. Oder ein temporäres Cipa-Syndrom. Nach allem, was Sie mir über Ihre zurückliegenden Monate berichtet haben, könnte es aber auch eine Art psychischer Schutzmechanismus sein. In dem Fall sollten Sie alles dafür tun, dass er noch eine Weile anhält.«

Keppler sah die Ärztin mit ausdruckslosem Gesicht an. »Das war jetzt aber alles, oder?«

»Mehr habe ich tatsächlich nicht. Aber es reicht auch, finden Sie nicht?«

»Was soll ich sagen?«

»Am besten gar nichts.«

Abschließend erläuterte Dr. Saltman Keppler den umfangreichen Therapieplan, den die Ärzte für ihn festgelegt hatten. Er würde die von Olden prognostizierte Zeit von einigen Wochen deutlich übersteigen. Aber danach könne Keppler mit ein wenig Glück davon ausgehen, wieder ein gesunder Mann zu sein.

37

Es war nicht mehr Nacht, aber auch noch nicht Morgen. Manuel hatte St. Pauli längst hinter sich gelassen. Er ging zu Fuß in westlicher Richtung. Er trug ein Cap, das er sich tief ins Gesicht gezogen hatte. Er bemühte sich darum, langsam zu gehen, nicht aufzufallen. Es war alles andere als einfach. Immer noch rasten seine Gedanken.

Was war passiert? Wieso war sein Phantombild in der Zeitung? Wieso wurde er mit dem Mord an Kabir Awad, der eigentlich Berkan Cetin hieß, in Verbindung gebracht?

Sicher, er hatte den Mann getötet. Aber er hatte keine Spuren hinterlassen, nichts, was auf einen unnatürlichen Tod hindeutete. Auch sonst dürfte es keine nachvollziehbare Verbindung zwischen ihm und Cetin geben. Hatte er einen Fehler begangen? War er beobachtet worden oder hatte er eine versteckte Kamera übersehen, womöglich in Cetins Wohnung?

Manuel führte sich die Situation noch einmal vor Augen. Die Nacht des Auftrags. Sein Einstieg in die Wohnung. Das Gespräch mit Cetin. Dessen Tod, sein Verschwinden.

Nein, kein Fehler. Alles war glatt gegangen. Und trotzdem war sein Bild in der Zeitung, und die Polizei fahndete nach ihm.

Warum?

Inzwischen war er in Eimsbüttel. Seine anfänglichen Panikattacken hatte er nun im Griff. Dennoch war es gefährlich, draußen zu sein. Eine zufällige Streife, ein früher Spaziergänger, der bereits die Zeitung gelesen hatte – und alles wäre vorbei. Er musste von der Straße runter.

Also ein Taxi. Als sich ein Wagen näherte, winkte er mit der Hand. Er stieg hinten ein, hielt das Cap ins Gesicht gezogen und nannte dem Fahrer eine Adresse, die in der richtigen Richtung lag. Sein genaues Ziel nannte er nicht. Auch sonst tat er nichts, woran der Fahrer sich möglicherweise erinnern könnte. Später – wenn die Polizei ihn befragte, was nicht unwahrscheinlich war.

Das Fahrzeug setzte sich in Bewegung. Manuel ließ sich zurücksinken. Durchatmen. Ein paar Minuten verschnaufen. Die Augen schließen.

Ruhe finden.

Er hatte immer gewusst, dass so etwas passieren konnte.

Schlimm war, dass es ausgerechnet jetzt geschah. Zu einem Zeitpunkt, an dem er bereit war, auszusteigen und ein neues Leben zu beginnen.

Diesen Traum konnte er vergessen, er war binnen Sekunden pulverisiert worden.

Jetzt ging es nur noch darum, auf freiem Fuß zu bleiben und sich aus der Stadt abzusetzen.

Vorhin, als er noch mit der Zeitung in der Hand vor dem Imbiss gestanden hatte, hatte er den Reflex gespürt, sich seinem Schicksal zu ergeben. Einfach aufgeben. Hinnehmen, was auch immer geschehen würde …

Mamdouh, der ihn aus dem Inneren des *Curry* beobachtete, kam zu ihm hinaus. »Was ist los, Bruder?«

»Ich muss verschwinden, Mamdouh. Frag nicht, warum. Übernimm den Imbiss, kümmer dich um alles. Ich weiß nicht, wann ich wiederkomme oder ob ich überhaupt wiederkomme.«

»Aber ich frage dich trotzdem, Manuel. Ich denke, ich habe ein Recht darauf, zu erfahren, was los ist.«

Manuel überlegte kurz, schlug dann die Zeitung auf und hielt Mamdouh die Seite mit seinem Phantombild entgegen.

Der Algerier sah nur kurz hin. »Stimmt es? Hast du den Mann getötet?«

»Und wenn?«

»Dann wirst du deine Gründe gehabt haben.«

Manuel nickte nur stumm.

Mamdouhs sonst so lustiges Gesicht war bitterernst. »Ich kann dir helfen, Manu. Ich kenne Leute, die dich aus der Stadt bringen und an einem sicheren Ort verstecken können. Es kostet mich nur einen Anruf.«

Manuel legte Mamdouh die Hände auf die Schultern. »Ich danke dir, mein Freund. Aber ich möchte niemanden in die Sache hineinziehen. Ich kann selbst dafür sorgen, dass ich nicht gefunden werde. Ich habe gelernt, wie man so etwas macht.«

»Glaubst du, das weiß ich nicht? Meinst du, ich habe dir jemals abgekauft, dass du einfach nur ein Würstchenbrater bist? Wir sind Soldaten, du und ich. Wir erkennen uns.«

Manuel senkte den Kopf, ließ ein paar Augenblicke der Ruhe verstreichen. »Ich hoffe, dass wir uns eines Tages wiedersehen, Mamdouh. Sei vorsichtig. Ich kann nicht sagen, warum ich aufgeflogen bin und ob es nur die Polizei ist, die hinter mir her ist. Es kann sein, dass Leute ins *Curry* kommen und Fragen stellen.«

»Ich werde ihnen sagen, dass ich nichts weiß, selbst wenn sie mich foltern. Ich habe da Erfahrung. Den anderen sage ich, dass du … keine Ahnung, dass du spontan beschlossen hast, Urlaub zu machen.«

Manuel musste trotz allem lächeln. »Sag einfach gar nichts. Früher oder später werden sie die Zeitung sehen und sich ihren Teil denken.«

»Pass auf dich auf, Bruder.«

»Du genauso.«

Manuel ließ das Taxi halten, reichte dem Fahrer einen Schein und verzichtete aufs Wechselgeld.

Dann wartete er, bis der Wagen verschwunden war, legte schließlich den letzten halben Kilometer zu Fuß zurück.

Es war sechs Uhr am Morgen und fast hell, als er sein Ziel erreichte. Er stand vor einem mehrstöckigen Wohngebäude im Stadtteil Eidelstedt. Im obersten Stockwerk brannte Licht. Manuel drückte auf die Klingel. Lange Zeit geschah nichts. Er klingelte erneut. Dann endlich hörte er Sasikarns zornige Stimme in der Gegensprechanlage. »Hey, wer ist da? Was soll das, um diese Uhrzeit?«

»Sasi? Ich bin es, Manuel.«

»Manu? Wow, was für eine Ehre. Was führt dich zu mir?«

»Hast du geschlafen?«

»Natürlich nicht. Ich arbeite um diese Uhrzeit. Du weißt schon, mit meiner Webcam. Meinen letzten Klienten musste ich brutal abschneiden, weil du Sturm geklingelt hast. Dem armen Kerl platzen jetzt vermutlich die Eier, so scharf habe ich ihn gemacht.«

»Kann ich hochkommen?«

»Sicher.«

Kurz darauf stand Manuel in der plüschig eingerichteten Wohnung. Sasikarn trug Mieder und Highheels, dazu eine farbige Boa um die Schultern. Mit ihrem farbig geschminkten, anmutigen Gesicht, den langen Wimpern, der Föhnfrisur sah sie hinreißend aus.

»Was ist passiert, Manu?«

»Soll dich nicht interessieren. Je weniger du weißt, desto besser für dich.«

»Okay, aber warum bist du hier?«

»Du musst mir helfen.«

»Aber natürlich, mein Süßer. Was soll ich tun?«

»Ich erkläre es dir später. Erst einmal muss ich mich ausruhen.«

»Kein Problem. Mach's dir auf dem Sofa bequem. Was willst du haben? Ein Bier? Einen Kaffee?«

»Kaffee klingt gut. Und Sasi, sag niemandem, dass ich hier bin. Es ist wichtig.«

»Sicher, Schatz. Mach dir keine Sorgen. Ich halte meinen Mund. Es sei denn, du willst, dass ich ihn für dich aufmache.«

38

Bevor Keppler sich der ersten von einer langen Reihe von Operationen unterzog, stand ein letzter Termin mit Melvin Olden an. Inzwischen war ihm klar geworden, dass der Amerikaner weit mehr als ein einfacher *Operator* sein musste. Er bekleidete eine Führungsposition, stand im Zweifel sogar an der Spitze der *SAD*.

Noch mehr überraschte ihn, dass im Laufe der vielen Gespräche, die sie geführt hatten, zwischen ihnen eine Art Vertrauensverhältnis, ja, die Andeutung einer Freundschaft entstanden war.

Daher wollte Olden ihr Treffen offenbar zwanglos gestalten. Er schlug vor, die Klinik zu verlassen und gemeinsam in der Stadt essen zu gehen.

»Du willst in ein Restaurant?« Kepplers Stimme blieb wie immer ruhig, aber die Überraschung war ihm anzuhören.

»Sicher. Oder hast du keinen Hunger?«

»Hast du es denn nicht gehört? Ich bin schwer krank. Nichts, womit man spazieren geht.«

»Komm schon, Amigo. Die meisten Parasiten, die dich bevölkern, habe ich auch schon gehabt. Alles halb so wild. Und der Rest ist nicht sonderlich ansteckend, meinte Dr. Saltman. Also los, zieh dich um, ich hole dich in einer halben Stunde in deinem Zimmer ab.«

Olden hatte eine Limousine mit Chauffeur bestellt. Während der Fahrt durch den zähen Stadtverkehr Bangkoks saßen sie im gekühlten Fond des Wagens und bedienten sich an der in die Mittelkonsole eingelassenen Bar. Olden trank Jack Daniels mit Cola, Keppler entschied sich für einen schottischen Single Malt. Aus den unsichtbaren Boxen dudelte leise Kaufhausmusik mit Stücken von Stan Getz und Frank Sinatra.

Da Olden das Gespräch erst beginnen wollte, wenn sie im Lokal angekommen waren, schwiegen sie während der Fahrt. Keppler war nicht undankbar dafür. Er lehnte die Stirn gegen die getönte Seitenscheibe und blickte hinaus. Auf den Straßen pulsierte das Leben der Metropole, mit seinen ewigen Staus, seinen Heerscharen von Motorrad- und Tuktuk-Fahrern, den Millionen von Fußgängern, den Garküchen, den fliegenden Händlern, den leichten Mädchen, den nichtsahnenden Touristen. Keppler genoss die Fahrt. Nur gelegentlich überkam ihn ein Würgen, und zwar immer dann, wenn ihm die Bilder all des Ungeziefers in seinem Inneren vor Augen kamen. Er war kein Mensch, er war ein Zoo.

Eine gute Dreiviertelstunde später saßen sie im großen Innenhof eines Gartenlokals, in dem dank der raffinierten Brunnen und Wasserspiele eine angenehm kühle Temperatur herrschte. Heerscharen von Kellnerinnen in traditionellen Kostümen sorgten bei den Gästen für ein Gefühl der perfekten Umsorgtheit.

Olden, der das Lokal offenbar gut kannte und auch mit der Thaiküche vertraut war, übernahm die Bestellung. Er orderte Phad Kra Pao, Larp, Yam Woonsen, dazu allerlei weitere Gerichte wie gegrillten Fisch, paniertes Huhn und würzig mariniertes Rindfleisch.

Während sie ihren Begrüßungscocktail tranken und dazu von einem scharf gewürzten Som Tam naschten, kam Olden auf das eigentliche Thema zu sprechen.

»Wie lange kennen wir uns jetzt, Ralf? Drei Wochen? Vier?«

Keppler verzog die Mundwinkel. »Mein Zeitgefühl war früher besser. Ich kann es dir nicht sagen.«

»Spielt auch keine Rolle. Jedenfalls lange genug, als dass ich dich zu schätzen gelernt habe. Doch wirklich, Kumpel, ich mag dich. Obwohl du Deutscher bist. Deine Landsleute, die ich bisher kennengelernt habe, waren immer eher …«

»Ja?«

»Sagen wir, sie zeichneten sich durch eine unschöne Mischung aus Bescheidenheit und Großkotzigkeit aus. Weißt du, was ich meine? Ihr Deutschen behauptet immer, dass Angeberei für euch das Schlimmste ist, aber am Ende tut ihr nichts anderes. Gerade gegenüber uns Amerikanern lasst ihr es wirklich raushängen. Eine Corvette oder ein Mustang ist ein billiges Aufschneider-

Auto, aber ein fetter BMW oder ein aufgemotzter Benz ist einfach nur ein gutes Auto ... so in der Richtung. Aber ich war nicht undankbar dafür, es machte die Eliminierungen einfacher.«

»Du hast Deutsche getötet?«

Olden lachte auf, wurde dann schlagartig wieder ernst. Er sah Keppler prüfend an. »Was glaubst du denn? Dass die Firma nur Kommunisten aus Südamerika tötet? Oder Muslime? Oder Russen mit Polonium-Kassibern im Hintern?«

»Ehrlich gesagt, meine Gedanken gingen in die Richtung.«

Olden feixte. »Einer meiner ersten Jobs als noch recht junger Operator bestand darin, zwei Handelsvertreter aus Castrop-Rauxel – klingt irgendwie indianisch, findest du nicht? – zu liquidieren. Die beiden wollten sich partout nicht davon abbringen lassen, Grundstoffe für chemische Waffen nach Libyen zu exportieren. Das war noch zu Gaddafis Zeiten. Sie hielten sich für brave Männer, bescheiden, treu und ordentlich. Der eine wollte noch den Hahn vom Rasensprenger abstellen, bevor ich ihm das Licht ausblase ... deutscher geht es nicht, oder? Die Tatsache, dass mit seiner Hilfe Tausende von Menschen qualvoll ermordet würden, schien ihm dagegen nichts auszumachen.«

»Er verstand sich vermutlich als ehrbarer Außenhandelskaufmann, der tut, was man von ihm verlangt.«

»Trotzdem, gegen so einen gewinnt ein Viktor But richtig an Sympathie. Egal, wir waren bei deinen Landsleuten, Ralf. Also bei denen, die ich beurlaubt habe ... Insgesamt, schätze ich, war es ein gutes Dutzend. Vor rund fünf Jahren zum Beispiel musste ich mich um einen führenden Ministerialbeamten aus eurem Außenministerium kümmern. Der Mann hatte eine Vorliebe für sehr junge Geliebte, beiderlei Geschlechts übrigens. Der FSB hatte ihn deswegen in der Hand, was wiederum die damaligen Verhandlungen im Sicherheitsrat wegen des Iran-Abkommens zu beeinflussen drohte.« Olden machte eine wegwerfende Handbewegung. »Ich könnte immer so weitermachen, Keppler. Waffenhändler, Erpresser und Erpressungsopfer, Spione, Fanatiker, selbstverständlich auch Nazis. Vor einigen Jahren bahnte sich eine Kooperation deutscher Hitler-Verehrer mit rechten Fanatikern in Polen an. Wer etwas von europäischer Geschichte versteht, kann sich da nur die Augen reiben. Jedenfalls hätte ein solcher Schulterschluss in der Folge zu einer engeren Kooperation der Regierungen in Berlin und Warschau geführt, was wir natürlich nur ungern gesehen hätten. Wir haben es lieber, wenn ihr Europäer euch gegenseitig das Leben schwermacht. Erleichtert unsere Verhandlungen mit euch. Darum mussten ein paar eurer Neonazis dran glauben. Na ja, ist mir leicht gefallen. Blödes Pack.«

Inzwischen stand ein gutes Dutzend Teller auf dem Tisch, beladen mit köstlich duftenden Gerichten der gehobenen Thaiküche, die so viel mehr zu bieten hatte als Bandnudeln oder Kokos-Curry.

Keppler hielt es kaum für möglich, aber nach den ersten Bissen erwachte ein regelrechter Mordsappetit in ihm – vermutlich auch, weil er so einige Bewohner in seinem Inneren mitbedienen musste. Immer wieder lud er sich den Teller voll mit all den Köstlichkeiten. Dass die scharfen Gewürze sein Magengeschwür reizten, nahm er in Kauf. Dr. Saltman hatte ihm angekündigt, dass man ihn bald auf eine strenge Diät setzen würde. Das hier könnte gut die letzte richtige Mahlzeit für Wochen sein.

Olden haute nicht weniger mächtig rein. Mit vollem Mund erläuterte er, dass er während der Einsatzwochen wenig oder auch gar nichts zu essen bekomme, er sich also wegen Gewichtsproblemen keine Sorgen machen müsse. Es veranlasste ihn dazu, im folgenden seine These auszubreiten, dass seine amerikanische Heimat ohnehin nicht durch äußere Feinde zugrunde zu gehen drohe, sondern durch die pandemischen Ausmaße der Adipositas, des Opiatsmissbrauchs, der evangelikalen Wahnvorstellungen und der Internetabhängigkeit. Interne Analysen hätten ergeben, dass mexikanische Einwanderer, ob nun legal oder illegal, die am wenigsten von diesen Problemen betroffene Bevölkerungsgruppe seien und darum eine Menge dafür spreche, die Grenzen zu öffnen. Die meisten Mitarbeiter der Dienste sähen es so, sagten aber nichts, weil es sie den Job kosten würde.

Keppler stieß sauer auf, schüttelte dann unwillig den Kopf. »Hör endlich mit dem Unsinn auf, Melvin.«

»Wieso Unsinn?«

»Wir haben anderes zu besprechen.«

Der Amerikaner verzog gekränkt das Gesicht. »Ich mache Konversation. Ich dachte, ihr Europäer mögt das.«

»Wir Deutschen nicht.«

»Stimmt auch wieder.«

»Komm also auf den Punkt. Warum sind wir hier? Was willst du von mir?«

Olden wartete, bis die Bedienung die alten Teller abgeräumt und neue platziert hatte. »Kannst du dir das nicht denken? Ich will die Modalitäten deiner künftigen Tätigkeit für uns klären.«

»Was genau soll ich eigentlich tun?«

»Das, worüber wir gerade sprachen.«

»Ich soll Leute umbringen?«

»Nicht sonderlich sensibel ausgedrückt, aber ja. Darum geht es.«

»Habe ich eine Wahl?«

»Sicher. Darum wollte ich doch noch einmal mit dir sprechen. Du hörst dir alles an, und erst dann triffst du die letzte Entscheidung.«

»Und wenn ich Nein sage?«

»Dann kannst du gehen. Natürlich würdest du auch aus der Klinik entlassen. Ohne Gegenleistung kann die Firma nicht für deine Behandlung aufkommen. Dr. Saltman geht von zwei- bis dreihunderttausend Dollar allein für die OPs und die Therapien aus.«

»Dann habe ich also doch keine Wahl.«

Olden hob in einer Geste der Ergebenheit die Hände.

Keppler schloss für einen kurzen Moment die Augen. »Wie lange, Melvin?«

»Du meinst die Dauer deiner Verwendung? Kommt darauf an, wie oft wir dich einsetzen. Insgesamt etwa fünf Jahre.«

»Was ist danach?«

»Nichts. Wir wären quitt, und du könntest tun und lassen, was immer du möchtest. Natürlich hast du die Option, auf Honorarbasis weiter für uns zu arbeiten. Aber du musst es nicht.«

Keppler schüttelte den Kopf, halb amüsiert und halb in Panik vor dem Wahnsinn, in den er geraten war. Er musste sich eingestehen, dass er seine Wahl längst getroffen hatte. Weil er eigentlich gar keine hatte. Er konnte zustimmen. Oder sterben.

»In Ordnung. Wir sind im Geschäft. Du rettest mein Leben, und dafür schulde ich dir fünf Jahre.«

Lächelnd hob Olden sein Glas. »Lass uns darauf anstoßen. Du wirst übrigens noch heute Nacht operiert. Der erste von mindestens zehn Eingriffen. Es ist alles vorbereitet. Sobald du es überstanden hast, verlegen wir dich erneut. Du erhältst zunächst eine sehr exklusive Zusatzausbildung. Das Ganze dauert etwa drei Monate, vielleicht auch etwas länger. Schön, dich an Bord zu haben, Ralf.«

39

Es war später Vormittag. Manuel stand am Wohnzimmerfenster von Sasikarns Wohnung und blickte hinaus auf die Straße. Gelegentlich bog ein Wagen um die Ecke, rumpelte das Kopfsteinpflaster entlang. Jedes Mal fragte Manuel sich, ob der Wagen halten, ob Einsatzkräfte hinausspringen und die Wohnung stürmen würden. Aber nichts geschah. Das Auto fuhr weiter, bog erneut um eine Ecke und verschwand.

Alles war gut.

Nichts war gut.

Er nahm einen Schluck von seinem Kaffee, die achte Tasse, seit er im Morgengrauen hergekommen war. Sasikarn hatte sich vor Kurzem hingelegt und schlief nun, nachdem sie die Arbeit, um die Manuel sie gebeten hatte, beendet hatte. Ein Blick in den Spiegel bewies ihm, dass es richtig war, zu ihr zu kommen.

Er war nicht wiederzuerkennen, könnte daher wieder gefahrlos auf die Straße gehen. Sein Haar war nun nicht mehr braun, sondern hell blondiert, sein Teint dunkel, die Wangen hohlgeschminkt. Dazu überdeckte ein Kinnbart die Narbe, die man sonst dort sah und die auch auf dem Phantombild zu sehen war. Die dezente Schminke, der Ohrring, das Halskettchen taten ein

Übriges. Er war nicht unauffällig, aber er sah eben völlig anders aus als zuvor. Manuel Jessen hatte aufgehört zu existieren. Wieder einmal war er ein anderer geworden.

Manuel fühlte sich müde, hätte sich am liebsten hingelegt. Aber er würde letztlich doch nicht schlafen können. Sein Blut war vollgepumpt mit Adrenalin, jetzt auch mit Koffein, und seine Gedanken kreisten unaufhörlich um dieselben Fragen. Was war passiert? Wieso war er aufgeflogen? Weshalb suchte ihn die Polizei? Wie waren sie an sein Bild gekommen?

Die Phantomzeichnung gab ihm im Moment das größte Rätsel auf. Sasikarn, die einen Blick für solche Dinge hatte, hatte ihn darauf aufmerksam gemacht. Die Zeichnung in der Zeitung war angeblich nach den Angaben eines Zeugen angefertigt worden. Aber sie war viel zu präzise, traf Manuel in jedem noch so kleinen Detail. Niemand konnte eine so genaue Beschreibung eines Menschen liefern, zumal wenn er ihn nur flüchtig gesehen hatte. Es gab nur eine Erklärung. Das Phantombild war nach Vorlage einer Fotografie angefertigt worden.

Aber wie war die Polizei an ein Foto von ihm gelangt? Wer hatte es ihr zugespielt? Und warum?

Auch der Zeitpunkt gab ihm Rätsel auf. Sollte Manuel wirklich bei dem Mord beobachtet worden sein, dann hätte die Fahndung nach ihm viel früher einsetzen müssen. Schließlich lag die Sache inzwischen gute zwei Wochen zurück.

All das legte einen anderen, ungleich schwerwiegenderen Verdacht nahe.

Er war verraten worden.

Es konnte nicht anders sein. Man hatte ihn ans Messer geliefert, hatte den Fahndern die Aufnahme zugespielt, im Zweifel zusammen mit Fingerabdrücken oder anderen Hinweisen, die ihn als Täter überführten. Der er ja auch wirklich war.

Aber warum?

Und wieso jetzt?

Manuel ging hinüber in die Küche, von der aus eine Tür auf den kleinen Balkon führte, der dem Innenhof zugewandt war. Er trat hinaus und zündete eine Zigarette an. Er inhalierte tief, stieß dann langsam den Rauch aus. Es verschaffte ihm für Sekunden die Illusion, dass es ein schöner gemütlicher, leicht übermüdeter Tag sein könnte.

Aber so war es nicht.

Ab jetzt waren wieder alle Uhren auf null gestellt.

Er hatte mit dem, was jetzt geschah, nicht gerechnet. Unvorbereitet war er dennoch nicht. Man hatte ihn sogar darauf trainiert, damals während der Ausbildung, die Olden für ihn organisiert hatte. Jemand wie du muss jederzeit damit rechnen, aufzufliegen, hatte der Amerikaner gesagt. Triff Vorbereitungen. Sollte es passieren, musst du in der Lage sein, die Stadt binnen Stunden zu verlassen.

Manuel hatte diese Vorbereitungen getroffen. Alles lag bereit. Geld, ein Ausweis mit einer neuen Identität, Waffen. Er könnte auf der Stelle abtauchen, bis Olden oder jemand anderes sich um ihn kümmerte. Was ihn dann erwartete? Er wusste es nicht. Ein neuer Einsatzort, eine Frühverrentung mit einem unauffälligen Leben irgendwo am Ende der Welt ... Er hatte nie danach gefragt.

Aber es spielte ohnehin keine Rolle, es war keine Option. Nicht für ihn. Nicht jetzt.

Denn es gab auf einmal etwas, das ihn davon abhielt, einfach zu verschwinden. Thea. Ragib. Sie waren die neue Identität, von der er in letzter Zeit geträumt hatte. Er konnte sie nicht so einfach zurücklassen, alle Pläne beerdigen, einfach gehen.

Stattdessen würde er nach einem Ausweg suchen. Das war er sich selbst schuldig. Das war er den beiden schuldig. Aber dafür musste er Antworten haben. Was war passiert? Wer hatte ihn verraten?

Manuel rauchte die Zigarette auf, löschte sorgsam die Kippe, trat dann in die Wohnung zurück. Sasikarn hatte ihren Laptop auf den Küchentisch gestellt und ihm auf einem Zettel das Passwort zum Entsperren des Gerätes notiert. Manuel fuhr den Rechner hoch, klickte dann auf das Icon des Internetbrowsers.

Es gab im Moment nur einen Menschen, der ihm kurzfristig weiterhelfen konnte. Er musste ihn so schnell wie möglich treffen.

Manuel öffnete die Homepage einer Online-Partnerbörse, loggte sich in seinen Account ein, ging die Liste seiner Kontakte durch, öffnete schließlich die Seite einer jungen Dame namens Jennifer. Sie war Mitte dreißig, attraktiv. Ihre und seine Interessen wiesen einige Überschneidungen auf. Candy-Crush-Nächte, Naturschwimmbäder, Filme mit Taylor Lautner und Jason Statham. Sie hatten bereits einige Male gemailt. Manuel schickte Jennifer eine Nachricht mit der Frage, ob sie sich treffen könnten. Möglichst noch heute. Sie könnten plaudern, sich endlich näher kennenlernen. Er gab eine Uhrzeit an und schlug als Treffpunkt eine Hotellobby vor – ein neutraler Ort, der dennoch alle Möglichkeiten offenließ. *Bitte melde dich. Ich habe Sehnsucht nach dir.*

40

Zwei Monate nach seinem Abendessen mit Melvin Olden galt Keppler als geheilter Mann. Sicher, er würde noch auf Monate hinaus täglich eine Handvoll Medikamente einnehmen müssen. Und auch dann musste er damit rechnen, dass ihn die Folgen diverser chronischer Erkrankungen noch lange begleiteten. Er merkte es unter anderem daran, dass er wieder Schmerzen empfinden konnte. Ob das wirklich ein Fortschritt war? Er war sich nicht sicher. Ernsthafte Sorgen aber musste er sich nicht mehr machen. Er war dem Tod von der Schippe gesprungen.

Nebenbei waren allerlei chirurgische Korrekturen an seinem Gesicht vorgenommen worden. Man hatte die Stellung seiner Augen, den Nasenwurzelbereich, die Lippen, die Wangen, die Schläfen, den Haaransatz und die Höhe seiner Ohren verändert. Das klang nach viel, war tatsächlich aber nur die Summe vieler dezenter Eingriffe. Alles in allem sah Keppler immer noch genauso aus wie zuvor. Und doch würde kein noch so leistungsfähiges Computerprogramm beim Abgleich mit einem früheren Foto eine Übereinstimmung der biometrischen Grundparameter feststellen können.

Es war eine perfekte Arbeit. Ralf Keppler war damit endgültig verschwunden, und zwar auch im modernen, KI-bezogenen Sinne des Wortes. Dass Olden ihm inzwischen auch im behördlichen Sinn eine neue Identität verschafft hatte, war im Vergleich dazu eine Kleinigkeit.

Ralf Keppler hieß nun Marcus Crome, war kanadischer Staatsbürger mit deutschen Wurzeln. Er würde künftig als akkreditierter Pressefotograf durch die Welt reisen.

Da auch die Korrektur seines linken Unterschenkels gelungen war, konnte Marcus noch in Bangkok mit einem ersten, moderaten Fitnessprogramm beginnen. Nach allem, was er in den zurückliegenden zwei Jahren durchgemacht hatte, war der Weg zu einer vollständigen Wiedererlangung seiner körperlichen Leistungsfähigkeit weit. Dennoch gelangte er erstaunlich schnell zu einem soliden Niveau an Kraft und Geschmeidigkeit zurück. Die Physiotherapeutin erklärte ihm zwar, dass er sich bis auf weiteres nicht verausgaben solle. Marcus aber gab sich zuversichtlich und trainierte weit über das empfohlene Maß hinaus. Ihm war klar, dass der Tag, an dem sein Leben von seiner Kampfkraft abhing, schneller kommen könnte, als ihm lieb war.

Wenige Tage, nachdem die letzten OP-Fäden gezogen worden waren, bestieg Marcus erneut einen amerikanischen Militärtransporter, diesmal einen C40 Clipper. Auch bei diesem Flug wurde ihm nicht mitgeteilt, wohin man ihn brachte. Noch stand seine Vertrauenswürdigkeit unter Vorbehalt. Er erfuhr immer nur so viel, wie er unbedingt wissen musste.

Die Maschine vollführte nach dem Take-off von Don Muang einige Schleifen. Sie erschienen unter navigatorischen Gesichtspunkten widersinnig, so dass sie vermutlich dazu dienten, Marcus' Richtungssinn zu verwirren. Sein Gefühl sagte ihm, dass das Flugzeug schließlich einen östlichen Kurs einschlug, sicher war er sich jedoch nicht. Es spielte keine Rolle. Irgendwann würde man ihm schon mitteilen, wohin er gebracht wurde.

Nachdem die Maschine ihre Reisehöhe erreicht hatte, servierte ihm eine Bordkraft – sie stellte sich als Sue-Anne vor und bekleidete den Rang eines Lance Corporals, einer Obergefreiten – eine Mahlzeit. Anschließend sah er einen Film im Bordprogramm und

trank dazu einen thailändischen Mekhong-Whisky – ein unde-
finierbares alkoholisches Getränk, das auf die gleiche Art Whisky
genannt wurde, wie man einen Fiat ein Auto nannte. Nach und
nach überkam ihn eine bleierne Müdigkeit. Er machte es sich auf
seinem Sitz bequem, schloss die Augen und fiel in einen tiefen
Schlaf.

Als die Maschine nach einem etwa siebenstündigem Flug landete, hielt Marcus es für ebenso denkbar, dass er sich auf einem
der amerikanischen Pazifik-Stützpunkte befand, wie auch, dass
man ihn weiter nördlich nach China oder Korea gebracht hatte.
Erneut war es Nacht, als die Türen der Maschine geöffnet wurden. Die Luft, die Marcus auf dem Flugfeld empfing, war warm
und von spätsommerlichen Düften erfüllt. Tropisch war sie nicht.
Eine Pazifikinsel strich er von der Liste möglicher Aufenthalts-
orte. Ostasien erschien ihm wahrscheinlicher. China? Unwahrscheinlich. Eher schon Korea, wo die amerikanischen Streitkräfte
zahlreiche Basen unterhielten.

Ein CIA-Agent namens Patrick Gonzales nahm Marcus in
Empfang und führte ihn zu einem Zivilfahrzeug, einen bunt-me-
tallic lackierten Chevy-Van, in dessen Fond sich bequeme Dreh-
sessel befanden. Der Wagen verließ das Flughafengelände, wurde
dabei durch keinerlei Zollkontrollen aufgehalten, woraus Marcus
schloss, dass sie erneut in einer Militäreinrichtung unter amerika-
nischem Hoheitsrecht gelandet waren. Der Wagen fädelte sich in
einen dichten Stadtverkehr ein, fuhr dann mit hoher Geschwindigkeit über einen gut ausgebauten Highway in nordwestlicher
Richtung. Durch die schwarz getönten Scheiben des Transpor-
ters konnte Marcus kaum etwas erkennen. Er registrierte jedoch,
dass in dem Land, in das man ihn gebracht hatte, Linksverkehr

herrschte. Es schränkte die Möglichkeiten erneut ein, um nicht zu sagen, dass Marcus nun ahnte, wo er sich befand. Es war nicht Korea.

Nach zwei Stunden verließen sie den Highway und fuhren auf einer sich windenden Gebirgsstraße. Sie gewannen an Höhe. Durch den schmalen Fensterschlitz, den der Fahrer offengelassen hatte, strömte kühle, klare Luft in den Wagen. Sie erinnerte Marcus an den Hindukusch, auch wenn ihr Duft anders war.

Nach dreistündiger Fahrt stoppte der Wagen zum ersten Mal. Der Fahrer ließ die Scheibe nach unten surren und wechselte einige zackige Worte mit einer uniformierten Wache. Er händigte Papiere aus, unterschrieb etwas, grüßte mit den Fingern an der Stirn und fuhr mit deutlich gedrosselter Geschwindigkeit weiter.

Als Marcus schließlich aussteigen durfte, ging am östlichen Horizont die Sonne auf und tauchte die Umgebung in ein rötlich schimmerndes Licht.

Ein zivil gekleideter Mann trat auf ihn zu und streckte ihm die Hand entgegen. Er war etwa in Marcus' Alter und stellte sich als Steve Penn vor. Er musterte Marcus mit ausdruckslosem Gesicht, erklärte dann, dass er ein enger Mitarbeiter von Melvin Olden sei. Melvin habe ihm bereits einiges über ihn, Marcus, erzählt, zumeist Positives. Er freue sich auf die Zusammenarbeit. Penn ignorierte Marcus' skeptische Blicke. Er machte Smalltalk, erkundigte sich nach dem Flug und Marcus' Befinden. Währenddessen stieg die Sonne höher empor und tauchte die Umgebung in ein heller werdendes Licht.

Markus kniff die Augen zusammen. Dann stieß er ein leicht ungläubiges Lachen aus.

Es gab nicht viele Berggipfel auf der Erde, die fast jedes Kind auf dem gesamten Globus auf Anhieb identifizieren könnte. Bei diesem einen aber war es so, und er ragte nun gar nicht weit entfernt vor Marcus auf: ebenmäßige Hänge, ein majestätischer, schneebedeckter Gipfel, dazu der unverkennbare Krater.

Der Fujiyama.

»Wir sind also in Japan«, murmelte Marcus leise.

Penn sah ihn überrascht an. »Richtig, wir sind in Japan. Hat man Ihnen das nicht gesagt?«

»Nein.«

Der Amerikaner stieß ein missbilligendes Schnauben aus, sagte dann aber leichthin: »Man mag von den Japanern halten, was man will, aber ihr scheiß Fuji ist ohne jeden Zweifel der verdammt schönste Berg der Welt.«

Marcus sparte sich jeden Kommentar. Der Anblick des erhabenen, im Glauben der Japaner heiligen Berges, berührte ihn viel zu sehr, als dass er das Gefühl der Überwältigung durch nichtssagende Worte schmälern wollte.

Japan. Aus irgendeinem Grund hatte er schon immer hierhergewollt. Seit seiner Jugend, ja, eigentlich schon seit ... immer. Und jetzt war er hier. Sicher, die Umstände waren nicht die, die er sich vielleicht erhofft hatte. Aber was spielte das für eine Rolle?

Nur mit Mühe riss Marcus sich vom Anblick des Berges los und wandte sich wieder Penn zu. »Warum die Geheimniskrämerei? Ich meine, wohin ihr mich bringt. Jetzt weiß ich es ja doch.«

»So ist die Firma. Sie liebt es, aus allem ein Geheimnis zu machen. Im Zweifel erfahren Sie nicht einmal, was Sie zum Mittagessen bekommen, bis Sie es auf dem Teller haben. Gewöhnen Sie sich lieber daran.«

Marcus lachte. Penn war ihm nicht wirklich sympathisch, aber er wollte ihm eine Chance geben.

»Und wo genau bin ich hier? Ich meine, in was für einer Einrichtung?«

Während Penn Marcus bedeutete, ihm zu folgen, erklärte er: »Das hier ist Camp Fuji, eine Basis des United States Marine Corps. Es dient in erster Linie Ausbildungszwecken für die im Pazifikraum stationierten Einheiten. Aber die Jungs waren so nett, uns eine kleine Ecke ihres Anwesens zur Verfügung zu stellen, wo wir unsere Leute ebenfalls ausbilden. Sie wissen ja, dass sich die Marines für die Besten der Besten halten. In Wahrheit gibt es noch Bessere, nämlich uns.«

Penn führte ihn zu einem weiteren bewachten Tor. Im Wärterhäuschen erledigten sie erneut einige Formalitäten. Dann betraten sie ein Areal, das man kaum als kleine Ecke bezeichnen konnte. Marcus schätzte die Größe auf mindestens zehn Fußballfelder. Er sah einen Funkturm, mehrere Parkplätze, auf denen sowohl zivile PKW als auch verschiedenartige Einsatzfahrzeuge standen, von der Schneeraupe über Motocrossmaschinen bis hin zu kleinen Tragkissenbooten. Einige der Gebäude wirkten zweckmäßig, schienen Verwaltungseinrichtungen und auch Schlafräume zu beherbergen. Andere wirkten bizarr und bildeten offenbar verschiedene Architekturen nach, von der afrikanischen Rundhütte über ein englisches Cottage bis hin zur argentinischen Hacienda.

Penn, der Marcus' Blicke bemerkte, grinste und erklärte: »Das ist das globale Dorf, das *Global Village*, von dem immer alle sprechen. Wir haben es einfach gebaut.«

»Und was ist es wirklich?«

»Das beste Trainingscamp, das Sie sich wünschen können. Se-

hen Sie, Marcus, Sie werden sich, nachdem wir Sie fertig aus-
gebildet haben, auf der ganzen Welt bewegen können, ohne große
Überraschungen befürchten zu müssen. Das ist der Zweck des
Ganzen.«

»Erinnert mich eher an Disneyland.«

Penn feixte.»Genauso nennen wir es intern. Ihnen mag es albern vorkommen. Aber Sie dürfen nicht vergessen, dass einige
unserer Mitarbeiter noch nie einen Fuß außerhalb der USA gesetzt haben. Wir gewöhnen Sie hier vorsichtig daran, dass die
Menschen in anderen Ländern nicht unbedingt in Trailern oder
Mansions wohnen ...«

Penn führte ihn zu einem zweistöckigen Zweckbau am Rande
des Areals. Sie stiegen die Treppe hinauf ins obere Stockwerk,
wo der Amerikaner Marcus ein kleines, durchaus komfortables
Zimmer mit eigenem Bad zuwies. Hier würde er die kommenden
Monate wohnen. Unten im Erdgeschoss gebe es außerdem eine
Cafeteria, die rund um die Tür geöffnet habe, dazu ein kleines Fitnessstudio sowie ein Billardzimmer. Der restliche Tag stehe Marcus zur freien Verfügung. Er dürfe sich auf dem Gelände frei bewegen, es allerdings nicht verlassen. Die eigentliche Ausbildung
beginne am nächsten Tag.

»Und wenn ich es doch tue? Das Gelände verlassen, meine ich?«

Penn schnalzte mit der Zunge.»Versuchen Sie es lieber gar
nicht erst, Sie würden es sowieso nicht schaffen. Sie haben ja sicherlich den Zaun gesehen, der uns umgibt. Glauben Sie mir, das
ist bei weitem nicht alles, das Sie davon abhält, einfach zu verschwinden.«

»Und wenn es mir trotzdem gelingt?«

»Dann töten wir Sie. Noch Fragen?«

Marcus schüttelte den Kopf.

»Genießen Sie den Tag, Marcus. Erholen Sie sich ein wenig. Ab morgen sind die Ferien zu Ende.«

41

Es war eines von Hamburgs besten Hotels. Mondän, ein wenig in die Jahre gekommen, malerisch an der Außenalster gelegen. Die große Halle war gediegen eingerichtet. Vorne befanden sich der Empfang und der kleine Counter des Concierge, weiter hinten standen Tischgruppen und Sofas, auf denen um diese Uhrzeit nur wenige Gäste saßen. Ein paar Senioren, die es sich leisten konnten, dazu die üblichen Geschäftsleute.

Müller saß an einem Tisch am äußersten Ende der Halle. Manuel beobachtete ihn eine Weile. Er bedauerte es, dass es Jennifer, mit der er die Verabredung getroffen hatte, nicht wirklich gab. Sie war nur eine Tarnung, nicht anders als sein eigenes Profil auf dem Datingportal. Eine unauffällige Art zu kommunizieren. Die Gefahr, dass ein fremder Dienst – oder auch der eigene – mitlas, war nicht allzu groß. Viel besser als Telegram und sonstige Messengerdienste.

Erst als Manuel direkt vor ihm stand, blickte Müller hoch. Er kniff die Augen zusammen, schüttelte ungläubig den Kopf. »Jessen? Sind Sie das?«

»Sicher.«

Müller nickte anerkennend. »Die Maskerade ist Ihnen gelungen. Ich hätte Sie kaum erkannt. Obwohl ich ja sogar wusste, dass Sie kommen.«

»Freut mich zu hören. Es steigert meine Chancen, auf freiem Fuß zu bleiben.«

Manuel setzte sich, beobachtete Müller dabei weiter. Der schien von Manuels Worten nicht überrascht zu sein. Es bewies, dass er bereits Bescheid wusste.

Der Saalkellner erschien, nahm die Bestellungen auf. Müller wartete, bis der Mann wieder außer Hörweite war.

»Was ist passiert, Jessen? Wie konnte es zu einer solchen Panne kommen?«

»Das wollte ich von Ihnen wissen.«

»Von mir? Wieso? Sie sind derjenige, der Mist gebaut hat. Sie sind beobachtet worden. Anders lässt sich das Ganze wohl nicht erklären.«

»Ihre Meinung. Ich habe eine andere.«

»Und die wäre?«

Manuel ließ sich Zeit mit seiner Antwort. Er fixierte Müller, versuchte, aus dessen Pokerface schlau zu werden. Ihm wurde klar, dass er so gut wie nichts über den Mann wusste. Nachdem er damals nach Deutschland übergesiedelt war, hatte Olden ihm ein paar rudimentäre Auskünfte über das *Netzwerk* gegeben. Ein paar Männer aus den verschiedensten Sicherheitsbehörden hatten sich zusammengeschlossen, um entschlossener gegen Gefährder aller Art vorzugehen, und zwar jenseits des Gesetzes. Spione, eingesickerte Soldaten, Terroristen. Alles, was die Sicherheit des Landes gefährdete. Müller war so etwas wie der Geschäftsführer des Ganzen. Aber welchen Posten er offiziell bekleidete, wusste Manuel nicht. Er tippte auf Bundesamt für Verfassungsschutz, aber genauso gut könnte es einer der anderen Dienste sein. Vielleicht auch das BKA.

»Die Sache stinkt, Müller. Ich kann zwar nicht ausschließen, dass ich beobachtet worden bin. Aber ich glaube es nicht. Ich weiß, was ich tue. Und das wiederum lässt nur einen Schluss zu. Jemand hat mich verkauft. Jemand hat meine Daten der Polizei zugespielt. Es gibt nicht viele Leute, die dafür in Frage kommen.«

Müller hob die Augenbrauen, versuchte, amüsiert zu wirken, was ihm nicht gelang. »Sie glauben, dass wir es waren? Das ist absurd, Jessen. Sie sind unser bester Mann.«

»Klingt lahm.«

»Aber ich meine es so. Außerdem, was hätten wir davon? Sie wissen eine Menge. Wir könnten es niemals riskieren, dass Sie auspacken. Wenn wir Sie wirklich aus dem Weg hätten räumen wollen …«

»Hätten Sie mich liquidiert? Wollen Sie das sagen?«

»Sie wissen, wie das Spiel läuft.«

Manuel nickte. Müller klang nicht unglaubwürdig. Aber was hieß das schon? In den Kreisen, in denen sich Männer wie er bewegten, wussten die Leute, wie man lügt. Sie taten es den ganzen Tag, im Zweifel schon früh morgens, wenn sie neben ihrem Ehepartner aufwachten und darüber redeten, dass sie wieder einen langweiligen Tag am Schreibtisch einer Versicherung oder einer Spedition verbringen würden … Nein, Müllers Unschuldsbekenntnis überzeugte ihn nicht.

»Wenn Sie es nicht waren, wer dann? Sie müssen einen Verdacht haben. Ist etwas vorgefallen in letzter Zeit? Was ist mit den anderen im *Netzwerk*? Gab es Streit? Wollte jemand aussteigen? Bin ich ein Bauernopfer? Was läuft da, verdammt?«

Der Kellner erschien und brachte die Bestellung. Müller trank von seinem Kaffee, nutzte die Pause offenbar, um nachzudenken.

Schließlich sagte er mit leiser, angespannter Stimme: »In Ordnung, Jessen. Sie haben recht. Ich habe wirklich einen Verdacht, aber er geht in eine völlig andere Richtung, als Sie vermuten. Es hängt mit Berkan Cetin zusammen. Offenbar sind wir falsch informiert worden, und jetzt sind ein paar Leute mächtig sauer.«

»Ein paar Leute? Wer?«

»Ich weiß es nicht. Die Türken, die Syrer, die Israelis, vielleicht sogar die Amerikaner.«

»Inwiefern falsch informiert?«

»Möglicherweise war Cetin nicht der, für den wir ihn gehalten haben. Aber das ist reine Spekulation. Ich blicke selbst noch nicht durch. Keiner von uns tut das.«

»Keiner von uns ...«, wiederholte Manuel, sah Müller dabei aufmerksam an. »Wer ist *uns*? Ich finde, es ist Zeit, dass Sie die Karten auf den Tisch legen. Wer gehört außer Ihnen zum Netzwerk? Wer weiß von mir, kennt meinen Namen, hat ein Bild? Wer von denen könnte mich verraten haben? Das ist alles, was mich interessiert.«

Müller schüttelte den Kopf. »Vergessen Sie es. Ich bin und bleibe Ihr einziger Kontakt. Andere Namen oder Gesichter kriegen Sie nicht. Aber das muss auch nicht sein. Vertrauen Sie mir einfach.«

»Ihnen vertrauen? Machen Sie Witze? Das würden Sie doch selbst nicht einmal tun!«

Müller lachte, nicht einmal unsympathisch. Manuel hatte das dumpfe Gefühl, dass er ihn bisher möglicherweise unterschätzt hatte.

»Also schön. Aber erst möchte ich Ihnen eine Sache sagen. Wir alle wissen, was wir an Ihnen haben. Darum werden ich und meine Leute alles daran setzen, die Sache zu klären. Wir werden dafür sorgen, dass Ihre Akte wieder sauber wird. Glauben Sie mir, wir können das. Aber es geht nicht sofort.«

»Warum nicht?«

»Weil wir rausfinden müssen, was passiert ist. Wo die Fehlerquelle liegt. Und wer uns gerade in die Suppe spucken will.«

»Über wieviel Zeit sprechen wir?«

»Kann ich nicht sagen. Ein paar Tage. Ein paar Wochen.«

»Und in der Zwischenzeit? Soll ich mich in einen Keller verkriechen und abwarten?«

»Um ehrlich zu sein, das ist genau das, was ich von Ihnen möchte. Gehen Sie auf Tauchstation. Verschwinden Sie aus der Stadt, in Ihrem eigenen Interesse. Wenn die Polizei Sie einmal hat, können wir Sie nicht mehr schützen.«

»Und wenn derjenige, der mich jetzt ans Messer geliefert hat, es noch einmal tut?«

»Kann er nicht. Weil Sie niemandem verraten werden, wo Sie sind. Nicht einmal mir. Verschwinden Sie und nehmen Sie erst in ein paar Wochen wieder Kontakt auf.«

»In Ordnung, Müller. Auch wenn ich nicht überzeugt bin.«

Müller verkniff das Gesicht, sagte dann aber in vertraulichem Tonfall: »Diese Sache ist aus dem Nichts gekommen. Wir sind alle hochgradig irritiert.«

»Irritiert?« Manuel wiederholte das Wort voller Spott.

»Mein Gott, Jessen, wie deutlich muss ich werden? Wir befürchten, dass Sie nur ein erstes Ziel sind. Eine Art Vorübung. Möglicherweise geht es um uns alle, um das *Netzwerk* ...«

»Dann lerne ich die anderen ja vielleicht doch noch kennen. Wenn wir alle gemeinsam einsitzen.«

»Sparen Sie sich die Witze. Tun Sie einfach, was ich Ihnen sage. Hauen Sie ab. Ich weiß, dass Sie so etwas können. Dafür sind Sie ausgebildet worden.«

»In Ordnung. Aber wie geht es weiter?«

»Sie bleiben erst einmal in Deckung. Ich versuche, in der Zeit mehr herauszufinden. Ich melde mich auf dem üblichen Kanal, und dann sehen wir weiter. Das Wichtigste ist, dass Sie nichts auf eigene Faust versuchen. Kann ich mich darauf verlassen?«

»Sicher.«

»Dann war's das erst einmal. Reden Sie mit niemandem. Mehr kann ich im Moment nicht für Sie tun.«

Mit diesen Worten stand Müller auf, blickte sich kurz um und verließ die Hotelhalle.

42

Drei Monate waren nicht viel, um aus einem Soldaten einen Killer zu machen. Andererseits brachte Marcus schon einige der wichtigsten Fähigkeiten mit. Er konnte schießen, und er konnte kämpfen, und in beiden Disziplinen war er bei der Kommandotruppe einer der Besten gewesen.

Nun allerdings musste er einsehen, dass ihm das auch nicht viel nutzte.

Es war der erste Morgen im Camp Fuji, und auf dem Stundenplan stand unbewaffneter Nahkampf. Marcus fand sich in einer der Turnhallen ein, die sich auf dem Trainingsgelände befanden. Außer ihm selbst und Steve Penn waren zwei junge Marines anwesend, die eigentlich draußen auf der Anlage des USMC stationiert waren, heute aber als Marcus' Sparringspartner dienen sollten.

Beide waren stiernackige Amerikaner, die ihre Jugend irgendwo im mittleren Westen mit Football und Playstation verbracht hatten, sich dann aus einer Mischung aus Langeweile, Patriotismus und Erlebnishunger für die Truppe verpflichtet hatten und seitdem zu effizienten Kampfmaschinen ausgebildet wurden.

Penn stellte sie als Private Justin Mercer und Lance Corporal Farell Freeman vor. Er machte sie mit Marcus bekannt und hielt sie dann dazu an, miteinander zu kämpfen. Erst einer gegen einen, dann zwei gegen einen, dann alle gegen alle.

Auf die fragenden Blicke der drei hin erklärte Penn: »Sie sollen sich nicht gerade umbringen, meine Herren. Aber seien Sie auch nicht zu zimperlich.«

Die beiden Marines brüllten ein *Ja, Sir* und grinsten. Private Mercer warf einen abschätzigen Blick auf Marcus, der zwar größer war als er selbst, aber deutlich schmaler und weniger muskulös. »Darf ich anfangen, Sir?«, fragte er in Penns Richtung.

»Sicher, Private. Aber unterschätzen Sie ihn nicht. Die Taliban hatten ihn anderthalb Jahre lang in Gefangenschaft und haben es in der Zeit nicht geschafft, ihn klein zu kriegen.«

»Ich bin kein Taliban, Sir.«

Mercer und Marcus nahmen in der Mitte der Halle Aufstellung. Schutzausrüstung, etwa für die Fäuste oder den Kopf, erhielten sie nicht. Einzig war zu ihren Füßen eine Ringermatte ausgerollt worden, die einen Sturz einigermaßen dämpfen würde.

Sie begannen, sich zu umkreisen und zu taxieren. Marcus' Gegner war breitschultrig und hatte austrainierte Oberarme, überhaupt eine ausgeprägte, fast übertriebene Muskulatur. Dennoch bewegte er sich erstaunlich gewandt, ja, fast katzenhaft. Marcus machte sich keine Illusionen, der Private wusste, was er tat.

Er selbst allerdings auch. Er hatte sich schon in seiner Jugend oft genug geprügelt, hatte dann einige Jahre klassisches Karate, anschließend Thai-Boxen betrieben, später auch Krav Maga und andere Hybride. Während der Ausbildung bei der Truppe war ihm der ganze Budo-Firlefanz wieder ausgetrieben worden. Kämpfen hatte nichts mit Sport zu tun. Es gab keine Punkte, keine Runden und erst recht keine Regeln. Im besten Fall war der Gegner nach zehn Sekunden besiegt, und besiegt hieß tot.

Marcus wusste, dass er nach der langen Zeit der Entbehrung und den medizinischen Eingriffen noch weit von seiner früheren körperlichen Leistungsfähigkeit entfernt war. Das änderte sich zurzeit schnell, vor allem dank des amerikanischen Essens, das er täglich genoss. Und natürlich wegen der Tatsache, dass er nun keinen parasitären Privatzoo mehr miternähren musste. Die Nährstoffe, die er aufnahm, kamen endlich wieder dort an, wo sie benötigt wurden.

Trotzdem war seine Kondition immer noch erbärmlich. Darum durfte er sich mit einem schweren Mann wie Private Justin Mercer nicht auf eine lange Rangelei einlassen. Es musste schnell gehen.

Die Chance bot sich, als Mercer einen Ausfallschritt nach vorne machte, vermutlich in der Absicht, Marcus zu packen. Marcus setzte einen schnörkellosen geraden Fußtritt nach vorne ab und traf Mercer unterm Kinn. Der amerikanische Riese verharrte mitten in der Bewegung, sah Marcus erstaunt an und kippte dann in Zeitlupentempo zur Seite. Marcus setzte nach und landete einen Faustschlag auf Mercers Kehle, den er allerdings im letzten Moment abstoppte. Steve Penn hatte ja eindeutig erklärt, dass sie sich wehtun, aber nicht umbringen sollten.

Nach einer kurzen Pause trat der zweite Marine in den Ring. Lance Corporal Freeman war schwarz und nach der Art, wie er sich bewegte, schätzungsweise ein ausgebildeter Boxer. Das hieß, dass er schnell war und ein gutes Auge für die Schwächen in Marcus' Deckung hatte. Und er war gewarnt, immerhin war sein Freund immer noch nicht wieder bei Bewusstsein.

Freeman machte nicht den Fehler, Marcus anzugreifen. Er wartete auf eine Kontermöglichkeit. Das war nicht wirklich im Sinne eines militärisch inspirierten Kampfes, schließlich hätten sie unter Einsatzbedingungen kaum die Zeit, minutenlang umeinander herumzutanzen. Aber Penn, der auf einer Bank saß und sich alles ansah, ließ ihn gewähren.

Marcus spürte bereits, wie seine Arme schwer wurden. Er atmete schnaufend, fühlte sein Herz in der Brust hämmern. Er hatte daher keine Wahl, als schnell aktiv zu werden. Aber was tun? Er konnte Freeman kaum frontal angreifen. Sein Gegner hätte ihn mit einer ganzen Salve von Punches eingedeckt, denen er wenig entgegenzusetzen hätte.

Marcus wartete noch einige Sekunden ab, tauchte dann in einer blitzschnellen Bewegung unter der Reichweite von Freemans Fäusten durch, packte seinen Gegner in den Kniekehlen und warf ihn hinterrücks zu Boden. Sofort setzte er nach, trat Farell erst zwischen die Beine – wenn auch nicht mit voller Kraft – umrundete ihn dann und nahm ihn in einen Würgegriff, bis der Marine abklopfte.

Marcus ging nicht davon aus, dass die weiteren Runden, die angekündigt worden waren – zwei gegen einen, alle gegen alle –

noch stattfinden würden. Er hatte genug gezeigt. Penn dürfte zufrieden sein. Er würde sicherlich einsehen, dass es sinnvoller war, Marcus' Ausbildung auf einem anderen Feld fortzusetzen.

Aber Marcus täuschte sich. Penn schien zwar tatsächlich zufrieden zu sein, aber das galt nicht für den anderen Mann, der neben ihm saß. Er war kurz vor dem ersten Kampf in der Halle aufgetaucht, ohne sich vorzustellen. Schweigend hatte er sich neben Penn niedergelassen. Er war klein, fast zierlich und hatte asiatische Gesichtszüge. Marcus hatte ihn zunächst für einen Japaner gehalten, auch wenn sein Teint dazu eigentlich zu dunkel war. Und er war davon ausgegangen, dass er keine wichtige Funktion erfüllte, vielleicht so etwas wie der Hausmeister der Turnhalle war, denn sonst hätte Penn ihn ja sicherlich militärisch gegrüßt.

Jetzt aber stand der Mann auf, trat vor Marcus auf die Matte und sah ihn mit verkniffenem Gesicht an. »Erbärmlich, Crome. Wirklich erbärmlich. Was glauben Sie eigentlich, was wir hier machen?«

»Ich verstehe nicht …«

»Nein?«

»Mir wurde gesagt, ich sollte kämpfen, und das habe ich getan.«
Der Asiate grunzte verächtlich. »Sie tun immer alles, was Ihnen gesagt wird?«

»Ich dachte, das wird von mir erwartet.«

Immerhin, jetzt lachte der Asiate. »Also noch mal, was glauben Sie, worum es hier geht? Wirklich darum, zwei Idioten wie diese Marines auszuknocken? Denken Sie, es wäre so einfach?«

»Ich weiß nicht, worauf Sie hinauswollen. Und im Übrigen, wer sind Sie überhaupt?«

Steve Penn, der ihrem Geplänkel amüsiert zugehört hatte, stand auf, wies auf den kleinen Asiaten und erklärte: »Das ist Joseph Andrada, Marcus. Er stammt ursprünglich aus Manila, besitzt aber dank seiner Dienste für uns inzwischen die amerikanische Staatsbürgerschaft. Er ist ein guter Mann. Einer unserer besten.«

Marcus rätselte, worauf das Ganze hier hinauslaufen sollte. Dennoch rang er sich zu einem Lächeln durch und sagte: »Schön, Sie kennenzulernen, Joseph. Erklären Sie mir jetzt, was ich Ihrer Meinung nach falsch gemacht habe?«

»Alles, Marcus. Aber da ich heute gute Laune habe, will ich Ihnen gerne die Details Ihres Scheiterns erklären.«

Andrada wandte sich an die beiden Marines und ließ sie Aufstellung nehmen. Beide wirkten frustriert und schienen geschrumpft zu sein, als hätte man die Luft aus ihren Ballonmuskeln gelassen. Andrada winkte Marcus heran und unternahm eine Art Leibesvisitation an Mercer und Freeman, deutete dabei auf die Würgemale an Farells Hals, den Bluterguss an Mercers Kinn, die Rötungen im Gesicht, an den Armen, den Beinen der beiden. »Sehen Sie das, Marcus? Sie haben die beiden Männer zwar besiegt, aber jeder Schwachkopf erkennt auf den ersten Blick, dass sie fertig gemacht wurden. So können Sie auf dem Schlachtfeld agieren oder meinetwegen bei einer Kneipenschlägerei. Aber nicht bei uns. Wir töten, hinterlassen dabei aber keine Spuren. Haben Sie das verstanden?«

»Sicher. Das hätten Sie aber auch vorher sagen können.«

»Und dann? Hätten Sie irgendetwas anders gemacht?«

Marcus fühlte sich ertappt. »Nein, vermutlich nicht.«

Andrada lachte. »Streichen Sie das Wort *vermutlich* aus Ihrem Wortschatz, Crome. Streichen Sie es aus Ihrem Denken. Es gibt nur noch Ja oder Nein. Ich tue es, oder ich lasse es. Alles andere kann Sie das Leben kosten.«

Marcus schüttelte in einer Mischung aus Verärgerung und Unglauben den Kopf. »Sie wollen mir allen Ernstes weismachen, dass Sie einen Gegner im Zweikampf besiegen können, ohne dass es ihm anzusehen ist?«

Andrada schloss kurz die Augen, bedeutete Marcus dann mit einer Handbewegung, sich zu setzen und abzuwarten. Er schickte die beiden Marines aus der Halle, gönnte Marcus anschließend noch einige Minuten der Erholung, holte ihn dann erneut auf die Matte. »Greifen Sie mich mal an.«

»Wie bitte?«

»Sie sollen mich angreifen.«

Der Asiate war gute zwei Köpfe kleiner als Marcus, brachte zudem sicherlich dreißig Kilo weniger auf die Waage.

»Im Ernst?«

»Sehe ich so aus, als ob ich Witze mache?«

»Nein.«

»Also los.«

Marcus hob die Fäuste, taxierte seinen Gegner, machte schließlich einen Ausfallschritt und landete eine schnelle Kombination aus Faustschlägen in Andradas Richtung.

Jedenfalls war das sein Plan gewesen. Tatsächlich aber lag er Sekundenbruchteile später röchelnd auf der Matte, wälzte sich nach Luft schnappend hin und her und griff sich an den Hals, der sich in einer unwillkürlichen Kontraktion so zugezogen hatte, dass er nicht mehr atmen konnte.

Andrada ließ ihn ein paar Sekunden zappeln. Dann zog er ihn in eine sitzende Position, klopfte ihm aufmunternd auf den Rücken und wartete, bis Marcus sich wieder beruhigt hatte und atmen konnte. Schließlich bedeutete er ihm, aufzustehen und mit in den Waschraum zu kommen. »Sehen Sie in den Spiegel, Marcus. Was erkennen Sie?«

»Nichts. Oder sagen wir, so gut wie nichts.«

Tatsächlich erkannte Marcus eine leichte, kaum sichtbare Rötung am Hals, knapp unterhalb seines Kehlkopfes. Es war die Stelle, in die, wie ihm nun im Nachhinein klar wurde, Andrada seinen ausgestreckten Zeige- und Mittelfinger gerammt hatte.

»Richtig, Sie sehen so gut wie nichts. Trotzdem wären Sie jetzt tot, wenn ich es gewollt hätte.«

»Ich verstehe langsam, worauf Sie hinauswollen.«

Andrada lächelte. »Sie müssen umschalten, Marcus. Sie sind jetzt kein Soldat mehr, jedenfalls nicht im bisherigen Sinne. Sie sind kein Tiger mehr, kein Löwe, kein Bär. Sie sind eine giftige Spinne. Sie sind lautlos, hinterlistig und absolut tödlich. Nachdem Sie zugeschlagen haben, verschwinden Sie wieder, und nichts deutet darauf hin, dass Sie jemals dagewesen sind. Verstehen Sie das?«

»Ja, das verstehe ich.«

»Gut. Dann können wir mit dem Training beginnen.«

43

Es war später Abend. Regen.

Mit einem Carsharing-Wagen fuhr Manuel nach Rothenburgsort, rollte dort zunächst ein- oder zweimal an dem heruntergekommenen Mietshaus vorbei, das ihm fast vier Jahre lang ein Zuhause gewesen war.

Es würde das letzte Mal sein, dass er herkäme, und auch wenn die Wohnung alles andere als komfortabel gewesen war, verspürte er doch eine gewisse Wehmut.

Wieder einmal kam alles zu einem Ende. Der Imbiss, Mamdouh, die Stammgäste. Er hatte den Ort und diese Menschen ins Herz geschlossen. Sie waren wie er. Heimatlos.

Sie waren auch ehrlich.

Also ganz anders als er.

Er stellte den Wagen ab, drehte den Zündschlüssel. Stille. Er blieb sitzen, beobachtete die Umgebung. So verging eine halbe Stunde. Irgendwann gewann er die Sicherheit, dass das Haus sauber war. Offenbar hatte man ihn trotz des Phantombildes noch nicht identifiziert. Aber wie lange würde es noch gutgehen?

Manuel stieg aus, überquerte die Straße, betrat den Hausflur. Lautlos erklomm er die fünf Treppen. Die kleine Kontrolle am unteren Ende der Tür war unversehrt. Er trat ein. Ein Blick in den Flur, in die Küche, ins Zimmer. Es war niemand da. Aufatmen.

Das heißt, es war doch jemand da. Der Kater.

Nur seinetwegen war Manuel gekommen.

Aus seinen klugen Katzenaugen sah das Tier ihn an, und es hätte Manuel nicht gewundert, wenn es vorwurfsvoll den Kopf geschüttelt hätte.

»Du verstehst das nicht, Kater. Es soll dich auch nicht interessieren. Sei froh, dass du nur deine kleinen Katzenprobleme hast.«

Manuel öffnete den Kühlschrank, nahm die halbgeleerte Futterdose hinaus und schüttete den Rest des Inhalts in den Napf. Wieder dauerte es nur Sekunden, bis der Kater das Futter verzehrt hatte. Anschließend leckte er sich behaglich die Pfoten und die Schnauze.

Manuel sah ihm zu. Auch das hier war ein Abschied, war ein letztes Mal.

Der Kater beendete sein Reinigungsritual, tänzelte dann auf Manuel zu und rieb sich an seinen Beinen. Kurz ließ er sich kraulen, dann stolzierte er mit hoch erhobenem Schwanz in Richtung Badezimmer. Manuel folgte ihm, öffnete das Dachfenster. Das Tier sprang aufs Waschbecken, dann auf das Regal mit den Handtüchern. Ein letzter Satz brachte den Kater auf die Kante des Fensters und von dort hinaus aufs Dach. Er gab ein Maunzen von sich.

»Hör zu. Hier ist ab sofort geschlossen für dich. Such dir ein neues Zuhause, in Ordnung? Es tut mir leid«, sagte Manuel.

Das Tier stand schon am Ende der Dachschräge in der Regenrinne, blickte ein letztes Mal zurück. Manuel nickte ihm zu, schloss dann das Dachfenster und hoffte, dass der Kater ihn verstand.

Er ging ins Schlafzimmer, rückte das Bett ab und löste die Fußbodenleiste von der Wand. Er zog drei in Plastik eingeschlagene Päckchen hervor, wickelte sie aus. Neben einer Neun-Millimeter-Taurus kamen Bargeld und verschiedene Reisepässe zum Vorschein. Manuel blätterte sie durch, entschied sich für ein Dokument aus Österreich. Andreas Kufner, 44 Jahre alt, wohnhaft in Wien. Schulterzuckend nahm er zur Kenntnis, dass er dem Lichtbild im Ausweis nur noch entfernt ähnlich sah. Möglich, dass es zum Problem wurde. Aber darüber musste er sich nicht jetzt den Kopf zerbrechen.

Außerdem wusste er, dass Zollbeamte an Flughäfen zwar gerne zwischen Ausweis und Reisendem hin- und herblickten und dabei ein pfiffiges Gesicht machten. Aber wirklich aufmerksam waren sie selten, dachten vermutlich eher an ihren Lottoschein oder

ihre heimliche Geliebte, als an die Person, die vor ihnen stand.
Selbst wenn im Ausweis ein Bild von Spiderman oder Kermit kleben würde, würden sie am Ende den Ausweis zurückreichen und eine gute Reise wünschen.

Manuel nahm die Taurus und schob sie sich in den Hosenbund. Einem weiteren Paket entnahm er mehrere SIM-Karten, installierte eine davon in seinem Handy.

Bevor er die Leiste wieder in Position brachte, zog Manuel aus dem Versteck ein letztes, schmales Paket. Es enthielt nur einen flachen Umschlag. Er öffnete ihn und entnahm ihm eine Fotografie. Sie zeigte eine Frau mit asiatischen Zügen vor dem roten *Tori* eines shintoistischen Schreins. Er hatte die Aufnahme selbst gemacht, als sie ein Wochenende in den Bergen bei Hakone verbracht hatten.

Er steckte die Aufnahme in seine Jackentasche und verließ die Wohnung.

44

Nach einigen Wochen im Camp Fuji hatte Marcus Crome das Gefühl, in einer Art Hogwarts zu sein, in einer Zauberschule. Allerdings in der Sorte, in der die dunkle Seite der Magie gelehrt wurde.

Tag für Tag wurde er von seinen Dozenten in immer neue Arten des Tötens eingeführt.

Michelle Sutton, eine Ophiologin aus South Carolina, war seine Lehrerin in Sachen Giftmord. Sie öffnete Marcus die Augen dafür, dass sich in jedem Durchschnittshaushalt einer westlichen Mittelschichtsfamilie mindestens ein Dutzend Substanzen finden ließ, die bei sachgemäßer Verwendung letal waren. Angefangen von Insektengiften und Pflanzenschutzmitteln bis hin zu abgelaufenen Lebensmitteln, Stichwort Botulinumtoxin. Im Zweifel gab der Totenkopf auf der Packung oder der Geruch nach Fäulnis wertvolle Hinweise.

Michelle war eine hübsche Frau von Mitte dreißig, sehr klug, aber umweht vom sanften Hauch des Wahnsinns. Sie ließ Marcus Übungen ablegen, die ihn im Umgang mit den toxischen Substanzen schulten. Dazu zählten altbewährte Mittel wie Rizin, Azonitin, Taxan oder auch Nikotin, die sich mit ein wenig gärtnerischem Geschick selbst herstellen ließen.

Heikler wurde die Sache beim Umgang mit Uran, Polonium, Anthrax oder Exotoxin A. Michelle, die große Freude beim Unterrichten hatte, ermahnte ihren neuen Schüler mit strenger Stimme: »Denken Sie immer dran, Marcus. Der andere soll sterben, nicht Sie.«

Michelle wiederholte ihre Worte, als sie zu den speziellen Stoffen kamen, die in den Laboren der CIA entwickelt worden waren. Dinge, gegen die Nowitschok eine Spielerei war. Michelle: »Das größte Problem ist die Zielgenauigkeit. Sie wollen ja eine bestimmte Person eliminieren, nicht gleich einen ganzen Straßenzug oder eine ganze Stadt. So dumm sind nur die Russen. Seien Sie also vorsichtig!«

Als Substitut wurde in aller Regel eine phosphoreszierende Substanz verwendet, die Marcus unauffällig in einer Test-Wohnung verteilte. Als Dummy hielt an den meisten Tagen ein nichtsahnender Marinesoldat her. Nach Abschluss der Übung wurde mit Schwarzlicht nachgewiesen, ob der Mann mit der giftigen

Substanz in Berührung gekommen war und sie sich in einer unbewussten Bewegung selbst an den Mund oder die Nase geschmiert hatte.

Marcus machte schnell Fortschritte. Er lernte, wie man eine Computermaus, eine Sporthantel oder auch eine Klobrille mit einem Kontaktgift präparierte. Er installierte winzige Injektionsnadeln in der Polsterung eines Stuhls, ließ Moskitos frei, die zuvor mit einem Nervengift geimpft worden waren.

Michelle lobte ihn und nannte ihn einen ihrer besten Schüler. Bei einem gemeinsamen Mittagessen erzählte sie ihm, dass sie in einer evangelikalen Gemeinde in den Ausläufern der Appalachen aufgewachsen sei. Ihre Mutter war in jungen Jahren bei einem Gottesdienst mit *Snake Handling* gestorben, einem wahnsinnig anmutenden Ritual, bei der die Gläubigen mit Giftschlangen in Kontakt kamen. Es war schlimm, hatte aber ihr Interesse an Schlangen geweckt, so dass sie in Columbia Herpetologie studiert hatte. Später sei sie dann wegen mehrfachem Giftmordes angeklagt worden. Zu Recht. Ein Kommilitone, ein Professor, ihr Stiefvater. Melvin Olden besuchte sie in der Todeszelle und stellte sie vor die Wahl zwischen elektrischem Stuhl und einer Tätigkeit für die CIA. Man bekomme halt nie, was man sich wünsche, daher sei sie nun hier. Marcus hörte ihr schweigend zu und war sich nicht sicher, was er von der Sache halten sollte. Es verstärkte sein Gefühl, in einer bizarren Parallelwelt gelandet zu sein.

Randolph Lugmuller, ein schon älterer Agent, führte Marcus an den Nachmittagen in die Kunst des Tötens mittels alltäglicher Gegenstände ein. Allerdings machte Randy, wie er genannt werden wollte, sofort klar, dass die durch Filme genährte Phantasie, nach denen man dafür Scheckkarten, Kugelschreiber oder eine aufgebogene Büroklammer verwenden könne, Unsinn seien. All das sei zwar möglich, aber unnötig kompliziert. Ein Hammer, eine Rohrzange, ein Bügeleisen seien viel tauglicher. Genauso eine Verlängerungsschnur, ein USB-Kabel oder, fast klassisch, das Schüreisen eines Kaminbestecks. Randy war ein altersmilder Mann, den man von Kleidung und Umgangsformen eher für einen Briten als einen Amerikaner hätte halten können. »Sie glauben gar nicht, was für ein empfindliches Lebewesen der Mensch ist, Marcus. An den Schläfen ist unser Schädel nur wenige Millimeter dick. Die Hauptschlagadern am Hals sowie an den Innenseiten der Arme und Oberschenkel lassen sich so einfach einritzen, als wären sie aus Pergamentpapier. Ein paar Staubflocken genügen, um die Atemwege zu verschließen ... Es ist ein größeres Wunder, dass wir Menschen leben, nicht, dass wir sterben.«

Der Nachteil an den eher grobschlächtigen Mordwaffen bestehe darin, dass in aller Regel eine unnatürliche Todesursache nachweisbar sei. Ein Operator solle daher immer ein kleines Gefäß mit den Haaren, Hautschuppen und Blutpartikeln einer möglichst großen Zahl von Menschen bei sich tragen, die er dann am Tatort ausstreue. In den meisten Fällen führe es dazu, dass die Eliminierung eines Klienten auf dem Stapel mit den ungelösten Fällen lande.

»Sie sehen also, Marcus«, erklärte Lugmuller lächelnd, »unser oftmals so geheimnisumwitterter Job ist auch nur ein Handwerk wie viele andere. Wir steigen irgendwo ein, töten einen Klienten und verschwinden wieder. Unser größter Feind taucht zumeist erst nach einigen Jahre auf. Ahnen Sie, was ich meine?«

Randy sah Marcus fragend an, aber der zuckte mit den Schultern. »Es ist die Langeweile. Glauben Sie mir. Beim ersten Dut-

174

zend Morde stehen Sie so unter Adrenalin, dass sie eine Woche lang nicht schlafen können. Ihre Wahrnehmung ist ins Unendliche geschärft, so dass Sie keine Fehler begehen. Nach und nach aber nimmt die Aufregung ab, und am Ende töten Sie mit einer ähnlichen Einstellung, die ein altgedienter Buchhalter an den Tag legt, der eine Jahresbilanz erstellt. Das ist der erste Schritt ins Verderben. Eines dürfen Sie niemals vergessen. Sollten Sie jemals in die Fänge der Polizei geraten, wird Ihnen niemand helfen. Die Firma leugnet jede Verbindung zu Ihnen, egal, wie oft und nachdrücklich Sie sich auf sie berufen. Machen Sie das sich klar, Marcus. Geschnappte Mörder, die bei der Polizei oder vor Gericht behaupten, im Auftrag der CIA unterwegs zu sein, gibt es zuhauf. Die meisten von ihnen sind paranoide Spinner. Wenn mal einer dabei ist, der die Wahrheit sagt, glaubt ihm dennoch kein Mensch. Lassen Sie sich also besser nicht schnappen. Passiert es doch, nehmen Sie es hin. Ein paar Jahre im Gefängnis haben noch niemandem geschadet.«

Lugmuller machte ihn auf einen weiteren Punkt aufmerksam. Nach Abschluss der Ausbildung wurden die Operatoren dazu aufgefordert, sich irgendwo auf der Welt niederzulassen und eine Scheinexistenz aufzubauen. Dazu bekamen sie die erforderliche Zeit und das nötige Geld. Die Firma machte in aller Regel wenig Vorgaben, außer dass man einen Ort wählen sollte, der in der Nähe eines internationalen Flughafens lag, immerhin konnten einen die Einsatzbefehle jederzeit in entlegene Weltgegenden führen. Lugmuller selbst hatte lange Jahre in Paris eine Fromagerie betrieben, ein Fachgeschäft für Käse. Camembert, Brie, Roquefort, Chevre, ach, es sei ein wundervolles Leben gewesen, erzählte der alte Agent mit einem wehmütigen Lächeln. Mitunter habe er fast vergessen, dass er immer einmal wieder aufbrechen müsse, um ein Gebäude zu sprengen, einen Mann zu vergiften oder einer Frau die Kehle durchzuschneiden. »Wirklich, Marcus, es waren die besten Jahre meines Lebens. Darum sollten Sie es sich gut überlegen, wo und mit welcher Tarnung Sie sich niederlassen. Eine solche Chance, sich in vollkommener Freiheit ein neues Leben aufzubauen, bekommen Sie nie wieder. Dass es nur eine Fassade ist, vergessen Sie am besten. Ohne Übertreibung, die Firma bietet Ihnen die Chance, Ihren geheimsten Traum zu verwirklichen! Nutzen Sie sie!«

Marcus nickte versonnen. Die Vorstellung klang in der Tat verlockend. Auch wenn er im Moment noch keine Idee hatte, wo und mit welcher Profession er sich eines Tages niederlassen könnte.

Marcus beobachtete, dass die meisten seiner Dozenten Mord als eine Art Kunstform betrachteten. Je mehr er von ihnen lernte, desto mehr erkannte er, dass sie recht hatten.

Was er lernte, war wirklich eine Kunst. Genauer, es war die Kunst des Tötens.

Der Unterschied zur Malerei oder Bildhauerei bestand darin, dass es streng verboten war, das fertige Kunstwerk zu signieren. Niemand durfte erfahren, wer dafür verantwortlich zeichnete.

Allerdings stellte Marcus auch fest, dass er keine rechte Freude an der Kunst entwickelte, jedenfalls nicht an dieser Art. Er fragte sich daher immer öfter, ob er damals in Bangkok womöglich die falsche Entscheidung getroffen hatte.

45

»Wer bist du?«

Thea sah ihn kopfschüttelnd an. In ihren Augen sah Manuel Angst und Enttäuschung, aber auch Wut.

»Du weißt, wer ich bin.«

»Nein. Und vielleicht habe ich es auch nie gewusst. Jetzt siehst du nicht einmal mehr aus wie der Mann, in den ich mich verliebt habe.«

Manuel senkte den Blick. Ihre Worte schmerzten ihn. Weil es nicht um die Verkleidung ging, die Sasikarn ihm verpasst hatte. Thea hatte recht. Wer war er? Wusste er selbst es überhaupt? War er nur eine Illusion? Ein Phantom, ein Schatten, der vor langer Zeit in den Bergen der Provinz Paktia gestorben war?

Normalerweise hätte Manuel sich nicht mit solchen Fragen aufgehalten. Sie interessierten ihn nicht.

Normalerweise wäre er nicht einmal hergekommen. Zu gefährlich. Für ihn, für Thea, für alle anderen Beteiligten.

Aber jetzt hatten sich die Dinge verändert. Es hing mit ihr zusammen. Und mit dem Jungen.

Auf einmal hatte er etwas zu verlieren. Er hatte es nicht gewollt, hatte es sogar zu vermeiden versucht. Jetzt war es doch passiert.

Darum wollte er sich wenigstens verabschieden.

Aber dazu ließ Thea es nicht kommen. Sie standen in ihrem Wohnungsflur, und sie kochte vor Wut. Ragib lugte misstrauisch hinter der Küchentür hervor.

»Ich habe dein Bild in der Zeitung gesehen. Und weißt du, was? Ich hatte nicht das Gefühl, dass es gelogen war, was dort stand.

Was sagst du dazu? Hast du diesen Mann getötet? Sag mir die Wahrheit.«

»Nicht vor dem Jungen, Thea.«

»Wieso nicht? Glaubst du, er hält das nicht aus? Mach dir nichts vor, Ragib hat schon ganz andere Dinge erlebt.«

Manuel senkte den Kopf. Was sollte er schon sagen?

Thea lachte auf, bitter und verletzt. »Dann stimmt es also. Du bist ein Mörder.«

»Hör zu, ich kann verstehen, wenn du nichts mehr mit mir zu tun haben möchtest. Aber das ist im Moment nicht das Wichtigste. Du musst ...«

Theas Stimme wurde zum Fauchen. »Es ist nicht das Wichtigste? Was soll denn noch wichtiger sein?«

»Du bist möglicherweise in Gefahr. Du und auch der Junge. Es könnte Leute geben, die wissen, dass wir uns nahe stehen ... dass wir es zumindest einmal getan haben. Sie könnten versuchen, über dich an mich heranzukommen.«

»Leute? Was für Leute?«

»Im besten Falle die Polizei. Aber es könnte schlimmere geben.«

Seine Worte drangen nicht zu ihr durch. »Was soll dieser ganze Mist, Manu? Ich glaube dir kein Wort. Du bist doch nur gekommen, weil du dich verpissen willst. Du bist auch nur einer von den Typen, die es nicht an meiner Seite aushalten. Nur dass deine Geschichte noch erbärmlicher ist als alle, die mir andere Typen serviert haben.«

»So ist es nicht, Thea.«

»Wie ist es dann?«

Er wollte es ihr erklären, sah ein, dass es die Sache nicht besser

178

machte. »Du hast recht. Ich bin hier, um mich zu verabschieden.«

»Dann spar dir die Worte. Los, hau ab! Verschwinde und komm nie wieder.«

»Hörst du nicht, was ich sage? Es kann sein, dass ihr in Gefahr seid. Du solltest ein paar Sachen packen und für eine Weile wegfahren. Irgendwohin, wo dich niemand finden kann.«

»Ich kann gut auf mich selbst aufpassen, verlass dich drauf.«

»Du hast keine Ahnung, um was für Leute es geht.«

»Leute wie du, richtig?

»Wenn du so willst, ja.«

»Denkst du eigentlich jemals darüber nach, was du anrichtest? Ich rede gar nicht von mir. Ich halte eine Menge aus. Aber der Junge … er hatte angefangen, sich an dich zu gewöhnen. An uns. An die Familie, die wir hätten sein können … Er musste von dort, wo er herkommt, fliehen. Er hatte gedacht, dass es hier besser ist. Er hat sich wohl getäuscht.«

»Sag so etwas nicht.«

»Und ob ich es sage. Weil es ist die Wahrheit ist. Weil du so bist, wie du bist. Und jetzt verpiss dich endlich.«

Er starrte sie an, zögerte, wollte sich dann zur Tür drehen. In diesem Moment schoss Ragib aus seinem Versteck hervor. Er rannte auf ihn zu, umschlang seine Beine. »Geh nicht, Manu. Bitte! Bleib bei uns.«

Manuel strich ihm über den Kopf, ging dann in die Hocke, so dass er und der Junge auf Augenhöhe waren. Er umarmte ihn und blickte dabei hoch zu Thea. »Mir geht es doch genauso. Ich habe auch angefangen, mich an euch zu gewöhnen. An das Leben mit euch. Ich will euch nicht verlieren.«

Theas Wut war beharrlich, aber jetzt löste sie sich doch auf. Ihre Züge wurden milder, wichen der Trauer, wichen der Verletzlichkeit. »Dann tu etwas dafür! Beweise es.«

»Wie soll ich das tun?«

»Regel deinen Scheiß. Räum ihn aus der Welt. Wenn du es wirklich ernst meinst, dann findest du einen Weg. Wir werden auf dich warten.«

»Aber was, wenn es wirklich stimmt? Das in der Zeitung? Der Mord?«

Sie zuckte mit den Schultern. »Es ist Vergangenheit. Jedenfalls wenn du es dazu machst. Es interessiert mich nicht.«

Manuel nickte schwach. »Also schön, ich werde es versuchen. Ich werde meine Dinge regeln. Aber versprich du mir auch, dass du tust, worum ich dich bitte. Nimm den Jungen und verschwinde für eine Weile. Geh irgendwohin, wo dich niemand findet. Hast du einen solchen Ort?«

»Es gibt ein Haus, hoch oben im Norden, am Meer. Es gehört einem Onkel. Meistens steht es leer. Ich war lange nicht dort.«

»Dann geht dorthin. Brecht sofort auf, nehmt nur das Nötigste mit. Achte darauf, dass euch niemand folgt.«

Thea stieß erneut ein Schnauben aus. »Ich will solche Sätze nicht hören.«

»Solche Sätze gehören zu dem Leben, das ich führe.«

»Dann ändere es. Ein für alle Mal.«

»Das werde ich.«

Sie trat auf ihn zu und küsste ihn gierig. Gemeinsam umarmten sie den Jungen, dessen Augen zu viel gesehen hatten, um weinen zu können.

46

An einem der ruhigen Abende in Camp Fuji war Marcus auf seinem Zimmer. Er sah eine japanische Sendung im Fernsehen. Er verstand zwar kein Wort, aber immerhin gewann er so das Gefühl, überhaupt in Japan zu sein – eine Tatsache, die in seinem Alltag ansonsten nicht die geringste Rolle spielte.

Ein leises Klopfen an der Tür riss ihn aus seinen Gedanken. Er setzte sich auf, rieb sich über sein Gesicht. »Herein.«

Es war Michelle Sutton. Sie hielt eine Flasche Chablis in die Höhe: »Lust auf einen Schluck? Oder störe ich?«

»Nein. Kommen Sie herein.«

»Ich dachte, wir könnten ein bisschen reden.«

»Klar. Warum nicht?«

»Vorhin im Unterricht wirkten Sie nachdenklich, Marcus. Ich hatte den Eindruck, dass Sie etwas bedrückt.«

Was Michelle sagte, stimmte, allerdings nicht erst seit vorhin, sondern seit Tagen. Das Gefühl, die falsche Entscheidung getroffen zu haben, wollte Marcus einfach nicht mehr verlassen. Immer öfter überlegte er, alles rückgängig zu machen. Dazu würde er mit Melvin Olden reden müssen. Und wenn das nicht klappte, müsste er andere Wege finden. Im schlimmsten Fall: Flucht.

Michelle ignorierte den Stuhl, den Marcus ihr anbot, und setzte sich zu ihm aufs Bett. Er nahm ihr den Chablis ab und betrachtete das Etikett. »Es ist lange her, dass ich Wein getrunken habe. Ich erinnere mich nicht mehr, wie er schmeckt. Nicht einmal, ob ich ihn mag.«

Michelle lächelte. »Du wirst ihn mögen. Ein Import aus Frankreich. Ich habe ihn gestern in der Stadt gekauft. Die Preise, die

die Japaner aufrufen, sind verrückt. Aber ich dachte, es lohnt sich.«

»Wow. Du warst in der Stadt! Das heißt, du darfst das Lager verlassen. Mir hat man in Aussicht gestellt, mich umzubringen, wenn ich es versuchen sollte.«

Michelle lachte. »Du bist Rekrut, Marcus. Ich bin jahrelange Mitarbeiterin. Das ist nicht dasselbe.«

»Ich schätze mal, das soll mir jetzt Mut machen, richtig?«

»Absolut. Es kommen bessere Zeiten. Im Moment fühlen sie dir noch auf den Zahn. Sie misstrauen dir, genau wie jedem anderen, der neu bei der Firma ist. Darum hält man dich an der kurzen Leine.«

»Zu kurz für meinen Geschmack.«

Er machte Anstalten, aufzustehen. »Ich besorge einen Öffner und Gläser.«

Sie ergriff seine Hand und hielt ihn zurück. »Später. Dann haben wir bestimmt mehr Durst.«

Sie beugte sich vor und drückte ihm einen Kuss auf die Lippen. Marcus zögerte nur kurz, erwiderte dann ihren Kuss. Dann lachte er und sagte: »Als Steve Penn mir am ersten Tag die Haus- und Lagerordnung erläuterte, meinte er unter anderem, dass intime Kontakte zwischen Mitarbeitern der Firma tabu wären. Hast du keine Angst, deinen Job zu verlieren?«

Sie lachte, schüttelte den Kopf. »Steve geht jeden zweiten Abend rüber zu den Marines und sucht sich einen knackigen jungen Kerl für die Nacht aus. Ich glaube nicht, dass ihn das hier stört.«

»Gut zu wissen.«

»Es ist lange her bei dir, oder?«

»Ewig.«

»Es gibt also niemanden in deinem Leben?«

»Nein. Aber ich dachte, dass wüsstet ihr. Ich meine, ihr wisst doch alles über mich, oder nicht?«

»Sagen wir es so, offiziell bist du durchleuchtet worden. Aber ich dachte, ich frage dich noch einmal ganz unter uns.«

»Die Antwort bleibt dieselbe. Es gibt niemanden.«

»Das heißt so viel wie Ja? Du willst es auch?«

»Absolut.«

Michelle hatte recht gehabt, hinterher hatten sie wirklich mehr Durst. Sie lagen nackt auf dem schmalen Bett, hatten beide die Köpfe in die Hände gestützt und tranken Wein. Er war inzwischen ein wenig zu warm, aber dennoch köstlich.

»Das war schön«, sagte Michelle.

»Fand ich auch. Sehr sogar.«

Er strich ihr mit dem Finger über die Wange, wollte etwas sagen. Michelle aber kam ihm zuvor. »Ich hoffe, du wolltest mich nicht daran erinnern, dass deine Ausbildung in wenigen Wochen abgeschlossen ist und dass das mit uns keine Zukunft hat?«

»Um ehrlich zu sein, auf so etwas wäre es hinausgelaufen.«

»Vergiss es. Für lange Geschichten haben wir den falschen Job. Daran wirst du dich gewöhnen müssen. Also lass uns daran gar nicht erst denken. Im Übrigen schuldest du mir noch eine Antwort.«

»Ach ja?«

»Ich sagte vorhin, dass du auf mich nachdenklich gewirkt hast. Habe ich recht gehabt? Bedrückt dich etwas?«

»Jetzt schon weniger«, entgegnete Marcus mit leichter Stimme.

»Keine Ausflüchte. Nach allem, was du durchgemacht hast,

solltest du die Chance nutzen … ich meine, mit jemandem offen reden zu können. Glaub mir, solche Gelegenheiten kommen nicht oft vor. Nicht für uns.«

Marcus nickte nachdenklich. »Mir geht einiges durch den Kopf, da hast du schon recht. In ein paar Wochen bin ich hier fertig. Ich frage mich, was mich dann erwartet.«

»Das kann ich dir sagen. Ich weiß natürlich nicht, wo genau du eingesetzt wirst. Aber die Chance, dass du irgendwo hinkommst, wo es gerade heiß hergeht, ist hoch. Sanaa, Damaskus, Asmara. Etwas in der Richtung.«

»Asmara?«

Michelle lächelte. »Kennt niemand. Die Hauptstadt von Eritrea. Kein einfaches Pflaster für Leute in unserem Metier.«

»Und trotzdem werde ich, ein Neuling, dort hingeschickt?«

Diesmal war sie diejenige, die ihm über die Wange strich. »Das ist der unausgesprochene Teil des Deals, auf den du dich eingelassen hast. Aber das wird den Rekruten natürlich nicht gesagt. Die ersten Einsätze sind immer hochriskant. Die Chancen, zu überleben, sind minimal. Wenn du es doch schaffst und nach den ersten zwei oder drei Einsätzen immer noch am Leben bist, wird es besser. Du gewinnst an Wert für die Firma, weil du bewiesen hast, dass du etwas draufhast. Aber ich will ehrlich sein, Marcus. Es wird höchstwahrscheinlich nicht dazu kommen. Du wirst sterben. Nur darum heuern sie Leute wie dich an. Ausländer, keine Amerikaner. Männer, die nicht in Zinksärgen zurück in die Heimat gebracht werden müssen, wenn sie im Einsatz sterben. Weil es sie offiziell gar nicht gibt. Wenn du im Feld bleibst, wird dich niemand vermissen. Du gehörst im wahrsten Sinne des Wortes zu einer Schattenarmee.«

Marcus ließ ihre Worte wirken, sagte erst mit Verzögerung: »Und du hast mich gefragt, warum ich nachdenklich wirke? Jetzt kennst du die Antwort. Genau solche Dinge gehen mir im Kopf herum. Jetzt weiß ich, dass meine schlimmsten Befürchtungen nicht übertrieben waren.«

»Es tut mir leid, Marcus. Aber früher oder später hättest du es sowieso erfahren.«

»Sicher. Außerdem gibt es trotz allem etwas Tröstendes bei der Sache.«

»Wirklich?«

»Ich komme endlich raus hier. Ich kann dir gar nicht sagen, wie sehr ich mich danach sehne. Erst Gefangener der Taliban, jetzt eingesperrt im Camp. Ich möchte endlich wieder die normale Welt sehen.«

»Wie gesagt, es wird nicht normal sein, wo sie dich hinschicken. Es wird die Hölle sein.«

»Dennoch ist es ein Fortschritt. Jedenfalls für mich.«

»Ich hoffe, dass du recht behältst.«

»Wie war es bei dir? Auch du warst mal Rekrutin. Wohin hat man dich geschickt?«

Michelle winkte ab. »Wie gesagt, ich bin Amerikanerin. Die schlimmsten Destinationen hat man mir erspart. Ich war erst in Bagdad, dann in Chisinau – und bevor du fragst, das ist in Moldawien. Die Aufträge, die man mir gab, habe ich erledigt. Aber ich war froh, als ich wieder zurück war. Danach war ich auf der ganzen Welt unterwegs. Mein letzter Außeneinsatz war in Berlin. Es war brenzlig. Ich bin aufgeflogen. Es ging um feindliche Agenten aus Belarus. Man hat zweimal auf mich geschossen und mich mit der zweiten Kugel böse erwischt. Als ich aufgewacht bin, lag ich in einem Krankenhaus in Landstuhl. Wie ich dort hingekommen bin, weiß ich nicht. Aber ich lebte. Ich wollte in den Innendienst. Darum bin ich hier.«

»Jetzt verstehe ich«, sagte Marcus. Er strich Michelle vorsichtig über die Narbe, die sich von ihrer linken Brust bis zu ihrer Hüfte zog. Sie nickte nur stumm. Ihre Augen schimmerten feucht.

Marcus ließ eine Weile der Stille vergehen. Dann sagte er: »Was ich nicht verstehe ...«

»Ja?«

»Wie verhindert die Firma, dass wir nicht einfach untertauchen? Du weißt, was ich meine. Wenn ich hier fertig bin und Olden oder Penn mich zum ersten Einsatz schicken, ganz egal, wo das sein wird, wie wollen sie verhindern, dass ich einfach verschwinde? Gerade wenn es ein Himmelsfahrtskommando ist? Ich meine, wird jeder meiner Schritte überwacht? Wie wollen sie mich davon abhalten, einfach meiner eigenen Wege zu gehen?«

»Sie haben ihre Methoden, glaub mir.«

Marcus sah sie fragend an, aber als sie nicht darauf reagierte, grinste er. »Ist es so ein Snake-Plissken-Ding? Du weißt schon, wie in dem Film von John Carpenter? Wird mir etwas gespritzt, das mich umbringt, wenn ich nicht brav meine Aufgaben erledige und innerhalb einer gewissen Zeit zurückkehre?«

»Es gibt wirkungsvollere Methoden als das.«

»Ach ja?«

Michelle trank von dem Wein. Dann sagte sie: »Ich mag dich, Marcus. Ich habe es schon bei unserer ersten Begegnung gespürt. Darum will ich dich warnen. Begehe nicht den Fehler und unterschätze Steve Penn oder Melvin Olden. Die beiden wissen, wie das Spiel läuft. Sie wissen, wie man einen Menschen dazu bringt, etwas zu tun, was er nicht will.«

»Worauf willst du hinaus, Michelle?«

»Es ist nicht so kompliziert. Seit dem Tag, an dem Olden dich für die Firma angeheuert hat, sind zahllose Mitarbeiter dabei, dein Leben zu scannen. Und zwar vom Tag deiner Geburt an. Wir haben Experten für so etwas, die so genannte Röntgenabteilung. Der Name sagt alles, oder?«

»Ich werde durchleuchtet?!«

»Und zwar komplett. Sie nehmen jeden einzelnen Tag unter die Lupe, jeden Lebensabschnitt und jeden einzelnen Menschen, mit dem du jemals zu tun gehabt hast. Früher oder später werden sie auf jemanden stoßen, der dir etwas bedeutet. Ich meine, der dir wirklich etwas bedeutet. Und dann haben sie dich in der Hand, Marcus. Vielleicht ist es eine Schwester oder ein Bruder, deine Eltern oder Großeltern, ein Lehrer, ein Mentor, ein Freund von früher, eine Geliebte, was weiß ich. Alles, was diese Person erfüllen muss, ist die Tatsache, dass dir etwas an ihr liegt. Steve wird dir ein Foto von diesem Menschen zeigen und dir klar machen, dass er ihn töten lässt, wenn du nicht tust, was er von dir verlangt.«

»Dann muss ich mir keine Sorgen machen.«

»Ach, nein?«

»Es gibt niemandem in meinem Leben, auf den zutrifft, was du beschrieben hast.«

Michelle stieß einen Laut des Unglaubens aus. »Jeder hat Eltern, hat Geschwister, einen jetzigen oder ehemaligen Geliebten ... Jeder ist erpressbar.«

»Ich nicht.«

»Das erklärt, warum du noch hier bist. Offenbar hat die Röntgenabteilung noch nichts bei dir gefunden. Aber bist du dir sicher, dass es so bleiben wird?«

Marcus drehte sich auf den Rücken. Michelles Worte trafen ihn, aber vermutlich auf andere Art, als sie dachte. Denn er sagte die Wahrheit, es gab wirklich niemanden, mit dem man ihn erpressen konnte. Sicher, es hatte Frauen gegeben, auch Ansätze von so etwas wie Beziehungen. Aber das war lange her. Er war ein Einzelgänger durch und durch. Ohne Bindung, ohne Familie.

Aber immerhin verstand er jetzt besser, wie das Spiel lief. Es ging nicht um Vertrauen, nicht um Freundschaft, nicht um Loyalität. In der Welt, in der Männer wie Penn und Olden lebten, gab es nur eine Währung: Macht. Und das Kleingeld der Macht hieß Gewalt.

Michelle beugte sich zu ihm, küsste seine Lippen, seinen Hals, seine Schulter. »Ich kann es mir einfach nicht vorstellen, Marcus. Es muss doch einen Menschen geben, der dir nahesteht. Niemand ist alleine auf der Welt. Auch du nicht.«

»Vielleicht ja doch.«

»Ich glaube eher, dass du ein Geheimnis daraus machst. Ist auch besser so. Aber mir kannst du vertrauen. Mir kannst du alles sagen. Es wird dir guttun, dich zu öffnen.«

Er nahm ihre Hand und küsste ihre Finger. »Das weiß ich, Michelle. Und ich danke dir dafür. Ich werde dir alles erzählen. Weil ich weiß, dass es bei dir gut aufgehoben ist … aber jetzt haben wir erst einmal genug geredet.«

Als Marcus erneut in Michelle eindrang, war seine Leidenschaft nur noch Maskerade. Er wusste, dass sie nicht aus Zuneigung oder Leidenschaft zu ihm gekommen war. Steve Penn oder irgendein

Mitarbeiter aus der so genannten Röntgenabteilung hatte sie zu ihm geschickt. Eben weil sie noch nichts über ihn gefunden hatten. Michelle sollte ihn aushorchen. Nur darum war sie hier, nur darum schlief sie mit ihm.

In diesen Minuten wurde Marcus endgültig klar, dass er in einer Welt der Lügen lebte.

Genauso stand für ihn fest, dass er nicht bleiben würde. Er würde gehen, solange er noch konnte.

47

Regel deinen Scheiß. Räum ihn aus der Welt. Theas Worte.

Manuel würde genau das tun.

Ihretwegen, wegen des Jungen. Auch wegen seiner selbst.

Er wollte nicht noch einmal alles zurücklassen und wieder ein anderer werden. Er hatte genug davon. Er war Manuel Jessen, er wollte es bleiben.

Diesmal endgültig.

Aber dieser Entschluss allein löste noch keines seiner Probleme. Er hatte Müller zugesagt, auf Tauchstation zu gehen. Zweifellos wäre es klug, genau das zu tun. Immerhin war er zur Fahndung ausgeschrieben. Wegen eines Mordes, den er wirklich begangen hatte.

Aber er würde sich nicht an die Absprache halten. Weil sie keine Garantie für irgendetwas war.

Außerdem war Manuel klar geworden, dass an Müllers Geschichte etwas nicht stimmen konnte. Sie ergab einfach keinen Sinn.

Müller meinte, Berkan Cetin sei nicht der gewesen, für den er und das Netzwerk ihn gehalten hatten. Gewiss, das war möglich. Wer war schon der, der er vorgab zu sein?

Aber selbst wenn das Ganze wirklich ein tragischer Irrtum war, wieso wurde dann ausgerechnet Manuel ans Messer geliefert? Sicher, auch so etwas gehörte zu dem Spiel, das Männer wie Müller spielten. Wenn es ihnen in den Kram passte, opferten sie, ohne zu zögern, eine ihrer eigenen Figuren. Hauptsache, es verschaffte ihnen einen strategischen Vorteil. Es bereitete ihnen nicht einmal ein schlechtes Gewissen.

Aber wer hätte etwas davon, dass Manuel in die Hände der Polizei geriete? Das war der springende Punkt. Die Gefahr, dass er dort auspackte, war erheblich. Keiner der Beteiligten – wer auch immer sie waren – konnte ein Interesse daran haben.

Noch etwas anderes kam hinzu. Manuel war Cetin fast eine Woche lang gefolgt, hatte ihn observiert. Niemand wusste mehr über ihn als er.

Aber Müller hatte nicht einmal danach gefragt. Die Details der Überwachung, Orte, Kontakte, nichts hatte ihn interessiert. Nach Erledigung des Auftrags hatte er einzig und allein wissen wollen, was mit den Dokumenten war, die er aber nicht gefunden hatte. Das war's.

Jetzt schien Müller allein Manuels Sicherheit am Herzen zu liegen. Das war rührend.

Aber stimmte es?

Vielleicht ging es Müller auch nur darum, dass Manuel aus der Stadt verschwand.

Warum? War er mit dem Wissen, das er hatte, jemandem im Weg?

190

Genau das musste er herausfinden.

Darum war Manuel hier. In einem Hinterhof im Stadtteil Hamm, an dessen Rand sich die Moschee befand, die Berkan Cetin mehrfach aufgesucht hatte.

Seit Manuels erstem Besuch hatte sich so gut wie nichts verändert. Alte Farbeimer lagen herum, Graffiti zierten die Wände. Ein schrottreifer Lieferwagen ohne Räder stand in einer Ecke und rostete vor sich hin.

Viele meinten, dass es eine Schande wäre, Menschen an solchen Orten beten zu lassen. Manuel konnte dem nicht widersprechen. Andererseits wusste er, dass hier für Dinge und Ziele gebetet wurde, die ebenfalls eine Schande waren. Mord, Krieg, Eroberung.

In einem langgezogenen, einstöckigen Anbau befand sich das Gemeindezentrum. Dort war auch das Büro des Imams. Der Mann hieß Omar El Sayed. Manuel erinnerte sich an die Informationen aus dem Material, das er damals von Müller erhalten hatte.

El Sayed war Ägypter und hatte seine Heimat bereits vor über zwanzig Jahren verlassen, damals noch unter Mubarak. Er hatte in Deutschland Asyl beantragt. Inzwischen war er deutscher Staatsbürger, galt als gut integriert und sprach fließend Deutsch. Es hielt ihn nicht davon ab, eine Gemeinde zu leiten, die vom Verfassungsschutz beobachtet wurde und als Hochburg des Salafismus galt. Die Tatsache, dass sie nicht längst geschlossen worden war, hatte allein ermittlungstaktische Gründe.

Manuel klopfte gegen die stählerne Brandschutztür, wartete aber keine Antwort ab, sondern drückte die Klinke hinunter. Er trat in einen kleineren Vorraum, an dessen Wänden Sessel und Sofas standen. Mehrere junge Männer saßen dort. Sie blickten ihm aus ausdruckslosen Gesichtern entgegen.

»Ich möchte mit Imam El Sayed sprechen«, erklärte Manuel. Keine Frage, eine Feststellung. Alles andere führte zu nichts.

Jetzt war doch eine Emotion in den Gesichtern der Männer zu sehen. Misstrauen. Die meisten von ihnen trugen fersenlange Kittel und eine randlose Kopfbedeckung, hatten dünne, gekräuselte Vollbärte. Sie wechselten stumme Blicke untereinander, dann stand einer von ihnen auf und trat auf Manuel zu. Er lächelte freundlich, ohne dass seine Augen daran beteiligt waren.

»Der Imam ist nicht da.«

»Sein Wagen steht auf dem Hof.«

»Sie wissen, welchen Wagen er fährt?«

»Gehen Sie davon aus.«

Manuel hatte nicht vor, allzu viel Zeit mit Höflichkeiten zu verschwenden. Offenbar sah es sein Gegenüber genauso.

»Also schön. Worum geht es?«

»Das sage ich dem Imam selbst.«

Der junge Mann sah Manuel in die Augen. Beide wussten, woran sie waren.

»Wie heißen Sie?«, fragte der junge Mann.

»Suchen Sie sich einen Namen aus.«

Der junge Mann verzog das Gesicht. »Warten Sie. Ich werde sehen, ob er Zeit für Sie hat. Möchten Sie Tee?«

»Warum nicht?«

Der junge Mann bellte einem der anderen Männer ein paar Sätze auf Arabisch zu. Der stand auf, trat durch einen Vorhang in eine Küchennische. Der Sprecher verschwand durch eine weitere Tür, hinter der Manuel einen langgezogenen Flur sah.

Manuel setzte sich, trank den starken, zuckersüßen Tee, in dem ein paar Minzblätter schwammen.

Etwa zehn Minuten später kam der junge Mann zurück. Erneut schenkte er Manuel ein kaltes Lächeln. »Kommen Sie mit! Der Imam empfängt Sie nun.«

Manuel folgte dem jungen Mann durch den Korridor, an dessen Ende sie durch eine weitere Tür traten. Das Büro des Imams war gediegen eingerichtet, das Äußere des Gebäudes hatte es nicht erwarten lassen. Holzgetäfelte Wände, kostbare Teppiche an den Wänden und auf dem Boden, eine Galerie von Fotos verschiedener Gelehrter. Auf dem großen Schreibtisch standen ein Telefon und ein Laptop, den El Sayed in dem Augenblick zuklappte, in dem Manuel den Raum betrat.

Der Imam war ein kleiner, rundlicher Mann mit einem gepflegtem Vollbart und einer schweren, altmodischen Hornbrille. Er blickte Manuel mit unverhohlener Neugier entgegen, wirkte dabei nicht unfreundlich. »Verzeihen Sie bitte, dass Sie warten mussten, mein Herr. Ich war noch im Gespräch. In einer Gemeinde gibt es immer viel zu tun. Viele Fragen, viele Probleme, um die ich mich kümmern muss.«

»Ich kann es mir vorstellen«, sagte Manuel. Er warf einen demonstrativen Blick zu dem jungen Mann, der sich neben die Tür gestellt hatte, offenbar im Raum bleiben wollte.

Der Imam, der Manuels Blick richtig deutete, erklärte: »Es gibt nichts, das Dakhit nicht hören dürfte ... Dakhit ist übrigens der Name, den er nach seiner Konversion angenommen hat. Zuvor hieß er Dirk.«

Manuel musterte den jungen Mann mit unverkennbarer Überraschung. Erst jetzt, nachdem er seinen Namen gehört hatte, bemerkte er unter dem von Kinn- und Backenbart bedeckten Gesicht die Züge des jungen Mannes.

Der Imam genoss den kleinen Triumph, machte dann eine einladende Geste in Richtung eines Besuchersessels. »Nun sagen Sie mir bitte, womit ich Ihnen helfen kann.«

»Ich bin hier, um mit Ihnen über Berkan Cetin zu sprechen.«

»Ich befürchte, ich kenne niemanden, der so heißt.«

»Wir wissen beide, dass das nicht stimmt. Also hören Sie auf, mir etwas vorzuspielen.«

El Sayed sah zu Dakhit, der immer noch neben der Tür stand. Bei der Erwähnung von Cetins Namen hatten sich dessen Gesichtszüge verzogen, ob in Schmerz oder Wut, konnte Manuel nicht sagen. Der Imam schüttelte leicht den Kopf, sagte dann zu Manuel: »Also schön, nehmen wir einmal an, mir wäre der Herr, dessen Namen Sie genannt haben, bekannt. Wir könnte ich Ihnen dann weiterhelfen?«

»Cetin ist vor rund zwei Monaten unter dem Namen Kabir Awad nach Hamburg gekommen. Er ist in der Zeit danach häufig hier gewesen – und bitte, streiten Sie es nicht ab, Imam. Ich bin nicht hier, um Ihnen Schwierigkeiten zu bereiten. Ich möchte nur wissen, warum Cetin nach Hamburg kam und welche Pläne er verfolgt hat.«

Der Imam nickte nachdenklich, richtete dann ein paar arabische Worte an Dakhit. Der erwiderte etwas und verließ den Raum. Anscheinend gab es doch Dinge, die nicht für die Ohren des jungen Mannes bestimmt waren.

Als die Tür geschlossen war, erklärte der Imam: »Dakhit war sehr betroffen vom plötzlichen Tod Cetins … aber lassen wir das. Ich vermute, dass Sie im Auftrag einer Behörde hier sind? Vermute ich richtig, dass es sich nicht um die Polizei handelt?«

Manuel sparte sich eine direkte Antwort, erklärte stattdessen:

»Die Polizei wird bei Ihnen erscheinen, wenn Sie meine Fragen nicht beantworten. Wir verstehen uns?«

»Voll und ganz.«

»Also?«

»Wenn ich Ihnen sage, dass ich nicht genau weiß, weshalb Cetin hier war, werden Sie mir vermutlich nicht glauben. Leider ist es die Wahrheit.«

Manuel sah den Ägypter aufmerksam an. Er spürte, dass El Sayed nicht log, und doch auch nicht die Wahrheit sagte. »Es gibt Menschen, die davon ausgingen, dass Cetin einen Anschlag in der Stadt vorbereitete. Dieselben Menschen denken übrigens, dass er hier bei Ihnen war, um Ihren Segen dafür zu erhalten.«

El Sayed deutete mit dem Kopf eine Art Verneigung an. »Was Sie sagen, beweist nur, welch falsches Bild die Menschen von mir und meiner Gemeinde haben. Niemals würden wir einem Menschen, der Übles im Sinn trägt, unseren Segen erteilen.«

»Vermutlich, weil Sie die Dinge, die er vorhatte, nicht als Übel betrachten.«

»Berkan Cetin ist ermordet worden. Wie denken Sie darüber? War es eine üble Tat, ihn zu töten? Oder erhält derjenige, der es getan hat, Ihren Segen? Oh, ich sehe, dass Ihnen die Dinge, über die ich spreche, vertraut sind. Sie wissen, wer es getan hat?«

»Möglich. Aber das ändert nichts. Sie schulden mir eine Antwort.«

El Sayeds Gesicht nahm einen nachdenklichen Zug an. »Ich darf wohl davon ausgehen, dass Sie und auch die Leute, in deren Auftrag Sie handeln, bemerkt haben, dass Ihnen ein Fehler unterlaufen ist? Ist das richtig?«

»Worin könnte dieser Fehler bestanden haben?«

»Sie ahnen es bereits, denke ich.«

»Dann machen Sie aus meiner Ahnung Gewissheit.«

Der Imam lächelte. »Sehen Sie, Berkan Cetin war nicht nach Hamburg gekommen, um etwas in der Art zu tun, wie Sie es angedeutet haben. Und es ist mir auch schleierhaft, wieso dieser Verdacht aufgekommen sein könnte.«

»Er hat so einiges dafür getan – unter anderem empfindliche Ziele ausgespäht.«

»So?«

»Dazu kommt sein Vorleben, das Ihnen kaum unbekannt sein dürfte. Cetin war ein hochstehender Kommandeur des IS, erst im Irak, dann in Syrien. Er zeichnet für Hunderte von Morden verantwortlich. Viele davon hat er eigenhändig begangen. Wen hätte es da wundern können, dass er nach Deutschland gekommen ist, um ähnliche Taten zu begehen?«

Der Imam breitete die Hände in einer Geste der Ergebenheit aus. »Und dennoch stimmt es nicht. Sie können mir glauben. Ich habe einige sehr tiefgehende Gespräche mit Berkan geführt. Er war auf dem Pfad der Läuterung, dafür kann ich mich verbürgen. Seine Ermordung war ein großes Unrecht.«

»Sind Sie sicher? Cetin war nicht mit der Vorbereitung eines Anschlags befasst?«

»Ohne jeden Zweifel. Er hatte der Gewalt abgeschworen.«

»Warum war er dann hier? Was wollte er von Ihnen?«

»Ich habe Ihnen die Antwort bereits gegeben. Berkan war auf dem Weg der Läuterung, und dafür suchte er meinen Beistand.«

»Aber was genau hatte er dann in Hamburg vor?«

»Ich weiß es nicht, und das ist die reine Wahrheit. Ich kann allerdings ein paar Schlussfolgerungen ziehen und diese mit Ihnen teilen. Nur, dass ich zuvor von Ihnen das Versprechen erhalten möchte, dass Sie meine Gemeinde nicht weiter behelligen. Wir verstehen uns?«

Manuel nickte. »Ich werde dafür sorgen, dass Sie keine Schwierigkeiten bekommen.«

Der Imam sah Manuel direkt in die Augen, hielt den Blick für einige Sekunden, nickte dann zufrieden. »Um zu erklären, was ich vermute, muss ich ein wenig ausholen. Sehen Sie, Berkan und ich, wir sprachen bei unseren Zusammenkünften über sehr grundsätzliche Dinge. Beispielweise über die Frage, ob es von Übel ist, das Schlechte zu verraten, wenn man es hinter sich gelassen hat. Gilt die Treue gegenüber dem Bösen, wenn man sich entschlossen hat, auf die Seite des Guten zu wechseln? Ist es tugendhaft, einen Schwur zu brechen, dem man dem Satan gegeben hat?« Der Imam machte eine Pause, musterte Manuel dabei.

Der hielt seinen Blick gesenkt, dachte nach. »Cetin wollte Informationen preisgeben? Wollen Sie darauf hinaus?«

Der Imam lächelte. »Wie ich bereits sagte, ich weiß nichts Genaues. Er blieb letztlich verschlossen, und das war gut so. Von Zeit zu Zeit ist es ein Geschenk, Dinge nicht zu wissen. Dennoch denke ich, dass Ihre Schlussfolgerungen der Wahrheit entsprechen. Er wollte sein Wissen teilen. Dazu hatte er bereits Kontakt mit Leuten aufgenommen, die ihm weiterhelfen sollten.«

»Was für Leute?«

»Das müssen Sie selbst herausfinden.«

Manuel schüttelte verwundert den Kopf. In seinem Inneren tauchten Bilder aus den Tagen auf, in denen er Cetin observiert hatte. Trotz seiner ausgedehnten Fahrten durch Hamburg war er kaum mit anderen Menschen zusammengetroffen. Bis auf wenige

Ausnahmen. Zum Beispiel als er in Lurup mit den Basibozuks, den osmanischen Rockern, zusammengekommen war. Ein Treffen, bei dem ein weiterer Mann anwesend war. Anzug, Krawatte, gepflegtes Äußeres. Manuel hatte keine Ahnung, um wen es sich gehandelt hatte.

Höchste Zeit, es herauszufinden.

»Danke, Imam. Sie haben mir weitergeholfen.«

»Allah möge Sie auf Ihren Wegen beschützen.«

Manuel erhob sich von seinem Platz, nickte dem Imam noch einmal zu und verließ das Büro.

48

Der kleine Japaner, der die Wäsche abholte, erschien immer an einem Mittwochvormittag. Er war ein alter, gebeugter Mann mit dem Namen Tarō Yonemura. Die Reinigungsfirma, die er seit Jahrzehnten betrieb, arbeitete fast ausschließlich für die US-Armee. Auf seiner weißen Uniform, wie auch auf seinem Suzuki-Lieferwagen prangte das Logo seiner Firma, auf englisch und japanisch: Yonemura Laundry.

Am Dienstagabend waren die Bewohner des Schlaftraktes gehalten, ihre Betten abzuziehen und zusammen mit den Handtüchern und ihrer sonstigen Wäsche in die bereitgestellten Stoffsäcke zu stopfen, diese dann in den Flur vor ihre Zimmertüren zu legen. Yonemura ging dann am folgenden Vormittag durch das Gebäude, lächelte jeden freundlich an und sammelte die Säcke ein.

An manchen Tagen wurde er von einem seiner Söhne begleitet, die mit ihm die Firma betrieben. An anderen Tagen wiederum war er allein unterwegs, und obwohl der Mann über achtzig Jahre alt war, war er am Ende seines Rundgangs mit einem riesigen Berg von Wäschesäcken beladen, unter dem sein kleiner Körper kaum noch zu sehen war. Tief gebückt, aber immer noch lächelnd stieg er mit seiner Last die Treppe hinunter, verließ das Gebäude durch den Hintereingang und warf die Wäschesäcke in seinen Lieferwagen.

Das Schlafgebäude, in dem Marcus untergebracht war, bildete immer die letzte Station seiner Lieferfahrt. Sein Wagen war bereits bis oben gefüllt mit den Wäschesäcken, die er in den Baracken der Marines eingesammelt hatte. Er stopfte die letzten Säcke dazu und fuhr anschließend direkt aus dem Lager hinaus und zurück in die nahe gelegene Stadt Gotemba, in der sich das Firmengelände der Wäscherei befand.

So handhabte Yonemura es auch an diesem Tag. Er stopfte die Wäschesäcke in den Wagen, der ihm heute ganz besonders voll beladen vorkam, schloss die hintere Doppeltür, stieg dann vorne in die Führerkabine ein und machte sich auf den Weg. Heute wurde er von seinem ältesten Sohn begleitet, der aber mürrischer Laune war und seinem Vater nur wenig zur Hand ging. Wie üblich musste Yonemura eine erste Sicherheitskontrolle am Tor der CIA-Sektion des Camps über sich ergehen lassen. Anschließend fuhr er in langsamem Tempo durch das ungleich größere Lager der Marines, das fast wie eine kleine Stadt wirkte, genauer wie eine Stadt im amerikanischen mittleren Westen. Einstöckige Baracken säumten die Straßen, dazu ein Supermarktkomplex und eine weiße, aus Holz errichtete Kirche. Immer wieder kamen ihm Trupps dauerlaufender Soldaten entgegen, die im Wechselspiel mit ihrem Sergeant die typischen Sprechgesänge der amerikanischen Truppen skandierten. Auf einem der Sportfelder wurde Baseball gespielt und an einer weiteren Ecke waren junge Rekruten damit beschäftigt, die Einsatzfahrzeuge ihrer Einheit zu putzen. Schließlich erreichte der Lieferwagen das eigentliche Haupttor des Camp Fuji. Das Fahrzeug wurde einer gründlichen Untersuchung unterzogen. Erst dann durfte es das Gelände verlassen. Anders als sonst nahmen es die beiden Marines in dem Wachhäuschen heute besonders genau. Sie verlangten vom alten Yonemura und seinem Sohn, die Heckklappe zu öffnen und sämtliche Säcke auf die Straße zu legen. Der alte Mann, der sonst nie etwas sagte, verbeugte sich unentwegt und gab dabei zu bedenken, dass die Säcke dadurch verschmutzt würden und er sie deshalb gesondert würde reinigen müssen.

Die Wachen aber ließen nichts gelten. Der Alte zog daraufhin sämtliche Säcke aus dem Wageninneren und legte sie auf die Straße. Sein Sohn, der sich ebenfalls permanent in Richtung der Marines verbeugte, half ihm dabei.

Die Soldaten begannen daraufhin, jeden einzelnen der Säcke anzuheben oder durchzuschütteln, warfen ihn erst danach wieder ins Innere des Lieferwagens. Nachdem sie so die gesamte Ladung überprüft hatten, warfen sie die Heckklappe zu und klopften gegen das Blech. *Allright. Go.*

Der alte Japaner gab sanft Gas, während sich zeitgleich die Sperrschranke vor dem Tor des Camp Fuji hob und den Weg frei gab.

Der Lieferwagen beschleunigte auf der Landstraße und erreichte zügig die Straßen von Gotemba, das mit seinen knapp einhunderttausend Einwohnern nicht allzu groß und, abgesehen von ihrer malerischen Lage zu Füßen des Berges Fuji, auch nicht sonderlich schön war.

Kurz nachdem der Lieferwagen das Zentrum der Stadt erreicht hatte, setzte der alte Yonemura den Blinker und stoppte am Straßenrand, unweit einer Idemitsu-Tankstelle.

Mit traurigen Augen blickte er zu dem jungen Mann auf dem Beifahrersitz, der die Arbeitskleidung seines Sohnes trug, aber nicht sein Sohn war. Dasselbe galt für die Schirmmütze, die der junge Mann tief ins Gesicht gezogen hatte. Sie gehörte Yonemuras Sohn, aber der Mann, der sie auf dem Kopf hatte, war nicht sein Sohn. Mithilfe von ein wenig Schminke und schwarzem Kunsthaar glich er ihm sogar ein wenig, zumindest wenn man nicht zu genau hinsah. Sicher, er war um einiges größer. Aber auch Yonemuras Sohn war, wie viele Vertreter der jüngeren japanischen Generation, lange nicht mehr so klein wie noch die Älteren.

»Please! Get out of my car!«, sagte Yonemura in gebrochenem Englisch. Seine Stimme war drängend, aber keinesfalls unhöflich. Sie klang eher betroffen und unglücklich als vorwurfsvoll.

Marcus ließ die Waffe sinken, die er, verborgen unter der Arbeitsjacke, die ganze Zeit auf den alten Japaner gerichtet hatte, sogar als sie auf Befehl der Wachen gemeinsam die Wäschesäcke ausgeladen hatten.

»Es tut mir leid, Herr Yonemura. I am sorry. Ich wollte Ihnen keine Schwierigkeiten bereiten. Aber es war für mich die einzige Möglichkeit, aus dem Lager zu entkommen.«

Der alte Japaner stieß ein missbilligendes Schnauben aus, musterte Marcus dann aber mit einer gewissen Neugier. Schließlich schüttelte er resigniert den Kopf. Er war wohl zu dem Ergebnis gekommen, dass ihm diese fremden weißen Männer immer ein Rätsel bleiben würden, ob sie nun Amerikaner waren oder auch aus einem anderen westlichen Land stammten. »Please! Out of car! You give me trouble.«

»Wie gesagt, es tut mir wirklich leid, Yonemura-San. *Gomenna-sai*. Entschuldigung.«

Marcus öffnete die Beifahrertür, schenkte dem alten Japaner einen letzten dankbaren Blick und stieg aus.

Der Wagen setzte sich wieder in Bewegung, drehte aber nicht, um ins Camp Fuji zurückkehren. Stattdessen fuhr Yonemura in derselben Richtung weiter, die er auch zuvor eingeschlagen hatte. Er schien also zunächst zu seinem Firmensitz zurückkehren zu wollen. Vielleicht würde er von dort telefonisch Alarm schlagen und von Marcus' Flucht berichten. Vielleicht würde er aber auch einfach gar nichts sagen, überlegte Marcus. Hatte er nicht einmal gehört, dass Japaner nur ungern Ärger und Unannehmlichkeiten bereiteten? Vielleicht erschien es dem alten Mann ja am besten, wenn er einfach kein Wort über den Vorfall verlor? Jedenfalls so lange nicht, bis man seinen Sohn, gefesselt und geknebelt, in der Wohnbaracke auf dem CIA-Gelände entdecken würde.

Marcus blickte die Straße hinunter. Von Verfolgern war wie erwartet nichts zu sehen – noch nicht. Im schmalen Durchgang zwischen zwei Häusern zog er die Uniform der Wäscherei aus, stopfte sie in eine Abfalltonne. Das Cap behielt er auf.

Dann trat er zurück auf die Straße und machte sich auf den Weg.

Wohin?

Er hatte keine Ahnung.

Hauptsache weg von hier.

49

Nach seinem Gespräch mit dem Imam hatte Manuel sich auf die Suche nach Deniz Coskun gemacht. Er stöberte ihn am Nachmittag in einem von Mettmanns Lokalen auf, wo er sich die Zeit an einem Billardtisch vertrieb. Sein Hund hatte sich in einer Ecke zusammengerollt.

Coskun schien Manuel wegen seiner Verkleidung zuerst nicht zu erkennen, reagierte daher in gewohnter Weise feindselig, als Manuel ihn ansprach. »Wer bist du? Was willst du von mir?«

»Sieh genauer hin, Deniz. Du weißt, wer ich bin.«

Deniz runzelte die Stirn, dann ging ihm ein Licht auf. Er begrüßte Manuel überschwänglich, stellte ihn dann seinen Begleitern vor, allesamt wie er Türsteher, Schläger, Jungs fürs Grobe: »Das ist mein Sensei, Leute. Jedenfalls hoffe ich, dass er es wird. Er heißt …«

»Es spielt keine Rolle, wie ich heiße, Deniz. Hörst du? Keine.«

»Äh, sicher … jedenfalls, der Mann hier ist der krasseste Fighter, den ich kenne. Er war in Japan. Ich will sein Schüler werden. Ihr wisst, das heißt etwas, wenn ich das sage.«

»Übertreib nicht, Deniz«, mahnte Manuel ihn. Die Aufmerksamkeit gefiel ihm nicht.

»Ist nicht übertrieben, Sensei. Du bist krass. Bist du deshalb hier? Hat Noan meine Nachricht überbracht? Habe ich eine Chance, dein Schüler zu werden?«

»Wir werden sehen. Erst einmal brauche ich deine Hilfe.«

»Sicher, Sensei. Was immer es ist.«

»Können wir allein reden?«

»Klar.«

Sie traten vor die Tür, und Manuel legte Deniz sein Anliegen dar. Es war heikel. Er wollte nicht zu sehr ins Detail gehen, und doch musste er seinen Wunsch ausreichend plausibel machen.

Es ging darum, mit den Basibozuks in Kontakt zu treten. Möglicherweise konnte er von ihnen etwas über Berkan Cetin und den wahren Grund seines Aufenthalts in Hamburg erfahren. Ob das wirklich die richtige Spur war, war alles andere als sicher. Aber es war, wenn Manuel richtig lag, die einzige konkrete Andeutung, zu der Imam El Sayed sich hatte hinreißen lassen.

Deniz hörte ihm zu, nickte dann nachdenklich. Schließlich sagte er: »Es geht um den Typen, den du kaltgemacht hast, richtig? Ich habe es in der Zeitung gesehen. Wir haben es alle gesehen. Respekt, Alter. Darum auch die Maskerade, schätze ich mal.«

»Zerbrich dir nicht den Kopf darüber, Deniz. Und was in der Zeitung steht, stimmt selten.«

»In diesem Fall schon. Warum sonst sollte dein Laden geschlossen sein, Sensei?!«

»Das *Curry* ist zu?«

»Du weißt es nicht? Schon seit gestern Abend. Die Bullen haben die Gäste rausgeworfen und ein Schloss davorgehängt.«

»Um so wichtiger, dass du vor niemandem meinen richtigen Namen sagst.«

»Klar, Mann.«

»Und die Sache mit den Basibozuks ist wichtig. Kriegst du das hin?«

Deniz wiegte den Kopf. »Ich denke schon. Aber ich bin mir nicht sicher, ob es wirklich eine gute Idee ist, Sensei.«

»Wieso?«

»Es gibt Gerüchte. Die Leute, die du suchst, sind sauer. Und zwar genau wegen derselben Sache, wegen der auch die Bullen hinter dir her sind.«

»Es beweist mir nur, dass ich bei ihnen an der richtigen Adresse bin. Also, kann ich mich auf dich verlassen?«

Deniz wirkte immer noch nicht glücklich, nickte aber. »Ich höre mich um und melde mich bei dir. Kann aber dauern.«

»Es muss noch heute sein.«

»Ist gut. Wie erreiche ich dich?«

»Ich melde mich bei dir. Sagen wir, in zwei Stunden.«

»In Ordnung, Sensei. Und dann bekomme ich die erste Lektion?«

Manuel lächelte. »Die hat längst begonnen. Wenn dein Sensei dich um einen Gefallen bittet, stellst du keine blöden Fragen, sondern tust alles, um ihm den Wunsch zu erfüllen.«

Deniz strahlte wie ein kleiner Junge. »Dann hast du mich als Deshi akzeptiert! Ist mir eine scheiß Ehre, Sensei.«

»Also, in zwei Stunden.«

»Kannst dich auf mich verlassen.«

50

Zwei Stunden nach seiner Flucht aus Camp Fuji bestieg Marcus Crome einen Reisebus mit Ziel Tokio. Das Innere des Fahrzeugs war angenehm gekühlt, und so merkte er erst jetzt, dass er vollkommen durchgeschwitzt war. Die Anspannung und die Tatsache, dass er viele Kilometer zwar nicht gerannt, aber doch schnell zu Fuß gegangen war, all das war nicht ohne Wirkung geblieben. Marcus ließ sich in seinen Sitz sinken und gab ungewollt ein erschöpftes Seufzen von sich.

Wie es aussah, hatte er es geschafft.

Er war frei.

Er lebte.

Immer noch war niemand hinter ihm her.

Keine Selbstverständlichkeit. Nicht nach dem, was ihm Steve Penn für den Fall eines unerlaubten Verschwindens aus dem Camp angekündigt hatte.

Für einige Sekunden gönnte Marcus sich eine Ruhepause. Er schloss die Augen und gab sich ganz seiner Erschöpfung hin.

Dann rief er sich wieder zur Ordnung. Ruhe führte zu einem Nachlassen der Aufmerksamkeit. Und das konnte den Tod bedeuten.

Er öffnete die Augen und begann, unauffällig die anderen Passagiere zu scannen, die nach und nach einstiegen. Es waren zum größten Teil Japaner, die meisten davon Frauen. Der Bus verband ein Outlet-Center, das vor den Stadtgrenzen Gotembas lag, direkt mit dem Zentrum von Tokio. Daher trugen die meisten Fahrgäste Einkaufstüten und Pakete mit sich, nur wenige hatten Reisegepäck dabei, das im Laderaum des Busses verstaut wurde. Sie nahmen ihre Plätze ein, schnatterten fröhlich und begannen, noch bevor der Bus losfuhr, ihre mitgebrachten Bentoboxen zu verzehren. Auch einige Westler waren unter den Fahrgästen. Die meisten von ihnen stufte Marcus als harmlos ein. Sie waren zu jung oder zu alt, zu unsportlich oder mit Kindern unterwegs. All das waren Faktoren, die es nicht ausschlossen, aber doch unwahrscheinlich machten, dass es sich bei ihnen um Mitarbeiter der CIA handelte. Die einzige Ausnahme waren zwei junge Männer,

Westler, die einige Sitzreihen hinter Marcus Platz nahmen. Bei ihnen meldete sich sein Instinkt. Die Männer waren in ihren Zwanzigern, sportlich und führten jeweils nur eine einzige Einkaufstüte mit sich. Sie trugen amerikanische Collegejacken, die groß genug waren, um darin unbemerkt Waffen zu tragen. Natürlich könnten sie genauso gut völlig harmlos sein. Vielleicht Austauschstudenten auf einem Einkaufsbummel.

Dennoch beschloss Marcus, die Augen offen zu halten.

Schließlich setzte sich der Bus in Bewegung, rollte erst langsam über den Parkplatz, bog dann auf die Straße ein und beschleunigte. Eine zwitschernde japanische Stimme meldete sich über die Bordlautsprecher. Marcus verstand kein Wort. Dann wurde die Ansage auf Englisch wiederholt, das allerdings ebenfalls kaum zu verstehen war. Wenn Marcus richtig lag, wurde den Fahrgästen mitgeteilt, dass sich die geplante Fahrtzeit aufgrund des hohen Verkehrsaufkommens deutlich verlängern würde. Das gefiel ihm zwar nicht. Aber ein Drama war es auch nicht, bedeutete es doch, dass mögliche Verfolger ebenfalls keine Chance hätten, aufs Gas zu drücken.

Nach etwa einer Viertelstunde beschloss Marcus, dass er es sich nun doch leisten könnte, sich zu entspannen. Er blickte aus dem Fenster auf die japanische Gebirgslandschaft, hing dabei seinen Gedanken nach.

In erster Linie fragte er sich, wie es mit seiner Flucht weitergehen könnte. Er machte sich keine Illusionen darüber, dass es alles andere als einfach werden würde.

Er befand sich in einem Land, dessen Sprache er nicht verstand und in dem er allein schon durch sein Äußeres auffiel. Außerdem hatte er kaum Geld, nur wenige tausend Yen. Die hatte er dem Sohn des Wäschereibesitzers abgenommen. Von der Summe hatte er bereits einen beträchtlichen Teil für das Busticket ausgegeben. Der Rest würde ihn höchstens vier oder fünf Tage über Wasser halten, und das auch nur, wenn er im Freien schlief und sich einfach ernährte.

Andererseits würde er bald in Tokio sein. Er wusste nicht viel über die Stadt, eigentlich nur, dass sie mit fast zehn Millionen Einwohnern eine der größten Metropolen der Welt war. In einer Stadt von einer solchen Größenordnung würde sogar die CIA Probleme haben, ihn aufzustöbern.

Zumal seine Verfolger ihn in den zurückliegenden Monaten darin ausgebildet hatten, unsichtbar zu werden.

»Sind Sie Amerikaner?«

Eine Stimme riss Marcus aus seinen Gedanken. Er sah zu der jungen Japanerin, die neben ihm auf dem Gangplatz saß. Sie war erst kurz vor der Abfahrt eingestiegen, hatte sich höflich vor Marcus verbeugt und sich auf ihren Platz gesetzt. Da sie zunächst nicht mit ihm gesprochen hatte, hatte er angenommen, dass sie kein Englisch konnte oder keinen Wert darauf legte, sich mit ihm zu unterhalten. Offenbar hatte er sich getäuscht.

Sie wiederum schien nun sein Zögern falsch zu verstehen. Sie sah ihn betroffen an und sagte: »Oh, Verzeihung. Ich wollte Sie mit meiner Neugier nicht belästigen. Es tut mir leid. *Shitsurei itashimashita.*«

»Aber nein. Das ist schon in Ordnung. Und um Ihre Frage zu beantworten, ich bin kein Amerikaner. Ich komme aus Deutschland.«

Marcus schätzte sie auf Mitte zwanzig. Sie war zierlich, hatte ein hübsches Gesicht und seidig glänzende Haare, die ihr bis auf die

Schultern fielen. Auf dem Schoß hielt sie zwei kleine Einkaufstüten.

Ihre Augen bekamen einen wehmütigen Glanz, und sie sagte:
»Deutschland … das ist ein sehr schönes Land. Dort ist Neuschwanstein, richtig?«

Ihr Englisch war ein wenig holprig, aber gut verständlich.

»Ja, das stimmt. Neuschwanstein ist weit im Süden von Deutschland, in den Bergen. Ich glaube, jeder Japaner kennt es, oder?«

»O ja, das Schloss ist berühmt hier bei uns. Weil es so wunder-
schön ist.«

»Waren Sie schon einmal dort?«

»Leider nicht. Aber ich würde sehr gerne dort hinreisen. Und
den Rhein würde ich auch gerne sehen. Die Loreley.«

Marcus hatte gehört, dass Japaner alles mochten, was traditio-
nell und landestypisch war. Neuschwanstein und die Loreley erfüllten die Kriterien wohl auf vollkommene Art.

»Wenn ich ehrlich bin, war ich selbst auch noch nie auf Neuschwanstein. Und die Loreley habe ich ebenfalls noch nicht gesehen.«

»Das ist aber schade. Wenn ich in Deutschland wohnen würde,
wäre ich bestimmt schon sehr oft dorthin gefahren. Ich habe Bilder gesehen. Neuschwanstein ist wie das Schloss von Schneewit-
chen. Oder ist es Aschenputtel?«

Die Japanerin lachte verschämt und hielt sich dabei die Hand
vor den Mund. Dann senkte sie die Augen und sagte: »Es tut mir
leid. Ich rede zu viel. Sie wollen sich bestimmt ausruhen.«

»Aber nein, kein Problem«, sagte Marcus. Er meinte es ehrlich.
Es war lange her, dass er mit einem normalen Menschen über
normale Dinge gesprochen hatte.

Die Japanerin fühlte sich ermutigt und fragte: »Machen Sie Urlaub in Japan? Oder wohnen Sie hier?«

Marcus zögerte mit einer Antwort, sagte schließlich: »Das weiß ich selbst noch nicht so genau. Im Moment bin ich auf Reisen. Aber vielleicht bleibe ich auch für längere Zeit. Mal sehen.«

»Das klingt toll. Ich wünschte, ich könnte auch so … frei sein. Gefällt es Ihnen denn? Ich meine, hier in Japan?«

»Ja, sehr.«

»Was haben Sie schon gesehen?«

»Noch nicht viel. Den Fujiyama.«

Sie lachte erneut. »Wir Japaner sagen nicht Fujiyama. Das sagen nur die Menschen im Westen.«

»Ach. Und was sagen Sie?«

»Fujisan. Es ist unser heiliger Berg. Sind Sie hinaufgestiegen?«

»Noch nicht. Aber das werde ich sicher nachholen.«

»Man kann es nur in den Sommermonaten tun. Sonst ist es zu kalt. Der Berg ist sehr hoch, und wenn es Herbst wird, ist es zu gefährlich.«

»Ja, das habe ich gehört«, bestätigte Marcus.

Eine Weile schwiegen sie. Marcus mochte die junge Frau, auch wenn er nicht ganz sicher war, wie er sie einschätzen sollte. Ihr Gesicht wirkte jung, wenn sie lachte, fast kindlich, und doch entdeckte er auch einen traurigen Zug in ihren Augen. Was dahintersteckte, wusste er nicht. War es Einsamkeit? Oder hatte sie eine Trennung hinter sich? Marcus überlegte auch, ob Anlass zu Misstrauen bestand. War es vielleicht gar kein Zufall, dass sie hier neben ihm saß und mit ihm redete? Ausschließen wollte er es nicht. Aber es sprach auch nicht viel dafür.

»Darf ich fragen, wie Sie heißen?«, fragte die Japanerin.

Erneut zögerte Marcus mit einer Antwort. Er wollte gerade etwas sagen, als sie ihm zuvorkam. Mit einem Lächeln erklärte sie: »Ich habe schon einmal einen Deutschen kennengelernt. Das war vor einigen Jahren. Er ist mit einem Rucksack durch Japan gereist. Er hieß Manuel.«

Marcus schloss kurz die Augen, lachte dann und sagte: »Es ist ein lustiger Zufall, aber ich heiße auch Manuel.«

Die Japanerin nickte ernsthaft. »Dann heißen bestimmt viele Deutsche so, oder?«

»Nicht wirklich.«

»Dann haben Sie recht, ein lustiger Zufall. Ich habe in meinem Leben zwei Deutsche kennengelernt und beide haben den gleichen Namen. Manuel. Bedeutet er etwas?«

»Ich weiß nicht. Nein, eigentlich nicht. Wie heißen Sie?«

»Yūko.«

»Und ist das ein häufiger Name?«

»Ich glaube schon.«

»Hat Ihr Name eine Bedeutung?«

»Ja, aber es kommt darauf an, wie man ihn schreibt. Mit welchen Kanji. Es gibt viele verschiedene Möglichkeiten.«

»Was sind Kanji?«

»Das sind die Zeichen, mit denen wir schreiben. Sie haben eine Bedeutung, aber die kann sehr unterschiedlich sein.« Yūko griff nach Manuels Hand, drehte seine Handfläche nach oben und zog mit ihrem Finger verschiedene Striche auf seine Haut. »In meinem Falle wird Yūko mit dem Zeichen für Freundlichkeit oder Sanftheit geschrieben. Es heißt *yasashii*. Das zweite Zeichen in meinem Namen bedeutet Kind. Ko. Mit dieser Silbe enden die meisten Mädchennamen in Japan.«

»Ich finde, der Name passt zu Ihnen. Sie sind zwar kein Kind mehr, aber freundlich sind Sie auf jeden Fall.«

Yūko schüttelte den Kopf und errötete. Es schien ihr peinlich zu sein. »Aber nein, gar nicht. Ich kann auch sehr wütend sein. Meine armen Eltern haben sich bestimmt geärgert, dass sie mich so genannt haben.«

»Das glaube ich nicht, Yūko. Sie sprechen übrigens sehr gut Englisch.«

»Finden Sie?«

»Aber ja.«

»Ich habe es auf der Schule gelernt. Und ich mache einen Onlinekurs. Weil ich doch in Zukunft einmal auf Reisen gehen möchte. Ich hatte zuerst überlegt, ob ich Französisch oder Italienisch lernen soll. Oder Deutsch, natürlich. Aber dann dachte ich, dass man Englisch überall versteht.«

»Das stimmt. Damit kommen Sie überall zurecht. In Europa, aber auch überall sonst auf der Welt.«

»Sind Sie schon viel gereist?«

»Ja, ein wenig.«

»Wo hat es Ihnen am besten gefallen?«

»Das kann ich nicht sagen. Ich mag die Berge.«

»Die Alpen?«

»Ja, zum Beispiel.«

Sie plauderten ununterbrochen, bis der Bus sein Ziel erreichte, den Bahnhof von Shinjuku im Zentrum von Tokio. Es war früher Abend geworden, und die Stadt hatte sich in ein glitzerndes, blinkendes Lichtermeer verwandelt.

Manuel und Yūko stiegen aus, blieben an dem Busterminal unterhalb des riesigen Bahnhofs stehen. Es sei der größte Pendlerbahnhof der Welt, erklärte die Japanerin. Millionen und Abermillionen Menschen würden hier Tag für Tag ankommen, aus- und umsteigen.

Manuel blickte zu dem grauen, langgezogenen Gebäude empor, an dessen Fassade eine gigantische LED-Wand blinkte und für immer neue Produkte warb. Auf den hochgelegenen Gleisen rauschten immer neue Züge heran, verschwanden im Bahnhofsgebäude, erschienen kurz darauf auf der anderen Seite. Sie waren vollgepackt mit Menschen, rasende Konservendosen im Minutentakt. Außerdem bewegten sich vor und hinter ihnen Busse, Taxen und Privatwagen, verbanden sich zu einem unentwegten Strom von Fahrzeugen. Manuel hätte es nicht gewundert, wenn sich auch noch Hubschrauber oder Drohnen im Luftraum über Tokio hin- und herbewegt hätten.

Staunend betrachtete er das geschäftige Treiben, das hektisch und verwirrend war und doch auch einer perfekt organisierten Ordnung zu folgen schien. Manuel wusste, dass er das richtige Ziel gewählt hatte. Dieses gigantische, hektische, immer in Bewegung befindliche Tokio war das perfekte Versteck für ihn. Inmitten dieses urbanen Durcheinanders, dieses Stroms aus Millionen von Menschen, in diesen Katakomben aus Hochhäusern und unterirdischen Malls, aus Hinterhöfen und Dachterrassen, aus Leuchtreklamen und dunklen Seitengassen war er sicher. Tokio war ein Ozean, ein riesiges, launisches Meer, in dem er nur ein winziger Tropfen wäre. Hier konnte er untertauchen, hier konnte er unsichtbar werden. Niemand würde ihn aufspüren können, nicht einmal die CIA.

»Wohin gehen Sie jetzt, Manuel? Ich meine, wo ist Ihr Hotel?«, fragte Yūko und riss ihn aus seiner stummen Meditation über die Stadt.

»Mein Hotel?«

»Ja. Sie wohnen doch im Hotel, oder? Und dort sind sicherlich auch Ihre Sachen?«

»Meine Sachen?«

Yūko stieß ein Kichern aus. »Sie sind ein lustiger Mann, Manuel.«

»Finden Sie?«

»Aber ja. Was auch immer ich Sie frage, Sie scheinen die Antwort nicht zu kennen. Sie wirken wie ein kleiner Junge, der von zu Hause fortgelaufen ist.«

»Vielleicht bin ich das ja wirklich.«

Yūko sah ihn neugierig an, widerstand dabei sogar dem Impuls, ihren Blick schüchtern zu senken. »Das scheint mir auch so. Wo werden Sie also hinrennen? Wohin werden Sie flüchten? Wissen Sie das schon?«

»Nein.«

Sie zog eine Schnute und dachte kurz nach. Dann drehte sie sich zur Seite und sagte leise, ohne ihn anzusehen: »Ich wohne wenige Bahnstationen entfernt von hier, in Setagaya. Es dauert nicht allzu lange. Eine halbe Stunde vielleicht.«

»Wieso sagen Sie mir das?«

»Weil ich glaube, dass Sie gar kein Hotel haben. Und auch keine Sachen. Und weil Sie vielleicht mit mir mitkommen möchten?«

Immer noch blickte sie ihn nicht an. Manuel rätselte, ob sie sich damit vor einer Enttäuschung bewahren oder vielleicht ihm die Unhöflichkeit, ihr Angebot abzulehnen, einfacher machen wollte. »Das ist sehr großzügig von Ihnen, Yūko. Aber wollen Sie das wirklich? Sie kennen mich doch gar nicht.«

»Doch, ich kenne dich, Manuel. Wir haben uns im Bus zwar

nur wenige Stunden unterhalten, aber es kommt mir vor, als verbände uns eine lange Zeit.« Sie unterstrich ihre Worte mit einem nachdrücklichem Nicken.

»Mir kommt es auch so vor, Yūko. Und um um ehrlich zu sein: Der kleine Junge würde sehr gerne bei dir unterkriechen.«

»Ich habe nicht viel Platz. Das musst du bedenken.«

»Es macht mir nichts.«

Erst jetzt drehte Yūko sich zu ihm und betrachtete Manuel mit einem ernsthaften Gesichtsausdruck, in dem er doch auch eine verhaltene, vorsichtige Freude entdeckte. »Dann komm. Fahren wir nach Hause.«

51

»Warte hier. Ich gehe alleine rein und checke, ob alles klar ist«, sagte Deniz Coskun.

»Ich dachte, er erwartet uns? Was willst du noch checken?«, fragte Manuel.

Deniz wirkte angespannt. »Glaub mir, bei einem wie Altay Ekici kann man nie ganz sicher sein. Ich frage lieber noch einmal nach. Ist besser so.«

»In Ordnung.«

Coskun drückte die verdunkelte Tür der Shisha-Bar auf, vor der sie standen. Sie befand sich in einer Seitenstraße im Osten Hamburgs, im Stadtteil Billstedt. Für einen kurzen Moment hörte Manuel leise Klänge orientalischer Musik, roch den süßen Duft des Wasserpfeifentabaks. Dann war Deniz im Inneren der Bar verschwunden, die Tür schloss sich wieder.

Als Manuel Deniz am frühen Abend kontaktiert hatte, hatte der erklärt, dass alles arrangiert sei. Altay Ekici sei zu einem Treffen bereit. Aber erst in der Nacht, um ein Uhr früh.

Ekici war der Chef des Hamburger Charters der Basibozuks. Sich mit ihm zu treffen war alles andere als ungefährlich. Schließlich wusste Manuel bereits, dass die Rocker etwas mit Berkan Cetin zu tun hatten – und dass sie alles andere als begeistert von dessen Tod waren.

Aber er hatte keine Wahl. Es ging um alles oder nichts. Jede Minute, die er nicht verhaftet wurde, war ein Gewinn. Überhaupt zu leben, war ein Gewinn. Das relativierte alle anderen Risiken.

Manuel musste einige Minuten vor der Shisha-Bar warten. Er sah rechts und links die Straße hinunter. Die Umgebung bestand aus hochgeschossigen Siedlungshäusern. In kleinen Pavillons davor waren Gemüsehändler, Friseure, Handyläden, Dönerlokale. Manuel mochte die Gegend, man konnte gut essen und günstig einkaufen. An den Sommerabenden saßen die Menschen draußen, plauderten miteinander und würzten die norddeutsche Spießigkeit mit mediterraner Gelassenheit.

Aber jetzt, mitten in der Nacht, waren die Straßen verlassen. Hin und wieder raste ein aufgetunter BMW oder Mercedes mit getönten Scheiben vorüber, dann kehrte wieder Stille ein.

Schließlich wurde die Tür der Bar von innen geöffnet. Deniz stand da, neben ihm ein weiterer Mann mit türkischen Wurzeln. Großgewachsen, muskulös, tätowiert. Er trug ein T-Shirt, darüber eine Kutte mit allerlei Aufnähern und dem Schriftzug der Basibozuks. Er blickte Manuel mit ausdruckslosem Gesicht in die Augen, sagte schließlich: »In Ordnung. Altay erwartet dich.«

Manuel trat durch die Tür, folgte dem Basibozuk durch das

Halbdunkel der Bar. Er sah Sitzgruppen, auf denen es sich zumeist junge Leute bequem gemacht hatten. Die Luft roch würzig nach Tabak, aber Manuel nahm ebenso den Geruch scharfer Drinks wahr. Es wurde Alkohol ausgeschenkt. Das Lokal gehörte also zur toleranten Seite der Community. Wer gläubig war, beschränkte sich aufs Rauchen. Wer gläubig und gleichzeitig entspannt war, genehmigte sich zur Shisha einen Mojito.

Der Basibosuk führte Manuel und Deniz durch eine rückwärtige Tür, lenkte sie dann durch einen langen Flur zu einer Treppe, die ins Kellergeschoss führte. Manuel merkte, wie sich seine Instinkte meldeten. Er mochte keine Räumlichkeiten, aus denen man nicht so ohne weiteres wieder hinausgelangen konnte.

Am Ende eines mit Vorratskisten vollgestellten Korridors befand sich eine stählerne Brandschutztür. Der Basibozuk klopfte gegen das schwere Metall. Kurz darauf wurde sie geöffnet. Ein weiterer Rocker, Glatze, vernarbtes Gesicht, ebenfalls beindruckend muskulöse Arme, blickte ihnen mit regungslosem Gesicht entgegen. Offenbar wurde in der Gruppe nicht gelächelt.

»Ist er das?«, fragte er.

Deniz schob sich nach vorne, sagte mit einer Stimme, der Nervosität anzuhören war: »Ja.«

»Gut. Kommt rein. Ich muss euch nach Waffen durchsuchen.«

Ihr erster Begleiter nickte seinem Gangbruder zu und trat den Rückweg an. Manuel breitete die Arme aus. Der Glatzkopf – er hieß Macit – klopfte ihn ab. Die Taurus hatte Manuel ihm sowieso schon übergeben. Mehr fand er nicht. Bei Deniz hingegen kam eine TP9, ein Messer und ein Schlagring zum Vorschein.

»War's das? Oder hast du noch mehr?«, fragte der Glatzkopf.

»Nein, das war alles.«

»Wenn ich dich nicht kennen würde, Deniz ... mit solchem Gepäck bei Altay aufzutauchen?!«

»Komm schon, Macit. Meinst du, ich gehe nackt vor die Tür?«

Der Glatzkopf grunzte verächtlich. »Mitkommen.«

Er führte Manuel und Deniz in einen überraschend großen Raum, der ähnlich wie die Bar im Erdgeschoss eingerichtet war. Plüschige Sitzecken, leise Musik, der Geruch von Shisha-Tabak. An den Decken klebten modern wirkende Entlüftungsrohre. Ein barbusiges Mädchen tanzte auf einer kleinen Bühne, auch die Kellnerinnen waren leicht bekleidet. An den meisten Tischen saßen Geschäftsleute, zumeist türkischstämmig, aber nicht nur. Offenbar betrieb der Besitzer der Shisha-Bar hier unten ein zweites Lokal, zu dessen Menü auch weibliche Dienstleistungen gehörten. Inoffiziell natürlich. Die Steuern, die hier anfielen, wurden gar nicht oder jedenfalls nicht beim Finanzamt entrichtet.

Macit führte sie in einen hinteren Bereich, der durch Plastikpflanzen und kitschig anmutende Skulpturen abgetrennt war. Mit dem Kinn deutete er Manuel und Deniz an, weiterzugehen. »Er erwartet euch.«

Sie traten in den abgegrenzten Bereich. Auf den Sofas und Sesseln saß ein halbes Dutzend Männer, die Sorte, mit denen man keinen Streit haben wollte, zudem alle in Basibozuks-Kutte. Zwischen ihnen hockten Frauen mit grotesk großen Brüsten, langem Kunsthaar, wenig Stoff auf der Haut.

Es war nicht schwer zu erraten, wer Altay Ekici war. Er war bullig, tätowiert, hatte ebenfalls Jahre seines Lebens im Fitnessstudio verbracht und nicht bei den Steroiden gegeizt. Er saß zurückgelehnt in einem Sessel, hielt in der einen Hand den Schlauch einer Shisha, hatte den anderen Arm um die Hüfte eines Mädchens gelegt, das auf der Sessellehne saß. Jetzt scheuchte er das Mädchen mit ein paar geknurrten Worten davon. Mit dem Finger deutete er auf Manuel, lud ihn mit einem Wink ein, näherzutreten. Deniz musste zurückbleiben.

»Der Mops meinte, du willst mich sprechen?«

»Das ist richtig.«

»Warum?«

»Ich möchte etwas über Berkan Cetin erfahren.«

»Er ist tot.«

»Ich weiß.«

Ekicis Gesicht verzog sich zu einem seltsamen Lächeln. »Setz dich doch. Willst du was trinken? Und wie sieht es mit einer Pfeife aus? Wir haben neuen Tabak bekommen, gute Ware. Solltest du dir nicht entgehen lassen.«

»Ein Whisky wäre gut.«

»Die Auswahl ist groß.«

»Ein Suntory. Oder ein Nikka.«

»Japanfusel?«

»Japan ja, Fusel nein.«

Ekici lachte auf. Er schnippte mit den Fingern. Ein Mädchen kam und nahm die Bestellung auf. Kurz darauf stand eine Flasche Nikka YO, der zwölfjährige, vor Manuel. Dazu eine Eisbox mit Zange, zwei Gläser. Ekici schenkte persönlich ein, nahm selbst das zweite Glas. Sie stießen an.

»Was genau willst du über Cetin wissen?«

»Soweit ich weiß, habt ihr ihn vor ein paar Wochen getroffen. Warum?«

»Wen meinst du mit ihr?«

»Die Basibozuks. Deine Truppe.«

Manuel genehmigte sich einen Schluck von dem Whisky, schloss kurz die Augen. Für Sekunden durchströmten ihn Erinnerungen an Tokio, an Yūko. Vor allem an sie.

»Du weißt, wer ihn abgeräumt hat, oder?«

Ekicis Frage beförderte Manuel wieder in die Gegenwart.

»Möglich.«

Der Rockerboss saugte an seiner Shisha, ließ langsam den Rauch aus seinem Mundwinkel entweichen. »Ich könnte dich zwingen, mir zu sagen, was du weißt.«

»Sagen wir lieber, du könntest es versuchen.«

»Überschätz dich nicht, mein Freund.«

»Du weißt nichts über mich, Altay. Ich würde es nicht darauf ankommen lassen.«

Manuel sprach leise und beherrscht, nicht einmal unfreundlich. Der Blick machte es. Natürlich hätte er hier unten nicht wirklich eine Chance. Aber der Preis wäre hoch. Ekici verstand es.

»Also schön. Reden wir miteinander. Werd genauer. Was willst du wissen?«

»Warum ist Berkan Cetin nach Hamburg gekommen? Es gab Gerüchte, dass er etwas im Hafen hochjagen wollte. Inzwischen weiß ich, dass das nicht stimmt. Die Sache wirbelt in manchen Kreisen ziemlichen Staub auf. Ich möchte wissen, was dahintersteckt.«

Ekici sah Manuel unverhohlen an. Lange. Dann verzog sich sein Gesicht erneut zu einem Lächeln, ohne dass es dadurch freundlicher wirkte. »Es war mutig von dir, herzukommen, mein Freund. Und du hast recht, Berkans Tod sorgt für Ärger, auch für mich und meine Jungs. Besonders für uns. Wir sind nicht glücklich darüber.«

Manuel sah ihn fragend an. Wenn er Ekicis Worte richtig deutete, war der Rocker für den Tod Cetins kritisiert worden. Warum? Von wem?

»Wart ihr verantwortlich für ihn? Für seine Sicherheit?«

»In gewisser Weise, ja.«

»In wessen Auftrag?«

»Soll dich nicht interessieren.«

»In Ordnung. Aber dann wirst du zumindest sagen können, warum er in der Stadt war. Also?«

Der Basibozuk wandte sich zur Seite und schnippte mit dem Finger. Einer seiner Leute trat hinter ihn. Ekici flüsterte ihm ins Ohr. Der andere nickte und ging davon.

Einige Minuten geschah nichts. Ekici saugte an seiner Wasserpfeife, betrachtete Manuel weiterhin interessiert. Der war sich nicht sicher, was vor sich ging. Hatte er überreizt? Wenn ja, und die Situation liefe aus dem Ruder, hätte er schlechte Karten. Die meisten Männer hier, vermutlich auch Ekici selbst, dürften Schusswaffen tragen. Selbst wenn er einige von ihnen ausschaltete, waren seine Chancen, den Keller lebend zu verlassen, nicht groß.

Der Mann, den Ekici losgeschickt hatte, kehrte zurück, flüsterte seinem Chef etwas ins Ohr. Der Rockerboss nickte zufrieden. Er wedelte den Boten fort, wandte sich an Manuel. »Du wirst deine Antworten bekommen. Aber nicht von mir.«

»Was heißt das?«

»Wir unternehmen eine Spazierfahrt. Wir treffen jemanden, der dir weiterhelfen kann.«

»Wen?«

»Das wird er dir selbst sagen, Manuel Jessen.«

52

Manuel verstand erst sehr viel später, dass Yūko in ihrer stillen, verlorenen Art nicht ungewöhnlich für eine junge Japanerin war. Viele Frauen in ihrem Alter, besonders wenn sie wie Yūko vom Land stammten und allein in die Großstadt gezogen waren, waren Wanderer zwischen den Welten. Sie hatten ihre kleinstädtische oder sogar dörfliche Heimat verlassen, kamen aber doch nie so recht in der Großstadt an. Warum sie überhaupt losgezogen waren oder warum sie davon träumten, zu reisen und die Welt zu sehen, wussten sie wohl selbst nicht so recht. Es war der Traum von einem anderen, freien Leben. Vielleicht ging er niemals in Erfüllung. Und doch machte er ihnen ihr gegenwärtiges, von Zwängen und Beschränktheit bestimmtes Leben erträglicher.

Noch ein wenig später wurde Manuel bewusst, dass er Yūko gar nicht so unähnlich war. Auch er war ein Verlorener zwischen den Welten, der tief in sich die Sehnsucht nach einem Zuhause haben mochte, das er doch niemals besitzen würde.

Vielleicht war das der Grund, aus dem er und Yūko sich vom ersten Moment an zueinander hingezogen fühlten. Nachdem sie ihn in ihrer Wohnung aufgenommen hatte, dauerte es nicht lange und sie schliefen miteinander, wurden so etwas wie ein Paar. Sie gaben sich gegenseitig Halt, auch wenn sie es beide, jeder auf seine Weise und mit seinen Gründen, nicht zugeben mochte.

Yūko arbeitete als Kellnerin in einem Lokal in der Yokochō von Sangenjaya, einem traditionellen Ausgehviertel. Es war klein, verfügte über einen Tresen mit fünf Plätzen und noch einmal über drei Tische für weitere Gäste. Offiziell schloss die Bar um ein Uhr morgens, aber das hieß nur, dass die Tür abgeschlossen wurde und die Stammgäste bis in die frühen Morgenstunden blieben. Manuel bewunderte Yūko. Abend für Abend ging sie zur Arbeit, kehrte immer erst in den frühen Morgenstunden zurück. Sie war müde und erschöpft, beklagte sich jedoch niemals, auch nicht darüber, dass sie nur alle zwei Wochen einen einzigen freien Tag hatte. Als Manuel sie danach fragte, erklärte Yūko, dass sie die Arbeit gerne mache und der Chef ein netter Mann sei. Außerdem sei es in der Bar viel besser als bei ihren früheren Tätigkeiten als Verkäuferin in einem Süßigkeitengeschäft und als Liftlady in einem großen Kaufhaus.

Manuel, der seine Tage untätig verbrachte, erfüllte es zunehmend mit einem schlechten Gewissen, dass er nichts zu ihrem gemeinsamen Lebensunterhalt beitragen konnte. Zudem sehnte auch er sich nach einer Aufgabe.

Eines Tages kehrte Yuko am frühen Morgen zurück und erklärte, dass die chinesische Küchenhilfe in der Bar gekündigt habe. Sie habe daraufhin mit dem Chef gesprochen und ihn gefragt, ob Manuel den Job übernehmen könne. Der Chef habe zunächst nichts davon wissen wollen, schließlich wisse jeder, dass Westler nicht zum Arbeiten taugten. Zu faul, zu anspruchsvoll. Nicht belastbar. Dann aber hatte er sich bereiterklärt, es mit Manuel zumindest zu versuchen.

Manuel gab zu bedenken, dass er keine Papiere habe, also gar nicht offiziell arbeiten könne. Yūko aber meinte, dass der Chinese ebenfalls illegal im Land gewesen sei, Manuel brauche sich also in dieser Hinsicht keine Sorgen zu machen. Ob er es nicht wenigstens ausprobieren wolle?

Ja, das wollte er.

Manuel begann schon in der nächsten Nacht mit seiner neuen Arbeit als Küchenhilfe. Sein Arbeitsplatz war eine winzige Kammer, vollgestellt mit Schränkchen und Regalen, mit Kochherd und Wachbecken. Von der Decke hingen Töpfe und Pfannen, zudem Messer und anderes Kochbesteck. Die freie Fläche, auf der Manuel stehen konnte, hatte kaum einen Quadratmeter. Vom Augenblick seines Eintreffens an musste er schneiden und hacken, braten und kochen, schälen und raspeln. Ohne Pause, ohne Unterlass. Je mehr Töpfe und Pfannen in Betrieb waren, desto heißer wurde es in der Kammer, die kaum die Bezeichnung Küche verdiente. Aber immer von Neuem riefen Yūko und der Chef Bestellungen nach hinten.

Es war eine Höllenqual.

Und eine Herausforderung.

Manuel litt. Er kam schon am zweiten oder dritten Tag zu dem Schluss, dass der Chef – ein schweigsamer Mann von Anfang sechzig, der das letzte Mal vor zwanzig Jahren Urlaub gemacht hatte – mit seiner Meinung über Westler recht haben könnte. Die Arbeit überforderte ihn und war viel zu anstrengend.

Aber das wäre sie doch für jeden anderen, wo auch immer er herstammte, genauso! Manuel sagte das, aber der Chef erklärte ihm schulterzuckend, dass sein chinesischer Vorgänger ganze fünf Jahre durchgehalten habe. Ohne sich zu beschweren.

Manuels Trotz war geweckt. Wenn er etwas konnte, dann durchhalten. Das würde er auch hier, in dieser winzigen Küchenkammer in einem Vergnügungsviertel von Tokio, unter Beweis stellen. Und tatsächlich hatte er nach gut zwei Wochen das Gefühl, allmählich den Bogen herauszuhaben. Die Arbeit fiel ihm leichter, und anstatt dass sich die unerledigten Bestellungen nur so stapelten, arbeitete er sie zügig ab. Er konnte sich sogar immer wieder kurze Minuten der Erholung gönnen.

Die Arbeit, egal, wie anstrengend sie war, begann ihm Spaß zu machen. Dann aber kam ein Freitagabend, an dem das Lokal besonders voll war. Vorne am Tresen ging es hoch her. Bier und Sake flossen in Strömen. Die Stimmung war ausgelassen. Immer neue Gäste traten ein. Kurz nach Mitternacht erschien eine ganze Gruppe angetrunkener Büroangestellter, die gemeinsam die kleinen Tische belagerten. Alle hatten Hunger und wollten schnell bedient werden. Sie studierten die Tafel, auf die der Chef die Tagesgerichte geschrieben hatte. Sie orderten von jedem etwas. Frittierter Tofu mit geriebenem Stockfisch, Spießchen mit Huhn und Innereien, Natto mit Tintenfisch, Algen- und Quallensalat, geröstete Makrele und frittierte Muscheln, Kartoffelkroketten und gebratener Reis.

Der Chef nahm die Bestellungen auf und bellte seine Instruktionen nach hinten in die Küche. Manuel wirbelte herum und versuchte, sich alles zu merken. Er trug neuerdings einen japanischen Arbeitskittel, der aus einer dreiviertellangen Baumwollhose und einem Wams bestand, den man mit zwei Riemen an der Seite schloss. Außerdem hatte Yūko ihm ein Stirnband gefaltet und um den Kopf gebunden. »Jetzt siehst du aus wie ein Samurai. Ein Küchen-Samurai«, hatte sie gelächelt. Außerdem hatte sie ihm mit einem dicken Filzstift einen Zettel gemalt, auf dem neben den japanischen Begriffen die englischen Wörter standen. Damit er nicht wieder alles durcheinanderbrachte, wie an allen bisherigen Abenden.

Als die neuen Bestellungen eintrafen, machte Manuel sich sofort an die Arbeit. Er schälte und schnippelte wie ein Weltmeister, er nahm Fleisch und Fisch in richtiger Menge aus dem Kühlschrank, würzte alles und zog es auf Spieße, er setzte neuen Reis auf und portionierte Salat in kleine Schälchen.

Mit dem guten Gefühl, die Arbeit im Griff zu haben, reichte er schließlich die Teller und Schälchen durch die Küchenluke nach vorne.

Doch dann geschah es.

Eine seltsame Stille machte sich vorne im Lokal breit. Kurz darauf trat der Chef durch den Noren-Vorhang nach hinten in die Küche. Er hielt Manuel einen Teller unter die Nase. »Was soll das sein, Manu-San?«

»Das ist der Salat, Chef.«

Der Japaner gab sich keine Mühe, seinen Missmut zu verbergen. Er sprach eine holprige Mischung aus Englisch und Japanisch. »Das ist kein Salat, das ist ein unansehnliches Chaos aus zerhackten Tomaten und zerstörter Gurke! Sieh es dir an, Manu! Kleine und große Stücke, lange und kurze. Alles wild durcheinander. Und hier, Reste von Schale, ein Strunk, Schmutz, Kerne!«

»Die Tomaten waren …«

»Bitte, Manu-San! Nichts sagen! Zuhören! Mit dem Tofu ist es dasselbe – hässlich und zermatscht. Die gegrillte Aubergine – ungenießbar! Das eingelegte Gemüse – zerstört! Und die Fleischspieße? Sehen aus wie abgerissene Arme nach einem Verkehrsunfall! Der Reis? Verkocht! Wer soll das essen, Manu-San? Ein Hund? Der wäre möglicherweise zufrieden. Aber meine Gäste sind keine Hunde!«

Manuel stand vor dem Chef und wusste nicht, wie er reagieren sollte. Seine verletzte Eitelkeit pochte wie eine Wunde in ihm. Was für ein unwürdiges Theater! Als wenn es die Gäste bemerken würden, ob die Gurkenscheiben im Salat alle gleich groß wären! Als wenn es einen Unterschied machte, ob der Reis bissfest oder ein wenig weicher war. Als wenn es darauf ankäme, ob im Frittier-Gemüse nur ein Stück Süßkartoffel war, zwei oder auch gar keines ... Der Chef übertrieb! Er war ein Pedant! Ein Sklaventreiber! Ein Menschenschinder! Am liebsten hätte Manuel das Handtuch geworfen.

Der Chef sah, dass Manuel vor Zorn und Bitterkeit zitterte. Wahrscheinlich rechnete er damit, dass er auf der Stelle kündigte. Westler halt ...

Dann aber überraschte Manuel ihn. Genau wie er sich selbst überraschte. Er schmiss eben nicht hin, beschwerte sich auch nicht oder wurde gar laut. Stattdessen verbeugte er sich. »Sie haben recht, Chef. Ich habe nachlässig gearbeitet, und es tut mir leid. Alles ist neu für mich, und ich muss mich erst daran gewöhnen. Aber ich verspreche, dass ich mir ab sofort mehr Mühe geben werde.«

Der Gesichtsausdruck des Chefs wurde schlagartig milde. Er nickte Manuel zu, sagte dann in seinem holprigen Englisch: »Mühe geben! Konzentrieren! Respekt vor Gemüse haben!«

»Respekt vor dem Gemüse?«

»Richtig, Manu-San. Wer Respekt hat vor Gemüse, hat Respekt vor sich selbst. Bitte Mühe geben! Und jetzt noch einmal von vorne! Ich sage Gästen, dass es etwas länger dauert. Nicht vergessen, zufriedene Gäste ist das Wichtigste! Bar ist nicht für uns, Bar ist für Gäste. Sie arbeiten ganzen Tag hart, kommen her, um sich zu erholen und zu amüsieren. Unsere Aufgabe ist, sie zufrieden machen. Du hast verstanden?«

»Ja, Chef.«

»Gut, Manu-San. Jetzt weiterarbeiten.«

Mit diesen Worten verschwand der Chef aus der Küche.

Manuel zog seinen Kittel stramm. Er nahm das Hōchō-Messer in die eine Hand, eine Paprika in die andere. Wer Respekt vor dem Gemüse hat, hat Respekt vor sich selbst! Wie lange war es her, dass er in einem dunklen Gefängnis der Taliban gesessen und mit seinem Leben abgeschlossen hatte? Wie lange war es her, dass er mit den Kameraden entlang der Hänge des Hindukusch marschiert war, um Feinde zu töten? Wie lange, dass er im Auftrag der CIA gelernt hatte, wie man Menschen ermordete, ohne dabei Spuren zu hinterlassen? Er wusste es nicht mehr. Es war ein anderes Leben gewesen. Er hatte es hinter sich gelassen.

Manuel empfand Dankbarkeit.

Und dann machte er sich wieder an die Arbeit.

53

Serdar Ersu war ein untersetzter, überheblich wirkender Mann. Sein Gesicht zierte ein akkurat gestutzter, leicht angegrauter Backenbart und eine randlose Brille, durch die er Manuel aus kühlen Augen betrachtete.

Manuel hatte ihn sofort erkannt. Er war der Mann, der damals in Lurup gemeinsam mit Berkan Cetin aus der Halle getreten war und anschließend mit den Basibozuks geredet hatte.

Es war nach Mitternacht, und sie befanden sich auf einem unwirtlichen, zugigen Betriebsgelände, irgendwo im Niemandsland südlich der Bundesstraße 5, vermutlich im Industriegebiet von Allermöhe oder Billwerder. Um sie herum standen alte, für den Export vorgesehene Linienbusse, daneben Container mit Alteisen, Aufsätze für Baufahrzeuge, aufgestapelte Küchengeräte. In der Luft lag der Geruch von frischem Teer.

Wo genau sie sich befanden, konnte Manuel nicht sagen. Nachdem er gemeinsam mit Altay Ekici in eine Mercedeslimousine gestiegen war, hatte man ihm einen Sack über den Kopf gestülpt. »Muss das sein?«, hatte er protestiert, wenn auch nicht allzu vehement.

»Je weniger du siehst, desto besser für dich, mein Freund«, hatte Ekici erklärt.

Überrascht war Manuel nicht. Denn schon in dem Moment, als Ekici ihn in dem Kellerlokal mit seinem vollständigen Namen angesprochen hatte, wusste Manuel, dass die Sache drohte, aus dem Ruder zu laufen.

Würden die Basibozuks ihn töten?

Zumindest würden sie es versuchen.

Aber erst wollten sie etwas von ihm wissen. Sonst hätten sie ihn noch in dem Keller der Shisha-Bar erledigt.

Auf dem Betriebsgelände angekommen, hatten sie Manuel von dem Sack befreit. Er hatte sich umgesehen, den siebener BMW entdeckt, dessen Tür sich kurz darauf öffnete. Serdar Ersu war ausgestiegen. Undeutlich sah Manuel, dass noch ein zweiter Mann im Inneren des Wagens saß. Wer auch immer es war, er machte keine Anstalten, ebenfalls auszusteigen. Erkennen konnte er ihn nicht.

Ersu trat vor Manuel, nannte seinen Namen, nicht aber, wer er war. Manuel schloss aus seinem Auftreten, seiner leicht förmlichen Art, dass er der örtliche Resident des MIT war, des türkischen Auslandsdienstes. Wenn er um diese Uhrzeit an einem solchen Ort auftauchte, konnte Manuel davon ausgehen, dass er bei Ersu an der richtigen Adresse war.

Der Türke musterte Manuel zunächst schweigend, ließ auf die Art eine penetrant lange Zeit verstreichen. Dann verzog sich sein Gesicht zu einem dünnen Lächeln. »Wie ich höre, sind Sie an einem Austausch von Informationen interessiert, Herr Jessen. Betreffend Berkan Cetin. Ich nehme an, dass Sie, wie soll ich sagen, in professioneller Hinsicht mit der Sache befasst sind?« Ersu sprach leise und kultiviert, in einem Deutsch, dem nur schwach ein türkischer Akzent anzuhören war.

»Beides ist korrekt. Es geht mir um Cetin. Und Sie haben recht, ich und die Dienststelle, die ich vertrete, waren damit betraut, sich um ihn zu kümmern. Cetins plötzlicher Tod hat Fragen aufgeworfen, die Sie uns möglicherweise beantworten können.«

»Möglich. Allerdings erwarte ich, dass auch Sie mir mit einigen Auskünften behilflich sind.«

»Sicher.«

Serdar Ersu Lächeln nahm einen spöttischen Zug an. »Wir werden sehen. Aber kommen Sie, lassen Sie uns einige Schritte gehen. Dabei lässt es sich besser sprechen.«

Sie begannen in gemächlichem Tempo über den Hof des Firmengeländes zu schlendern. Von ferne war der Lärm der Autobahn zu hören. Ekici und Macit, die beiden Basibozuks, folgten ihnen, hielten aber gebührenden Abstand.

Ersu ließ erneut einige Momente der Stille verstreichen. Er zog ein Zigarettenetui hervor, bot Manuel daraus an. Der schüttelte den Kopf. Ersu steckte sich eine Zigarette an und inhalierte tief. »Cetins Tod mag auf Ihrer Seite Fragen aufwerfen, Herr Jessen. Für uns aber ist es in erster Linie ein großes Ärgernis, und zwar in mehrfacher Hinsicht.«

»Ein Ärgernis?«

Ersu sagte mit unverhohlen verächtlicher Stimme:»Sie wissen gar nichts, oder?«

»Ich will Ihnen nichts vormachen. Viele Informationen haben wir nicht. Und die, die wir hatten, haben sich offenbar als falsch herausgestellt.«

»Das scheint mir auch so. Denn sonst würde Cetin noch leben. Sein Tod bedeutet nicht viel weniger, als dass eine der ergiebigsten Quellen über die Strukturen des Kalifats versiegt ist.«

»Ich verstehe nicht.«

»Ach, nein? Berkan Cetin war für uns ein informeller Mitarbeiter von herausragender Bedeutung. Sein Verlust ist ein Schlag für die Sicherheitsinteressen nicht nur meiner Heimat, sondern auch der Ihren.«

Manuel bemühte sich nicht, seine Überraschung zu verbergen. »Cetin war ein Agent des MIT?«

Ersu hob abwehrend die Hände.»Kein Agent. Ein Informant. Aber ich merke, dass ich ausholen muss.«

»Ich bitte darum.«

»Wie Sie wissen, sind nicht wenige türkische Staatsangehörige in den Jahren der IS-Herrschaft ins Kriegsgebiet gereist. Dazu gehörten auch viele, die die Reise hier aus Deutschland angetreten haben. Cetin war einer von ihnen. Wir haben ihn bereits zu seiner Zeit in Hildesheim beobachtet. Eine der üblichen Radikalisierungsgeschichten. Wirklich traurig, dass Ihre deutschen Behörden in dieser Sache so sehr versagen.«

»Immerhin fördern wir das Ganze nicht, was man von Ankara nicht unbedingt sagen kann.«

Ersu lachte leise auf.»Die Dinge sind nicht so eindeutig, wie Sie glauben. Mein Land vertritt keine einheitliche Haltung in dieser

Frage. Aber lassen wir das. Wie gesagt, wir haben Cetin bereits hier in Deutschland beobachtet. Sein Weg in Richtung Kalifat führte ihn im Jahr 2013 durch die Türkei, und da haben wir die Gelegenheit genutzt, mit ihm in Kontakt zu treten. Er wollte zunächst nicht mit uns reden, aber wir konnten ihn schnell überzeugen, es eben doch zu tun.«

»Ich nehme an, auf die schmerzhafte Art?«

»Aber nein, Herr Jessen. Cetin hatte zahlreiche Verwandte, die noch in der Türkei leben. Onkel, Tanten, Cousins. Wir haben ihm deutlich gemacht, dass sein Kampf auf Seiten des IS gravierende Nachteile für seine Familienangehörigen in der Türkei nach sich ziehen könnte. Es sei denn, er wäre bereit, mit uns zu kooperieren. Cetin hat zunächst auf stur gestellt. Aber wir kennen diese jungen Männer, besonders die aus Deutschland. Sie wachsen in bequemen Verhältnissen auf, träumen aber vom Krieg und von den Heldentaten, die sie vollbringen möchten. Cetin hat schnell eingesehen, dass er besser mit uns zusammenarbeiten sollte. Daraufhin haben wir ihn die Grenze nach Syrien passieren lassen.«

»Und anschließend haben Sie ihn abgeschöpft?«

»Es war nicht einmal schwierig. Cetin war im Norden Syriens tätig, und von dort ist er ohnehin immer wieder über die Grenze auf türkisches Gebiet gewechselt. Er wickelte Geschäfte für den IS ab.«

»Auf türkischem Hoheitsgebiet?«

»Ärgerlicherweise. Aber immerhin konnten wir so problemlos Zusammenkünfte mit ihm arrangieren. Wie erwähnt, er war eine hochkarätige Quelle, zumal er schnell in höhere Positionen innerhalb des Kalifats aufgestiegen ist.«

»Es hat ihn davon abgehalten, sich zeitig abzusetzen.«

»In der Tat.«

»Wussten Sie, wohin er nach seiner Flucht ging?«

»Natürlich. Er war zunächst lange Zeit in der Türkei, bevor er dann kürzlich nach Deutschland zurückkehrte, nun allerdings unter falschem Namen. Aus unserer Sicht hatte sich wenig geändert. Cetin verfügte bis zuletzt über umfangreiche Kenntnisse, jetzt vor allem über die nach Europa eingesickerten Kräfte des IS. Er hätte auch hier in Deutschland ein wertvoller Informant für uns sein können. Ich hoffe, Sie verstehen jetzt, was für ein tragischer Verlust sein Tod ist.«

Manuel blieb stehen, sah Ersu mit unverhohlener Neugier an. »War der deutschen Seite klar, dass Sie mit ihm kooperiert haben?«

»Sie sind die deutsche Seite, oder habe ich das falsch verstanden?«

»Was Sie über Ihr Land sagten, gilt auch für meines. Die Strukturen sind vielfältig. Umso wichtiger, dass ich erfahre, was passiert ist.«

»Das sehe ich genauso. Darum spreche ich mit Ihnen. Und um Ihre Frage zu beantworten, selbstverständlich war die deutsche Seite informiert. Wir wollten kein Risiko bei Cetin eingehen. Uns war sehr daran gelegen, dass man ihn zwar beobachtet, ansonsten aber in Ruhe lässt.«

»Das ist viel verlangt im Falles eines Mannes, der als hundertfacher Mörder und Folterknecht galt.«

»Ich bitte Sie, Herr Jessen. Gerade das machte ihn doch so wertvoll. Cetin war klar, dass ein kleiner Hinweis genügen würde und er wäre für den Rest seines Lebens in ein deutsches Gefängnis gewandert. Die Chancen standen gut, dass wir und auch Ihre deutschen Kollegen von ihm unendlich viel erfahren hätten.«

Manuel versuchte Ordnung in seine Gedanken zu bringen. Die deutsche Seite war über Cetins Status als Informant der Türken informiert. Genauso darüber, dass er erpressbar und damit kooperationsbereit war. War auch Müller eingeweiht? Und wenn ja, warum hatte er Cetin dann eliminieren lassen? Müller musste doch klar gewesen sein, dass Cetin über kostbare Informationen verfügte. Oder wusste Müller wiederum etwas, das die türkische Seite nicht erfahren durfte? Oder, und auch das war möglich, ging es Ersu nur darum, Nebelkerzen zu werfen? Stimmte es überhaupt, was er sagte? Vertrauen konnte Manuel ihm jedenfalls nicht. Auch wenn er nicht das Gefühl hatte, dass der Türke ihm Lügen auftischte.

»Es gab Hinweise darauf, dass Cetin mit der Vorbereitung eines Anschlages befasst war. Hier in Hamburg.«

»Das ist Unsinn.«

»Das wissen wir inzwischen auch. Aber …«

Serdar Ersu hob die Hand, unterbrach Manuel. »Herr Jessen, Sie haben nun vieles von mir erfahren. Es ist an der Zeit, dass ich nun etwas von Ihnen erfahre.«

»In Ordnung.«

»Gehe ich recht in der Annahme, dass Sie derjenige waren, der Cetin getötet hat?«

»Und wenn es so wäre?«

»Dann möchte ich nur eine einzige Sache von Ihnen erfahren. Und enttäuschen Sie mich in dem Punkt bitte nicht, es ist der einzige Grund, aus dem ich zu diesem Treffen überhaupt bereit war.«

»Worum geht es?«

»Berkan Cetin war im Besitz einer Sache, die von großem Wert für uns ist. Ich gehe nicht davon aus, dass er sie zum Zeitpunkt seines Todes bei sich hatte. Aber es könnte sein, dass Sie einen Hinweis darauf gefunden haben, wo sich diese Sache befindet ... Sie wissen, wovon ich spreche?«

»Nein.«

»Tatsächlich?«

»Kommen Sie, Ersu. Reden Sie Klartext. Worum geht es?«

Der türkische Geheimdienstler wiegte den Kopf, schien die Risiken der Offenheit gegen den Nutzen abzuwägen. Schließlich sagte er, nun mit noch leiserer Stimme: »Berkan Cetin war im Besitz von Unterlagen, die wir unbedingt bekommen müssen.«

»Was für Unterlagen?«

»Etwas Offizielles. Vielleicht Formulare. Oder auch Listen. Möglicherweise amtliche Schreiben aus mehreren Ländern.«

Manuel blieb erneut stehen, schloss kurz die Augen. Was wurde hier gespielt? Um was für Papiere ging es? Und worin bestand ihr Wert? Immer mehr überkam ihn das Gefühl, Teil eines Spiels zu sein, das er in keiner Weise überblicken konnte. Er erinnerte sich gut an das Gespräch, dass Müller mit ihm vor dem Cetin-Auftrag geführt hatte. Auch er hatte ihn damals instruiert, in Cetins Wohnung nach Dokumenten zu suchen. Er hatte es getan, ohne Ergebnis. Das hatte er Müller damals auch mitgeteilt.

»Ich frage Sie noch einmal, Ersu. Um was für Papiere geht es? Und was macht sie so wertvoll für Sie?«

Ersus bisher spöttisches Gesicht wurde ausdruckslos. »Sie missverstehen die Situation, Herr Jessen. Sie haben bereits genug von mir erfahren. Jetzt sind Sie dran. Also?«

Manuel schüttelte den Kopf. »Es sind keine Dokumente bei Cetin gefunden worden. Auch keine Hinweise darauf, wo er etwas aufbewahrt haben könnte.«

»Sie sind ganz sicher?«

»Absolut.«

»Sie haben auch keine Informationen, ob Cetin in den Tagen vor seinem Ableben einen Ort aufgesucht hat, wo er entsprechende Papiere zur Aufbewahrung hätte abgeben können?«

»Nein.«

Ersu nickte nachdenklich. Er schürzte die Lippen, blickte Manuel mit übertriebenem Mitleid an. »Ich befürchte, dann ist dieses Gespräch nutzlos. Mir bleibt nichts anderes übrig, als Ihnen alles Gute für die Zukunft zu wünschen, Herr Jessen … wobei, da wäre noch eine Sache. Ich werde Ihnen etwas zeigen und ich bitte Sie, mir Ihre Einschätzung darüber mitzuteilen.«

»Sicher.«

Der Türke zog ein zusammengefaltetes Blatt aus der Innentasche seines Sakkos, entfaltete es und reichte es Manuel. Der erkannte darauf kleingedruckte Schrift sowie eine mit schnellen Strichen entworfene Skizze.

»Ich befürchte, ich kann Ihnen hierzu nichts sagen.«

»Das glaube ich aber wohl. Bitte, geben Sie sich Mühe. Sehen Sie genau hin.«

Manuel konzentrierte sich erneut auf das Blatt, war dadurch für Sekunden abgelenkt. Als er aus den Augenwinkeln eine Bewegung wahrnahm, reagierte er zu langsam. Den ersten Angriff durch Macit konnte er sogar noch abwehren. Es nützte jedoch nichts. Denn schon einen Wimpernschlag später traf ihn Altay Ekicis Totschläger mit Wucht am Hinterkopf.

54

Das Jahr näherte sich seinem Ende. Yūko und Manuel konnten sich einen freien Tag nehmen, da die Bar geschlossen hatte. Sie machten einen Ausflug auf die Halbinsel Miura in der Präfektur Kanagawa. Vom Bahnhof aus nahmen sie einen Bus, der sie in die Hügellandschaft oberhalb der Küste brachte. Sie gingen im Wald spazieren und beteten an einem Bergtempel. Ein kalter Wind pfiff durch die kahlen Äste der Bäume. Sie hielten an einem knorrigen, alten Ginkgobaum, um den ein geflochtenes Band hing. Davor stand ein kleines Shinto-Tori. Yūko erklärte Manuel, dass in dem Baum ein *Kami*, ein Gott, wohne. Oder war der Baum selbst der Gott? Sie war sich nicht sicher, aber es spielte keine Rolle. Es war ein heiliger Ort. Erneut beteten sie und spürten, wie die Kraft der Natur sie erfüllte und sie mit den Bäumen, der Erde, der Luft verband.

Sie wanderten weiter und folgten einem schmalen Pfad, der sie in Serpentinen hinab ans Ufer brachte. An der Hauptstraße stießen sie auf einen Unterstand mit mehreren Getränkeautomaten. Sie versorgten sich mit glühend heißen Dosen mit gesüßtem Milchkaffee.

Der Strand war schmal und verlassen. Sie hielten sich an den Händen. Wellen schlugen ans Ufer. In der Ferne, halbverschwommen im Dunst, sahen sie einen Leuchtturm und dahinter den unendlichen Pazifik. Irgendwo sehr weit entfernt, jenseits des Meeres, waren die USA, war Langley, waren Mächte, die über Leben und Tod, über Krieg und Frieden entschieden. Es hatte für Manuel keine Bedeutung mehr. Er hatte ein neues Leben begonnen. Er zog Yūkos Hand an seine Lippen und küsste ihre Finger.

»Danke«, sagte er.

Yūko lächelte unsicher. »Ist alles in Ordnung?«

»Mehr als das. Du hast mein Leben gerettet.«

»Du hast meines genauso gerettet, Manuel.«

Er blickte in ihre dunklen, stillen Augen, die stets ein wenig traurig wirkten. In den Momenten des Glücks strahlten sie umso heller. Manuel spürte, wie lange es her war, dass er einem Menschen wirklich vertraut hatte, so wie er es jetzt bei Yūko tat. War es überhaupt jemals vorgekommen? Vielleicht irgendwann in seiner Kindheit. Er konnte sich nicht mehr daran erinnern.

55

Geräusche.

Eine Erschütterung.

Verzerrte Lichter.

Der Geruch von Zigarettenrauch.

Pochernder Schmerz.

Manuel kam nur langsam zu sich. Er wollte an seinen Kopf tasten, stellte fest, dass er die Arme nicht bewegen konnte. Man hatte sie ihm hinter dem Rücken gefesselt.

Mit der Zunge fuhr er sich in den Mundwinkel, er schmeckte Blut. Es war warm und flüssig.

Allzu viel Zeit konnte also nicht vergangen sein, seit man ihn niedergeschlagen hatte. Eine Viertelstunde, viel länger war er wohl nicht bewusstlos.

Erinnerungsfetzen waberten durch seinen schmerzenden Kopf. Das Gespräch mit Serdar Ersu. Dessen Missmut, als Manuel ihm nichts über Cetins Dokumente sagen konnte. Ekicis Schlag, der ihn am Hinterkopf erwischt hatte.

Jetzt saß er auf der Rückbank des Mercedes, der durch die Nacht raste. Macit saß am Steuer, Ekici hinten neben Manuel. Eigentlich ein Wunder, dass er noch lebte. Dass sie ihn nicht sofort erledigt hatten.

Vermutlich wäre der Firmenhof zu auffällig gewesen. Also brachten sie ihn irgendwohin, wo sie sich sicherer fühlten.

Dort würden sie es zu Ende bringen.

Durch das Seitenfenster konnte Manuel die Umgebung undeutlich im Licht der Straßenlaternen erkennen. Sie hatten Billbrook und das Industriegebiet hinter sich gelassen, folgten einer kurvigen Straße in östlicher Richtung. Ein paar Einzelhäuser, einige Schuppen und Gewächshäuser. Dann nichts mehr. Dunkelheit. Wenn Manuels Gefühl ihn nicht trog, näherten sie sich der Boberger Niederung, einem Naturschutzgebiet im Hamburger Osten. Tagsüber waren hier Fahrradfahrer und Spaziergänger unterwegs, dazu Cruiser, und zwar beide Sorten, die mit Motorrad und die, die auf der Suche nach einem Liebhaber waren.

Jetzt, mitten in der Nacht, war hier kein Mensch.

Manuel hatte keine Zweifel mehr. Er war ein Lebendtransport auf dem Weg zum Schlachthof.

Er sackte wieder in sich zusammen, sein Kopf fiel auf die Brust. Erneute Ohnmacht.

In Wahrheit war es ein schwacher Versuch, seine Bewacher in Sicherheit zu wiegen. Ekici, neben ihm, zündete sich eine Zigarette an.

Nach ein paar Minuten sagte er zu Macit: »Da vorne kannst du reinfahren und irgendwo halten.«

»Ersu meinte, er soll nicht sofort gefunden werden.«

»Kein Problem. Wir machen noch einen kleinen Spaziergang mit ihm.«

»In Ordnung.«

Der Mercedes verließ die Hauptstraße und bog in eine dunkle, unasphaltierte Seitenstraße. Ekici zog die Taurus, Manuels eigene Waffe, aus der Tasche und lud durch.

Die Zeit wurde knapp.

Manuel wartete nur noch Sekunden.

Als Ekici sich vorbeugte und mit dem Finger in Richtung einer Parknische wies, war es soweit. Manuel drehte sich blitzschnell zur Seite, bäumte sich auf und wollte Ekici das Knie in den Kehlkopf rammen, erwischte ihn aber nur halb. Der Rocker war kurz benommen, aber nicht außer Gefecht gesetzt. Er wälzte sich über die Rückbank auf Manuel drauf. Der hatte nur seine Füße und Beine, verpasste Ekici aber erneut einen Stoß mit dem Knie. Diesmal traf er. Ekici gab ein luftloses Röcheln von sich, ließ aber immer noch nicht von Manuel ab. Sie rangen miteinander. Ekici schlug Manuel den Knauf der Taurus gegen den Schädel. Macit am Steuer lenkte den Wagen mit der linken Hand, beugte sich zugleich nach hinten und versuchte ebenfalls nach Manuel zu schlagen.

Der Wagen schlingerte. Manuel wollte Ekici die Waffe aus der Hand treten. Vergeblich. Er warf sich gegen ihn. Ein Schuss löste sich, der Knall in der Innenkabine des Wagens war ohrenbetäubend. Macit sackte nach vorne aufs Steuer. Offenbar hatte die Kugel den Fahrersitz durchschlagen. Sein Fuß war immer noch auf dem Gas. Der Wagen beschleunigte, geriet ins Schlingern. Ekici beugte sich zwischen Fahrer- und Beifahrersitz hindurch. Er wollte das Steuer greifen. Manuel nahm ihn in eine Schere zwischen seinen Beinen. Ekici schrie auf. Der Wagen, nun in rasender Fahrt, kam von der Fahrbahn ab, glitt eine Böschung hinunter und überschlug sich. Manuel verlor die Orientierung. Alles drehte sich. Er hörte das Splittern von Glas, das Bersten von Blech und Metall. Der Wagen rollte mehrfach über die Seite. Manuel wurde durch den Fahrgastraum geschleudert. Er prallte gegen den Seitenholm, ein Schlag von ungeheurer Wucht. Wieder wurde alles schwarz. Ende.

56

Es war ein Frühlingsmorgen. Manuel und Yūko waren auf dem Nachhauseweg von der Bar. Während sie langsam mit dem Fahrrad fuhr, schlenderte Manuel neben ihr her. Er mochte diese Morgenstunden nach einer anstrengenden Nacht. Um diese Uhrzeit war Tokio vollkommen ruhig. Nur wenige Autos fuhren auf den Straßen, noch waren kaum Fußgänger unterwegs.

Es musste vor Kurzem geregnet haben. Die Luft war mild und erfüllt vom sanften Duft der beginnenden Kirschblüte. Sie plauderten über einzelne Gäste, die Scherze, die sie gemacht, die Dinge, die sie erzählt hatten. Alles war voller Leichtigkeit.

Sie waren noch nicht allzu weit gekommen, als aus einem Hauseingang eine leiernde Männerstimme zu hören war. »Hey, Süße, was läufst du neben dem Gaijin her? Findest du keinen japanischen Freund, oder was?«

Manuel warf Yūko einen fragenden Blick zu, er hatte den Mann, der einen seltsamen, schnoddrig klingenden Dialekt sprach, nicht verstanden. Yūko schüttelte nur den Kopf. Sie wollte weitergehen, zog Manuel mit sich.

Der Mann aber, ein drahtiger Japaner, vielleicht Anfang dreißig, torkelte aus der Dunkelheit und stellte sich ihnen in den Weg. Er trug einen weitgeschnittenen Anzug, hatte die pomadierten Haare nach hinten gekämmt und hielt eine Herrenhandtasche unter dem Arm. In seinem Mundwinkel glomm eine Zigarette.

Er grinste Manuel in abfälliger Art an, trat dann auf Yūko zu und packte mit Daumen und Zeigefinger nach ihrem Kinn. »Was ist los? Ich habe mir dir geredet. Was ist so toll an dem Typen? Besorgt er es dir gut? Besser als ein Japaner?«

Manuel wollte nach vorne treten, aber Yūko hob die Hand. »Nicht, Manu. Er ist betrunken. Ignorieren wir ihn einfach.«

Sie riss sich aus der Umklammerung des Mannes los, wollte ihr Fahrrad weiterschieben. Der Mann aber versperrt ihr erneut den Weg.

Manuel rückte auf und stellte sich seinerseits vor den Japaner. »Bitte, gehen Sie zur Seite.«

Der Japaner lachte ihn heiser an und sagte: »Hey, Gaijin. Hat dir schon mal jemand gesagt, wie hässlich du bist? Außerdem stinkst du! Kein Wunder, ihr stinkt alle.«

Manuel blickte zur Seite und bemerkte, dass der Mann nicht allein war. Zwei Begleiter, ähnlich gekleidet und frisiert, standen am Rande der Straße, warteten offenbar ab, wie sich die Dinge entwickelten.

»Lassen Sie uns bitte in Ruhe«, sagte Manuel und bemühte sich um eine milde Stimme. So etwas war ihm bisher in Japan nicht passiert. Er hatte nicht einmal geglaubt, dass solche Szenen in diesem so friedlichen Land überhaupt vorkommen konnten.

242

Der Japaner lachte höhnisch auf. »Oh, der Ausländer kann Japanisch. Ist ja niedlich. Wie ein dressierter Papagei, was? Aber die Viecher verstehen nicht wirklich, was sie sagen. Sie plappern nur nach, was ihre Besitzer ihnen beibringen!«

Yūko sagte mit eingeschüchterter Stimme: »Bitte, mein Herr, wir haben die ganze Nacht gearbeitet und sind sehr müde. Es tut uns leid, wenn wir Sie belästigt haben sollten.«

Manuel traute seinen Ohren nicht. Entschuldigte Yūko sich etwa? Sprach sie davon, dass sie diejenigen waren, die diesem Typen zur Last fielen?

Er sah sie erstaunt, ja, wütend an. Yūko, die es merkte, sagte leise: »Bitte, Manu. Mit jemandem wie ihm wollen wir keinen Streit haben.«

»Jemandem wie ihm?«

»Yakuza«, sagte sie, ihre Stimme so leise, dass sie kaum zu hören war.

Manuel hatte bereits vermutet, dass der Mann ein Mitglied der japanischen Mafia war. Sein Auftreten, seine Kleidung, die Art zu sprechen, hatten es verraten. Wundern durfte Manuel sich nicht. Die Yakuza waren in Gegenden wie dieser, wo es viele Lokale und Restaurants, Bars und auch zwielichtige Etablissements gab, reichlich vertreten. Immer wieder hatte er die dunklen Limousinen der höhergestellten Mitglieder der Clans auf den Straßen gesehen. Gelegentlich waren rangniedere Gangster in die Bar gekommen, hatten getrunken und gegessen. An diesen Abenden war die Stimmung der übrigen Gäste stets gedämpft gewesen, und erst als die Yakuza die Bar wieder verlassen hatten, hatten sie sich getraut, in normaler Lautstärke zu sprechen.

Manuel nickte Yūko zu. »In Ordnung. Dann lass uns gehen.«

243

Er drehte sich ein wenig zur Seite, so dass er Yūko mit seinem Körper von dem Gangster abschirmte. So konnte sie ihr Fahrrad weiterschieben. Manuel wollte ihr folgen, doch der Yakuza legte ihm die Hand auf die Schulter, hielt ihn so zurück.

»Nicht so eilig, Gaijin. Die kleine Schlampe kann gehen. Aber mit dir bin ich noch nicht fertig.«

Manuel blieb für einen kurzen Moment reglos. Dann drehte er sich um und verbeugte sich. »Es tut mir leid, mein Herr, wenn ich Sie gestört habe. Bitte verzeihen Sie mir, und erlauben Sie mir, meinen Heimweg fortzusetzen.«

Der Yakuza schwieg, offenbar überrascht von Manuels Verhalten. Doch als Manuel tatsächlich Yūko folgen wollte, schlug er ihm mit der flachen Hand ins Gesicht. »Eine Verbeugung und ein paar billige Worte reichen nicht, du stinkendes Schwein. Knie dich hin!«

»Ich bitte Sie, mein Herr.«

»Knie dich hin, habe ich gesagt. Ich pisse dir ins Gesicht. Dann kannst du gehen.«

»Ich denke nicht, dass ich …«

Die Hand des Yakuza flog wieder nach vorne, wollte Manuel eine zweite Ohrfeige geben. Diesmal aber wich Manuel zur Seite aus, griff den Arm des Gangsters und zwang ihn mit einer Drehbewegung in einen Hebel. Der Japaner ging sofort in die Knie, stöhnte vor Schmerzen auf.

»Lassen Sie uns in Ruhe. Wir wollen einfach nur nach Haus gehen.«

»Das wirst du bereuen, du Schwein. Sato! Kimura! Macht den *Yabanjin*, das Barbarenschwein, fertig!«

Die beiden Japaner, die bisher tatenlos am Straßenrand gestanden hatten, rannten auf Manuel zu. Zumindest einer der beiden war ein ernstzunehmender Gegner, ein gedrungener Mann, dessen Bewegungen verrieten, dass er kampferfahren war.

Manuel verstärkte ruckartig den Druck seines Hebels, spürte, wie das Handgelenk und der Unterarm des Wortführers brachen. Mit einem Tritt in den Magen brachte er ihn endgültig zu Fall. Den ersten der anstürmenden Yakuza stoppte er ebenfalls durch einen Tritt, dem er einen blitzschnellen Schlag gegen den Solarplexus folgen ließ. Der Mann sank stöhnend zu Boden, blieb besinnungslos liegen. Der gefährlichere der beiden aber tat Manuel nicht den Gefallen, einfach blind auf ihn zuzurennen. Er blieb stehen, grinste, zog dann wortlos ein Butterfly-Messer aus der Hosentasche. Er ließ die Klinge kreisen, umrundete dabei Manuel mit lauernden Schritten. Dann sprang er blitzschnell vor und stach zu. Manuel wich aus, lenkte die Klinge ab, wurde aber an der Schulter erwischt. Er ignorierte den Schmerz, ignorierte das Blut. Mit einer Drehung gelangte er hinter seinen Angreifer, schlug ihm das Messer aus der Hand. Dann schlang er ihm den Arm um den Hals und drückte zu.

Yūkos Aufschrei riss Manuel aus seiner tödlichen Routine, mit der er gerade den Hals des Mannes brechen wollte. Er ließ von ihm ab, schlug stattdessen zweimal zu, so dass sein Gegner ohnmächtig zu Boden ging.

»Was machst du denn, Manuel?«, wimmerte Yūko mit tränenerstickter Stimme.

»Ich habe doch nur …«

»Das hier wird Folgen haben. Für dich. Für uns. Für den Chef …«

Yūko weinte bitterlich. Manuel ließ niedergeschlagen den Kopf sinken. Dann richtete er sich wieder auf. Die drei Yakuza lagen immer noch auf dem Boden, röchelten leise vor sich hin. Von weit hinten näherte sich eine Gruppe angetrunkener Spätheimkehrer. Bald würden sie bemerken, was vor sich ging.

»Lass uns verschwinden, Yūko.«

Sie wischte sich die Tränen aus den Augen, fand zu einem Lächeln zurück. »Ich habe es nicht so gemeint, Manuel. Es war nicht deine Schuld. Bist du in Ordnung? Du blutest.«

»Nicht so schlimm. Ein Kratzer.«

»Wir Japaner sind schrecklich. Ich entschuldige mich tausendmal bei dir.«

Manuel lächelte. Kein Mensch irgendwo anders auf der Welt wäre wohl auf die Idee gekommen, das zu tun, was Yūko jetzt tat – sich für den sinnlosen Angriff dreier Männer zu entschuldigen, die sie nicht einmal kannte.

Manuel deutete eine Verbeugung in ihrer Richtung an. »Nein, ich entschuldige mich. Du hast recht, ich hätte besonnener reagieren müssen, Yūko. Bitte verzeih mir.«

»Vielleicht haben wir Glück, und die drei schämen sich so sehr für ihre Niederlage, dass sie niemandem davon erzählen.«

»Hoffen wir es. Und jetzt komm.«

Die betrunkene Gruppe war inzwischen stehengeblieben und starrte zögernd in ihre Richtung. Der Anführer der Yakuza spuckte Blut aus, bellte etwas in ihre Richtung. Die Gruppe drehte sich um und verschwand mit schnellen Schritten. Auch die anderen Gangster berappelten sich allmählich. Aber da waren Yūko und Manuel längst um die nächste Ecke verschwunden.

57

Wieder erwachte Manuel aus einer Ohnmacht, und wieder war Schmerz das Erste, das er fühlte.

Ungeheuren Schmerz.

Überall. Sein Kopf, sein Körper, seine Beine, seine Arme. Es war kaum zu ertragen.

Was war passiert?

Er konnte sich nur undeutlich erinnern. Die Fahrt im Benz. Altay Ekici mit der Waffe neben ihm. Macit, der Glatzkopf, am Steuer. Und dann?

Verschwommene Bilder. Er kämpfte mit Ekici. Ein Schuss fiel. Macit sackte zusammen. Der Wagen raste führerlos durch die Nacht, kam von der Fahrbahn ab, überschlug sich. Dann ein furchtbarer Schlag.

Dunkelheit.

Wie lange war das her? Minuten? Stunden? Er wusste es nicht.

Manuel versuchte sich aufzurichten. Immerhin waren seine Hände nicht mehr gefesselt, das Seil hatte sich offenbar beim Unfall gelöst. Aber die Bewegung verhundertfachte die Stiche, die durch seinen Körper fuhren. Am Ende schaffte er es gerade einmal, den Kopf zu heben.

Vielleicht dreißig, vierzig Meter entfernt lag das zerbeulte Wrack des Mercedes. Flammen züngelten aus der Motorhaube hervor. Der leblose Körper des Glatzkopfs hing im geborstenen Fenster der Fahrertür. Blut tropfte aus seinem Mund zu Boden. Die hintere Fahrgasttür war aus der Karosserie gerissen. Ein paar Meter vom Wrack entfernt lag der zerfetzte Körper von Altay Ekici. Ebenfalls tot.

Manuel selbst musste bei dem Unfall hinausgeschleudert worden sein. Er lag auf einem Acker, spürte die feuchte Erde unter sich. Dann wurde ihm klar, dass nicht die Erde feucht war, sondern seine Kleidung. Sie war durchtränkt mit seinem Blut.

Jetzt erkannte er auch die Quelle seiner Schmerzen. Es waren die zahllosen Schnitte in seinen Armen, seiner Brust, seinem Gesicht. Überall war seine Haut zerfetzt, hing ihm in blutenden Lappen vom Körper. Wahrscheinlich war er durch die Scheibe hindurchgeflogen. Es hatte ihn hundertfach verwundet und zugleich sein Leben gerettet.

Manuel drehte sich stöhnend auf den Rücken. Über ihm wölbte sich der Nachthimmel, an dem sich das Licht das Großstadt widerspiegelte.

Schönheit.

Erschöpfung.

Die Sehnsucht nach Frieden.

Er wollte schlafen.

Er schloss die Augen.

Irgendwann wurde er von Lärm geweckt. War er wirklich eingeschlafen? War er wieder ohnmächtig geworden?

Die Geräuschquelle wurde lauter. Manuel brauchte einen Moment, um zu verstehen, dass es die Sirene einer Ambulanz war. Dann sah er rotierende Blaulichter. Sie näherten sich aus zwei verschiedenen Richtungen. Wahrscheinlich war außer dem Rettungswagen auch die Polizei im Anmarsch.

Gleich würden sie das Wrack des Wagens entdecken. Sie würden die beiden toten Basibozuks sehen. Vielleicht erkannten sie, dass es zumindest bei einem nicht der Unfall war, der ihn getötet hatte, sondern eine Kugel.

Die Einsatzwagen drosselten die Geschwindigkeit, waren fast angekommen. Manuel drehte sich unter Höllenqualen um. Die Straße war vielleicht siebzig, achtzig Meter entfernt. Eine zerfurchte Schneise zeigte den Weg, den der Wagen sich überschlagend zurückgelegt hatte. Noch einmal fünfzig Meter weiter war ein Wassergraben, der die Wiese, die er durchzog, von einem benachbarten Feld abgrenzte. Dahinter stieg der Geesthang der Elbe empor, davor Bäume, Wald.

Er hörte Stimmen, er hörte Schritte. Eine Taschenlampe richtete sich auf das Autowrack. Entsetzensrufe auf Seiten der Sanitäter, der Polizisten.

»Das hat niemand überlebt.«

»Wenn doch, geht's um Minuten. Wir brauchen Verstärkung.«

Jemand sprach in ein Funkgerät. Eilige Schritte näherten sich. Kommandos wurden gerufen, eine Trage herangeschafft, auch wenn es wohl vergeblich war.

Manuel robbte vorwärts. Langsam, aber stetig. Die Schmerzen wurden mit jedem Meter, den er zurücklegte, stärker. Es lag an den Glassplittern, die in seiner Haut steckten und die sich durch sein eigenes Gewicht immer tiefer in seinen Körper bohrten.

Aber er hatte keine Wahl. Er durfte nicht aufgeben. Nicht jetzt.

58

Nach dem Überfall im Morgengrauen vergingen einige Tage, ohne dass etwas geschah. Manuel und Yūko begannen zu glauben, dass ihr stiller Wunsch in Erfüllung gegangen war. Die Yakuza ließen den Vorfall auf sich beruhen.

Allerdings litt Manuel immer noch an den Folgen des Messerstichs. Seine Haut verheilte zwar schnell, aber seine Schulter schmerzte, so dass er seine Aufgaben in der Küche nur mit Mühe erfüllen konnte.

Der Chef der Bar gab nicht zu erkennen, dass er etwas bemerkte, aber als Manuel eines Nachts nach Feierabend die Küche säuberte, kam er nach hinten. Er sah Manuel lange schweigend ins Gesicht. Dann drückte er ihm einen Zettel in die Hand und sagte: »Das ist die Adresse eines Shiatsu-Meisters. Ich kenne ihn seit vielen Jahren. Er ist einer der besten. Dort gehst du morgen hin, bevor du zur Arbeit erscheinst. Er wird sich um deine Schulter kümmern.«

»Vielen Dank, Chef.«

»Es ist keiner Rede wert, Manu-San. Hoffen wir, dass die Sache damit überstanden ist.«

Manuel sah den Chef fragend an. Wusste er Bescheid? Hatte er von dem Überfall gehört? Er und Yūko hatten kein Wort darüber verloren. Manuel überlegte, ihn zu fragen, blieb dann aber doch still. Die Dinge ließen sich ohnehin nicht mehr ändern.

Am nächsten Nachmittag besuchte Manuel Sakamoto, den Shiatsu-Meister. Der Behandlungsraum befand sich im ersten Stock eines Bürogebäudes nahe eines S-Bahnhofs. Sakamoto war jenseits der achtzig, ein kleiner, zäher Mann. Er bat Manuel, ihm in den Behandlungsraum zu folgen, und da er sich sicheren Schrittes bewegte, merkte Manuel erst mit Verzögerung, dass Sakamoto blind war.

Der Alte bedeutete Manuel, sich vor ihn auf den Boden zu setzen und still zu sein. Dann untersuchte er ihn mit klugen, tastenden Händen. Immer wieder drang der alte Mann mit seinen kräftigen Fingern tief in Manuels Muskeln ein, oder er nahm seinen Arm und drehte ihn in die verschiedensten Richtungen. Schließlich ließ er seine Hände auf Manuels Schultern ruhen. Von Sakamotos Handflächen drang eine intensive Wärme in Manuels Körper. Sie erzeugte in seiner verletzten Schulter ein heißes Kribbeln, nicht unangenehm. Ein wenig unheimlich. Schließlich löste der alte Mann seine Hände, ließ sie anschließend noch einige Male klatschend auf Manuels Schultern niedersausen.

»Das reicht für heute, Manu-San. Kommen Sie morgen wieder, dann führen wir die Behandlung fort.«

»Danke, Sensei.«

»Es ist nichts. Ich bin froh, dem Chef einen Gefallen tun zu können. Er ist ein alter Freund. Bitte, richten Sie ihm Grüße aus.«

»Das werde ich.«

Der alte Mann zögerte, lächelte dann und fragte: »In welchem Krieg haben Sie gekämpft, Manu-San?«

»Ich verstehe nicht. Wieso glauben Sie, dass ich im Krieg war?«

»Narben erzählen viele Geschichten, auch einem blinden Mann wie mir.«

Manuel starrte den alten Japaner an. Der hielt den Kopf ein wenig zur Seite gewandt, vermutlich um Manuel besser hören zu können. »Ich war in Afghanistan, Sensei. Mehrere Jahre. Ich war in Gefangenschaft. Daher die Narben.«

»Ich kann die Angst spüren, die Sie damals empfunden haben, Manu-San. Sie ist immer noch stark in Ihnen.«

»Ich hatte keine Angst.«

»Oh doch, Manu-San. Und ob Sie die hatten, und Sie haben sie immer noch. Wie ein kleines Kind, das in der Nacht allein ist. Es wird Zeit, dass Sie sich das eingestehen.«

59

Als Manuel die Augen öffnete, blickte er an eine weiße Zimmerdecke. Der Duft frischer Bettwäsche stieg ihm in die Nase. Warmes, wohltuendes Sonnenlicht schien zum geöffneten Fenster hinein.

Für einen Moment dachte er, er hätte alles nur geträumt. Das Treffen mit Serdar Ersu, der Kampf mit Ekici im Auto, der Unfall. Nichts davon wäre Wirklichkeit, jetzt war er wieder wach.

Dann aber blickte Manuel an sich selbst hinab, sah seine bandagierten Arme, seine verschorften Hände. Er betastete sein Gesicht, fühlte ebenfalls Schorf und Pflaster. Er schlug die Decke zurück und sah, dass auch seine Beine und seine Brust verbunden waren.

Vorsichtig bewegte er die Zehen, bewegte die Beine, setzte sich schließlich auf. Immerhin schien nichts gebrochen zu sein. Auch der Schmerz war weitgehend verschwunden.

Er fühlte sich gut.

Na ja, den Umständen entsprechend.

Er stand auf, trat ans Fenster und blickte hinaus auf eine sonnenbeschienene Wiese. Leise Stimmen waren zu hören. Manuel sah die Konturen von Menschen unter einem Sonnenschirm auf der Terrasse seitlich vom Haus.

Manuels Erinnerungen an die vergangene Nacht wurden klarer. Er sah Bilder des zerstörten Wagens, die beiden Leichen, die anrückenden Sanitäter. Polizisten mit Taschenlampen.

Er hatte sich in letzter Sekunde in Sicherheit bringen können, war in den Wassergraben getaucht, hatte sich von dort in den nahen Wald geschleppt.

Aber dann? Wie war es weitergegangen?

Ein leises Klopfen an der Zimmertür riss Manuel aus seinen Gedanken.

»Herein.«

Die Tür wurde geöffnet, ein vertrautes, grinsendes Gesicht erschien. »Wie ich sehe, geht's dir besser, Bruder. Kann ich dich denn nicht mal einen Tag lang allein lassen? Also, echt jetzt, was machst du nur?!«

Es war Mamdouh, und als er ins Zimmer trat, überkam Manuel eine Welle der Freude und des Glücks.

Der Algerier setzte sich auf Manuels Bett. »Weißt du eigentlich, wie scheiße du aussiehst, Mann? Wenn Thea dich so sieht, macht sie auf der Stelle Schluss. Und ich denke auch drüber nach.«

»Ich wusste nicht, dass wir zusammen sind, du und ich.«

»Richtig, sind wir nicht. Weil wir Brüder sind. Und du weißt ja, Bruder geht vor Luder.«

Manuel lachte, spürte sogleich einen betäubenden Schmerz in der Brust. Er musste sich mehrere Rippen gebrochen haben.

Stöhnend ließ er sich zurück in die Laken sinken, schloss für einen Moment die Augen.

Immerhin kehrte jetzt die restliche Erinnerung zurück.

Während er in Richtung des Waldes gekrochen war, hatte er sein Handy hervorgezogen. Altay Ekici hatte es ihm nicht abgenommen. Glück im Unglück. Da es ein Ersatzgerät mit einer neuen SIM-Karte war, hatte er keinerlei Kontakte eingespeichert. Er musste sich auf die Nummern verlassen, die er im Kopf hatte, was nicht allzu viele waren.

Thea.

Aber die war nicht mehr in der Stadt. Jedenfalls nicht, wenn sie sich an ihre Absprache gehalten hatte.

Blieb nur noch Mamdouh. Eigentlich durfte er ihn nicht in die Sache mit hineinziehen. Andererseits würde Mamdouh alles in Bewegung setzen, um ihm zu helfen. Also drückte Manuel mit blutenden Fingern die entsprechenden Zifferntasten. Kurz darauf hörte er Mamdouhs Stimme. In kurzen Worten schilderte er, was passiert war und wo er sich befand. Der Algerier, sonst immer lustig, immer übermütig, klang bitterernst. »Bleib, wo du bist. Ich komme.«

Nachdem Mamdouh ihn gefunden hatte, einigten sie sich darauf, dass sie in die Villa von Inga von Stetten fuhren. Sie konnten ihr vertrauen. Im Imbiss war sie als Ursula, die Flaschensammlerin, bekannt, gehörte zu den allnächtlichen Stammkunden. In Wahrheit war sie eine vermögende Witwe, die im Hamburger Westen in einem feudalen Anwesen lebte. Manuel hatte gestaunt, als er bereits vor Längerem davon erfahren hatte. Jetzt kam es ihm entgegen. Gegen doppelte und dreifache Identitäten konnte sie angesichts ihres eigenen Lebens kaum etwas einwenden. Gegen die Geschichte, in der Manuel steckte, auch nicht, immerhin war sie nur deshalb verwitwet – und seitdem glücklich –, weil sie ihren Ehemann vergiftet hatte. Mamdouh leitete alles in die Wege, telefonierte. Inga war sofort mit allem einverstanden.

Und so kam es, dass Manuel nun, zwölf Stunden später, in diesem sauberen, sonnendurchfluteten Zimmer in einer Patriziervilla im edlen Stadtteil Nienstedten lag.

Mamdouh, der das Grinsen nicht lassen konnte, druckste ein wenig herum. »Es ist so, Manu … nachdem ich dich gestern hergebracht habe, da war ich auch ganz schön fertig. Musste unbedingt mit ein paar Leuten reden. Du weißt schon, das Ganze loswerden, mir das Herz erleichtern. Ich bin sensibel, weißt du …«

Manuel sah ihn aus zusammengekniffenen Augen an. »Wenn ich mich richtig erinnere, hatte ich dich gebeten, zu niemandem ein Wort zu sagen.«

»Habe ich ja auch nicht. Also, zu fast niemandem.«

»Mamdouh?«

Der Algerier breitete mit theatralischem Gesichtsausdruck die Arme aus. »Komm schon, Manu. Der Imbiss ist zu. Aber alle sitzen jetzt um die Ecke im Tippel. Da bin ich auch hin. Ich konnte ihnen nichts vormachen. Die haben mir angesehen, dass etwas Schlimmes passiert war.«

»Wer?«

»Nur die, denen wir vertrauen können. Dafür lege ich meine Hand ins Feuer.«

»Du weißt, was für mich auf dem Spiel steht?«

»Sicher, Manu, sicher. Gerade darum ist es wichtig, Freunde zu haben.«

»Wer?«

»Wirst du gleich sehen. Sie sind alle hier. Haben sie sich nicht nehmen lassen. Weil sie dich lieben! Nur darum. Sie wollen sehen, wie es dir geht.«

Manuel stieß ein ungläubiges Schnauben aus. »Ich glaube es nicht, du Vollidiot! Ich werde wegen Mordes gesucht, verdammt! Und du hast nichts Besseres zu tun, als in alle Welt herumzuposaunen, wo ich mich verstecke!?.«

Mamdouh zuckte hilflos die Schultern. »Die anderen hätten es mir nie verziehen. Was sollte ich also machen?!«

Noch während sie ihr Geplänkel fortsetzten, hörte Manuel Lärm vor der Tür. Schnatternde Stimmen, Lachen, Schubsen.

Dann wurde die Tür aufgerissen, und sie kamen herein. Der

blaue Klaus, der hundertjährige Olaf, Karolis, der Litauer, Dacian, der Rumäne, Sasikarn, natürlich auch Ursula, die in Wahrheit Inga hieß und die Hausherrin war. Ihr Geheimnis war nun gelüftet, so wie seines. Aber das war es wert.

Die Stammgäste des *Curry* stellten sich um Manuels Bett, blickten voller Zuneigung zu ihm herab. Dacian hielt ihm einen Blumenstrauß entgegen. Karolis weinte vor Rührung. Der blaue Klaus zog eine Astraflasche aus der Tasche, hielt sie Manuel hin und fragte leise: »Weiß ja nicht, ob du schon wieder was verträgst.«

Manuel schüttelte ungläubig den Kopf, rang um Fassung. »Ihr seid unglaublich. Danke, dass ihr gekommen seid.«

Der alte Olaf tätschelte ihm sanft die Wange. »Na, hör mal, min Jung. Ist doch selbstverständlich. Du bist einer von uns. Wir machen uns Sorgen um dich.«

»Danke. Es bedeutet mir eine Menge.«

Sie verteilten sich im Zimmer, saßen auf Manuels Bettkante oder auf den Sesseln in der Zimmerecke. Sie plauderten munter durcheinander. Über den Imbiss, über St. Pauli, über Fußball, das Wetter, die Stadt. Alles war wie immer, nur dass es keine Currywurst und keine Pommes gab. Natürlich dauerte es nicht lange, und Karolis, Klaus und Olaf hatten sich in den Haaren. Dacian, der Rumäne, bot an, sie alle aus dem Fenster zu werfen.

Mamdouh spielte sich zum Chefarzt auf und bat darum, aus Rücksicht auf den Patienten still zu sein. Dann quasselte er selbst los, in ohrenbetäubender Lautstärke.

Schließlich war es Inga von Stetten, die das Heft in die Hand nahm. Sie klatschte in die Hände und verschaffte sich so Gehör. »Alle raus. Manuel braucht Ruhe. Geht runter in die Küche, gleich gibt es etwas zu essen.«

»Auch zu trinken?«, fragte der blaue Klaus.

»Ja, auch zu trinken. Mein Mann hat mir einen ansehnlichen Weinkeller hinterlassen. Ein Cheval Blanc, ein Lafite-Rothschild, was immer ihr wollt.«

»Was denn? Kein Bier?«

»Doch, Klaus. Bier gibt's auch.«

Die Stammgäste verließen das Zimmer. Im Hinausgehen hörte Manuel, wie Karolis zu den anderen sagte:»Unglaublich, diese Hütte. Dass man mit leeren Flaschen so viel Geld verdienen kann ...«

Manuel schüttelte lächelnd den Kopf, sein Herz so warm, dass er es kaum aushielt.

Als es still im Zimmer geworden war, sank er erschöpft zurück in die Kissen. Melancholie ergriff von ihm Besitz. Diese Menschen waren in den vergangenen Jahren zu seinen Freunden geworden. Es war gut, sie noch einmal zu sehen.

Denn auch wenn sie es wohl noch nicht wussten, es war ein Abschied. Für immer. Er würde gehen müssen.

Dann beschäftigten ihn andere Gedanken. Das Gespräch mit Serdar Ersu. Berkan Cetin war nicht mit Attentatsplänen nach Hamburg gekommen. Das hatte er bereits von Imam El Sayed erfahren, Ersu hatte es bestätigt. Was aber Cetin stattdessen in Hamburg gewollt hatte, war immer noch unklar. Vermutlich konnten die Dokumente, nach denen Ersu gefragt hatte, Aufschluss geben. Auch Müller war hinter ihnen her, das wusste er.

Was für Papiere waren es? Etwas Amtliches, hatte Ersu gesagt. Formulare oder auch eine Landkarte, das wiederum hatte Müller damals durchblicken lassen.

Aber wo waren die Papiere jetzt?

Und noch viel entscheidender: Waren diese Dokumente der wahre Grund, warum Berkan Cetin hatte sterben sollen? Und weswegen nun er, Manuel, auf der Flucht war? Dann aber blieb ihm nur eine Wahl. Er musste dem Geheimnis auf den Grund gehen. Er musste die Dokumente finden, bevor Ersu oder Müller es taten.

60

Es war zwei Uhr morgens. Der Chef hatte die Laterne vor der Eingangstür längst ausgeschaltet, die Bar war offiziell geschlossen. Im Inneren ging es immer noch hoch her. Die Stammkunden saßen am Tresen und tranken Bier, Sake und Whiskey. Sie prosteten sich zu, lachten und unterhielten sich über den Einfluss von Iggy Pop auf die Musik von Tomoyasu Hotei, der übrigens fließend Deutsch sprach, wie einer der Gäste wusste. Die Stimmung war ausgelassen, und ein Geschäftsmann im Anzug begann mit rauchiger Stimme einen Hit von Hotei anzustimmen, während die anderen dazu klatschten oder den Sound einer E-Gitarre imitierten.

Plötzlich wurde die Schiebetür der Bar aufgestoßen. Die Gäste verstummten. Yūko und der Chef blickten erstaunt zur Tür, und auch Manuel sah durch die Küchenluke nach vorne in Richtung des Eingangs. Dann traten zwei Männer mit übertrieben, ja, geradezu grotesk grimmigen Gesichtern in die Bar. Sie warfen jedem einzelnen der Anwesenden einen finsteren Blick zu, sagten aber nichts. Schließlich postierten sie sich rechts und links der Eingangstür und verschränkten die Arme, wirkten nun wie die düsteren Wächterdämonen vor einem Tempel. Kurz darauf betrat ein weiterer Mann die Bar. Er war vielleicht um die sechzig, trug einen Trenchcoat über den Schultern und einen Panamahut auf dem Kopf. Seine Schuhe waren gelackt, sein Anzug war elegant, wenn auch ein wenig altmodisch. Einer der Tempeldämonen schob die Tür hinter ihm zu.

Der Anzugträger sah sich mit großer Ruhe in der Bar um. Dann nickte er anerkennend in Richtung des Chefs, der reglos hinter dem Tresen stand und die Hände zu Fäusten geballt hatte. »Ich mag Kaschemmen wie deine, Chef. Gemütlich. Erinnert mich an die guten alten Shōwa-Zeiten. Gott, ist das lange her.«

»Schön, dass es Ihnen gefällt, Kinoshita«, antwortete der Chef, presste die Worte nur unter Mühen hervor. Genau wie alle anderen Gäste im Raum wusste er, wer da in seine Bar gekommen war. Es war Daichi Kinoshita, der lokale Oyabun der *Sumiyoshikai*, der größten der Tokioter Yakuza-Syndikate. Ein hoher Besuch, der Segen oder Tod bedeuten konnte.

Der Oyabun trat auf den Tresen zu, wobei ihm einer seiner Lakaien vorauseilte und einen der Gäste mit einer rüden Handbewegung von seinem Hocker vertrieb. Kinoshita setzte sich. Der Lakai nahm ihm den Mantel ab.

»Was darf ich servieren, Oyabun?«, fragte der Chef.

»Ein Whiskey wäre nicht verkehrt. Und etwas zu essen. Ich habe gehört, bei dir kocht ein Ausländer. Keiner der üblichen Chinesen. Ein Westler. Ist das richtig?«

»Spielt das eine Rolle?«

»Werden wir sehen. Was kannst du empfehlen?«

»Ich habe guten Fisch für eine Sashimi-Platte. Vielleicht Yakitori-Spieße dazu? Und einen Salat? Oder Bratnudeln? Gyōza? Sie können haben, was immer Sie wollen. Aber tun Sie mir einen Gefallen, Oyabun. Schicken Sie Ihre Hündchen vor die Tür. Mit ihren schlecht gelaunten Visagen verderben sie die Stimmung.«

Der Yakuza-Pate war einen Sekundenbruchteil überrascht. Der Chef nahm sich einiges heraus. Dann aber stieß er ein dröhnendes Lachen hervor. »Sie verderben die Stimmung? Das habe ich auch schon oft gedacht.« Er wandte sich an seine Männer. »Habt ihr gehört, ihr Idioten? Ihr seid hier nicht erwünscht. Los, raus mit euch. Wartet vor der Tür. Ich lasse euch etwas zu essen rausbringen. Wenn dieser vorlaute Mistkerl von Ladenbesitzer allerdings weiterhin frech ist, hole ich euch wieder rein. Dann verwandelt ihr hier alles zu Kleinholz …«

Der Oyabun lachte erneut dröhnend. Seine Chargen grinsten. Die anderen Gäste senkten eingeschüchtert die Augen. Der Chef verzog keine Miene. Yūko, die sich unauffällig durch den Noren-Vorhang in die Küche zurückgezogen hatte, beugte sich zu Manuel. Sie erklärte ihm flüsternd, was es mit dem Gast auf sich hatte. »Kinoshita ist der Herrscher über die Gegend hier. Es ist nicht gut, dass er gekommen ist.«

»Was glaubst du, was er will?«

»Das wissen wir beide, oder?«

Im Gastraum beriet der Chef Kinoshita weiter bei der Speisenauswahl. Nachdem der Pate sich entschieden hatte, rief der Chef die üblichen Instruktionen in die Küche: »Manu-San, bereite eine kleine O-Nabe für unseren Gast vor. Dazu möchte er gebratene Gyōza, Thunfisch-Sashimi und Suppe. Seine Männer bekommen Katsudon-Schalen mit Schnitzel und Ei. Und mach schnell! Die Herren warten ungern. Yūko, du kommst gefälligst nach vorne und bedienst unseren Gast. Na los, beweg dich.«

Yūko gehorchte und ging nach vorne. Sie hielt den Blick gesenkt, spürte aber, wie der Oyabun sie beobachtete. Die gerade noch ausgelassene Stimmung unter den übrigen Gästen war wie weggeblasen. Niemand sagte etwas. Auch die leise Beatles-Musik im Hintergrund konnte keine Fröhlichkeit mehr schaffen. Der einzige gut gelaunte Gast war Kinoshita. Er aß und trank schmatzend, lobte das Essen, bestellte ein weiteres Getränk. Er plapperte vor sich hin, befahl den übrigen Gästen zu antworten. Schließlich stellte der Oyabun seine geleerte Schale krachend auf den Tresen zurück. Er wischte sich den Mund ab, steckte sich eine Zigarette in den Mund und ließ sich vom Chef Feuer geben. Er paffte einige Züge, sagte dann:»Hol mal deinen Ausländer nach vorne, Chef. Ich will ihn mir ansehen.«

»Geht's um den Vorfall neulich nachts? Er konnte nichts dafür, Oyabun! Einer deiner Leute hat den Ärger angefangen. Es tut uns schrecklich leid, dass es so weit gekommen ist. Wenn ich die Sache mit Geld bereinigen kann, dann nennen Sie mir die Summe.«

»Quatsch nicht rum. Hol ihn.«

Der Chef nickte bitter, rief dann in Richtung Küche:»Manu-San, komm nach vorne.«

Manuel wischte sich die Hände an einem Lappen sauber, trat durch den Noren hindurch in den Gastraum. Er nickte dem Oyabun stumm zu. Der musterte ihn ungeniert.

Nach langen, stummen Minuten verzog sich das Gesicht des Paten zu einem Grinsen.»Du siehst nicht aus wie jemand, der drei meiner Jungs mal eben so zusammenschlägt.«

Manuel bemerkte Yūkos stumm flehende Blicke, ebenso die angespannte Art, mit der der Chef ihn ansah.»Ihre Leute waren betrunken, Oyabun. Es hätte auch anders ausgehen können.«

»Ist es aber nicht.«

»Es tut mir leid.«

»Woher kommst du?«

»Aus Deutschland.«

»Dein Japanisch ist gar nicht schlecht.«

»Ich bemühe mich.«

Der Pate lachte auf. »Deine Antworten sind so nichtssagend, sie könnten von einem meiner Landsleute kommen.«

»Ich passe mich an.«

Der Oyabun hob sein leeres Glas, ließ den Chef von dem Whiskey nachschenken. Er trank in aller Seelenruhe, sagte schließlich: »In dieser Nacht hast du Kondo das Handgelenk und den Arm gebrochen. Einer der anderen hat einen Zahn verloren. Und der dritte hat immer noch einen steifen Hals. Sie hassen dich. Bei Kondo ist es sogar schlimmer. Er will dich töten. Genauso deine kleine Freundin. Die sogar ganz besonders.« Der Pate blickte zu Yūko, die eingeschüchtert in der Ecke stand. »Sie ist wirklich süß. Wäre doch schade, wenn ihr etwas passiert, oder?«

»Was wollen Sie von mir?«, fragte Manuel.

»Ich will, dass du für mich arbeitest.«

»Ich habe schon eine Arbeit.«

»Die kannst du auch behalten. Ich brauche dich nur ab und zu.«

»Ich verstehe nicht.«

»Das wirst du noch. Einer meiner Männer holt dich in ein paar Tagen ab.« Der Oyabun wandte sich an den Chef. »Keine Sorge, Chef. Wir leihen uns deinen Ausländer nur aus. Mal sehen, ob er hält, was gesagt wird. Danach bekommst du ihn wieder. Falls er dann noch lebt.«

Ohne die Antwort abzuwarten, stand der Oyabun auf, rief nach seinen Leuten. Erneut wurde die Schiebetür aufgerissen, und die rangniederen Yakuza, die Kobun, traten ein. Einer von ihnen warf ein paar Scheine auf den Tresen. Dann verließen die Männer das Lokal, ohne die Tür hinter sich zu schließen.

61

Manuel gönnte sich zwei Tage in der Villa in Nienstedten. Dann war es Zeit, aufzubrechen. Er musste die Sache endgültig bereinigen.

Ein Blick in den Spiegel zeigte ihm, dass es eigentlich noch zu früh war, um sich schon in der Öffentlichkeit zu zeigen. Immer noch war sein Körper, sein Gesicht von zahllosen blutigen Kratzern gezeichnet.

Andererseits tarnten ihn diese Wunden im Zweifel besser, als es Sasikarns Maskerade getan hatte. Dem Mann auf dem Phantombild in der Zeitung sah er im Moment jedenfalls nicht ähnlich.

Vor der Haustür nahm er Inga von Stetten ein letztes Mal in den Arm. Sie weinte, wollte ihn nicht gehen lassen. Er erklärte ihr, dass er keine Wahl habe. Sie bot ihm Geld an, sie habe genug davon.

Er aber schüttelte den Kopf. Bei den Leuten, mit denen er sich eingelassen habe, helfe kein Geld. Er müsse die Sache klären. Ein für alle Mal.

»Pass auf dich auf, Manu. Und wohin auch immer es dich am Ende verschlägt, vergiss uns nicht. Schick uns eine Postkarte. Damit wir wissen, dass es dir gut geht.«

»Das werde ich. Versprochen.«

Manuel verließ das Haus. Zu Fuß ging er durch die friedlichen Straßen der Umgebung und überlegte, welche nächsten Schritte er unternehmen würde. Berkan Cetins Papiere, hinter denen alle her waren, wo konnten sie sein? Welches Geheimnis bargen sie?

Manuel war gerade um eine Ecke gebogen, hielt Ausschau nach einem Auto, das er sich nehmen könnte, als sich sein Gefahreninstinkt meldete. Etwas stimmte nicht.

Erst mit leichter Verzögerung wurde ihm klar, dass ihm ein Wagen folgte. Noch war er weit entfernt, vielleicht hundert Meter. Aber es bestand kein Zweifel. Wer immer am Steuer saß, hatte es auf ihn abgesehen.

Manuel ging weiter, ließ sich nichts anmerken. Zugleich hielt er nach einer Fluchtmöglichkeit Ausschau. Die nächste Grundstückseinfahrt würde er nutzen, um zu verschwinden.

Er blieb kurz stehen, blickte sich um, als wollte er sich orientieren. Im Seitenspiegel eines am Fahrbahnrand abgestellten Wagens sah er einen mattfarbenen Chrysler. Er fuhr Schritttempo, war jetzt noch fünfzig Meter entfernt.

Unzweifelhaft hatte der Wagen in eben dem Moment angehalten, in dem auch Manuel stehen geblieben war. Nicht sehr professionell. Trotzdem waren damit die letzten Zweifel ausgeräumt. Es ging um ihn.

Manuel schritt langsam weiter, suchte die Umgebung ab. Auf der anderen Straßenseite sah er schließlich eine Grundstückseinfahrt, die nur durch ein hüfthohes Tor versperrt wurde. Dahinter breitete sich ein großes, parkartiges Grundstück aus. Viele Bäume und Büsche, damit gute Deckung. Perfekt, um zu fliehen.

Manuel hatte gerade die andere Straßenseite erreicht, als der Wagen beschleunigte.

Manuel setzte zum Spurt an.

Im nächsten Moment hupte der Fahrer. Nicht gerade die Art, wie ein Verfolger vorgehen würde, der unentdeckt bleiben wollte. Manuel blieb stehen.

Was sollte das?

Der Wagen zog in langsamem Tempo auf gleiche Höhe, blieb stehen. Surrend glitt das Fahrerfenster hinunter. Ein Mann legte den Arm auf das Türblech und beugte sich hinaus. Sein Haar war akkurat gescheitelt, sein Vollbart gepflegt. Er trug eine dunkle Sonnenbrille.

Mit einem breiten Grinsen sagte er: »Du siehst furchtbar aus, Manuel. Was ist passiert? Hast du dich beim Rasieren geschnitten?«

»Melvin?«

»Klar, Amigo! Ich bin's. Lange nicht gesehen, was?«

Auch Manuels Gesicht verzog sich zu einem Grinsen. Es war Melvin Olden. Der Mann, der ihn damals aus dem Gefängnis der Taliban befreit und zum Mitarbeiter der CIA gemacht hatte.

Es gäbe tausend Gründe, ihn zu hassen. Ihm sofort, noch während er ihn aus dem Wagenfenster anlächelte, mit der Faust ins Gesicht zu schlagen.

Manuel tat es nicht. Denn auch wenn er es sich nur ungern eingestand, er freute sich, den Amerikaner wiederzusehen. Nicht nur weil sie auf eine bizarre Weise so etwas wie Freunde waren, sondern auch, weil es kaum Zufall sein konnte, dass Melvin ausgerechnet hier und jetzt auftauchte. Vielleicht klärten sich die Dinge nun auf. »Was, verdammt, machst du hier?«

»Werde ich dir erzählen. Aber nicht hier auf der Straße. Los, steig ein. Im Übrigen habe ich einen Scheißhunger. Dachte, wir könnten etwas essen gehen. Dabei können wir in Ruhe quatschen.«

»Sicher. Gehen wir essen.« Manuel sagte es, blieb aber stehen. Er sah Olden an, spürte neben der Freude auch eine gehörige Portion Misstrauen. »Erklär mir erst, woher du wusstest, wo ich bin. Wie hast du mich gefunden? Ich dachte, ich wäre in Sicherheit.«

Olden zuckte lässig die Schultern. »Ach, Manuel, in deinem Herzen bleibst du immer ein kleiner, naiver Deutscher. Du glaubst unerschütterlich daran, dass es so etwas wie Geheimnisse gibt. Und das trotz NSA, Five Eyes, UDC … Was muss denn noch alles passieren, bis du einsiehst, dass wir alles wissen? Und ich meine es so. Alles.«

Manuel lachte auf. »Ich wette mit dir, dass du nicht weißt, wo wir hinfahren, um Mittag zu essen. Und du weißt auch nicht, was ich bestellen werde.«

»Ich lasse es drauf ankommen. Los, steig ein.«

62

Eine gute Woche später ging die Ankündigung von Daichi Kinoshita, dem Oyabun, in Erfüllung. Einer seiner Männer – er hieß Tanaka – erschien am späten Abend in der Bar. Er gab Manuel fünf Minuten, dann führte er ihn zu einer dunklen Mercedes-Limousine, einer S-Klasse mit getönten Fenstern. Ohne weitere Erklärung bedeutete Tanaka Manuel, einzusteigen.

»Wohin fahren wir?«

»Wirst du schon sehen.«

Der Wagen rauschte durch das nächtliche Tokio. Es herrschte kaum noch Verkehr. Die großen Leuchtanzeigen spiegelten sich auf dem Asphalt. Soweit Manuel es erkennen konnte, fuhren sie in südöstlicher Richtung. Über einen auf Stelzen geführten Highway erreichten sie die Hafengegend, bogen auf die Rainbow-Bridge ein. In der Ferne sah Manuel die Skyline der Gegend von Shinagawa, die neuen Hochhäuser mit ihren blinkenden Positionslichtern, tief unten das schwarze Wasser der Bucht von Tokio. Weiter draußen glitzerten die Malls von Odaiba. Sie fuhren weiter nach Osten, ließen Kiba unter sich liegen, überquerten den Edogawa und erreichten Kasai, wo sie den Highway verließen.

Die Gegend war modern, aber unwirtlich. Lagerhallen mit Lkw-Schleusen wechselten sich mit grauen Bürogebäuden ab. Das sonst so lebendige, quirlige Tokio wirkte hier steril und menschenverlassen.

Schließlich reduzierte der Fahrer die Geschwindigkeit. Sie bogen auf eine schmale Seitenstraße ein, die von Produktions- und Lagerhallen gesäumt wurde. Am Ende einer Wendeschleife durchfuhren sie eine Toreinfahrt und gelangten auf ein größeres Firmenareal.

Der Wagen hielt, sie stiegen aus. Manuel blickte auf lange Reihen abgestellter Autos, zumeist deutsche Fabrikate, allesamt Premium-Modelle. Mercedes, BMW, Porsche. Tanaka bedeutete Manuel, ihm zu folgen.

Durch eine kleine Seitentür betraten sie eine Produktionshalle. Jedenfalls sah sie von außen so aus. Die Stille der Nacht wurde jäh abgelöst durch einen vielstimmigen, erregten Lärm aus Hunderten Männerkehlen. Die Luft roch nach Zigaretten, Alkohol und Schweiß.

Manuel sah, verstellt durch einige Hochregale, eine von Scheinwerfern hell erleuchtete Fläche. Darum herum standen schreiende, geifernde Männer. Geldscheine wechselten von Hand zu Hand. Er hörte das klatschende Geräusch von Fäusten, die auf nacktes Fleisch trafen. Würgen, Spucken, Schreien, immer wieder unterbrochen vom Johlen der Menge. Das Publikum bestand aus Yakuza, aber offenbar auch aus gewöhnlichen Männern in Anzügen, Angestellte, die hier ihren Feierabend verbrachten. Illegale Kämpfe, illegale Wetten.

Manuel wandte sich ab. Er hatte damit gerechnet.

Tanaka führte ihn in einen Nebenraum, wo die Kämpfer sich umziehen und auf ihren Einsatz warten konnten. Es waren zumeist Asiaten, auch einige Europäer, zwei Schwarze. Tanaka zeigte ihm eine Garderobe, wo er sich Kleidung für den Kampf aussuchen konnte. »Du trittst heute Nacht zweimal an. Gib dir Mühe, Kinoshita hat Geld auf dich gesetzt. Er verliert ungern.«

»Wie wird gekämpft?«, fragte Manuel.

»Wie du willst. Alles ist erlaubt.«

»Und wenn ich mich weigere?«

»Dann kannst du gehen.«

»Ach ja?«

»Sicher. Aber dann gibt Kinoshita Kondo grünes Licht. Du weißt schon, das ist das kleine Arschloch, dem du die Schnauze poliert hast. Kondo ist ein Spinner. Keiner von uns mag ihn. Aber er ist ein Neffe Kinoshitas. Kondo träumt von Rache. An dich traut er sich nicht heran. Aber bei deiner kleinen Freundin sieht es anders aus. Die kriegst du dann in Einzelteilen zurück. Kondo ist krank. Es wäre nicht das erste Mal, dass er so etwas tut.«

Manuel entschied sich für ein paar Shorts, wie sie beim Kickboxen üblich waren. Sicherte größtmögliche Beinfreiheit. MMA-Handschuhe waren eine Option, aber nicht vorgeschrieben. Manuel verzichtete darauf. Dann machte er sich warm. Sein letzter Kampf war lange her. Er war nicht im Training. Auch seine Kondition ließ zu wünschen übrig. Aber das machte nichts. Er trat nicht an, um zu kämpfen. Er trat an, um den Kampf zu beenden.

Manuels erster Gegner war ein untersetzter Asiate, ein Koreaner, vielleicht auch Mongole. Er nannte sich Yoshi.

Yoshi war einen guten Kopf kleiner als Manuel, aber auf groteske Art muskulös. Die ausgeprägten Trapezmuskeln spannten ein Dreieck zwischen Schädel und Schultern, der Bizeps wölbte sich so rund, als würde er gleich platzen, die kurzen Beine waren pralle Säulen. Um die Kampffläche herum herrschte eine fiebrige, aufgeregte Spannung. Rangniedere Yakuza sammelten Wettgelder ein. Yoshi schien bekannt zu sein, die Quote verriet es. Niemand setzte sein Geld auf den unbekannten Deutschen.

Der Schiedsrichter winkte die Kämpfer in die Mitte. »Weil es keine Regeln gibt, muss ich euch auch nichts erklären. Der Kampf endet mit Aufgabe, K. O. oder Tod. Noch Fragen?«

Yoshi schüttelte den Kopf. Er fixierte Manuel, grinste.

Nein, keine Fragen.

Die Glocke läutete zur ersten Runde. Der Asiate tänzelte und suchte einen Eingang. Manuel erkannte, dass sein Gegner einen Schlagabtausch vermeiden und den Bodenkampf suchen würde, wo er Manuel aushebeln oder auswürgen konnte.

Als er in geduckter Haltung nach vorne sprang, um Manuel von den Beinen zu holen, war die Gelegenheit da. Manuel trat ihm frontal ins Gesicht. Yoshi bäumte sich auf. Blut schoss ihm aus der

Nase, er war kurz orientierungslos. Das genügte. Manuel schlug zweimal zu. Erst noch einmal die Nase, dann der Kehlkopf, beides dosiert. Der Asiate sackte besinnungslos zusammen.

Die Zuschauer waren zum ersten Mal an diesem Abend ruhig. Der Kampf hatte fünf Sekunden gedauert. Unterhaltungswert null.

Also totale Enttäuschung?

Von wegen. Mit einiger Verzögerung setzte ein euphorisches, sich immer weiter steigendes Gegröle ein. Manuels Name wurde gerufen, er wurde gefeiert. Zwei Männer brachen aus, stürmten auf ihn zu und wollten ihn auf ihre Schultern heben.

Manuel aber drehte sich um und verließ den Kampfplatz.

Der zweite Kampf begann einige Stunden später. Es war tief in der Nacht. Sein Gegner war ein Russe. Groß, zäh, kampferfahren. Vermutlich früher Soldat, genau wie Manuel. Sein mächtiger Oberkörper war nackt. Dazu trug er eine Drillichhose und Kampfstiefel, vielleicht aus Nostalgie, vielleicht um besser zutreten zu können. Der Kampf begann, und sie standen zunächst reglos voreinander. Ein Lauern, ein Taxieren.

Manuel war klar, dass er es diesmal mit einem ernstzunehmenden Gegner zu tun hatte. Das hier war kein Sport, auch kein Amüsement für frustrierte Büroangestellte. Nicht für ihn, nicht für seinen Gegner. Es war ein Kampf auf Leben und Tod.

Sie begannen langsam umeinander zu kreisen. Immer noch hatte keiner von ihnen angegriffen, nicht einmal eine echte Attacke angedeutet. Das Publikum begann zu buhen, es wollte Action sehen. Sie aber ließen sich nicht irritieren. Schließlich grinste der Russe und sagte auf Deutsch: »Ich mag dich, Manuel. Aber ich werde dich dennoch töten.«

»Sicher. Versuch's.«

Manuel rechnete mit einem ringerischen Angriff, aber der Russe deckte ihn mit blitzschnellen Faustschlägen ein, kam mehrfach durch. Manuels linkes Auge lief mit Blut voll, seine Nase brach, kurz wurde ihm schwarz vor Augen. Dann ließ der Russe seinen Arm zu lange stehen. Alles ging automatisch. Der Ellbogen brach mit einem so lauten Geräusch, dass das Publikum vor Begeisterung grölte. Der Russe aber stand unter Adrenalin, spürte keine Schmerzen. Vielleicht hatte er auch etwas eingeworfen. Doping war nun wirklich das Letze, das hier jemanden interessierte. Obwohl sein Arm schlaff herabhing, griff er weiter an. Manuel ließ ihn kommen, ein gezielter Tritt gegen die Seite des Knies. Wieder das Geräusch reißender Sehnen und splitternder Knochen. Vorbei war es immer noch nicht. Warum tat er sich das an? Ein Schlag, ein Tritt gegen die Schläfe. Das war's. Der Russe kippte in Zeitlupe nach vorne und blieb besinnungslos liegen. Helfer der Yakuza zogen ihn an den Armen von der Kampffläche. Blutschlieren blieben am Boden zurück.

Im Hinterraum versorgte eine junge Asiatin, vielleicht eine Thailänderin, Manuels Wunden. Als sie fertig war, massierte Tanaka ihm freundschaftlich die Schultern, tätschelte ihm die Wange. »Kinoshita ist zufrieden mit dir. Das soll ich dir von ihm geben.« Er legte einen Umschlag mit einer beträchtlichen Summe vor Manuel.

»Aber ich soll dir auch sagen, dass du das nächste Mal langsamer vorgehen sollst. Gönn dem Publikum ein bisschen Vergnügen. Außerdem wird deine Quote schlecht, wenn du deine Gegner zu schnell erledigst.«

Manuel reichte den Umschlag zurück an Tanaka. »Ich möchte kein Geld.«

»Sondern?«

»Papiere. Ich brauche eine Identität. Einen deutschen Pass auf meinen Namen, inklusive gültiges Visum für Japan.«

»Du machst Witze.«

»Bestimmt nicht.«

»Ich werde es Kinoshita vortragen. Wir werden sehen, was sich machen lässt. Aber für heute nimm das Geld. Du hast es verdient.«

Als Manuel im Morgengrauen in die Wohnung in Setagaya zurückkehrte, war Yūko bereits da. Sie sah ihn bestürzt an. Sein Auge war blau angelaufen, seine Nase bandagiert, sein Körper voller Prellungen.

Vorsichtig berührte sie sein geschwollenes Gesicht. Dann begann sie zu weinen und sagte: »Es tut mir so leid, Manuel.«

»Du kannst doch nichts dafür, Yūko.«

»Doch, es ist alles meine Schuld. Ich habe dich im Bus angesprochen, ich habe dich in die Bar gebracht. Nur darum sind wir ihnen begegnet. Ohne mich wäre es alles nicht passiert.«

Manuel strich über ihre seidigen Haare. »Nein, Yūko. Ohne dich würde ich wahrscheinlich nicht mehr leben. Es ist alles in Ordnung. Lass uns schlafen gehen. Morgen sehen die Dinge schon viel besser aus.«

Sie entkleideten sich und schlüpften gemeinsam unter die Decke. Sie schliefen nicht miteinander, lagen nur beieinander und genossen die Haut des anderen. Irgendwann hörte Manuel Yūkos langgezogene Atemzüge. Sie war eingeschlafen.

Er hingegen würde keinen Schlaf finden. Er starrte an die Decke und sah die Bilder des Kampfes vor sich. Wann endlich würde all das ein Ende finden? Würde es jemals vorbei sein?

63

Manuel und Melvin Olden hatten sich für ein Steakhaus im nahegelegenen Stadtteil Othmarschen entschieden. Damit hatte der Amerikaner die Wette gewonnen, denn er hatte das Lokal bereits zuvor ausgesucht. Da die Mittagszeit vorüber war, waren kaum andere Gäste anwesend. Sie konnten sich ungestört unterhalten.

Zunächst allerdings war Olden damit beschäftigt, sein fünfhundert Gramm schweres T-Bone-Steak zu vertilgen. Nachdem er das erledigt hatte, winkte er die Kellnerin heran und orderte dasselbe noch einmal. Zu Manuel gewandt sagte er:»Ihr habt in Deutschland immer so scheiß kleine Portionen. Wie soll man davon satt werden?«

»Ein Wunder, dass du ein schlanker Mann bist, Melvin.«

Der Amerikaner winkte ab.»Du weißt doch, wie ich lebe. Kann gut sein, dass ich nächste Woche schon wieder irgendwo in der Wildnis bin und tagelang gar nichts bekomme. In den Zeiten dazwischen esse ich mir darum ungehemmt ein Polster an.«

»Es ist schade, dass du nie in meinem Lokal hier in Hamburg warst. Ich hätte dich liebend gern mit einer wahrhaft deutschen Spezialität vertraut gemacht.«

»Du meinst diese Sausages mit indischem Dressing? Für meine Ohren klingt das nach einer kranken Mischung.«

Manuel lachte.»Man nennt es Currywurst. Die Soße besteht aus Ketchup und exotischen Gewürzen, soweit hast du schon recht.«

»Die deutsche Küche ist also eine Mischung aus Amerika und Asien? Willst du das damit sagen?«

»Wieso Amerika?«

»Wegen des Ketchups. Hat ein Amerikaner erfunden.«

»Unsinn. Henry John Heinz war Deutscher.«

»War er nicht. Er wurde in Pennsylvania geboren. Seine Eltern kamen von hier, das ist alles.«

»Es macht keinen Unterschied, weil Ketchup weder aus Deutschland noch aus den USA stammt.«

»Sag bloß.«

»Der Ursprung liegt in Asien, vermutlich Indonesien. Dort bedeutet Kecap einfach nur Soße. Dort hat alles seinen Anfang genommen. Im Übrigen kann man mit einem Amerikaner nicht über Essen reden. Das fundamentale Wissen fehlt. Von Geschmack gar nicht sprechen.«

Diesmal war es Olden, der lachte. »Als ich gehört habe, dass du als Tarnung ausgerechnet eine Wurstbude betreibst, wollte ich es gar nicht glauben. Kann es sein, dass dich die Zeit in Japan zum Freak gemacht hat?«

Manuel lächelte. »Nein, im Gegenteil. Ich habe dort etwas gelernt, wonach ich lange gesucht habe.«

»Und das wäre?«

»Was auch immer du tust, versuche es möglichst perfekt zu machen. Das ist der Weg zum inneren Frieden, Melvin. Für Leute in unserem Job vielleicht sogar der einzige. Nicht über die großen Dinge nachdenken, sondern sich auf die kleinen konzentrieren. Darin aufgehen. Du solltest es probieren.«

»Ich kann leider nicht kochen.«

»Es funktioniert genauso mit allem anderen. Es ist die Haltung, die zählt. Die Demut.«

Olden schien über Manuels Worte nachzudenken. Dann schüttelte er den Kopf. Sein Gesicht war ernst geworden. »Lassen wir die Philosophie. Es gibt Wichtigeres zu besprechen. Zum Beispiel die Tatsache, dass du in der Scheiße sitzt, mein Freund.«

»Du weißt davon?«

Olden rollte mit den Augen. »Blöde Frage. Natürlich weiß ich davon. Schon vergessen, es gibt keine Geheimnisse. Nicht für uns.«

Manuel schaffte ein mühsames Grinsen. »Nach mir wird öffentlich gefahndet, und zwar wegen des letzten Hits, den ich ausgeführt habe. Sie haben ein Phantombild, auf dem ich glasklar zu erkennen bin. Na ja, im Moment wegen der ganzen Schnitte und Pflaster vielleicht nicht. Früher oder später aber werden sie mich kriegen.«

»Darum wärst du gut beraten, von hier zu verschwinden, Amigo. Ich kann dir helfen. Du bekommst eine neue Identität und einen Unterschlupf in den Staaten. Wenn du zustimmst, sitzt du noch heute Nachmittag an Bord einer Maschine.«

Manuel sah Olden forschend an. »Weißt du, was seltsam ist, Melvin? Alle schlagen mir zurzeit vor, dass ich aus der Stadt verschwinden soll. Du jetzt auch. Ich frage mich, warum.«

»Was gibt es da zu fragen? Du hast in ein Hornissennest gestochen.«

»Aber warum? Sicher, ich weiß inzwischen, dass der Mann, um den es geht, Berkan Cetin, nicht der war, für den er gehalten wurde. Er hatte keine Anschlagspläne in Hamburg. Aber warum musste er dann sterben? Anscheinend war er im Besitz von etwas, worauf alle scharf sind. Aber was?«

Olden schob sich das letzte Stück seines zweiten Steaks in den Mund. Kauend sagte er: »Du hast recht, das mit den Attentatsplänen war ein Fake. Das meiste andere entspricht aber der Wahrheit. Der Mistkerl war ein hochrangiges IS-Mitglied und ein widerlicher Sadist. Doch das ist nicht alles …«

Anstatt weiterzusprechen, widmete Olden sich seelenruhig seinem zweiten Steak.

Manuel wartete eine Weile, gönnte dem Amerikaner seinen Spaß. Dann hatte er genug. »Komm, Melvin, klär mich auf.«

Olden grinste schmatzend. »Sagt dir Deir ez-Zor etwas?«

»Eine Provinz in Syrien, wenn ich mich nicht täusche.«

»Richtig. Ehemaliges Kernland des Kalifats. Al-Omar? Wie sieht es damit aus?«

»Keine Ahnung.«

»Al-Mayadin?«

»Ein kleines Kaff, ebenfalls in Syrien. Berkan Cetin war dort Stadtkommandeur für den IS. Es stand im Dossier über ihn.«

»Richtig, war er. Aber das ist nicht das Entscheidende. Al-Omar, das ich gerade erwähnt habe, ist eines der größten Ölfelder Syriens. Es liegt keine zehn Kilometer von al-Mayadin entfernt. Es fiel 2014 unter die Kontrolle der Islamisten. In den besten Zeiten garantierte allein dieses eine Feld eine Ausbeute von dreißigtausend Barrel am Tag. Die Idioten vom IS waren natürlich zu dumm, um auch nur eine Schraube festzuziehen, sprich den Förderbetrieb aufrecht zu erhalten. Darum ging der Ertrag unter ihrer Herrschaft deutlich runter. Aber es war immer noch reichlich, was sie aus der Erde holten. Unsere klugen Jungs, du weißt schon, die Analysten in Langley, gehen davon aus, dass allein die Förderung in al-Omar dem IS monatlich an die fünf Millionen Dollar einbrachte. Und in der Gegend gab es ja noch andere Quellen, al-Tanak, al-Taim, al-Shoula. Du ahnst vielleicht, wer seinen Daumen auf dem Geld hatte, oder?«

»Berkan Cetin?«

»Ganz genau. Unter anderem, weil er sehr wohl in der Lage war, eine Schraube festzuziehen. Der Junge war nicht ganz so bescheuert wie seine Mitstreiter, zumal er als junger Kerl eine technische Ausbildung gemacht hatte.«

»Er war Automechaniker.«

»So ist es. Er verstand zwar nichts von Ölförderung, war aber dennoch nützlich. Der IS ließ in al-Omar, genau wie auf den anderen Feldern, die alten Belegschaften einfach weiterarbeiten. Cetin war der Einzige, der in der Lage war, die Männer zu beaufsichtigen. Abu Sajjaf – ich rede von dem Mann, nicht der Organisation – war so etwas wie der Ölminister des IS. Er übertrug Cetin die Aufsicht über sämtliche Ölfelder in der Gegend von al-Mayadin. Und damit auch über die Einnahmen.«

Manuel stieß ein ungläubiges Schnauben aus. »Es geht also um Geld? Verstehe ich das richtig?«

»Sicher. Aber das tut's am Ende doch immer.«

»Worauf willst du eigentlich hinaus, Melvin?«

»Das weiß ich im Moment selbst noch nicht so genau. Unter anderem darum bin ich hier, in Hamburg.«

»Du nimmst es mir hoffentlich nicht übel, wenn ich dir nicht glaube.«

Der Amerikaner grinste. »Würde ich auch nicht.«

»Melvin?«

»Also schön, Amigo. Ich lege die Karten auf den Tisch. Als Berkan Cetin im Jahr 2016 aus dem Kalifatsgebiet abgehauen ist, ist mit ihm eine ganze Menge Geld verschwunden. Wir reden nicht nur über ein paar lumpige Dollar.«

»Sondern?«

»Sehr, sehr viel Geld. Das meiste übrigens wirklich in Dollar, weil Cetin schlau genug war, den illegalen Grenzhandel mit Öl in harter Währung abzuwickeln. Das Problem ist, dass von den ganzen Millionen jede Spur fehlt. Keiner weiß, wo sie abgeblieben sind.«

»Cetin hatte das Geld jedenfalls nicht, so viel steht fest. Ich war bei ihm. Da war nichts.«

»Natürlich nicht. So eine Summe könnte er unmöglich mit sich führen. Der Zaster muss irgendwo versteckt sein. Vielleicht in Syrien, vielleicht in der Türkei. Vielleicht auch irgendwo in Europa. Keiner weiß es. Aber Cetin dürfte Unterlagen besessen haben, aus denen hervorgeht, wo das Geld abgeblieben ist.«

Manuel schob sich ein paar Blätter von seinem Salat, den er bisher kaum angerührt hatte, in den Mund. Er kaute eine Weile und versuchte, seine durcheinanderpurzelden Gedanken zu sortieren. »Was genau meinst du? Eine Karte, die zeigt, wo er das Geld verbuddelt hat? Etwas in der Art?«

Olden lachte. »Möglich. Glaube ich aber nicht. Eher schon die Quittung eines Lagerhauses. Vielleicht der Hinweis auf einen Lkw, der irgendwo abgestellt ist, in Europa, im mittleren Osten. Wer will das wissen? Vielleicht geht's auch um Kontounterlagen, falls er das Geld irgendwo eingezahlt hat. Du hast nicht zufällig etwas in der Richtung bei ihm gefunden?«

Manuel hatte in diesem Augenblick das Gefühl, dass ein seltsamer Druck von ihm wich. Ein Nebel, der ihn seit Tagen umhüllt hatte, lichtete sich mit einem Mal.

Die Unterlagen, die Papiere. Müller wollte sie haben, genauso Serdar Ersu. Und jetzt Melvin Olden.

Endlich wusste Manuel, hinter was alle her waren. Es ging um

Geld. Wenn Melvin richtig lag, um einen Riesenhaufen Geld. Abermillionen von Dollar.

»Was ich immer noch nicht verstehe, Melvin: Warum stand nichts von all dem in dem Dossier, das ihr der deutschen Seite übergeben habt?«

»Wer sagt dir, dass es nicht so war?«

»Wie bitte?«

Olden stieß ein Schnauben aus. »Wir haben eure Sicherheitsbehörden umfassend informiert. Auch über das Geld. Und darüber, dass Cetin eine wichtige Quelle des MIT ist und mit Vorsicht behandelt werden sollte. Kapierst du endlich, warum die Sache so einen Staub aufwirbelt? Nicht nur bei uns, sondern auch bei den Türken? Irgendjemand hat uns kräftig verarscht. Vielleicht weil dieser Jemand auf eigene Rechnung arbeitet. Ich wüsste zu gerne, wer es ist, Amigo.«

Manuel sah den Namen, den der Amerikaner erfahren wollte, in Leuchtschrift vor seinem inneren Auge. Müller. Seine letzten Zweifel verflogen. Nur Müller konnte all das, was Olden sagte, veranlasst haben. Ein US-Dossier manipulieren. Eine auf Lügen basierende Tötung befehlen. Dann versuchen, Manuel aus der Stadt zu treiben, um freie Bahn zu haben ...

Das wiederum bedeutete, dass niemand anderes als eben Müller sein Foto der Polizei zugespielt hatte.

»Alles in Ordnung mit dir, Manuel? Du siehst blass aus. Ist aber kein Wunder, wenn du nur Salat frisst. Was meinst du? Soll ich dir ein Steak bestellen? Ich würde dann einen Nachtisch nehmen. Oder auch zwei.«

Manuel schüttelte den Kopf. Er rückte jäh mit seinem Stuhl vom Tisch ab, stand auf. »Ich weiß dein Angebot zu schätzen, Melvin.

Auch, was das Ticket in die USA angeht. Aber meine Antwort lautet Nein.«

»Hey, was soll das? Wohin willst du?«

»Erkläre ich dir später.«

Er war schon fast an der Tür, als Olden ihm quer durch das Lokal hinterherrief: »Du wirst es bereuen, Manuel.«

»Ist das eine Drohung?«

»Nein, eine Warnung. Ich mein's ehrlich.«

Manuel sparte sich eine Antwort und verließ das Restaurant.

64

Im Winter fuhren Yūko und Manuel für einige Tage in einen Ort in den Bergen, der für seine heißen Quellen bekannt war. Der Chef hatte sie nur ungern fahren lassen, und doch musste er einsehen, dass mit diesen beiden eben alles anders war. Ausgerechnet Kinoshita, der Oyabun, stellte ihm für die Zeit eine Aushilfe zur Verfügung. Er wusste, dass seinem besten Kämpfer einige Tage der Erholung guttun würden.

Sie logierten in einem traditionellen Gasthaus, das sich in einem einsamen, tief eingeschneiten Tal befand. Mehrfach am Tag stiegen Yūko und Manuel in das im Freien gelegene Bad, in dem heißes, schwefeliges Wasser dampfte. Seufzend entspannten sie sich und blickten hinaus auf die winterliche Berglandschaft.

Während das heiße Wasser seine Muskeln entspannte, gab Manuel sich seinen Gedanken hin. Er spürte einen tiefen Frieden in sich. Gewiss, da waren die nächtlichen Kämpfe. Aber was war das schon im Vergleich zur CIA, zum Krieg, zu dem Schicksal, das ihm gedroht hätte, wäre er damals im Camp Fuji geblieben? Manuel bereute es keine Sekunde, diese Dinge hinter sich gelassen zu haben. Er genoss das Leben mit Yūko. Zum ersten Mal wollte er, dass alles so blieb, wie es war.

Das betraf auch die Arbeit in der Küche. Sie war immer noch anstrengend, trieb ihn immer wieder an die Grenze des Erträglichen. Aber zugleich erfüllte sie ihn auch, machte ihn auf eine tiefe Art zufrieden. Und wenn gerade keine Bestellung zu erledigen war, saß er vorne am Tresen, unterhielt sich mit den Stammkunden, trank etwas mit ihnen. Nur noch im Spaß nannten sie ihn den Ausländer. Er war jetzt einfach Manu-San. Er gehörte dazu, war Teil der Bar, genau wie Yūko und der Chef.

Etwa alle zwei Wochen holte Tanaka ihn nachts ab und brachte ihn hinaus nach Kasai in die Halle. Einige Male fuhren sie auch in andere Städte. Aber das war selten. Manuel kannte inzwischen die meisten der anderen Kämpfer. Viele von ihnen hatten ein ähnliches Schicksal hinter sich wie er selbst. Es waren ehemalige Soldaten, Berufsverbrecher, Bodyguards, die aus dem einen oder anderen Grund in Japan gestrandet waren. Da in dem Land Sportwetten offiziell verboten waren, war der Markt für illegale Events riesig. Nirgendwo sonst ließ sich mit Kämpfen so viel Geld verdienen wie hier.

Manuel war in den zurückliegenden Monaten zum ungeschlagenen Champion aufgestiegen. Er war beliebt. Die Leute wussten, was er konnte. Dennoch grölten sie noch lauter, wenn es nach einer Niederlage für ihn aussah. Alle, auch Manuels Herausforderer, wussten, dass ein Sieg gegen ihn höhere Wetterlöse einbrachte als gegen jeden anderen.

Aber Manuel verlor nicht. Er gewann, auf die eine oder andere Art. Doch das war in Ordnung, seine Gegner schonten ihn ebenso wenig. Er trug Blessuren davon. Gebrochene Finger, angeknackste Rippen, schon zweimal die Nase. Es gehörte dazu.

Der Oyabun mochte ihn. Einmal führte er Manuel in ein sündhaft teures Restaurant aus, wo sie japanische Delikatessen im Wert von Zehntausenden von Euro verspeisten. Am Ende des Abends hielt Kinoshita den deutschen Pass in die Höhe, den er für Manuel besorgt hatte. Er war ausgestellt auf den Namen Manuel Jessen. Den Nachnamen hatte Kinoshita ausgesucht, angeblich weil eine deutsche Bäckerei in seiner Nachbarschaft so hieß. Der Pass war keine Fälschung, sondern ein reguläres amtliches Dokument. Der Yakuza-Pate erklärte nicht, wie er an ihn gelangt war. Aber er versicherte Manuel, dass das Dokument wasserdicht sei.

Manuel wollte nach dem Pass greifen, doch Kinoshita zog ihn zurück. Lächelnd erklärte er: »Eines Tages wirst du ihn bekommen, Manu-San. Aber noch ist es nicht soweit.«

»Was muss ich tun?«

»Weiter kämpfen.«

»Was ist mit Kondo, Ihrem Neffen? Ist er immer noch eine Gefahr für mich und Yūko?«

Kinoshita machte eine wegwerfende Geste. »Vergiss ihn. Kondo ist nur ein kleines Licht, ein Idiot. Wir haben ihn in die Gegend von Kobe versetzt, wo er in der lokalen Niederlassung dafür zuständig ist, Tee zu kochen. Du musst dir keine Sorgen mehr um ihn machen.«

»Danke, Oyabun.«

Yūko riss Manuel aus den Gedanken. Sie hatte sich auf den

Rand des Onsen-Bades gesetzt. Die helle Haut ihres makellosen Körpers dampfte in der winterkalten Gebirgsluft. Sie bespritzte ihn mit Wasser, fragte:»Woran denkst du, Manu? Du solltest lieber das heiße Bad genießen.«

Er sah sie an, und sein Herz füllte sich mit Zuneigung.»Aber das tue ich. Wir sind zusammen. Das ist alles, was zählt.«

Sie schlug verschämt die Augen nieder.»Sag so etwas nicht, Manu.«

»Es ist die Wahrheit.«

»Ich empfinde genauso. Dennoch wollen wir es nicht aussprechen. Das Schicksal könnte es sich sonst anders überlegen.«

Manuel streckte die Hand aus. Yūko ergriff sie, und sie genossen ihr Glück, ohne ein weiteres Wort zu sprechen.

65

»Lassen Sie mich in Ruhe.«

Dakhit, der junge Muslim aus der Moschee von Imam El Sayed, beschleunigte seine Schritte. Manuel hatte ihn auf der Straße angesprochen, folgte ihm nun.

»Ich möchte mit Ihnen reden.«

»Ich aber nicht mit Ihnen.«

»Ich brauche Ihre Hilfe, Dakhit.«

Sie befanden sich im Stadtteil Hamm, nicht allzu weit von der Moschee entfernt. Manuel hatte im Wagen gewartet, bis Dakhit hinauskam. Nachdem er sich von seinen gleichaltrigen Freunden verabschiedet hatte, war Manuel ausgestiegen und ihm zu Fuß gefolgt.

Dakhit blieb abrupt stehen. Er trug wie schon bei ihrer ersten Begegnung einen Kittel, dazu eine randlose Strickmütze. Voller Verachtung sagte er: »Sie wollen meine Hilfe? Wofür?«

»Ich denke, das wissen Sie. Es geht um Berkan Cetin.«

»Sie haben ihn umgebracht, oder?«

»Hat das der Imam gesagt?«

Dakhit nickte. »Und wenn Sie es nicht selbst getan haben, stecken Sie jedenfalls mit denen, die es getan haben, unter einer Decke. Und jetzt bitten Sie mich um Hilfe?!«

»Cetin ist getötet worden, weil Lügen über ihn verbreitet wurden.«

»Welchen Unterschied macht das?«

»Sie haben recht, keinen. Nicht für ihn.«

»Derjenige, der es getan hat, wird seine gerechte Strafe erhalten. Das ist alles, was zählt.«

»Wieso ist es Ihnen so wichtig? Standen Sie Cetin nahe? Waren Sie befreundet?«

»Er war mein Bruder.«

»Weil er auch Muslim war?«

»Natürlich, auch das.«

Manuel sah den jungen Mann prüfend an. Er wusste nun, dass es richtig gewesen war, Dakhit aufzusuchen. Bisher waren sein einziger Anhaltspunkt die Blicke des jungen Mannes gewesen, mit denen er im Büro der Moscheegemeinde auf sein Gespräch mit El Sayed reagiert hatte. Dazu die kurzen Worte des Imams, dass Dakhit überaus betroffen auf Cetins Tod reagiert hatte. Der junge Mann hatte sich mit Cetin angefreundet, enger, als dass sie einfach nur Glaubensbrüder gewesen wären.

»Ich vermute, Ihnen gefiel, was er über seine Zeit im Kalifat erzählen konnte, seine Erfahrungen im Krieg. Ich kann mir gut vorstellen, dass es für jemanden wie Sie faszinierend war, solche Berichte aus erster Hand zu hören.«

Dakhit senkte die Augen. »Und wenn schon! Das ist nicht verboten.«

»Das habe ich auch nicht gesagt.«

»Was wollen Sie von mir?«

»Wie gesagt, über Cetin waren falsche Informationen im Umlauf. Ich bin auf der Suche nach der Wahrheit. Die dürfte Sie doch genauso interessieren.«

»Was macht das jetzt noch für einen Unterschied?«

»Die Wahrheit macht immer einen Unterschied.«

Dakhit zuckte mit den Schultern. Seine Miene war nun versöhnlicher. Manuel wusste, dass er zumindest die Neugier des jungen Mannes geweckt hatte.

»Cetin war im Besitz von Dokumenten, die verschwunden sind. Es gibt einige Leute, die sich sehr dafür interessieren.«

»Was für Dokumente?«

»Ich dachte, das könnten Sie mir sagen.«

»Wie kommen Sie darauf?«

»Sie waren befreundet. Vielleicht hat Cetin Ihnen die Papiere zur Aufbewahrung gegeben?«

Es war ein Schuss ins Dunkle. Cetin kannte nicht viele Leute in Hamburg. Dakhit war einer davon. Da sie dieselbe Gemeinde besuchten, hatte er ihm vermutlich vertraut. Er könnte die Dokumente Dakhit gegeben haben.

Manuel konnte sehen, wie es in dem jungen Mann arbeitete. Er ließ ihm Zeit, sagte dann: »Ich bin nicht der Einzige, der auf der Suche nach den Unterlagen ist. Früher oder später werden andere

Leute bei Ihnen auftauchen. Die werden nicht so höflich sein wie ich.«

»Ich habe keine Angst.«

»Sollten Sie aber. Der Krieg, der Sie so fasziniert, findet nicht nur in fernen Ländern statt. Er ist längst hier, mitten in Hamburg. In diesem Krieg zählt ein Menschenleben nicht viel.«

Manuel konnte die Angst in Dakhits Augen sehen. Mit tapferer Stimme sagte er: »Jeden ereilt das Schicksal, das Gott für ihn vorgesehen hat. Daran vermögen wir nichts zu ändern.«

»Das mag sein. Trotzdem können wir uns entscheiden.«

»Eine Illusion.«

»Es liegt ganz bei Ihnen, Dakhit. Aber vergessen Sie nicht, dass ich Sie gewarnt habe. Wenn Sie die Papiere haben, sollten Sie sie mir geben. Es könnte Ihr Leben retten.«

Dakhit wandte sich ab. Fast schien es, als wollte er wortlos seinen Weg fortsetzen. Dann aber sagte er: »Die nächste Querstraße nach rechts. Hausnummer 62. Ich muss erst nachsehen, ob noch jemand zu Hause ist. Klingeln Sie in zehn Minuten. Es ist das oberste Stockwerk.«

Der Junge sah ihn nicht noch einmal an, ging mit schnellen Schritten die Straße hinunter und bog um die nächste Ecke.

Die Wohnung befand sich im vierten Stock eines biederen Miethauses. Dreistöckig, Klinkerfassade. Auf der Klingel standen in kleiner Schrift vier Namen, zwei deutsche, zwei arabische. Eine Wohngemeinschaft.

Manuel klingelte, sofort danach schnarrte der Türöffner. Er stieg die Treppe hoch, betrat die Wohnung. Die Räume waren kaum möbliert. Es gab ein Wohnzimmer, mehrere kleine Schlafzimmer.

An den Wänden hingen gewebte Tücher mit arabischen Glaubenssprüchen. In einem Bücherregal standen naturwissenschaftliche und technische Fachbücher aus der Universität, ansonsten religiöse Werke. Die Küche sah so aus wie in jeder Studenten-WG, unordentlich, vermüllt. Es hatte fast etwas Beruhigendes.

Manuel wartete im Wohnzimmer. Außer einer Sitzgruppe und einem Couchtisch befand sich nur ein großformatiger Flachbildfernseher darin. Daneben lag ein Haufen arabisch beschrifteter DVDs. Die meisten Hüllen zeigten alte, langbärtige Religionsgelehrte. Auf anderen waren Hollywood-Stars zu sehen. Die harte Sorte. Willis, Stallone, Seagal. Es roch nach Tee und Rosenwasser.

Dakhit stand in der Tür. Er wirkte nervös. Manuel konnte sich vorstellen, was in ihm vorging. Der Junge fragte sich, ob er klug handelte und dadurch sein Leben rettete. Oder ob er zum Verräter würde.

Dann trat er vor, streckte Manuel eine durchsichtige Kladde entgegen, in der einige Papiere steckten.

Manuel nahm die Kladde, zog mehrere Dokumente daraus hervor. In einem Briefumschlag befand sich ein Schlüssel. Zu klein für eine Tür oder ein Schließfach. Eher für ein Vorhängeschloss.

»Wofür ist der?«, fragte Manuel.

»Keine Ahnung.«

Manuel setzte sich auf das Sofa und begann, die Unterlagen zu studieren. Es waren mehrere zusammengetackerte DIN-A4-Seiten, ziemlich zerknittert. Darunter war keine Quittung eines Lagerhauses, auch kein Parkticket für einen Lkw, wie Olden vermutet hatte. Ebensowenig waren es Kontounterlagen, das sah er sofort. Es waren amtliche Formulare, die teilweise in Maschinen-schrift, teilweise handschriftlich ausgefüllt waren. Die hinteren, schon vergilbten Seiten waren auf Arabisch, dann folgten türki-sche, schließlich englischsprachige Formulare, die neueren Da-tums waren.

»Das sind Frachtpapiere«, stellte Manuel schließlich fest.

Dakhit zuckte mit den Schultern. »Ich habe mir die Sachen nicht angesehen. Nur aufbewahrt. So wie Berkan es wollte.«

»Das ist alles? Mehr hat er dir nicht gegeben?«

Dakhit bestätigte es.

Manuel blätterte die Seiten erneut durch. Die hinteren, ara-bischen Blätter konnte er nicht lesen. Aber immerhin erkannte er einige Stempelabdrücke, die in lateinischer Schrift waren. Städte-namen und Zollbescheinigungen. Erst Tripoli im Libanon, dann Beirut. Girne in Nordzypern. Dann folgte eine französische Zoll-erklärung aus Marseille, mehrfach gestempelt. Schließlich eine aus Deutschland. Hamburg. Manuel fuhr mit dem Finger die einzelnen Kästchen entlang, fand Angaben über den Ursprungs-ort der Sendung, der – angeblich oder wirklich – im Libanon lag. Auch der Inhalt der Sendung war beschrieben. Gebrauchte ara-bischsprachige Schulbücher. Allesamt Spenden von geringem Wert. Der Bestimmungshafen war Hamburg, wo die Sendung auch eingetroffen und inzwischen eingelagert war.

»Bücher«, sagte Manuel.

»Berkan hat gerne gelesen.«

»Aber Schulbücher? Was wollte er damit?«

»Vielleicht wollte er Lehrer werden.«

»Warum waren diese Papiere für Cetin so wichtig, dass du sie für ihn aufbewahren solltest?«

288

»Weiß ich nicht.«

»Bist du mal auf die Idee gekommen, der Sache nachzugehen? Zu prüfen, was es mit der Sendung auf sich hat?«

Kopfschütteln.

»Was dagegen, wenn ich es tue?«

Wieder Kopfschütteln.

»Dann nehme ich die Papiere mit. Und den Schlüssel.«

»In Ordnung. Ich will nichts mehr damit zu tun haben. Jetzt gehen Sie!«

Manuel stand auf. »Danke.«

Dakhit nickte mit zusammengepressten Lippen. Manuel verließ die Wohnung. Er kehrte zu Fuß zu seinem Wagen zurück, der immer noch vor der Moschee stand. Als er losfuhr, sah er, wie ein großer, dunkelfarbener BMW auf den Hof der Moschee fuhr. Manuel erkannte den Wagen sofort. Er gehörte Serdar Ersu, der auch am Steuer saß.

66

Es war Manuels zweiter Kampf in einer Nacht. Sein Ausflug mit Yūko lag zwei Wochen zurück. Er musste gegen einen jungen Osteuropäer antreten, einen Georgier. Die Art, wie er sich bewegte, zeigte Manuel, dass er aus dem Ringen kam. Aber genauso schien er zu wissen, wie man zuschlug. Ein gefährlicher Mann, daran konnte kein Zweifel bestehen.

Der Gong ertönte, und sie begannen sich lauernd zu umkreisen. Der Georgier verfügte über einen zähen, in langen, schmerzvollen Jahren des Trainings abgehärteten Körper. Bauchmuskeln aus Stahl, Knöchel und Fußballen, die mühelos Knochen zertrümmern konnten.

Und doch spürte Manuel auch, dass sein Gegner selten oder auch nie in einem Freikampf angetreten war. Es war für ihn immer nur um Punkte gegangen, vielleicht auch um Schmerzen, um Demütigung, um Unterwerfung. Aber nicht um Leben und Tod.

Mal wieder ein Kämpfer, den die Aussicht auf schnelles Geld nach Japan gelockt hatte. Vielleicht auch der Kick, den manche Männer bei der Aussicht empfanden, in einem Kampf ohne Regeln anzutreten. Bei der Aussicht, töten zu können.

Aber das würde der Georgier nicht schaffen. Manuel wusste es. Sollte er den Kampf lieber abbrechen? Er würde dann als seine Niederlage zählen, und Kinoshita würde unzufrieden sein.

Also musste Manuel einen anderen Weg finden. Er ließ bewusst seine Deckung offen, bot so eine Gelegenheit für seinen Gegner. Der Georgier preschte augenblicklich vor und deckte Manuel mit einer Salve harter Schläge ein, traf ihn in den Magen, gegen den Brustkorb, ins Gesicht. Die Haut an Manuels Wange platzte auf, er blutete, taumelte, spürte Übelkeit.

Das Publikum buhte, erkannte seinen Liebling nicht wieder. Manuel achtete nicht darauf. Er tat, was ihm richtig erschien.

Der junge Kämpfer attackierte ihn erneut. Diesmal umklammerte er Manuel, hob ihn hoch und schmetterte ihn mit Wucht auf den Betonboden der Halle. Manuel spuckte Blut, blieb halb besinnungslos liegen.

Eigentlich sollte das reichen. Der andere könnte nun zurückweichen und seinen Triumph genießen. Tatsächlich ließ der Georgier von ihm ab, verzog das Gesicht in Hohn und Verachtung für den vermeintlich schwachen Gegner.

Manuel wandte sich zum Ringrichter, signalisierte seine Niederlage. Der aber schüttelte den Kopf. Was sonst? Seine Rolle bestand nicht darin, über einen fairen Kampf zu wachen, sondern die Kämpfer von falscher Rücksichtnahme abzuhalten. Darum forderte er den Georgier auf, weiter auf den am Boden liegenden Manuel loszugehen. Der Kämpfer war kurz unschlüssig, stürmte dann aber vor, schlug wieder zu, suchte nun empfindliche Ziele. Manuels Kehle, die Innenseite seiner Oberschenkel, seinen Schritt, seine Augen.

Dann halt anders.

Beim nächsten Angriff sprang Manuel auf die Füße, wich zur Seite aus, schlug die Deckung des Georgiers nieder und verpasste ihm einen kurzen, schnellen Schlag an den Hals. Der Mann ging sofort in die Knie und würgte. Manuels Attacke hatte die Blutzufuhr zum Kopf unterbrochen, das genügte, um seinen Gegner kurz zu betäuben. Unter anderen Umständen hätte er nun nachgesetzt, hätte den anderen mit Schlägen eingedeckt oder ihn mit einem Hebel oder einem Würgegriff zur Aufgabe gezwungen.

Es war nicht nötig. Der Georgier lag röchelnd am Boden. Die Sache sollte geklärt sein.

Der Ringrichter aber sah, dass das Publikum noch nicht zufrieden war. Er machte eine auffordernde Handbewegung, diesmal in Manuels Richtung. Gib dem Knaben den Rest. Die Leute wollen es so.

Manuel schüttelte den Kopf.

Der Ringrichter schrie ihn an. Ohne Erfolg.

Die Zeit, die so verging, genügte, damit der Georgier wieder auf die Beine kam. Er schrie vor Wut.

Also standen sie sich erneut gegenüber. Manuel schüttelte sanft den Kopf. Die nächste Lektion musste offenbar deutlicher ausfallen.

Diesmal wartete Manuel nicht ab. Mit einer Finte brachte er den Georgier dazu, die Deckung hochzureißen. Im selben Moment trat Manuel zu. Zwischen die Beine, dann von innen in den Oberschenkel. Als der Georgier nach vorne stürzte, rammte Manuel ihm das Knie unters Kinn. Ein kurzes, knackendes Geräusch. Der Georgier verharrte kurz, stürzte dann zu Boden und blieb reglos liegen. Das Publikum schrie euphorisch auf und warf Geldscheine in die Mitte. Manu! Manu! Der stille Deutsche war seinem Ruf wieder einmal gerecht geworden.

Ein Held!

Der Liebling der Meute!

Manuel verließ die Kampffläche mit gesenktem Kopf, ignorierte die Jubelschreie. Er drehte sich nicht noch einmal um. Er zog sich in den Hinterraum zurück, in sich gekehrt, schweigsam.

Kurz darauf kam Tanaka und wedelte mit einem besonders dicken Geldumschlag. »Doppeltes Preisgeld, Manu. Nimm es, du hast es verdient.«

»Warum doppelt?«

»So ist die Regel. Wenn dein Gegner stirbt, gibt es ein höheres Preisgeld.«

Manuel sagte nichts. Er hatte es befürchtet. Nun also die Bestätigung.

Tanaka jedoch lachte. »Genickbruch. Sie haben seine Leiche schon fortgeschafft. Ab in den Hafen damit. Nichts, worüber du dir den Kopf zerbrechen müsstest. Wer hier antritt, weiß, worauf er sich einlässt.«

Manuel sah Tanaka an. Er musste nichts sagen, sein Blick genügte. Tanaka warf ihm den Umschlag zu und suchte das Weite. Manuel blieb sitzen und fühlte nichts als Leere in sich. Eigentlich hatte er es vorhin schon gespürt. Sein Kniestoß unters Kinn hatte den Kopf des Georgiers zu weit nach hinten gerissen. Wirbelbruch, im Zweifel war auch die Halsschlagader gerissen. Ende. Manuel meldete sich freiwillig für einen dritten Kampf in dieser Nacht. Wobei es kein Kampf wurde. Manuel ließ sich nach Strich und Faden verprügeln. Er schützte sich nicht, hob die Arme nicht zur Deckung. Am Ende gewann er dennoch durch einen Choke, aber vorher hatte er eingesteckt wie bisher nie. Er hatte Prellungen, Quetschungen, Blutergüsse, offene Cuts. Seine Schulter war überdehnt, wenn nicht sogar verletzt. Auch ein paar Rippen waren gebrochen. Schmerz spürte er dennoch nicht. Im Gegenteil, er wünschte sich, es würde noch viel mehr weh tun. Er wünschte sich, der Schmerz wäre so unerträglich, dass er ihn von den Gedanken befreite, die ihn quälten. Warum war er hier? Was sollte das alles? Wohin führte es? Warum war nicht er derjenige, der im dunklen Wasser des Hafens trieb? Vielleicht könnte er dort endlich Frieden finden.

67

Manuel fuhr langsam die Hauptstraße auf der Peute entlang, einer der kleineren Elbinseln. Hafenatmosphäre. Ein paar Bäume, ein bisschen Grün, vor allem aber Lagerhallen, Betriebe, Speditionen. Entlang der Straße standen abgestellte Zugmaschinen. Davor hockten die rumänischen oder bulgarischen Fahrer und bereiteten sich ein Essen auf ihren Campingkochern zu.

293

Er fuhr weiter, hielt Ausschau nach der Adresse, die auf den Frachtpapieren vermerkt war, die er von Dakhit erhalten hatte. Schließlich sah er das Werbebanner der Spedition, deren Name sich ebenfalls auf den Papieren fand. Manuel setzte den Blinker, zog den Sprinter, den er geknackt und kurzgeschlossen hatte, durch eine Toreinfahrt auf das Firmengelände. Hinter einer Lagerhalle türmten sich Container mit den üblichen Aufschriften. Cosco, Hapag Lloyd, Evergreen.

Er parkte den Wagen auf dem Kundenparkplatz vor einem einstöckigen Anbau neben der Lagerhalle. Dort befand sich das Büro der Spedition. Er stieg aus, sah sich kurz um. Hinten wurden Container mit Kränen hin und her gewuchtet und auf Zugmaschinen geladen, die dann langsam vom Hof fuhren. Durch das offene Rolltor der Halle fiel der Blick auf eine endlose Landschaft aus Kisten und Gitterboxen, Europaletten, Aluminiumbehältern, Tanks für Flüssigkeiten, Säcke für Schüttgut. Stapler fuhren in den Gassen zwischen den Hochregalen geschäftig hin und her. Lagerarbeiter riefen Kommandos. Weiter hinten dockten LKW an die Ladeluken an, wurden ebenfalls ent- oder beladen, ein einziges geschäftiges Kommen und Gehen.

Er betrat das Büro. Ein Tresen grenzte den Besucherbereich von den Schreibtischen dahinter ab. Draußen regierten die Blaumänner, hier die Billigsakkos. Manuel zählte an die zwanzig Männer und Frauen, die telefonierten, Computermasken ausfüllten, Papiere aus Druckern zogen. Er wartete. Schließlich erhob sich einer der Schreibtischtypen und kam zu ihm herüber.

»Lüders, mein Name. Was kann ich für Sie tun?«

»Ich wollte eine Lieferung abholen.« Manuel zog die Papiere aus der Klarsichthülle, legte sie auf den Tresen. Der Mitarbeiter überflog die Seiten, nickte dann. »Wird auch Zeit. Da wird eine saftige Lagergebühr fällig.«

»Ach ja?«

»Ich weiß, ihr glaubt immer, ihr könnt kommen, wann ihr wollt. Ist aber nicht so. Wer die AGB liest, ist klar im Vorteil.«

»Wieviel wird's?«

»Muss ich nachsehen. Vielleicht achthundert.«

»In Ordnung.«

»Ich mache es fertig. Fahren Sie Ihre Maschine schon mal nach hinten, ich sag den Jungs Bescheid, dass Sie kommen.«

»Ich habe einen Sprinter. Meinen Sie, der reicht?«

»Einen Sprinter? Machen Sie Witze?«

»Sehe ich so aus?«

Lüders tippte mit dem Zeigefinger auf das Formular. »Sie haben wohl Ihre Lesebrille vergessen, was? Hier steht es doch. Ist ein TEU-Standard-Container.«

»Und das heißt?«

»Sind nicht vom Fach, was? Die Kiste ist sechs Meter lang und zweieinhalb breit. Sind Bücher drin, sehe ich. Aber halt ne Menge Bücher. Die kriegen Sie nicht in einen Sprinter.«

»Ich könnte umladen und wenigstens einen Teil mitnehmen.«

»Hier bei uns umladen? Ist nicht vorgesehen. Im Übrigen gehört die Box zur Lieferung, die muss auch vom Hof.«

»Die Box?«

»Der Container.«

»In Ordnung. Ich besorge ein Fahrzeug und hole alles so schnell wie möglich ab. Aber ich möchte jetzt schon einmal reingucken. Geht das?«

»Sicher.«

»Gut. Sagen Sie hinten Bescheid. Ich fahre rüber.«

»In Ordnung. Aber vorher müssen Sie mir ein paar Papiere unterschreiben.«

Manuel nickte.

Nachdem die Formalitäten erledigt waren, stieg er in den Sprinter, fuhr an der Halle vorbei zu dem Lagerplatz für die Container. Die Boxen standen fünffach, sechsfach gestapelt, bunte Legosteine, mit denen erwachsene Männer spielen durften. Die Rückseite des Areals grenzte ans Elbufer und konnte von der Wasserseite aus beliefert werden.

Er hielt zu Füßen des ersten Containerstapels, ließ das Fenster hinabsurren. Ein Mitarbeiter im Overall kam auf ihn zu, drückte Manuel einen gelben Helm in die Hand. »Ist Vorschrift, wenn sie gleich aussteigen. Hat Lüders Ihnen die Papiere mitgegeben?«

Manuel reichte ihm die Blätter hinaus. Der Overallmann setzte ein paar Haken darunter. Dann streckte er den Arm aus, deutete auf die hinterste Ecke des Areals. »Fahren Sie nach hinten durch. Ihre Box wird gleich geliefert. Und halten Sie die Augen offen. Die Reachstacker haben grundsätzlich Vorfahrt. Wenn Sie nicht drauf achten, sind Sie Matsch.«

»Die was?«

»Die Reachstacker. Die Greifstapler.« Der Mann deutete auf eine Art gigantischen Gabelstapler, der mit seinem Greifwerkzeug einen Container trug und nicht gerade langsam über das Gelände donnerte.

»Hab's verstanden. Danke.«

»Da nicht für.«

Manuel grinste. Hamburg. Er würde es vermissen.

Er fuhr an den Containern entlang zum hintersten Ende des

Areals. Zweimal musste er anhalten, um einen Reachstacker passieren zu lassen. Immer wenn der riesige Stapler ihm nahe kam, verdunkelte sich das Innere des Sprinters. Der Overallmann hatte recht gehabt. Wenn man sich nicht vorsah, wurde man von den Giganten zerquetscht.

Manuel stieg aus, sah sich unschlüssig um. Ein weiterer Mitarbeiter, ebenfalls im Overall, kam auf ihn zu. Ohne zu grüßen, sagte er:»Ihre Box ist schon da. Die rostrote. Sind Sie allein?«

»So sieht es aus.«

»Soll ich ein paar der Jungs holen? Für ein paar Scheine helfen die Ihnen beim Packen.«

»Schon gut. Ich sehe nur rein. Ich hole die Box später ab.«

»Wie Sie meinen. Melden Sie sich ab, bevor Sie fahren.«

Er nickte Manuel noch einmal zu, ging dann in Richtung der Containerhalde davon.

Manuel fragte sich nicht zum ersten Mal, ob es ein Fehler war, dass er Olden nicht kontaktiert hatte, stattdessen auf eigene Faust handelte.

Warum hatte er es nicht getan?

Weil er Olden nicht traute. Oder doch, er traute ihm. Aber er wusste auch, dass es Olden nicht davon abhalten würde, ihn zu töten, sollte der Job es erfordern.

So ging das Spiel nun einmal. Wer wüsste das besser als er?

Der Container war mit einem Kipphebel verschlossen, dazu verplombt. Außerdem war er mit einem Vorhängeschloss gesichert. Klein, handelsüblich. Es hatte auf der Reise einigen Rost angesetzt.

Manuel blickte sich um. Ein paar Arbeiter waren vielleicht dreißig Meter entfernt damit beschäftigt, ein paar alte Container auszuspritzen. In der Luft lag der Geruch nach verdorbenem Fleisch. Er hörte die Arbeiter reden, auf Russisch oder Ukrainisch. Keiner von ihnen beachtete Manuel.

Er trat an die Box heran, griff in die Hosentasche und holte den Schlüssel hervor, der sich bei den Unterlagen von Cetin befunden hatte.

Er spürte, wie die Spannung in ihm wuchs. Für einen Moment schloss er die Augen, atmete, gewann seine innere Ruhe zurück. Dann schob er den Schlüssel ins Schloss. Passte. Er spürte Widerstand, aber der war nur dem Rost geschuldet.

Manuel drehte den Schlüssel, der Bolzen des Schlosses sprang auf. Er zog es aus der Öse. Mit dem Schlossbügel als Werkzeug zerriss er den Draht der Verplombung. Als Letztes stemmte er den schwergängigen Kipphebel nach unten. Die Türverriegelung oben und unten löste sich. Der Container war offen.

Die Tür gab nur widerwillig nach. Durch den schmalen Spalt, der sich geöffnet hatte, spähte Manuel ins Innere des Containers. Zerfetztes Papier bis unter die Decke. Was war das? Jedenfalls keine Schulbücher. Allerdings hatte er damit auch nicht wirklich gerechnet. Aber Altpapier? Und dafür die ganzen Umstände? Nein, das ergab keinen Sinn.

Manuel zog die Tür weiter auf, so dass das Tageslicht ins Innere des Containers schien.

Kein Altpapier, aber so gar nicht.

Es waren Banknoten. Und zwar völlig intakt.

Amerikanische Dollar.

Nicht nur ein paar, sondern kubikmeterweise. Zehner, Zwanziger, Fünfziger, Hunderter. Zum Teil lose, zum Teil zu Bündeln verschnürt. Was hieß hier Bündel? Es waren riesige, kartongroße Pakete, von denen jedes Abertausende wert sein musste. Der ganze Container? Millionen.

Nein. Hunderte von Millionen.

Cash. Direkt vor seiner Nase.

Ungläubig schüttelte Manuel den Kopf. Er hatte noch nie so viel Geld auf einem Haufen gesehen. Nicht einmal annähernd. Er vermutete, dass niemand, kein Mensch, es je getan hatte. Vielleicht abgesehen von ein paar Bankern.

Aber selbst da war er sich nicht so sicher.

Auf einmal ergab all das, was Olden ihm erzählt hatte, Sinn. Allerdings hatte der Amerikaner sich in einem entscheidenden Punkt getäuscht.

Berkan Cetin, der Herr über die Ölfelder von Al-Omar, al-Tanak, al-Taim, al-Shoula. Er hatte nicht einfach nur Papiere nach Deutschland geschmuggelt.

Nicht einfach nur Hinweise darauf, wo sich das verschwundene Vermögen des IS befand. Keine Lagerhausquittung, kein Parkschein für einen Lkw, keine Schatzkarte.

Er hatte die ganzen unterschlagenen Millionen einfach direkt hierher nach Deutschland geschafft.

Kein Wunder, dass alle hinter Cetin her waren.

Kein Wunder, dass jemand dafür gesorgt hatte, dass er, Manuel, ihn aus dem Weg geräumt hatte.

Was heißt hier, jemand?

Müller.

Manuels letzte Zweifel waren beseitigt.

Müller hatte das Dossier manipuliert, hatte auf diese Art Cetins Liquidierung legitimiert. Warum? Um den Mann aus dem Weg zu räumen und an das Geld zu kommen.

Was Müller getan hatte, war ein kaltblütiger Mordauftrag gewesen. Danach hatte er Manuel an die Polizei verraten, damit er aus der Stadt verschwände und Müller in aller Ruhe nach dem Geld suchen könnte.

Aber so einfach wird es nicht laufen, Müller. Du täuschst dich. Weil du nicht mit mir gerechnet hast.

68

Seit dem Kampf in Kasai waren mehrere Wochen vergangen. Manuel hatte Tokio verlassen und sich auf den Weg in den Westen Japans gemacht. Die Präfektur Wakayama, etwa fünfhundert Kilometer von Tokio entfernt auf der großen Kii-Halbinsel gelegen, war ein Landstrich voller Mystik und heiliger Orte, auf den die Zeit selbst keine Wirkung zu haben schien. Hier erhoffte Manuel sich, Antworten auf seine Fragen zu finden – Fragen, die ihn quälten und nicht mehr schlafen ließen.

Die Tatsache, dass er dorthin unterwegs war, hatte er Sakamoto zu verdanken, dem blinden Shiatsu-Meister. Manuel hatte ihn einige Tage nach dem Kampf aufgesucht und ihm anvertraut, was passiert war. Und wie sehr es ihn quälte. Alles, sein ganzes Leben sei ein einziger Fehler. Er habe damals in den Bergen von Safed Koh sterben sollen, so wie seine Kameraden. Es wäre das Beste für ihn gewesen, das Beste auch für die Menschen um ihn herum. So aber brachte er nur Verderben und Leid in die Welt.

Sakamoto schwieg lange, und Manuel befürchtete schon, ihn mit seiner Beichte überfordert zu haben. Dann aber sagte der alte

Mann: »Du suchst etwas im Außen, das du nur im Inneren finden kannst, Manu-San.«

»Ich verstehe nicht, Sensei.«

»Doch, das tust du. Du weigerst dich nur, die Augen zu öffnen. Du kennst den Weg, aber du gehst ihn nicht. Weil du Angst hast. Große Angst. Vor dem, was in dir lauert. Du fürchtest dich davor, in deinen inneren Spiegel zu sehen.«

»Was ist der innere Spiegel?«

»Es ist der, der dir deinen schlimmsten Gegner zeigt. Den Gegner, der dir nie in einem Ring oder einem Dojo gegenübertreten wird. Denn du selbst bist es. Es ist Zeit, dass du dich diesem Gegner stellst, Manu-San.«

»Aber wie kann ich das tun, Sensei?«

Sakamoto tätschelte Manuels Wange, wirkte zärtlich und väterlich dabei. »Hör auf zu fliehen. Verharre und beginne damit, nach innen zu blicken.«

Einige Tage später hatte Sakamoto ihm ein Empfehlungsschreiben ausgehändigt und ihn aufgefordert, nach Wakayama zu fahren, in die Berge, zu seinem alten Freund Fujita. Er sei derjenige, der Manuel helfen könne.

Der zweite und beschwerlichere Teil seiner Reise begann in einem Küstenort im Osten der Präfektur. Manuel, der die Nacht in einem schlichten Hotel in der Nähe des Bahnhofs verbracht hatte, bestieg am nächsten Morgen einen Bus, der ihn hinauf in die Berge brachte.

Der Bus folgte einer gewundenen Straße hinauf in die dünn besiedelte Berglandschaft des westlichen Japans. Es war ein kühler Januartag, und obwohl die Vegetation in dieser Gegend zu großen Teilen immergrün war, wirkte die Landschaft dennoch spröde und trostlos. Manuel blickte aus dem Fenster und fragte sich, ob es wirklich die richtige Entscheidung gewesen war, herzukommen. Er dachte an den Abschied von Yūko. Sie hatte geweint und zugleich auch tapfer und entschlossen gewirkt. Seit sie sich damals im Bus aus Gotemba kennengelernt hatten, war kein Tag vergangen, den sie nicht gemeinsam verbracht hatten. Nun war eine Zeit der Trennung gekommen, von der sie beide nicht wussten, wie lange sie dauern würde. Aber Manuel hatte keine Wahl, er musste diese Reise unternehmen, und daher bat er Yūko um Verständnis und Geduld. Sie willigte ein, weinte aber doch und hoffte, dass er bald zurückkehren würde. Er versprach es ihr, wusste insgeheim aber, dass er keine Vorstellung davon hatte, wie lange er fort sein würde.

Die Bandansage des Busses kündigte den nächsten Halt an. Noch war Manuels Ziel nicht gekommen. Sakamoto hatte ihm nicht nur ein Empfehlungsschreiben, sondern auch eine detaillierte Wegbeschreibung überreicht. Der Bus fuhr immer weiter in die einsame Bergwelt hinein. Bis auf einen weiteren Fahrgast war Manuel nun der einzige Passagier.

Eine halbe Stunde später war es soweit, seine Haltestelle wurde angesagt. Er drückte auf den Halteknopf, und nach wenigen Minuten kam der Bus zum Stehen. Manuel schulterte seine Tasche und stieg aus.

Sobald er auf der Straße stand, schloss der Fahrer die Türen, gab Gas, und der Bus nahm wieder Fahrt auf. Manuel blickte ihm nach, bis er in der Ferne hinter einer Straßenbiegung verschwunden war.

Er war allein. Er stand am Rand der einsamen Straße, die an dieser Stelle einem tief in die Hügellandschaft eingeschnittenen

Tal folgte. Neben der Straße plätscherte ein schmaler Bach. Es war still, bis auf den kalten Wind, der Manuel um die Ohren pfiff. Weit und breit war kein Fahrzeug zu sehen, kein Mensch, überhaupt kein Zeichen von Zivilisation. Manuel blickte auf die Wegbeschreibung. Er orientierte sich, entdeckte die drei hohen, laublosen Ahornbäume und die einsame Steinlaterne, an der er sich orientieren sollte. Sie bildeten den Ausgangspunkt des Pfades, der ihn an sein Ziel führen würde. Er rieb sich die Hände, schritt dann eilig aus und erreichte den Wanderweg, dessen enge Biegungen ihn schnell in die stille, winterliche Hügellandschaft führten.

Er war also wieder in den Bergen, genau wie damals am Hindukusch. Wieviel Zeit war seitdem vergangen? Es waren nicht einmal zwei Jahre, und doch kam es ihm vor, als wären es Ewigkeiten. Ein anderes Leben. Genau wie damals wanderte er nun wieder durch menschleere Natur, nun aber nicht, um den Tod zu bringen, sondern um Frieden zu finden.

Nach knapp vier Stunden strammen Wanderns und mehreren Gabelungen und Kreuzungen, die ihn hatten zweifeln lassen, ob er wirklich dem richtigen Weg folgte, erreichte Manuel ein einsam gelegenes Gehöft. Hier sollte Fujita-Sensei leben, der alte Freund des blinden Sakamoto.

Sakamoto hatte sich kein Wort darüber entlocken lassen, wer Fujita war oder weshalb Manuel hier, an diesem weitab der Zivilisation gelegenen Ort seinem wahren Gegner, seinem inneren Ich, seinen Ängsten, seiner Nemesis begegnen sollte.

Manuel hatte es sich nicht nehmen lassen, noch in Tokio im Internet nach Informationen zu stöbern, doch er hatte wenig bis gar nichts herausgefunden. Die einzig brauchbare Quelle, auf die er gestoßen war, war ein mehrere Jahre alter Blogeintrag eines amerikanischen Būdō-Anhängers gewesen, der durch Japan gereist war, um die legendären Meister der alten japanischen Kriegskünste aufzusuchen. Der Amerikaner, er hieß Nathan Hel, schrieb von zahlreichen Begegnungen mit Meistern der bewaffneten und waffenlosen Künste, darunter Vertretern kleiner, altehrwürdiger Familientraditionen. Er erwähnte auch Fujita-Sensei und dessen Sohn Kōtarō, der genau wie sein Vater eine beeindruckende Persönlichkeit sei. Worin aber das Besondere dieser beiden Japaner begründet war, darüber verlor der Amerikaner kein einziges Wort.

Manuel atmete ein letztes Mal durch, trat dann auf das Haus zu und klopfte gegen die Schiebetür. Da keine Antwort erfolgte, schob er die Tür ein wenig zur Seite und rief nach japanischer Sitte einen Gruß ins dunkle, offenbar ungeheizte Haus.

Zunächst erfolgte keinerlei Reaktion. Dann hörte Manuel das leise Schleifen einer Fusama-Schiebetür, gefolgt von Schritten, die sich näherten. Schließlich stand ein kleiner, fast zierlicher Japaner vor ihm, den Manuel auf siebzig Jahre, möglicherweise sogar noch älter schätzte. Der Japaner blickte ihn aus klaren, hellwachen Augen an und sagte lächelnd: »Manuel-San, nehme ich an?«

»Das ist richtig, Sensei.«

»Mein alter Freund Sakamoto hat mir angekündigt, dass Sie kommen würden. Schön, dass Sie den Weg gefunden haben.«

»Er hat mir einen Brief für Sie mitgegeben, Sensei.«

»Ja, ja, ein Empfehlungsschreiben. Aber das ist nicht nötig. Ich sehe sofort, dass Sie ein würdiger Schüler sein werden. Treten Sie ein, Manuel-San. Willkommen in meinem Haus.«

69

Müller war binnen kürzester Zeit zu einem erneuten Treffen bereit gewesen. Manuel hatte in seiner Nachricht im Datingportal angedeutet, dass er nun im Besitz von Berkan Cetins Dokumenten sei. Details hatte er sich gespart. Müller hatte umgehend geantwortet und ein Treffen schon wenige Stunden später vorgeschlagen.

Das Hotel, in dem er Manuel erwartete, gehörte dieses Mal ans andere Ende der Skala. Kein Grandhotel wie noch vor zwei Tagen, sondern ein schmuckloser Zweckbau an einer von Hamburgs östlichen Ausfallstraßen. Ein Ort, in dem Vertreter, Handlungsreisende, Lkw-Fahrer abstiegen.

Schmuddelig, unauffällig. Kein Ort, wo Fragen gestellt wurden. An der Rezeption erkundigte Manuel sich nach Julius Sandner, einem von Müllers Tarnnamen. Die Rezeptionistin blickte in ihren Computer, nannte eine Zimmernummer, lächelte Manuel dann verschwörerisch zu. »Ich wünsche Ihnen viel Vergnügen.«

Offenbar hielt sie ihn und Müller für ein heimliches Paar, das sich zu einem Rendezvous traf. War nett gemeint. Traf Manuels Stimmungslage allerdings so gar nicht.

Müller machte nur Sekunden nach seinem Klopfen auf. Er wirkte nervös, fahrig. Sein Haar klebte ihm verschwitzt an der Stirn, seine Hände zitterten leicht. War es ein Zeichen von Aufregung? Oder der unersättlichen Gier?

Müller ließ Manuel eintreten, blickte noch einmal den Flur hinunter, schloss erst dann die Tür. »Sind Sie sicher, dass Ihnen niemand gefolgt ist?«

»Ich bin kein Anfänger, Müller.«

»Schon klar. Haben Sie die Unterlagen dabei?«

»Sie kommen schnell aufs Wesentliche, was?«

»Wenn Sie wüssten, worum es geht, könnten Sie es verstehen.«

»Vielleicht weiß ich es ja.«

Müller sah ihn irritiert an, schüttelte dann unwirsch den Kopf. »Kommen Sie, Jessen. Setzen Sie sich. Zeigen Sie mir die Papiere. Und dann erklären Sie mir, wieso Sie überhaupt noch in der Stadt sind.«

Müller schob ihn den kleinen Flur entlang ins Zimmer. Es war zweckmäßig eingerichtet. Ein Doppelbett, Nachttische auf beiden Seiten, ein Schreibtisch, zwei Ledersessel, dazwischen ein Bistro-tisch. In einem Haus wie diesem wurde so etwas vermutlich schon eine Suite genannt.

Manuel setzte sich, gab dabei ein unterdrücktes Stöhnen von sich. Die Folgen des Unfalls waren immer noch zu spüren.

Müller setzte sich gegenüber hin, sah Manuel fragend an. »Was ist mit Ihnen? Sind Sie verletzt?«

»Es ist nichts.«

»Also, was ist mit den Papieren?« Müller schien es nicht abwarten zu können. Seine Augen leuchteten wie die eines Süchtigen bei der Aussicht auf einen baldigen Schuss.

»Zeige ich Ihnen.«

Manuel zog die zerknitterten Papiere aus seiner Jackentasche, faltete sie auseinander und reichte sie Müller.

Der warf einen Blick darauf, der alles verriet: Habgier, Geifer, dazu eine nahezu sexuelle Lust. Wenn Manuel noch Reste von Zweifel hatte, dass Müller hinter allem steckte, jetzt waren sie end-gültig verflogen.

Anders als Manuel musste Müller zudem nicht groß raten, worum es sich bei den Dokumenten handelte. Offenbar wusste er Bescheid. Er ging die Zettel zügig Blatt für Blatt durch. Tripoli, Beirut, Girne, Marseille. Aber nichts von Hamburg.

Müller stutzte, blätterte die Seiten noch einmal durch. Seine Augen weiteten sich. Angst. Entsetzen.»Das ist nicht alles, Jessen. Es muss ein Zollformular aus Hamburg geben. Wo ist es?«

»Nicht hier.«

»Was soll das heißen, nicht hier?«

»Es heißt, dass ich weiß, was Sie treiben, Müller. Der Container. Das Geld aus den Ölgeschäften des IS … Sie haben das alles eingefädelt! Der Mord an Berkan Cetin, mein Foto in der Zeitung, Ihr Rat an mich, aus der Stadt zu verschwinden. Es hätte alles wunderbar funktionieren können. Hat es aber nicht. Darum sitzen wir jetzt hier. Ich bin auf Ihre Erklärung gespannt.«

»Wo ist das fehlende Dokument, Jessen?«

»Wie ich schon sagte, nicht hier.«

»Was immer Sie hier abziehen wollen, Sie werden es bereuen!«

»Drohen Sie mir?«

Müller gab ein heiseres Lachen von sich.»Da haben Sie verdammt recht.«

»Dumm von Ihnen.«

»Ach, ja?«

»Sie wollen doch das Geld. Ohne die Hamburger Papiere können Sie es vergessen.«

Müller starrte ihn an. Manuel sah Wut, ja, Hass, aber auch Enttäuschung und Angst. Müller hatte sich schon kurz vor dem Ziel gewähnt … und jetzt könnte alles vergeblich sein.

»Was wollen Sie, Jessen? Einen Anteil?«

»Machen Sie Witze? Ich hätte alles haben können.«

»Sie bluffen.«

»Nein. Ich habe den Container gesehen. Ich hätte nur zugreifen müssen, dann hätte ich jetzt zig Millionen.«

»Warum sind Sie dann hier?«

»Habe ich doch schon gesagt. Ich will eine Erklärung.«

Müller erlangte seine Beherrschung wieder. Er versuchte ein Lächeln. »Sie wissen doch gar nicht, worauf Sie sich einlassen, Jessen. Geben Sie mir das fehlende Blatt, und dann verschwinden Sie, Herrgott noch mal. Sie spielen mit Ihrem Leben. Und mit dem vieler anderer Menschen.«

»Das ist mir in den vergangenen Tagen bereits ziemlich deutlich geworden.«

Müller holte Luft, gab dann ein langes, erschöpftes Seufzen von sich. Für einen kurzen Moment wirkte er weggetreten, völlig in Gedanken verloren.

Dann kehrte er schlagartig in die Gegenwart zurück. »Also schön, ich sage Ihnen alles. Aber vorher … wollen Sie was trinken? Ich jedenfalls brauche etwas.«

Müller deutete auf die Minibar unterhalb des Hotelfernsehers. Manuel nickte. »Warum nicht? Aber versuchen Sie keinen Unsinn.«

Müller winkte ab. Er erhob sich, öffnete den kleinen Kühlschrank. Mit einer Handvoll kleiner Fläschchen kehrte er zum Tisch zurück. Grinsend sagte er zu Manuel: »Die Auswahl ist beschränkt. Johnny Walker, Gordon's Dry Gin, Jägermeister, Asbach …«

»Ich nehme ein Wasser.«

»Wasser?«

»Wenn es Sie nicht stört.«

»Ihre Entscheidung. Ich genehmige mir den Weinbrand.«
Manuel hörte genau auf den knackenden Laut, als er die Was-
serflasche öffnete. Sie war unversehrt. Er füllte sein Glas und wartete, bis Müller dasselbe mit seinem Asbach getan hatte. Sie prosteten sich zu, albern genug, tranken.

Müller wischte sich über den Schnäuzer. »Ich glaube, dass Sie
die Sache völlig missverstehen, Jessen. Es geht hier nicht um mich.
Das Geld … Sie haben es wirklich gesehen?«

Manuel nickte. »Den ganzen Container voll. Es sind Hunderte
von Millionen. Wieviel genau, weiß ich nicht.«

Müller stieß ein kindisches Lachen aus. »Das Geld soll einem
vernünftigen Zweck zugeführt werden. Nur darum geht es. Aber
damit wir das bewerkstelligen können, darf es nirgendwo offiziell
auftauchen, das sehen Sie doch ein, oder?«

»Ein vernünftiger Zweck? Was soll das sein?«

»Das können Sie sich doch denken. Das *Netzwerk* wird in den
kommenden Jahren seine Aktivitäten ausweiten müssen. Sie wissen, was los ist. Russland dreht auf, die Chinesen schicken immer mehr ihrer Agenten, genauso die Iraner. Unsere sogenann-
ten Freunde aus den Staaten nicht weniger. Jetzt auch noch die
Briten … Hinzu kommen die Syndikate aus Italien, vom Balkan,
aus dem Kaukasus. Dazu die Nazis, bald auch linke Spinner, die
Islamisten sowieso … Wir sind im Krieg, Jessen, und Krieg kostet Geld. So eine Gelegenheit wie diese werden wir nie wieder bekommen! Und bevor Sie mir jetzt mit Moral kommen …«

»Hatte ich nicht vor.«

»Es ist doch geradezu eine Ironie des Schicksals, wenn das Geld
des IS auf die Art einem guten Zweck zugeführt würde. Wenn die

Terroristen dadurch den Kampf, den wir gegen sie führen, selbst finanzieren. Was sagen Sie?«

»Erwarten Sie ernsthaft eine Antwort, Müller? Offenbar ja. Das Problem ist, dass ich Ihnen kein Wort glaube. Sonst hätten Sie mir doch von Anfang an reinen Wein eingeschenkt. Außerdem hätten Sie nicht dafür gesorgt, dass ich Cetin töte. Sie hätten ihn in die Zange genommen, bis er Ihnen sagt, wo das Geld ist. Und Sie hätten mich auch nicht an die Polizei verraten.«

Müller machte eine ergebene Geste. »Jetzt haben Sie sich nicht so. Ein Mann wie Sie weiß, wie das Spiel läuft. Sie sollten abtauchen. Nur darum ging es mir.«

»Warum? Hatten Sie Angst, dass ich Ihnen Schwierigkeiten mache?«

»Haben Sie es vor? Mir Schwierigkeiten zu machen?«

»Das kommt ganz darauf an.«

Müller lächelte. »Also doch … Gut, ich biete Ihnen ein Viertel. Was halten Sie davon?«

»Sie verstehen es wirklich nicht, oder?«

Müller überhörte Manuels Einwurf. »Reißen Sie sich zusammen, Jessen. Ein Viertel! Wenn meine Informationen stimmen, dann liegen in dem Container etwa neunhundert Millionen. Das wären über zweihundert Millionen US-Dollar, ganz allein für Sie! Herrschaftszeiten, worüber denken Sie überhaupt noch nach?«

»Vergessen Sie es. Darum geht es mir nicht.«

»Ihr letztes Wort?«

Manuel nickte stumm.

»Dann noch einmal? Was wollen Sie?«

»Ich will, dass Sie sich stellen. Klären Sie die Sache auf. Ich will mein Leben zurück. Für mich ist Schluss mit all dem hier.«

Müller sah Manuel kopfschüttelnd an, lächelte dabei seltsam. Ein Umstand, der Manuel irritierte. Eigentlich sollte der Geheimdienstler keinen Grund zum Lächeln haben.

Sekundenbruchteile später wusste Manuel Bescheid. Ein Schatten, eine Bewegung, dann ein Schlag mit einem schweren Gegenstand, irgendetwas aus Holz, vielleicht ein Lampenständer. Müller war nicht allein im Zimmer gewesen, von Anfang an nicht. Das Badezimmer!

Der Schlag erwischte Manuel nicht wirklich, er hatte instinktiv die Hände zur Abwehr gehoben, war dann in einer fließenden Bewegung vom Stuhl gerollt.

In dem Moment aber, in dem er auf die Füße kommen wollte, spürte er einen bestialischen Schmerz unterhalb der Rippen. Zuerst glaubte er, von einer Kugel getroffen worden zu sein. Dann wurde ihm klar, dass eine der Unfallwunden aufgeplatzt war. Blut schoss aus seinem Körper, dazu pochende Schmerzen, die ihm fast die Besinnung raubten.

Aber darauf kam es nicht an.

Da war etwas anderes, viel Bedrohlicheres.

Er realisierte es erst, als es zu spät war. Ein Stich an seinem Hals. Keine Klinge, eine Kanüle. Der zweite Mann – Manuel bekam ihn nicht zu sehen, er blieb immer außerhalb seines Gesichtsfeldes – hatte ihm eine Spritze in den Nacken gesetzt.

Die Wirkung setzte ohne Verzögerung ein.

Manuel spürte es in erster Linie dadurch, dass er langsamer wurde. Er wollte aufstehen, wollte zur Tür – aber alles ging nur noch in Zeitlupe. Dann verlor er die Kontrolle über seine Beine. Er fiel auf die Knie. Er wollte wieder hochkommen, aber seine Gliedmaßen gehorchten ihm nicht mehr. Die Beine nicht, die

Arme nicht. Er kniete wie ein Pilger auf dem Boden. Müller stand vor ihm, sein Lächeln war zum lauten Lachen, zum offenen Triumph geworden.

»Sie hätten auf mein Angebot eingehen sollen, Jessen … obwohl, am Ende wären Sie so oder so leer ausgegangen.«

Manuel wollte etwas erwidern, doch nun waren auch seine Zunge und seine Lippen gelähmt.

Er fiel zu Boden. Da er nicht in der Lage war, seine Arme zu heben, um den Sturz abzufangen, schlug er mit voller Wucht auf sein Gesicht.

70

Früh am Morgen fand sich Manuel im Dojo des Hauses Fujita ein. Draußen herrschte noch tiefe Dunkelheit. Der Dojo war ungeheizt und bitterkalt. Manuel hatte die Kleidung angezogen, die man ihm bereitgelegt hatte, und so trug er nun wie die anderen Schüler einen weißen Gi sowie schwarze Hakama.

Der Trainingsraum war nicht sonderlich groß. Der Boden bestand aus dunkel glänzenden Holzbohlen. Keine Matten, keine Polsterung. An der Stirnwand hingen mehrere Kalligraphien. In den Nischen waren Halterungen für verschiedene Waffen befestigt, darunter Bokken, Shinai, Jō und Naginata. Erleuchtet wurde der Raum von altmodischen Ölfunzeln, die ein trübes Zwielicht entfalteten.

Manuel nahm an der einleitenden Meditation teil, die eine halbe Stunde dauerte. Dann wurde er gebeten, am Rand des Dojo Platz zu nehmen und zunächst nur zuzusehen.

Fujita-Sensei kniete ebenfalls am Rand der Übungsfläche. Sein Sohn Kōtarō leitete das Training an. Er war vielleicht Mitte vierzig, ein kleiner, aber kräftiger Japaner mit kantigem Gesicht und klaren, wachen Augen. Er demonstrierte mit einzelnen Schülern Fall- und Wurfübungen, Hebel- und Haltetechniken, Befreiungen und Konterangriffe, die anschließend von immer neuen Paarungen der Schüler geübt wurden. Kōtarō-Sensei ging herum, korrigierte die Schüler, beantwortete in kurzen, knappen Sätzen Fragen oder demonstrierte Techniken, die nicht klar geworden waren. Zwischendurch meldete sich auch der alte Fujita zu Wort, rief einem einzelnen Schüler etwas zu oder machte mit schlichten Handbewegungen den Sinn einer Technik deutlich. Es bewies Manuel, dass der alte Mann, obwohl er die Lider geschlossen hielt und ganz in sich selbst versunken schien, in Wahrheit das Training aufmerksam beobachtete.

Nach einer guten Stunde musste Manuel sich eingestehen, dass er enttäuscht war. In den Übungen, die Vater und Sohn Fujita anleiteten, erkannte Manuel unschwer eine Koryū wieder, eine alte Schule des Jūjutsu, wie die traditionellen waffenlosen Kampfkünste der japanischen Samurai genannt wurden. Im Gegensatz zu den moderneren Disziplinen wie Judo oder Aikido standen sie noch klarer in der Tradition der alten Kriegskünste. Und doch war auch hier schon die verkünstelte Ritualisierung zu erkennen, die die alten Bujutsu spätestens seit der Meijizeit, vielleicht sogar schon früher prägten. Aus den Techniken des Schlachtfelds waren solche zur Kultivierung der befriedeten Beamtenkrieger geworden, ihr martialischer und im Zweifel tödlicher Gehalt war nur noch als fernes Echo zu spüren. Einen Kämpfer, einen Soldaten wie ihn konnte derlei nicht beeindrucken. Manuel war sich sicher, dass keiner der jungen Adepten, die hier fleißig übten, in der Halle von Kasai auch nur eine Minute überleben würde. Und für Kōtarō Fujita, ihren Lehrer, galt im Zweifel dasselbe.

Würde Manuel hier im Fujita-Dojo wirklich das finden, was der alte Sakamoto ihm prophezeit hatte? Würde er hier seinem inneren Selbst, seiner tiefsten Angst begegnen?

Manuel spürte, wie seine Enttäuschung in Bitterkeit umschlug. Er hatte den Chef und sein vertrautes Leben in Tokio zurückgelassen. Er hatte Yūko zurückgelassen. Wofür? Um eine alte, verknöcherte japanische Kampfkunst zu lernen?

»Kommen Sie, Manu-San. Treten Sie auf die Kampffläche.«

Der alte Fujita hatte sich lautlos erhoben, winkte ihm nun zu und forderte ihn auf, ihm auf die Übungsfläche zu folgen. Manuel schreckte hoch, fühlte sich in seiner Unaufmerksamkeit ertappt. Er stand auf, verneigte sich und sagte: »Sehr gerne, Sensei.«

Er trat auf die harten, von Generationen von Kämpfern ausgetretenen Bohlen. Die anderen Schüler und auch Fujitas Sohn knieten derweil in einer Reihe am Rand, beobachteten nun gespannt, wie der Neue sich machte. Der alte Fujita stand zwei Schritte von Manuel entfernt und schenkte ihm ein mildes Lächeln. »Machen Sie sich keine Gedanken, Manu-San. Sie sind nicht der erste Schüler, der herkommt und glaubt, doch nur wieder in einem der vielen Dojos gelandet zu sein, in dem das alte Wissen längst verloren ist.«

»Ich wollte wirklich nicht … Es tut mir leid, wenn Sie diesen Eindruck gewonnen haben, Sensei.«

»Bitte, Manu-San, Sie müssen sich nicht erklären. Es ist gut, skeptisch zu sein. Die alten Krieger meiner Heimat waren nicht

314

kampfkräftig, weil sie an etwas geglaubt haben. Sie waren es, weil sie gute Lehrmeister hatten.«

»Sicher, Sensei. So sind die Samurai zu ihrem legendären Ruf gekommen.«

»Was ist also mit Ihnen? Sind Sie neugierig, ob es diese alten Traditionen noch gibt? Ob sie heute noch lebendig sind?«

»Ja, das bin ich.«

»Dann finden Sie es heraus. Bitte, beginnen Sie.«

Manuel sah den alten Mann, der so klein und zart vor ihm stand, verunsichert an. »Ich verstehe nicht ...«

»Was gibt es nicht zu verstehen? Sie wollen wissen, ob ich ein Krieger oder doch nur der Bewahrer einer hohlen Tradition bin, richtig? Dann halten Sie sich nicht zurück. Probieren Sie es aus.«

Manuel blickte hinüber zu Kōtarō, der mit stoischem Gesichtsausdruck am Rande der Übungsfläche kniete. Als er Manuels fragende Blicke bemerkte, lächelte er und erklärte: »Zögern Sie nicht, Manu-San. Greifen Sie meinen Vater an. Nur dann werden Sie wissen, woran Sie sind. Wenn Sie es aber nicht tun, ist Ihre Neugier wohl nicht sehr tief. Dann werden wir Sie noch heute bitten, uns wieder zu verlassen.«

Manuel nickte niedergeschlagen. Er verbeugte sich in Richtung des alten Fujita. Dann sollte es so sein. Er hob die Fäuste und trat näher an den alten Mann heran. Aber was nun? Sollte er einen ritualisierten, halbherzigen Angriff starten? Oder wirklich zuschlagen? Aber wie könnte er das verantworten? Fujita-Sensei machte bisher nicht die geringsten Anzeichen, sich in irgendeiner Form verteidigen zu wollen. Und Manuels Faust war schnell. Er würde treffen, er würde verletzten.

Schließlich ließ Manuel die Fäuste sinken, verbeugte sich und sagte: »Es tut mir leid, Sensei, aber ich bin mir nicht sicher, was genau Sie von mir erwarten.«

Der alte Mann lächelte. »Wollen wir uns darauf einigen, dass ich gewonnen habe? Ihre Aufgabe war es, mich anzugreifen. Sie haben Sie nicht erfüllt. Meine Aufgabe war es, mich zu verteidigen. Ich habe sie perfekt gelöst.«

»Sicher, Sensei. Der Sieg ist der Ihre.«

Fujita-Sensei gab ein lautes, tief aus dem Inneren seines Körpers dringendes Lachen von sich. Dann wandte er sich an seinen Sohn: »Kōtarō. Vielleicht ist er dir gegenüber weniger zurückhaltend.«

»Ja, Vater.«

Kōtarō Fujita verbeugte sich, sprang dann geschmeidig auf die Beine und trat in die Mitte der Mattenfläche, wo er die Stelle seines Vaters einnahm. Er nickte Manuel zu. »Bitte, Manu-San. Kämpfen Sie mit mir.«

Manuel hob erneut die Hände und ballte sie zu Fäusten. Kōtarō war sicherlich kampfkräftiger als sein Vater. Zurückhaltung war daher nicht angebracht. Er trat einen Schritt nach vorne, war noch nicht ganz in Schlagdistanz. Kōtarō Fujita behielt ihn unter gesenkten Lidern im Blick. Manuel ging im Geist eine schnelle Kombination durch, ein getäuschter linker Haken, eine Gerade mit der Rechten zum Solarplexus, vielleicht zum Magen, zunächst einmal nicht zum Gesicht ... Dann aber merkte er, dass Kōtarō seinen Gedankengang erriet und darauf reagierte. Der Japaner änderte auf minimale Weise seine Haltung, schob den rechten Fuß um Millimeter nach vorne, so dass er den Schlag, mit dem Manuel attackieren wollte, ohne weiteres hätte kontern können. Mehr noch,

Kōtarō hatte sich durch die winzige Veränderung seiner Position in den Vorteil gebracht.

Zum ersten Mal gewann Manuel den Eindruck, dass der Mann wusste, was er tat. Er durfte Kōtarō nicht unterschätzen.

Also gut, dachte Manuel. Dann halt richtig. Er sprang auf Kōtarō zu, täuschte einen Schlag an, wollte ihn dann mit einem Fußfeger auf die Matte befördern. Tatsächlich aber spürte Manuel in derselben Sekunde den Boden unter den Füßen nicht mehr. Ein seltsames, ihm Übelkeit erzeugendes Gefühl der Leichtigkeit nahm von ihm Besitz. Alles drehte sich, er verlor die Orientierung, fiel.

Als Manuel wieder klar sehen konnte, lag er auf den Bohlen und blickte hinauf in das lächelnde Gesicht von Kōtarō Fujita.

»Bitte, stehen Sie auf. Noch einmal!«

Manuel legte nun alle Hemmungen ab. Er sprang auf die Füße und attackierte den Japaner erneut. Er wollte schlagen, wollte treten. Das Nächste, was ihm klar wurde, war, dass er wieder auf dem Boden lag, ohne dass er hätte sagen können, was geschehen war. Diesmal allerdings hielt der junge Fujita ihn am Handgelenk, das er problemlos hätte brechen können, wenn er gewollt hätte.

Manuel gab ein ungläubiges Lachen von sich. Er hatte weiß Gott viele Kämpfe hinter sich gebracht. Nicht nur Sparring. Ernste Fights, in denen es um alles gegangen war. So wie in Kasai. Nie aber hatte er so etwas wie hier erlebt.

Er kämpfte mehrere Runden gegen Kōtarō, dann nahm sein Vater dessen Stelle ein.

Manuel ahnte, dass es ähnlich ausgehen würde. Daher nahm er nun auch gegenüber dem Alten keine Rücksicht mehr. Er schlug schnell, er trat zu, ohne zu zögern.

Das Ergebnis war jedesmal dasselbe. Manuel lag am Boden. Im Falle des Seniors war es sogar noch unerklärbarer. Er spürte keine Abwehr, keinen Schlag, nicht einmal eine Wurftechnik. Immer nur war da das kurze unheimliche Gefühl der Leichtigkeit und dann das Erwachen auf den harten Holzbohlen.

Als Manuel ein letztes Mal auf die Füße kam, verbeugte der alte Fujita sich. Sein Gesicht zeigte ein freundliches Lächeln, und er erklärte: »Ich denke, das genügt für heute, oder?«

Manuel verbeugte sich tief. »Ich habe so etwas noch nie erlebt, Sensei.«

»Es war nur ein kleiner Vorgeschmack.«

»Wie nennen Sie, was Sie tun, Sensei? Welche Schule vertreten Sie? Welche Technik wenden Sie an?«

Fujita lachte auf. »Sie glauben, dass es eine Technik ist?«

»Die beste, die ich je erlebt habe.«

»Wenn der Regen auf dem Meer niedergeht, glauben Sie, dass er dann eine Technik anwendet? Wenn ein Fluss sich in einen See ergießt, vertritt er dann eine Schule?«

»Ich bin nicht sicher, was Sie sagen möchten, Sensei.«

»Es ist nicht so schwer, Manu-San. Der Regen wird zum Meer, und der Fluss wird zum See. Wenn Sie kämpfen, Manu-San, dann sind Sie der Angreifer, und ich bin für Sie der Gegner. Sie dort, ich hier. Alles ist getrennt. Alles ist gespalten. Bei mir ist es anders.«

»Helfen Sie mir, es zu verstehen.«

»Wenn wir kämpfen, dann bin ich Sie. Ihr Schlag ist meiner. Alles ist eins. Das Meer kann sich nicht selbst besiegen, Manu-San. Die Wogen türmen sich auf und kehren in die Tiefe zurück. Sie, Manu-San, können mich nicht besiegen, denn Sie besiegen sich immer wieder nur selbst. Denken Sie darüber nach.«

71

Manuel erwachte. Er befand sich immer noch in dem Hotelzimmer in Hamburg. Er wollte sich rühren, konnte es aber nicht. Sein Angreifer, Müllers Komplize, musste ihm ein starkes Muskelrelaxans gespritzt haben. Das Einzige, worüber er noch Kontrolle hatte, waren seine Augäpfel. Allerdings nützte ihm das nicht viel. Sein Gesichtsfeld zeigte ihm ein Stück Wand und die angegrauten Vorhänge vor dem Fenster.

Manuel hörte Schritte, hörte leise Stimmen. Die eine davon gehörte Müller. Die andere? Manuel war sich nicht sicher. Er kannte diese Stimme, er hatte sie schon einmal gehört. Aber er kam nicht darauf, wo oder wann es gewesen war. Offenbar wurde Englisch gesprochen. Aber worum es ging, konnte er nicht heraushören.

Schließlich trat Müller in sein Blickfeld. Er sah mitleidig zu Manuel herab. »Ich hoffe, Sie haben sich bei Ihrem Sturz nicht allzu weh getan, Jessen. Sah aber lustig aus. So ungebremst aufs eigene Gesicht fallen ... Am liebsten würde ich das noch ein paar Mal mit Ihnen machen. Aber leider fehlt mir die Zeit dazu.«

Manuel brachte nichts als ein heiseres Krächzen zustande. Seine Stimmbänder waren immer noch ausgeschaltet. Er blickte Müller an und hoffte, dass der Glanz in seinen Augen ausdrückte, was er empfand.

Müller lachte auf. »Mir bleibt nur noch, mich zu verabschieden, Jessen. Es wird höchste Zeit, dass ich meine kleine Spardose im Hafen abhole. Sie hatten mit Ihrem Verdacht übrigens völlig recht, das Geld ist nicht für das Netzwerk, sondern ganz allein für mich. Ich habe mich noch nicht ganz entschieden. Vielleicht Brasilien. Oder Argentinien. Mal sehen. Die fehlenden Papiere haben wir übrigens unten in Ihrem Wagen gefunden. Den Schlüssel hatten Sie ja dankenswerter Weise in der Tasche … Das Ganze ist für einen Mann von Ihren Qualitäten ein wenig stümperhaft, finde ich. Vielleicht haben Sie ja doch den falschen Beruf? Sie werden bald viel Zeit haben, darüber nachzudenken. In Kürze wird die Polizei auftauchen und Sie festnehmen – Sie, den Mörder von Berkan Cetin, der für die Polizei immer noch Kabir Awad heißt. Ich könnte Sie allerdings auch problemlos töten. Denken Sie daher nicht zu schlecht von mir. Adieu, Jessen.«

Manuel konnte nur gurgelnde Laute von sich geben.

Müller warf ihm eine Kusshand zu, verließ dann in Begleitung seines Komplizen das Zimmer. Manuel blieb liegen. Er konnte nicht einmal die Augenlider schließen. Stattdessen war er gezwungen, untätig darauf zu warten, dass die Polizei auftauchte und ihn festsetzte.

72

Die Wochen im Fujita-Dojo vergingen schnell und langsam zugleich. Das tägliche Training, erst am frühen Morgen, dann am Vor- und Nachmittag, schließlich noch einmal am Abend gab dem Leben eine gewisse Ordnung. Aber die Dinge, die Manuel dort lernte, hoben zugleich jede Ordnung wieder auf. Er hatte das Gefühl, dass alles, was ihm bisher als sicher erschienen war, keine Gültigkeit mehr besaß. An diesem seltsamen, stillen Ort in den Bergen von Wakayama kam Manuel sich vor, als würde er noch einmal ein Kind werden. Alles musste er von Grund auf neu erlernen: stehen, gehen, fallen, wieder auf die Beine kommen. Alles war neu, alles war anders.

Immer wieder stand der alte Sensei mit Manuel auf der Kampffläche, forderte ihn auf, ihn anzugreifen. Manuel tat es, er nahm schon lange keine Rücksicht mehr. Doch immer wieder machte er die Erfahrung, dass seine Schläge, die jeden anderen Gegner niedergestreckt hätten, sich bei Fujita anfühlten, als werfe er einen Stein in ein tiefes Tal, so tief, dass er den Aufprall des Steines nicht einmal hören konnte. Er wartete und wartete ... und dann traf ihn eben dieser Stein, als hätte er die Erde umkreist und wäre mit Macht zu ihm zurückgekehrt.

»Verstehen Sie, Manu-San? Ahnen Sie, was ich Ihnen zeigen möchte? Alles, was Sie von sich geben, kehrt zu Ihnen zurück. Alles ist ein Kreislauf. Und nun kommen Sie. Versuchen Sie es noch einmal.«

Manuel griff den alten Mann erneut an. Fujita war freundlich und bewegte sich langsam, so dass Manuel spüren konnte, was er tat, wie er vorging, welche Strategie er verfolgte. Sobald Manuel ihm aber wirklich nahe kam, ließ der Sensei ihn eintauchen in einen Strudel, dessen Zentrum das Universum selbst war. Dann wandelte sich der Strudel und wurde zur Welle. Sie brach über Manuel und schleuderte ihn hart gegen ein felsiges Ufer. Jedes Mal wusste er, dass er hätte sterben können und dass er es allein der Freundlichkeit seines Lehrers verdankte, dass er noch lebte.

»Ich verstehe es einfach nicht, Sensei«, sagte Manuel niedergeschlagen.

»O doch, das tun Sie. Lassen Sie es einfach zu.«

»Was muss ich tun?«

»Nichts. Einfach nichts. Sie suchen etwas, das man nicht suchen kann. Sie möchten etwas finden, das man nicht finden kann. Wenn Sie das erkennen, sind Sie auf dem richtigen Weg.«

73

Manuel hörte ein Geräusch, draußen im Flur vor dem Hotelzimmer. War es die anrückende Polizei?

Er musste auf die Füße kommen, egal, wie. Aber immer noch gehorchte ihm sein Körper nicht, wirkte die Droge, die Müllers Komplize ihm gespritzt hatte.

Egal, er musste es versuchen.

Manuel stützte die Hände auf, stemmte sich hoch, Zentimeter um Zentimeter. Beinahe sackte er wieder zurück. Aber nein, er schaffte es, gelangte in eine sitzende Haltung.

Er blickte an sich selbst herab. Sein Hemd war blutdurchtränkt. Aber ansonsten war er in Ordnung. Zudem spürte er keine Schmerzen. Eine kleine, vorteilhafte Nebenwirkung des Mittels.

Also weiter. Er musste aufstehen! Aber wie? Er zog sich am Bett hoch, schaffte es, stand schließlich aufrecht da. Sofort aber verlor er wieder das Gleichgewicht. Er fiel schmerzhaft zurück auf die Knie, krachte dann der Länge nach wieder auf den Boden.

Er gönnte sich einen kurzen Moment der Erholung. Der Schmerz pochte als fernes Echo in ihm. Egal. Noch einmal.

Diesmal ging er vorsichtiger zu Werke, brachte sich erst einmal nur wie ein Kleinkind in den Vierfüßlerstand. Selbst das klappte nicht so richtig. Er sackte erneut zurück, schlug diesmal hart mit dem Kinn auf den Boden. Diesmal schoss ein stechender Schmerz wie ein Blitz durch seinen Kopf. Er schmeckte sein eigenes Blut. Offenbar hatte er sich ein Stück seiner eigenen Zunge abgebissen. Er ignorierte es. Die Alternative bestand darin, den Rest seines Lebens im Gefängnis zu verbringen.

Manuel wartete, bis sich sein Herzschlag und seine Atmung wieder einigermaßen beruhigt hatten. Er spürte den soghaften Drang, einfach liegen zu bleiben, die Augen zu schließen, einzuschlafen. Aber er durfte nicht einmal daran denken. Er musste von hier verschwinden, und zwar so schnell wie möglich. Sonst würde weder er noch sonst jemand Müller aufhalten.

Unter Aufwendung all seiner Kräfte, all seines Willens, schaffte Manuel es, zu dem Bistrotisch zu kriechen, sich daran emporzuziehen und so erneut auf die Füße zu kommen. Mit wackeligen Schritten balancierte er in Richtung Tür, drohte immer wieder zu stürzen. Er machte sich keine Illusionen. Wenn er wirklich fiele, wäre die Wirkung fatal. Er könnte sich nicht abfangen, bräche sich womöglich ein Bein, einen Arm, das Genick.

Er erreichte die Tür, öffnete sie, lugte hinaus in den Hotelflur. Nichts war zu sehen, nichts war zu hören. Keine Polizei. Noch nicht.

Er verließ das Zimmer, hangelte sich an der Wand des Korridors entlang in Richtung Fahrstuhl.

Kurz bevor er die Ecke erreichte, hinter dem sich der Vorraum mit den beiden Liften befand, hörte er das Signalgeräusch des Fahrstuhls. Die metallischen Türen glitten auf. Stimmen, Schritte, Ruhe. Dann Geflüster. Eine Art Lagebesprechung. Die Nummer des Zimmers, in dem er sich gerade noch befunden hatte, wurde genannt. Es folgten kurze, zackige Kommandos, alle im Duktus von MEK-Beamten im Einsatz.

Manuel blickte sich um. Es ging um Sekundenbruchteile. Seine Gedanken rasten. Gleich würden die Beamten mit vorgehaltenen Waffen um die Ecke biegen. Die beiden Zimmertüren, die am nächsten waren, würden abgeschlossen sein. Es wäre viel zu laut, wenn er sie mit der Schulter aufbräche. Mal ganz abgesehen davon, dass er dazu vermutlich gar nicht in der Lage wäre.

Dann war da noch die Treppenhaustür, über der ein grünes Notausgangsschild glimmte. Auch das war keine Option, denn sicherlich wurden alle Aufgänge von weiteren MEKlern gesichert.

Ein paar Schritte weiter befand sich noch eine weitere, unbeschriftete Tür. Vielleicht ein Vorratsraum mit dem üblichen Hotelzeug. Handtücher, Bettwäsche, Seife. So wie es aussah, war es Manuels einzige Chance. War auch sie verschlossen, wäre er geliefert. Er brauchte also Glück – etwas, worauf er sich nur ungern verließ.

Immerhin, diesmal hatte er welches. Der Knauf der Tür ließ sich drehen. Dahinter verbarg sich tatsächlich eine winzige Kammer, vollgestellt mit Putzmitteln. Ganz vorne stand ein Rollwagen des Housekeepings. Manuel zwängte sich durch den Türspalt, zog die Tür zu, sah gerade noch, wie im selben Moment schwer bewaffnete Einsatzkräfte vorrückten.

Dann versagten seine Kräfte. Im letzten Moment klammerte er sich an eines der Warenregale. Unter Schmerzen und einer kaum zu ertragenden Anstrengung hangelte er sich hinab, bis er sich auf einem winzigen freien Fleck in der Kammer auf den Boden setzen konnte.

Durchatmen.

74

Wochen wurden zu Monaten. Das Training und die Gespräche mit Fujita-Sensei entfalteten eine Wirkung, ohne dass
Manuel es selbst so recht bemerkte. Eines Morgens fand er sich wie üblich im Dojo ein. Er absol-
vierte die Meditation und die Aufwärmübungen, befolgte dann
die einzelnen Übungen, die Kōtarō den Schülern auftrug.
Am Ende standen kurze Sparringkämpfe auf dem Programm.
Jeweils zwei Schüler traten gegeneinander an. Manuel hatte sich
bisher immer gut geschlagen, auch wenn er den älteren Schülern,
die schon länger unter Fujita lernten, zumeist unterlag. Gewann
er doch, war sein Kampfstil weit von der Art entfernt, die Fujita
ihm zu vermitteln versuchte.

An diesem Tag sollte Manuel gegen einen Schüler antreten,
der Ryōsuke hieß. Er lebte seit drei Jahren bei Fujita, galt als fortgeschritten und kampferprobt, sowohl mit der bloßen Hand als
auch mit den Waffen. Manuel hatte zu Beginn seines Aufenthaltes
einige Male versucht, ein Gespräch mit ihm zu beginnen, so wie
er es auch mit den anderen Schülern getan hatte. Ryōsuke aber
hatte sich abweisend gezeigt. Er antwortete einsilbig und machte
keinen Hehl daraus, dass er keinen Wert auf ein Gespräch mit
Manuel legte. Ein anderer Schüler, Eiji, vertraute Manuel schließlich an, dass Ryōsuke die Anwesenheit von Ausländern im Dojo
ablehnte. Fremden sollte der Zugang zu den alten Künsten Japans verschlossen bleiben. Warum? Weil sie immer noch dieselben Barbaren seien, die das Land einst mit Gewalt geöffnet,
im Krieg besiegt und unterjocht, seine wahre Kultur verwässert
hätten ...

Als sie nun auf der Matte einander gegenüberstanden, ließ Ryōsukes Gesicht keinen Zweifel daran, dass es für ihn um mehr als ein freundschaftliches Sparring ging. Er würde keine Rücksicht nehmen. Ahnte Fujita, was vor sich ging? Ließ er Ryōsuke gewähren? Als Manuel zu ihm hinüberblickte, wandte der alte Sensei das Gesicht ab.

Nach einer Verbeugung gab Kōtarō das Signal zum Kampfbeginn. Ryōsuke verlor keine Zeit. Er vollführte eine blitzschnelle Drehung und versetzte Manuel einen Fersentritt in den Schritt. Er sank stöhnend zu Boden. Die übrigen Schüler, die in einer Reihe am Mattenrand knieten, sprangen auf, ihre Gesichter zeigten Entsetzen. Einige tadelten Ryōsuke für seine unkameradschaftliche Härte. Der alte Fujita aber verlangte mit donnernder Stimme nach Ruhe. Der Kampf sollte weitergehen.

Manuel brauchte Minuten, bis er wieder stehen konnte. Immer noch schossen schmerzhafte Stiche durch seinen ganzen Körper. Kōtarō gab das Signal zur zweiten Runde. Ryōsuke grinste, zischte leise Worte der Verachtung, die nur Manuel hören konnte. Dann stürmte der Japaner erneut auf ihn zu. Er täuschte einen Seitwärtsschritt an, schlug dann blitzschnell mit gestreckten Fingern in Richtung von Manuels Kehle. Sollte der Angriff Erfolg haben, wäre er tödlich.

In Manuel erwachte ein Instinkt, den er lange nicht gespürt hatte. Erinnerungsbilder blitzen auf. Die Ausbildung im Nahkampf in Deutschland. Feuergefechte am Hindukusch. Die spezielle Ausbildung durch Joseph Andrada im Camp Fuji. Die Fights in der Halle in Sakai ... Töte, bevor du selbst getötet wirst. Gnade gibt es im Frieden, nicht im Krieg.

Schon hob Manuel die Hand. Er würde Ryōsukes auf ihn zufliegende Hand zur Seite schlagen, dann selbst einen Konter setzen. Die Handkante auf den Kehlkopf, ein Schlag gegen die Schläfe. Wenn Ryōsuke taumelte, würde Manuel ihn auswürgen und zur Aufgabe zwingen …

… aber dann tauchten andere Bilder in ihm auf. Das weise Lächeln des blinden Sakamoto. Der Duft von Yūkos Haut. Fujita-Senseis Worte vom Vortag. Er hatte überraschend von Liebe gesprochen. Lade deinen Gegner in dein Herz ein, Manu-San. Öffne ihm die Tür deiner Seele. Lass ihn eintreten in dein Innerstes, und er wird einsehen, dass sein wahrer Gegner er selbst ist …

Und dann berührte Ryōsukes Hand auch schon die zarte Haut an Manuels Kehle, ohne dass der sich auch nur einen Hauch bewegt hätte. Im letzten Moment aber, ohne zu wissen, was geschah, erfüllt von stiller Liebe zu allem Lebenden, trat Manuel ein winziges Stück zur Seite. Die Zeit hörte auf, zu existieren. Der Raum löste sich auf. Alles war eins, ein Strömen, ein Fließen. Und während Manuel selbst nahezu unbewegt blieb, flog Ryōsuke durch das Feuer seines eigenen Hasses. Manuel warf ihn nicht, er schlug ihn nicht, er ließ ihn nur die Sinnlosigkeit seines Tuns erkennen. Und bettete ihn schließlich sanft auf den Boden, wo Ryōsuke mit angstgeweiteten Augen liegen blieb.

Manuel beugte sich hinab zu ihm, legte ihm freundschaftlich die Hand auf die Schulter. »Bist du okay?«

Ryōsuke war kaum in der Lage zu sprechen. »Was hast du … getan?«

»Nichts«, sagte Manuel lächelnd. »Ich habe nichts getan.«

Ryōsuke nahm eine kniende Haltung ein und verbeugte sich tief vor Manuel. »Ich bitte dich um Verzeihung, Manu-San. Mein Verhalten war ein Fehler.«

Manuel schüttelte den Kopf. Er verneigte sich seinerseits und sagte: »Es gibt nichts zu verzeihen. Im Gegenteil, ich bin derjenige, der dir Dank schuldet, Ryōsuke. Du hast mich finden lassen, was nicht gefunden werden kann.«

Nach diesem Tag blieb Manuel noch zwei weitere Wochen im Dojo von Fujita-Sensei. Dann spürte er, dass es Zeit war, nach Tokio zurückzukehren.

75

Es war zehn Uhr abends, als Manuel es wagte, sein Versteck in der Vorratskammer des Hotels zu verlassen. Er hatte längere Zeit keine Geräusche mehr gehört, nichts, das darauf hindeutete, dass die Polizei noch vor Ort war.

Dass er überhaupt noch hier war und nicht längst in einer Zelle saß, konnte er selbst kaum glauben. Es war verdammt knapp gewesen. Tatsächlich hatte einer der MEKler die Tür der Kammer geöffnet, hatte mit einer Taschenlampe ins Innere geleuchtet, dann sogar die Deckenbeleuchtung eingeschaltet. Manuel, er war inzwischen unter das Regal mit Handtüchern, Seifenschachteln, Putzmitteln gekrochen, hatte nicht einmal mehr zu atmen gewagt. Er hatte bewegungslos ausgeharrt wie einer der Zen-Patriarchen in ewiger Meditation. Der Beamte wollte gerade den Putzwagen zur Seite räumen und die Kammer näher untersuchen, als weiter hinten im Flur eine Stimme zu hören war.

»Mach's nicht zu aufwendig. Ist er da drin?«

»Sieht nicht so aus.«

»Dann lass es. Der ist doch längst weg. Abrücken in fünf Minuten. Einsatz Ende.«

»Ist gut.«

Das Licht war wieder ausgegangen, die Tür der Kammer mit einem Rumms ins Schloss geflogen.

Manuel, fast ohnmächtig, wagte es endlich, wieder Luft zu holen.

Jetzt schälte er sich aus seinem Versteck hinaus, verhielt sich dabei immer noch so leise wie möglich. Er packte den Türknauf, drehte ihn langsam zur Seite und öffnete die Tür einen schmalen Spalt weit.

Nichts war zu sehen. Der Hotelflur lag verlassen vor ihm. Die Polizei war abgerückt. Manuel hatte freie Bahn.

Manuel verließ die Kammer, entschied sich dann, die Feuertreppe ins Erdgeschoss zu nehmen. Den Lift zu benutzen, der ihn in die Lobby geführt hätte, wäre ein zu hohes Risiko gewesen. Es war nicht auszuschließen, dass die Polizei einen Posten hiergelassen hatte oder dass ein ziviler Beamter das Hotel im Blick behielt.

Während er die Stufen hinabstieg, dabei immer noch auf jedes Geräusch achtete, machte er sich klar, dass es kaum noch einen Sinn hatte, Müller zu verfolgen. Zu viel Zeit war vergangen. Etliche Stunden. Müller und sein Komplize dürften den Container längst abgeholt haben, im Zweifel waren sie schon nahe der dänischen, holländischen, polnischen Grenze. Aber selbst wenn sie einen anderen Plan verfolgten und immer noch in Hamburg waren, wäre es vergeblich. Ein Container war groß, aber eben nicht so groß, als dass man ihn nicht ohne allzu großen Aufwand irgendwo verstecken könnte. Im Zweifel genügte dazu eine angemietete Lagerhalle, eine etwas größere Garage oder auch nur eine ruhige Seitenstraße. Hamburg war eine Hafenstadt, eine Logistikstadt. Niemand achtete auf einen Lkw mit einem aufgesatteltem Container, der am Straßenrand parkte. So etwas gehörte zum Stadtbild.

Als Manuel kurz darauf auf dem Hinterhof des Hotels stand, stellte er fest, dass die Stunden in der Kammer immerhin auch einen Vorteil gehabt hatten. Die Wirkung des Relaxans war nahezu vollständig abgeklungen. Er konnte sich wieder wie gewohnt bewegen. Es war ein schwacher Trost. Aber es war einer.

Er verließ den Hof, stand auf einer kleinen Nebenstraße. Die letzten Fetzen der späten Dämmerung waren verschwunden, es war stockdunkle Nacht. Was sollte er jetzt tun? Trotz aller Zweifel noch einmal zu der Spedition auf der Peute fahren? Vielleicht hatte er Glück, und Müller hatte länger gebraucht als erwartet. Ein Versuch war es allemal wert. Sollte der Container weg sein, könnte er wenigstens das Kennzeichen des Lkw in Erfahrung bringen, mit dem Müller unterwegs war.

Allerdings taten sich sofort neue Schwierigkeiten auf. Der Sprinter war verschwunden. Vermutlich hatte Müller ihn.

Aber war das tatsächlich ein Problem?

Nicht wirklich.

Manuel brauchte die Straße nur wenige Meter entlangzulaufen, und schon wurde er fündig. Ein 2018er Mustang Bullit. War nicht nett, so einen Wagen zu nehmen. Aber er hatte keine Wahl. So sorry.

Manuel fuhr mit hoher Geschwindigkeit in Richtung Elbbrücken. Der Wagen war nicht gerade unauffällig, nicht nur wegen der manipulierten Rohre, die einen knatternden Lärm ausstießen. Auch die Paintbrushs auf der Karosserie – Delphine im Sonnenuntergang, dazu Old-Style-Flames an den Seiten – taten ein Übriges. Dämlich, aber offenbar immer noch beliebt.

Manuel erreichte den Betrieb auf der Peute nach gut zwanzig Minuten. Er war sich nicht sicher, ob der Laden um diese Uhrzeit überhaupt noch aufhatte. Er hatte Glück. Als er auf den Hof fuhr, sah er, dass in dem Büroanbau immer noch Licht brannte. Der Hamburger Hafen schlief nie, also wurde auch hier hier rund um die Uhr Fracht abgewickelt.

»Ich bin wegen des Containers aus Tripoli hier. Sie wissen schon, ich war heute Vormittag schon einmal da.«

Manuel fand seinen beiläufigen Tonfall ganz gut. Er fiel ihm schwer genug, angesichts der Spannung, unter der er stand.

Lüders, mit dem er schon bei seinem ersten Besuch gesprochen hatte, nickte wissend. Er schien Manuel zu erkennen. Dann aber zuckte er mit den Schultern. »Ihr Kollege war doch vorhin schon da und hat das gute Stück abgeholt. Ihr solltet euch mal ein bisschen besser absprechen, ihr Jungs.«

»Wie lange ist das her?«

»Nicht lange. Zwanzig Minuten, halbe Stunde. Es gab Probleme beim Verladen. Sie hatten den falschen Auflieger dabei. Eigentlich hätten wir sie gar nicht losfahren lassen dürfen. Aber der Typ hatte einen Ton am Leib … soll er doch zusehen, wie er klarkommt. Wenn ihm die Box von der Ladefläche rutscht, ist es nicht meine Schuld.«

Manuel schüttelte unwillig den Kopf. »Okay, in welche Richtung ist er gefahren? Konnten Sie das sehen?«

Lüders kniff die Augen zusammen. »Sagten Sie nicht, es wäre Ihr Kollege?«

»Richtig, ist er.«

»Also, von mir erfahren Sie gar nichts mehr. Verschwinden Sie.«

Manuel grinste. »Sie sind derjenige, der die beiden mit dem falschen Fahrzeug hat fahren lassen. Hat ein bisschen was dafür gegeben, nehme ich an? Vermutlich ein paar US-Dollar?«

»Hey, was soll das?«

»Dürfte Ihnen klar sein. Also, los! In welche Richtung ist er gefahren?«

»Autobahn.«

»Welche?«

»Richtung Westen, zur A7.«

»Da sind Sie sicher?«

»Ich hab Ihnen die Strecke beschrieben.«

»Na, also.«

Keine zwei Minuten später rannte Manuel über den Hof der Spedition und sprang in den Mustang. Er drehte den Zündschlüssel und jagte mit Vollgas hinaus auf die Straße.

76

Manuel erreichte Tokio am späten Abend. Vom Bahnhof Shinagawa aus fuhr er mit der Yamanote-Linie nach Shibuya und von dort weiter mit der kleinen lokalen Bahn nach Setagaya. Die letzten Meter legte er zu Fuß zurück, voller Ungeduld und mit schnellen Schritten, so heiß brannte seine Sehnsucht, Yūko nach all den Monaten wieder in die Arme zu nehmen.

Dann stand er in dem kleinen Apartment und blickte auf sie hinab. Yūko lag vor der kleinen Küchenzeile, halb begraben von einem Bücherregal, das sie vermutlich beim Stürzen mit sich gerissen hatte. Ihre Kehle war mit einem sauberen, geraden Schnitt durchtrennt worden. Ihre Hände lagen an ihrem eigenen Hals, als hätte sie versucht, das warm aus ihr hervorquellende Blut zu stillen. Es war vergeblich gewesen, wie die dunkelrote, inzwischen eingetrocknete Blutlache bewies, die ihre Brust und den Fußboden bedeckte.

War es wenigstens schnell gegangen? Nein. Manuel wusste, dass ihr nicht einmal diese Gnade zuteilgeworden war. Es konnte Minuten, ja Stunden dauern, bis ein Mensch in diesem Zustand den erlösenden Tod fand. Zuvor hatte sie gelitten, einem geschächteten Tier gleich, hatte fühlen müssen, wie das Leben aus ihr hinausrann.

Wie lange war all das her? Einen Tag? Zwei? Nicht allzu lange jedenfalls. Als hätte derjenige, der für Yūkos Tod verantwortlich war, genau gewusst, dass Manuel bald nach Tokio zurückkehren würde. Als hätte er ihm genau diesen Anblick nach seiner Rückkehr bereiten wollen.

Manuel stand minutenlang wie erstarrt da und blickte auf Yūko hinab. Was würde er tun? Würde er schreien und Amok laufen? Würde er alles zerstören, jeden umstoßen, gar töten, der sich ihm in den Weg stellte? Oder würde er einfach nur immer weiter hier verharren und mit dem Wunsch ringen, sich selbst das Leben zu nehmen und auf diese Weise Yūko in den Tod zu folgen?

Er hatte sie geliebt. Yūko war der erste, vielleicht der einzige Mensch, der ihm eine Heimat gewesen war.

Fujita-Senseis Abschiedsworte kamen ihm in den Sinn. Sie standen vor der Tür des Gehöfts, die anderen Schüler waren respektvoll zurückgeblieben. »Meine Vorfahren sind über tausend Jahre lang dem Weg der Samurai gefolgt«, hatte Fujita gesagt. »Sie haben über den Kampf und die Treue, über das Leben und den Tod nachgedacht. Nur zu einer Weisheit sind sie nicht gelangt, weil sie es wohl nicht konnten. Die Tradition stand ihnen im Wege und hat sie verblendet.«

»Worin besteht diese Weisheit, Sensei?«

»Sie ist ganz schlicht. Wenn Krieg herrscht, ist es am schlauesten, nicht hinzugehen. Leben und Tod sind eins, aber wenn du die Wahl hast, ist es besser, zu leben. Ich hoffe, du beherzigst es, Manuel.«

Manuel hatte geglaubt, dass diese Worte die Essenz aus seiner Zeit im Fujita-Dojo waren, dass sie sein künftiges Leben prägen würden. Sie hatten seinen Entschluss gefestigt, nicht mehr zu kämpfen, weder in der Halle von Kasai noch sonstwo. Es war endgültig vorbei damit. Sein Leben würde nun ein friedliches sein. Er war kein Soldat mehr, würde es nie wieder sein. Er war nicht mehr Ralf Keppler, er war nicht mehr Marcus Crome. Er war nun endgültig zu Manuel Jessen geworden, einem schlichten Mann, der sein Glück darin fand, in einem kleinen japanischen Lokal in der Küche zu arbeiten und eine junge Japanerin zu lieben, mit der er das Glück gefunden hatte.

Aber jetzt? Hatte sein Entschluss noch Gültigkeit? War es nicht seine Pflicht, nun doch wieder zu kämpfen und denjenigen zu jagen, der Yūko das angetan hatte?

Manuel riss sich aus seiner Erstarrung. Wie lange stand er schon hier? Eine viertel Stunde? Eine halbe? Was spielte Zeit jetzt noch für eine Rolle?

Manuel hockte sich nieder und berührte Yūkos kalte Wange. Er war unschlüssig. Sollte er sie von dem Regal befreien, ihren nackten, geschändeten Körper mit einem Tuch bedecken? Sollte er die

Polizei rufen? Aber wie würde es dann weitergehen? Welche Erklärung könnte er den Beamten geben? Was würden sie unternehmen, wie mit ihm verfahren?

Manuel erhob sich, ließ seinen Blick durch den kleinen Raum des Apartments schweifen. Viel war es nicht, das ihm gehörte und das noch hier und dort in einem Regal stand oder in einer Schublade lag. Er nahm einen Leinenbeutel von einem Haken an der Wand, streifte durch den Raum und packte ein, was auf ihn hindeuten könnte. Es war schnell erledigt.

Dann beugte er sich ein letztes Mal zu Yūko hinab. Er führte seine Finger an die Lippen, hauchte einen Kuss darauf und führte sie an Yūkos Mund. Er konnte nur hoffen, dass er ihr in der Zeit ihres Zusammenseins ein wenig Glück hatte schenken können. Sie jedenfalls hatte es für ihn getan. Er würde sie niemals vergessen.

Manuel verließ das Apartment. Es war fast Mitternacht, als er auf die Straße trat, unschlüssig, wohin er sich nun wenden sollte.

Wie konnte er dem Krieg aus dem Weg gehen, wenn der Krieg zu ihm kam? Wenn er ihm keine Wahl ließ, als ihn anzunehmen?

Manuel hatte erst wenige Schritte die Straße hinab zurückgelegt, als aus dem Schatten eines Hauseingangs ein Mann hervortrat und sich ihm in den Weg stellte. Manuel blieb stehen, blickte den anderen an. Er hatte ein Basecap tief ins Gesicht gezogen, so dass Manuel ihn nicht sofort erkennen konnte.

Dann hob der Mann den Kopf.

Es war Steve Penn, der Leiter von Camp Fuji.

Marcus reagierte instinktiv. Er machte einen Satz nach vorne und schlug zu.

Penn ging zu Boden. Aber bevor Manuel sich weiter auf ihn stürzen konnte, zog er seine M9 und richtete sie auf Manuel. Er ließ keine Zweifel daran aufkommen, dass er schießen würde.

»Hören Sie auf, Marcus! Ich weiß, dass Sie hier in Japan allerlei Zauberkram gelernt haben. Gegen meine Beretta ziehen Sie trotzdem den Kürzeren.«

»Seien Sie sich nicht so sicher, Penn … und im Übrigen heiße ich nicht mehr Marcus, sondern Manuel.«

»Wie auch immer. Hauptsache, Sie lassen Ihre Hände da, wo ich sie sehen kann.«

»Es wird der Moment kommen, in dem Sie meine Hände nicht sehen können. Sie sollten also lieber schießen. Sie würden mir sogar einen Gefallen tun.«

Der Amerikaner kam auf die Füße, wischte sich mit der freien Hand die blutende Lippe ab. »Ich kann mir vorstellen, was Sie gerade durchmachen. Ich schätze mal, Sie haben sie geliebt. Sie war wirklich niedlich, Ihre kleine Yūko.«

»Sprechen Sie ihren Namen nicht aus.«

Penn überzeugte sich, dass Manuels erster, blinder Wutanfall vorüber war. Mit einer demonstrativen Geste drehte er den Lauf seiner Waffe nach oben, sicherte sie und schob sie zurück in den Schulterholster. Mit nüchterner Stimme sagte er: »Man sollte in diesem Land nicht mit einer Waffe in der Hand auf der Straße stehen. Die japanischen Behörden sehen es nicht gerne, auch wenn sie es mir, rein formal gesehen, nicht einmal verbieten können.«

»Ficken Sie sich, Penn. Sie und die CIA und überhaupt alle, die so sind wie Sie.«

»Sie gehören dazu, Manuel. Sie sind einer von uns. Vergessen Sie das nicht.«

»Nein, bin ich nicht. Nicht mehr.«

Der Amerikaner schüttelte mitleidig den Kopf. »Sie denken, dass wir es waren? Das mit Yūko? Aber Sie täuschen sich. Wir haben nichts damit zu tun.«

»Halten Sie das Maul!«

»Glauben Sie mir, es war einer von Ihren Yakuzafreunden, Manuel. Kondo oder so ähnlich … Gott, ich kann mir ihre Namen einfach nicht merken.«

»Kondo? Sind Sie sicher?«

»Ja, doch. So hieß er. Aber sparen Sie sich alle Gedanken an Rache. Ist nicht mehr notwendig. Wir haben, nachdem wir die Leiche gefunden haben, mit Kinoshita gesprochen, dem Paten. Er hat sich bereits um Kondo gekümmert.«

»Er ist Kinoshitas Neffe.«

»Hat ihm nichts genützt. Er dürfte jetzt irgendwo im Pazifik treiben, und seien Sie sich sicher, dass sein Weg in den Tod noch um einiges unangenehmer war als das, was er Yūko angetan hat. Aber lassen wir das.«

Manuel sah den Amerikaner verständnislos an.

Pen lächelte matt. »Sie wundern sich, dass wir Kinoshita kennen? Sollten Sie nicht. Es hat Tradition. Seit Kriegsende arbeiten CIA und Yakuza hervorragend zusammen. Sehen Sie, beide Organisationen sind in erster Linie pragmatisch. Japan hatte den Krieg verloren, die neuen Herren im Land waren wir Amerikaner. Uns wiederum kam es gelegen, mit denjenigen zusammenzuarbeiten, die sich wirklich auskannten. Der Deal ging auf, tut es bis heute. Dort, wo es sich anbietet, helfen wir uns gegenseitig.«

»Ich glaube Ihnen kein Wort, Penn. Yūko ist tot – und Sie stehen vor ihrer Haustür?«

»Nur weil ich wusste, dass Sie herkommen, Manuel. Wenn Sie mir nicht glauben, fragen Sie Kinoshita. Der wird's Ihnen bestätigen.«

Manuel spürte, wie seine Wut von einer tiefen Erschöpfung abgelöst wurde. Am liebsten hätte er Penn einfach stehen gelassen und wäre gegangen. Was waren die Worte eines solchen Mannes schon wert? Und selbst wenn er Kinoshita fragte ... war dem zu glauben?

»Sagen Sie mir, was Sie wollen, Penn.«

»Ich überbringe Ihnen den Marschbefehl. Ihre Ferien, Marcus ... oder Manuel oder wie auch immer ... sind zu Ende. Wir brauchen Sie.«

»Sie brauchen mich?«

»So wie es zwischen uns vereinbart war. Sie schulden der Agency fünf Jahre. Das haben Sie doch wohl nicht vergessen?!«

Manuel schüttelte ungläubig den Kopf. »Ich dachte, ich bin raus. Weil ich abgehauen bin. Ich dachte, wenn Sie mich finden, legen Sie mich um.«

»Sie umlegen? Warum? Sie sind ein guter Mann.«

»Um was geht es konkret?

»Wir besprechen es morgen ausführlich. Aber in Kurzform: Sie werden nach Deutschland zurückkehren. Ein paar von Ihren lahmarschigen Beamtentypen sind endlich aufgewacht. Denen ist klar geworden, dass in Ihrem Land dringend aufgeräumt werden muss. Nur fehlt ihnen dazu jemand, der die Drecksarbeit erledigt.«

»Drecksarbeit?«

»Sie wissen doch, wofür wir Sie ausgebildet haben. Jetzt können Sie beweisen, dass es sich gelohnt hat.«

338

»Ich soll Menschen töten?«

»Aber ja. Sie werden schon in den nächsten Tagen übersiedeln und sich eine neue Existenz aufbauen. Suchen Sie sich eine Wohnung, einen Job, von mir aus Freunde. Denken Sie sich eine Geschichte aus, wer Sie sind. Geld spielt keine Rolle, solange Sie es nicht übertreiben. Wenn Sie soweit sind, wird ein Landsmann von Ihnen Kontakt aufnehmen. Er heißt Müller. Ihre Aufträge bekommen Sie von ihm.«

»Müller? Wer genau ist er?«

»Soll Sie nicht interessieren.«

»Ich kann ihm vertrauen?«

Penn lächelte erneut. »Genau wie mir.«

Manuel schloss die Augen. War es wirklich erst zwei Tage her, dass er das Haus von Fujita verlassen hatte? Dass er geglaubt hatte, so etwas wie Frieden gefunden zu haben? Dass der Krieg für ihn vorbei wäre? Und jetzt stand er mit Steve Penn auf der Straße, die Frau, die er liebte, war ermordet worden, und er bekam Instruktionen, um ein Leben als Killer zu beginnen ...

Manuel öffnete die Augen. »Und wenn ich mich weigere?«

Penn lächelte immer noch, jetzt auf die giftige Art. »Dann könnte sich das, was mit Yūko passiert ist, wiederholen. Überall gibt es einen Kondo. Und wenn nicht, besorgen wir einen. Verstehen Sie, Marcus? Jeder Mensch, dem Sie nahe kommen, wird mit einem Fuß im Grab stehen. Es liegt ganz bei Ihnen.«

»Sie sind ein mieses Schwein, Penn.«

Penn breitete die Arme aus, zuckte mit den Achseln. Manuel spürte, wie es ihm in den Fingern juckte. Aber es wäre keine Lösung. Schließlich sagte er: »In Ordnung. Ich werde alles so machen, wie Sie sagen.«

Die Züge des Amerikaners nahmen etwas nahezu Freundliches an. »Glauben Sie mir, Manuel. Wenn es nach mir gegangen wäre, hätten wir Sie in Ruhe gelassen. Aber so funktioniert das Spiel nun einmal nicht.«

77

Die Nebenstrecke von der Peute in Richtung Autobahn 7 führte parallel zur Elbe in westlicher Richtung. Die Straße wurde von heruntergekommenen Backsteingebäuden und alten, zum Teil längst außer Betrieb gestellten Industrieanlagen gesäumt. Da jetzt am späten Abend kaum Verkehr herrschte, konnte Manuel das Gaspedal durchtreten.

Mit Glück würde er Müller einholen, noch bevor er die Autobahn erreichte.

Nach wenigen Minuten merkte Manuel, dass er nicht der Einzige war, der mit wahnwitziger Geschwindigkeit durch die Nacht raste. War es eine Zivilstreife, die die Verfolgung aufgenommen hatte? Oder ein PS-Junkie, der den Mustang kannte und das Ganze hier als Herausforderung zu einem Rennen betrachtete?

Als Manuel die Harburger Chaussee erreichte, die von Straßenlaternen erhellt wurde, erkannte er, dass es der dunkelblaue BMW von Serdar Ersu war. Der türkische Geheimdienstler saß höchstpersönlich am Steuer, neben ihm ein vierschrötiger Kerl auf dem Beifahrersitz.

Die Jagd auf die IS-Millionen ging also endgültig in die letzte Runde.

Kurz darauf sah Manuel den LKW mit dem Container. Er fuhr nicht einmal besonders schnell – erstaunlich, angesichts der brisanten Fracht, die er geladen hatte.

Dann aber dachte Manuel an das, was Lüders ihm in der Spedition erklärt hatte. Der Container hatte sich nicht richtig auf der Ladefläche befestigen lassen. Fuhr der Lkw zu schnell oder wurde er zu einem plötzlichen Bremsmanöver gezwungen, könnte die Box sich ohne weiteres selbstständig machen.

Wie auch immer, nun lag die Aufgabe vor Manuel, den Laster zum Halten zu bringen.

Etwa dreihundert Meter voraus verengte sich die Straße und führte durch eines der Fluttore, die es in dieser Gegend reichlich gab. Der Lkw drosselte noch einmal seine Geschwindigkeit, fuhr dann vorsichtig durch das Nadelöhr. Man merkte, dass am Steuer jemand saß, der kaum Erfahrung mit so einem Fahrzeug hatte.

Auch das würde sich als nützlich erweisen.

Nachdem auch Manuel durch das Fluttor geschossen war, dicht gefolgt von Ersus BMW, näherte er sich dem Lkw bis auf wenige Meter. Allerdings war zwischen ihm und Müller noch ein anderer, unbeteiligter Wagen.

Trotzdem, es war eine Chance.

Manuel zog den Mustang auf die Gegenfahrbahn und trat das Gaspedal durch. Seine Sicht nach vorne war nicht die beste, da die Straße einen Linksschwenk machte.

Egal. Er startete durch, überholte den Pkw. Der Fahrer wedelte sich mit der Hand vor dem Gesicht herum.

Hast ja recht.

Aber Manuel hatte nun einmal keine Wahl.

Dann war er auf gleicher Höhe mit dem Lkw. Er drosselte seine Geschwindigkeit, drückte auf die Hupe. Er beugte sich zur Seite, blickte hoch, erkannte undeutlich Müller am Steuer. Oder war es sein Komplize, dessen Identität er immer noch nicht kannte?

Wer auch immer den Lkw lenkte, er zog die Maschine zur Seite über den Mittelstreifen, um den Mustang von der Straße zu drängen.

Als wäre das nicht genug, sah Manuel jetzt auch noch vor sich die Lichter eines entgegenkommenden Wagens.

Manuel musste beschleunigen oder radikal abbremsen. Sonst würde ihn der LKW von der Seite erwischen. Oder er würde mit dem Fahrer, der von vorne heranraste, frontal zusammenstoßen.

Der Wagen blendete ohnehin schon auf, hupte wie verrückt. Der Lkw scherte weiter hinüber, touchierte den Mustang und drohte, ihn links über die Böschung zu schieben.

Manuel holte alles aus dem Mustang raus. Die Tachonadel tanzte im roten Feld. Millimetergenau steuerte er den Wagen zwischen der Zugmaschine des Lkw und dem entgegenkommenden Wagen hindurch, schwenkte in letzter Sekunde zurück auf die rechte Fahrbahnseite.

Durchatmen? Von wegen!

Der Lkw, der ihn hatte abdrängen wollen, fuhr viel zu weit links, fast schon auf der falschen Fahrbahnseite. Müller am Steuer lenkte gegen, aber der LKW reagierte nur träge. Er befand sich auf Kollisionskurs mit einem weiteren entgegenkommenden Wagen. Und der, typisch deutscher Autofahrer, dachte gar nicht daran, auszuweichen oder auch nur abzubremsen.

Es waren nur wenige Zentimeter, aber es ging gut. Der Lkw schwenkte gerade rechtzeitig zurück auf seine eigene Fahrspur, so dass der entgegenkommende Wagen passieren konnte. Er gab ein wütendes Dauerhupen von sich. Aber nichts war passiert.

Manuel war klar, dass die Situation sich auf einmal entscheidend geändert hatte. Er fuhr nun vor Müller, könnte ihn also ausbremsen. Aber war das eine gute Idee? Der Laster könnte ihn ohne Probleme einfach plattwalzen.

Andererseits, auf einen Auffahrunfall würde Müller es nicht ankommen lassen. Nicht mit neunhundert Millionen Dollar auf der Ladefläche. Ein größeres Problem war darum Serdar Ersu. Er musste sich jetzt direkt hinter dem Lkw befinden. Wenn Manuel den Laster jetzt ausbremste und zum Halten zwang, würde er den Container dem Türken frei Haus liefern.

Also passierte erst einmal gar nichts. Das Dreiergespann – Manuel vorne, der Lkw in der Mitte, Serdar Ersu dahinter – fuhr weiter in Richtung Westen. Sie erreichten den Rossdamm. Rechts Schienen, links ein Grünstreifen. Hinter der nächsten Kurve würde es hinauf auf die Köhlbrandbrücke gehen. Dahinter lag die Autobahn. Dort hätte Müller freie Fahrt.

Manuel zermarterte sich das Gehirn, wie er vorgehen sollte. Doch eine Vollbremsung machen und Müller zum Halten zwingen? Mit ein bisschen Glück reagierten die Türken zu spät und fuhren auf den Lkw auf, schalteten sich so selbst aus.

Aber war das Risiko kalkulierbar?

Sie waren jetzt die einzigen Fahrzeuge weit und breit. Weiter vorne konnte Manuel schon die Rampe erkennen, die in einer langgezogenen Kurve hinauf auf die Brücke führte.

Der Lkw beschleunigte, trieb nun seinerseits Manuel vor sich her. Manuel trat die Kupplung, wollte gerade in die Bremsen steigen. Dann geschah etwas Unerwartetes. Kurz vor der Brücken-rampe schob sich auf einmal ein anderer Lkw, ein schweres Mo-dell mit Anhänger, aus einer Seitenstraße auf die Fahrbahn. Er war vielleicht hundertfünfzig Meter entfernt, blockierte erst die halbe, dann schon mehr oder weniger die ganze Straße, auf der Manuel, die Türken, der Lkw entlangrasten.

Was hatte dieser Idiot vor? Wieso fuhr er nicht weiter und machte die Fahrbahn frei?

Es war Wahnsinn!

Manuel hatte den Lkw, an dem Müller am Steuer saß, hinter sich, dazu nun ein riesiges Gespann wie eine stählerne Wand vor sich. Hundert Meter, achtzig, fünfzig, dreißig …

Manuel trat die Bremse durch. Der Mustang schlingerte, drehte sich im Kreis, rutschte quer auf den stehenden Lkw zu.

Die Zugmaschine mit dem Container hinter ihm machte eben-falls eine Vollbremsung, rutschte mit quietschenden Bremsen über den Asphalt.

Wie in Zeitlupe sah Manuel im Rückspiegel, dass sich der Con-tainer, getrieben von einer gewaltigen Massenträgheit, in Bewe-gung setzte, aus seiner Verankerung ausbrach. Der Lkw selbst schlingerte gefährlich, kam in Seitenlage, drohte umzukippen. Die Bremsen kreischten, die Reifen quietschten ohrenbetäubend über den Asphalt.

Dann passierte es. Der Container löste sich endgültig aus seiner Verankerung, flog tonnenschwer durch die Luft in Richtung des abgestellten Gespanns. Auch Manuels Mustang rutschte immer noch schlingernd in dieselbe Richtung, drehte sich dabei immer weiter im Kreis herum. Instinktiv trat Manuel wieder aufs Gas, gab dem Mustang so einen Drall, der ihn von der Straße hinun-

344

ter und auf den Grünstreifen in der Mitte beförderte. Alles besser, als auf das querstehende Gespann aufzuschlagen oder von dem heranfliegenden Container zerquetscht zu werden. Der Mustang schlitterte auf den Rand der Straße zu, erreichte den erhöhten Mittelstreifen und hob ab.

Das Letzte, was Manuel sah, war, dass auch Ersus BMW nicht mehr bremsen konnte und seitlich in Müllers Lkw hineindonnerte.

Dann ging alles in einem kreischenden, metallischen Krachen und Splittern unter. Der Mustang stürzte hinab und prallte kopfüber auf der Gegenfahrbahn auf. Weiter hinten krachten die Lkw ineinander, der Container donnerte auf die Straße, Ersus BMW schlitterte ungebremst in die Unfallstelle. Manuels Airbag ploppte auf, ein kaleidoskopischer Regen aus bunten Glassplittern ergoss sich durch den Fahrgastraum. Der Wagen überschlug sich, rollte immer weiter, verließ die Gegenfahrbahn und schlitterte über eine angrenzende Wiese, wollte gar nicht zum Stehen kommen.

Dann endlich verpuffte die Wucht des Crashs. Der Wagen überschlug sich ein letztes Mal, blieb dann schwankend auf der Seite stehen. Er wackelte noch ein wenig, kippte schließlich in Zeitlupentempo um und landete mit einem letzten Scheppern auf den eigenen Rädern.

Was einmal ein metallic glänzender Mustang, V8-Motor, 450 PS, gewesen war, hatte sich in ein zerbeultes, dampfendes Stück Blech verwandelt. Der Fahrgastraum war nicht mehr vorhanden, die Motorhaube lag ein Stück entfernt, der ursprünglich fast fünf Meter lange Wagen war um etwa die Hälfte dezimiert.

Die Chance, so einen Crash zu überleben? Null.

Manuel wusste das.

Aber er lebte trotzdem.

Er schien nicht einmal ernsthaft verletzt zu sein. Oder weigerte sich sein Hirn einfach nur, eine realistische Schadensbilanz zu erstellen? Hatte sein Schmerzzentrum wieder den Betrieb eingestellt? Er konnte es nur hoffen.

Sekunden vergingen, die ihm wie Ewigkeiten vorkamen. Manuel gewann seine Orientierung zurück. Oben wurde wieder oben, unten wieder unten. Ihm wurde klar, dass er verdreht und eingeklemmt im Fußraum des Beifahrersitzes kauerte. Wie er da hingekommen war? Keine Ahnung. Irgendwie musste er aus dem Sicherheitsgurt hinaus- und zur Seite gerutscht sein. Vielleicht war es Glück gewesen, vielleicht Instinkt. Nur so hatte er überlebt, denn wäre er aufrecht sitzen geblieben, wäre er jetzt nur noch ein zerfetztes, blutendes Stück Fleisch.

Weitere Sekunden vergingen. Allmählich spürte Manuel doch Schmerzen. Im Oberschenkel, am Knie, am Fuß, an der Brust. Die alten Wunden waren aufgeplatzt, neue, tiefere waren hinzugekommen. Irgendetwas quoll da raus, was definitiv ins Innere seines Körpers gehörte. Manuel biss die Zähne zusammen und quetschte es mit der Hand einfach wieder rein. Er fasst sich ins Gesicht, spürte klebriges, dickflüssiges Blut. Sogar jede Menge davon.

Über seine gesamte Stirn zog sich ein Cut, aus dem das Blut schoss.

Aber er lebte.

Das war alles, was zählte.

Der Trost währte allerdings nicht lange. Da war eine neue Sinneswahrnehmung, und wieder brauchte er eine Weile, um zu verstehen, was es bedeutete.

Hitze.

Qualm.

Benzingeruch.

Der Mustang hatte Feuer gefangen.

Er musste hier raus!

Sofort!

Manuel schob die Hand tastend hinauf in die Richtung, in der eigentlich der Öffner der Beifahrertür sein sollte. Tatsächlich aber spürte er nur scharfkantiges Metall und zersplittertes Plastik. Die Tür, oder was von ihr übrig war, bewegte sich keinen Zentimeter.

Egal, er musste raus. Sonst wäre es sein unweigerliches Ende.

Manuel suchte Halt mit den Füßen, fand ihn in den zerbeulten Resten der Mittelkonsole. Er schob sich ein Stück nach oben, bis er mit dem Rücken gegen das verformte Blech der Beifahrertür stieß. Er spannte seine Muskeln an, drückte sich mit aller Kraft gegen die Tür.

Vergeblich.

Die Hitze wurde nun unerträglich. Die Luft war verqualmt und ätzend. Manuel hatte schon jetzt das Gefühl, dass seine Bronchien in der Hitze zusammenschmolzen.

Egal. Weiter!

Er gab alles an Kraft, das er mobilisieren konnte. Er stöhnte, schrie dann laut heraus. Ein Tier, das verzweifelt ums Überleben kämpfte. Und tatsächlich, die Tür bewegte sich. Erst nur wenige Millimeter, dann ganze Zentimeter. Aber das reichte immer noch nicht.

Er schloss die Augen, holte tief Luft, auch wenn es in seiner Lunge die Empfindung einer glühenden Explosion auslöste. Dann spannte er den ganzen Körper an, jeden Muskel, jede Sehne. Es fühlte sich an, als würden sein Herz, sein Kopf, seine Adern platzen. Aber er wollte leben! Dann, ganz plötzlich gab das verkantete Metall nach. Die Tür flog mit einem metallischen Splittern aus der Verankerung.

Er war frei.

Manuel kroch aus dem Wrack. Er robbte weiter nach vorne, kam mühsam auf die Füße, wollte losrennen. Es wurde nur ein Humpeln. Aber immerhin. Er vergrößerte die Distanz zum brennenden Wrack.

Dann wurde alles von einem ohrenbetäubendem Knall übertönt. Der Mustang verwandelte sich in einen explodierenden Feuerball.

Manuel wurde einige Meter durch die Luft geschleudert. Er rollte sich ein, hielt schützend die Arme um den Kopf, versuchte so, die Hitze des Feuers abzumildern.

Er prallte auf, schlitterte weiter, blieb schließlich liegen.

Er sah hinauf in den Himmel. Er wusste, wie unwahrscheinlich es war, dass er immer noch lebte, wieder einmal. Aber so war es.

Er hätte alles darum gegeben, wenn die Explosion des Wagens der letzte Akt in diesem absurden Theaterstück gewesen wäre. Es reichte einfach. Er hatte die Nase voll. Der Vorhang durfte nun fallen.

Aber der eigentliche Hauptakt lag noch vor ihm. Er hatte schon viel zu viel Zeit vergeudet. Er durfte jetzt nicht nachlassen, musste sehen, was oben auf der Straße vor sich ging.

Zunächst riss Manuel einige Streifen vom Stoff seiner ohnehin zerfetzten Hose ab, verband eine blutende Wunde am Bein, eine weitere am linken Arm. Aus einem weiteren Stoffstreifen knotete er sich ein Stirnband, brachte damit auch die Blutung auf seiner Stirn zum Stillstand. Unter höllischen Schmerzen stand er auf, machte sich dann daran, zur Straße zu humpeln.

Was er dort sah, ergab im ersten Augenblick keinen Sinn. Oder doch, es ergab Sinn. Aber er wollte es einfach nicht glauben. Die beiden Lkw und der Wagen der Türken waren ineinander verkeilt, bildeten ein unförmiges, kubistisches Gebilde aus Stahl und Glas. In den Resten des BMW sah er die Leiche des Mannes, der neben Ersu gesessen hatte. Er hatte den Crash nicht überlebt.

Aber das war es nicht, was Manuel ungläubig den Kopf schütteln ließ. Es waren die anderen Menschen, die davor standen. Ihr Auftritt erschien ihm unwirklich, bizarr, vollkommen absurd. Sie alle waren verletzt, bluteten, schwankten, benötigten dringend ärztliche Hilfe. Aber keinen von ihnen schien es zu interessieren. Stattdessen standen sie vor den zerstörten Fahrzeugen, hielten Schusswaffen in in den Händen, mit denen sie sich gegenseitig bedrohten. Ein Gleichgewicht des Schreckens, ein Stillleben des Irrsinns.

Noch hatte keiner abgedrückt. Alle lauerten, dass ein anderer den Anfang machte. Das Einzige, das sich bewegte, waren Abertausende von Dollarnoten, die wie Schneeflocken durch die Luft schwebten und der Szenerie endgültig etwas Unwirkliches verliehen.

Aber auch das war es noch nicht, was Manuel an seinen Augen zweifeln ließ.

Sie war es.

Michelle Sutton. Seine Ausbilderin im Camp Fuji. Seine Kurzzeit-Geliebte. Die Frau, die damals seinen Entschluss befördert hatte, abzuhauen.

Wieso war sie hier? Was hatte sie mit alldem zu tun? Wieso hielt auch sie einen Revolver in der Hand?

Michelle war ebenfalls verletzt, wie alle anderen auch. Ein Blutstropfen zog langsam seine Bahn von ihrer Schläfe die Wange hinab. Sie schien es nicht zu merken. Oder es interessierte sie nicht. Sie stand breitbeinig da, hielt einen großkalibrigen Colt Anaconda mit beiden Händen und zielte auf Müller, der einige Meter von ihr entfernt stand und ebenfalls eine Waffe hielt. Müller wiederum zielte auf ... Melvin Olden. Ihn hier zu sehen, überraschte Manuel schon weniger. Er wusste, dass Olden immer und überall auftauchen konnte, wie ein Geist aus der Flasche. Er stand einige Meter von Michelle und Müller entfernt, vor dem Führerhaus des Lkw-Gespanns, das sich vorhin quer über die Straße gezogen hatte. Es war also kein Unfall gewesen. Natürlich nicht. Olden hatte den Wagen bewusst auf die Straße gelenkt, um den Lkw mit dem Container zu stoppen. Er hatte den Crash provoziert. Auch Olden war bewaffnet, richtete seinen Revolver wiederum auf Serdar Ersu, der seinerseits auf Michelle angelegt hatte.

Ein Patt mit vier Personen.

Und Manuel dachte, wie schön es wäre, wenn sie einfach alle gleichzeitig abdrücken und sich gegenseitig ausschalten würden.

Dann endlich könnte Ruhe einkehren.

Kurz darauf aber merkte Manuel, dass er sich irrte. Seine Auflösung des Geschehens ergab keinen Sinn. Es lag an Michelle Sutton und an Müller. Michelle zielte keineswegs auf ihn, sondern an ihm vorbei auf Melvin Olden. Und Müller wiederum an ihr vorbei auf Serdar Ersu.

Es fiel Manuel wie Schuppen von den Augen. Michelle und Müller gehörten zusammen. Sie war in dem Hotelzimmer gewesen. Sie – die Herrin der Gifte – hatte ihm die Spritze mit dem Relaxans verpasst. Auf einmal fügten sich die letzten Puzzleteile zusammen. Michelle hatte ihm damals in Japan, kurz bevor er aus dem Camp geflohen war, von ihren Zukunftsplänen erzählt. Sie beabsichtige, Japan zu verlassen und den Job bei der Agency an den Nagel zu hängen. Wahrscheinlich hatte sie Müller im Rahmen eines Einsatzes kennengelernt. Hatte sie Manuel nicht sogar erzählt, dass sie in Berlin eingesetzt gewesen sei? Die beiden kannten sich also. Als sie von Berkan Cetin und dem Geld erfuhren, hatten sie gemeinsam alles geplant, hatten Manuel auf Cetin angesetzt, damit er ihn aus dem Weg räumte. Anschließend hatten sie ihn an die Polizei verraten, damit er entweder verhaftet würde oder freiwillig die Stadt verließe. Sie mussten nur noch den Container mit den Dollars finden ... und beinahe hätten sie es geschafft.

Und Olden? Warum war er hier? Um sich seinerseits die Millionen zu sichern? Oder um das Ganze hier endlich ins Reine zu bringen?

Manuel humpelte weiter, stand nur noch wenige Meter von den anderen entfernt. Er war als Einziger aller hier Versammelten unbewaffnet.

Vielleicht überlegten es sich die vier ja spontan anders und erledigten erst einmal ihn? Alle gemeinsam? Die Beute wäre immer noch groß genug, sogar wenn sie durch vier teilen mussten.

Die Vorstellung, hier und jetzt zu sterben, hatte für Manuel nichts Erschreckendes. Sie war ihm auf tiefe, existentielle Art gleichgültig. Sterben? Warum nicht? Dann hätte er endlich die Ruhe, nach der er sich sehnte.

Darum ging er einfach weiter, direkt auf die Bewaffneten zu. Er suchte keine Deckung, tat nichts, um einem möglichen Schuss ausweichen zu können. Schritt für Schritt näherte er sich der immer noch wie festgefroren dastehenden Gruppe. Michelle, Olden, Müller, Ersu. Umweht von Dollarscheinen. Es war fast schön. Absurd, aber ästhetisch. Ein morbides Stillleben, als hätte ein moderner Hieronymus Bosch ein Inbild für die Gier, die Brutalität, die Unersättlichkeit des modernen Menschen erschaffen.

Manuel war nur noch wenige Meter entfernt. Er blieb stehen. Mit einer leicht kratzigen Stimme sagte er: »Die Kohle reicht für euch alle, ihr Schwachköpfe. Hört einfach auf mit dem Unsinn. Steckt die Waffen weg. Es sind genug Leute gestorben. Der Krieg darf Pause machen.«

Manuel meinte es ehrlich. Er wollte keine Waffen mehr sehen, keine Toten, keine Verwundeten. Er sehnte sich nach Frieden.

Dumm nur, dass gute Absichten nicht immer zu guten Ergebnissen führen. Manuels Worte brachten keinen Frieden. Sie führten dazu, dass das Gleichgewicht des Schreckens ins Schlingern geriet.

Es war Müller, der den Anfang machte. Er drehte sich zu Manuel, blickte ihn ungläubig an, denn er hatte genau wie alle anderen nicht damit gerechnet, dass er den Unfall mit dem Mustang überlebt haben könnte.

Müller lächelte. Er wollte etwas sagen, aber dazu kam es nicht mehr.

Schon das erste leichte Verziehen seiner Lippen war die entscheidende Bewegung zu viel.

Im Nachhinein wüsste Manuel nicht zu sagen, wer zuerst geschossen hatte. War es Ersu? Oder Olden? Vielleicht Michelle?

Oder sogar Müller selbst? Es machte keinen Unterschied. Die Schüsse krachten nahezu zeitgleich durch die Nacht. Der ersten Salve folgte eine kurze Pause. Dann ertönte ein zweites langes Stakkato aus Schüssen, bei dem alle Beteiligten ihre gesamten Magazine verschossen.

Erst danach erstarb der Lärm der Waffen.

Es wurde vollkommen still.

Für einen kurzen Moment standen alle noch genauso da wie zuvor. Regungslos, wütend, mit aufeinander angelegten Waffen. Dann setzte ein Ballett des kollektiven Niedersinkens ein. Erst Müller, dann Ersu, schließlich Michelle.

Sie fielen auf den Asphalt.

Alle tot.

Nur Olden blieb stehen. Er schien selbst darüber verwundert zu sein. Dann aber zuckte er lässig mit den Schultern. Aus seiner Brust stiegen mehrere kleine Rauchfontänen. Die waren dem Keflar seiner Weste geschuldet.

Olden drehte sich zu Manuel. Zwischen ihnen lagen vielleicht zehn Meter. Wie ein Ausleger-Kran schwenkte Oldens ausgestreckter Arm mit seiner Wilson Combat herum. Die Waffe zeigte nun auf Manuel.

Manuel war kurz erschrocken.

Dann lachte er.»Na los, Melvin. Tu es.«

Oldens Gesicht verzog sich zu einem Grinsen. Er senkte die Waffe, schob sie zurück in sein Schulterholster.»Du denkst, ich will dich erschießen? Was ein Blödsinn, Amigo. Unfassbar, dass du noch lebst! Jetzt sind es nur noch wir beiden. Ich habe dir doch gesagt, dass du lieber verschwinden sollst. Dumm von dir, dass du nicht auf mich gehört hast.«

78

Während seiner Zeit in Wakayama hatte Fujita-Sensei Manuel eines Tages aufgetragen, sich in die Berge zurückzuziehen. Er sollte allein gehen, wenig mitnehmen und die Einsamkeit suchen. Wie lange? So lange es nötig wäre.

Manuel dachte seitdem immer wieder an jene seltsamen Tage der Stille zurück, die er alleine in der Wildnis verbracht hatte. Zunächst enttäuscht, nicht am Training teilnehmen zu können, fand er bald Gefallen daran, in der Natur zu sein, in den Bergen, in der Freiheit.

Viele Tage begegnete er keinem Menschen, sprach kein Wort. Nachts schlief er im Freien. Er trank von klaren Gebirgsbächen, aß von den wenigen Vorräten, die er mit sich führte.

An einem Nachmittag meinte Manuel, einen leichten Geruch von Rauch wahrzunehmen. Kurz darauf erreichte er einen waldumsäumten Bergsee, dessen Ufer mit Schilf und Binsen bestanden war. Am gegenüberliegenden Ufer stand eine kleine Hütte, aus deren Giebelöffnung der würzige Rauch eines Holzfeuers stieg.

Noch bevor Manuel die Hütte erreichte, sah er, wie deren grob gezimmerte Tür aufgestoßen wurde und ein uralter Japaner in einem wohl ursprünglich weißen, inzwischen aber stark verschmutzten Gewand ins Freie tat. Sein Haar und Bart waren lang und verfilzt, seine Augen dunkel und stechend. Er starrte Manuel an, und es wirkte, als wäre er über sein Erscheinen aufgebracht. Mit einem Mal aber lächelte der Alte und gab ihm winkend zu verstehen, näher zu kommen.

Der Eremit begrüßte Manuel. Er bat Manuel ins Innere der Hütte. In der Mitte der schlichten Raumes glimmte ein Kohlefeuer, über dem ein Eisenkessel mit heißem Wasser hing. Der Alte bereitete Tee zu und reichte Manuel eine Schale. Dann erkundigte er sich, ob er von Fujita komme, was Manuel bestätigte. Der Alte nickte wissend. Manuel nahm die letzten beiden Nigiri-Reisklöße aus seiner Tasche und bot dem Alten davon an. Der Einsiedler blickte ungläubig, ja, gierig auf die Reisklöße. Dann griff er lachend zu und verzehrte gleich beide Klöße mit schnellen, hungrigen Bissen.

Der Alte bot Manuel an, über Nacht in der Hütte zu bleiben, was er gerne annahm. Tatsächlich schlief er deutlich besser als in den ersten Nächten im Freien, auch wenn ihn immer wieder seltsame Träume plagten. Er sah einen Fuchs, dessen Fell leuchtend weiß war. Das Tier war im Inneren der Hütte. Es beobachtete Manuel, schnupperte schließlich an ihm und fuhr ihm mit seiner rauen Zunge über das Gesicht.

Als Manuel erwachte, stellte er fest, dass es bereits später Vormittag war. Die Hütte war leer, der Alte verschwunden. Manuel trat ins Freie. Er räkelte sich. Es war ein warmer, strahlender Frühlingstag. Die Erinnerung an seinen Traum fiel von ihm ab, und er spürte Zuversicht und Leidenschaft. Er nahm ein Bad im eiskalten See und ließ sich anschließend von der Sonne trocknen.

Manuel suchte Trockenholz in der Umgebung, fachte ein Feuer an und kochte Tee. Die Blätter dazu hatte der Alte in der Hütte gelassen. Zu Essen hatte er nun nichts mehr. Er begnügte sich damit, den Tee zu genießen. Später oder am nächsten Tag würde er essbare Wurzeln suchen oder ein Tier jagen.

Der Alte tauchte seltsamerweise nicht wieder auf. Manuel war unschlüssig, ob auch er weiterziehen sollte, beschloss dann aber, erst einmal in der Hütte zu bleiben, die ihm immerhin Schutz gegen die Kälte der Nächte bot.

An einem der folgenden Tage, es war früher Abend, saß er vor der Hütte und blickte hinaus auf den See. Bis auf den seltenen Schrei eines Vogels oder einen Windstoß, der die Äste der Bäume rascheln ließ, war es vollkommen still. Manuel hatte nie Probleme damit gehabt, allein zu sein, und selbst in dem Verlies, in das die Taliban ihn gesteckt hatten, hatte er sich vielleicht elend und geschunden gefühlt, nicht aber einsam.

Ein kühler Frühlingsregen setzte ein, aber anders als am Vortag fiel er mit dicken, schweren Tropfen hinab. Manuel legte sich eine Wolldecke, die er in der Hütte fand, um die Schultern. Er beobachtete, wie die Regentropfen auf die Oberfläche des Sees fielen und dort ein immer wiederkehrendes Muster aus sich gegenseitig überlagerten kleinen Wellentälern bildeten. Er musste an die Lektionen denken, die Fujita-Sensei ihm und den übrigen Schülern in den zurückliegenden Monaten erteilt hatte. Der Sensei hatte oft über Kreise und Wellen gesprochen, über den Atem der Dinge, der einem steten, immerwährenden Rhythmus folgte, so wie Tag und Nacht, wie Ebbe und Flut, wie Sommer und Winter. Der Mensch konnte nur zu Harmonie gelangen, wenn er sich in den großen Rhythmus des Lebens, in das Ein- und Ausatmen des Kosmos einfügte. Wachen und schlafen, hungern und essen, leben und sterben. Was dem Verstand wie eine Linie erschien, war in Wahrheit ein Kreis und eine stetige Wiederkehr. Was einem plumpen Kämpfer als gerader Schlag, als Hieb, als Tritt erschien, führte der Weise ebenfalls in den großen Kreis zurück. Denn im Urgrund waren alle Dinge eins und nicht getrennt. Auch einen Angreifer zu töten – und bei diesen Worten blickte Fujita zu Manuel – bedeutete, ihn in den großen Kreislauf zurückzuführen. »Dann ist es kein Unrecht zu töten?«, hatte einer der Schüler gefragt und damit das ausgesprochen, was auch Manuel bewegte. Fujitas Gesicht wurde ernst wie selten, und ein wehmütiger Zug erschien um seinen Mund. »Über Recht oder Unrecht kann ich nicht urteilen. Das müssen diejenigen erledigen, deren Aufgabe darin besteht, solcherlei Fragen zu beantworten. Ich kann nur sagen, dass wer andere tötet, sich immer auch selbst tötet, denn alles ist eins. Was immer ihr anderen antut, tut ihr euch selbst an.«

Manuel blickte hinaus und sah den Regentropfen zu, die vom Himmel fielen und eins mit dem See wurden. Er begann zu weinen und wusste, dass er weit davon entfernt war, irgendetwas zu verstehen. Dann dachte er, dass die Tränen seiner Trauer hinabfielen, wie es der Regen tat. Auch sie wurden eins mit dem See, eins mit der Erde. Alles war verbunden, nichts war getrennt.

79

Manuel und Olden standen immer noch auf der Straße. Um sie herum lagen die leblosen Körper von Michelle Sutton, von Müller, von Serdar Ersu. Dahinter standen die zerbeulten Laster und Ersus durch den Aufprall ebenfalls zerstörter BMW. Jenseits der anderen Fahrbahnseite brannte immer noch das Wrack des Mustangs. Der Schnee aus Dollarnoten hatte sich gelegt, bildete einen grünweißen Teppich, der die Straße und die ganze Umgebung bedeckte. In der Ferne heulten die Sirenen der sich nähernden Einsatzkräfte.

»Tja, mein Freund. Wie geht's jetzt weiter? Was meinst du?«, fragte Olden.

Manuel zuckte mit den Schultern. »Ich habe keine Ahnung. Ich denke, ich würde mich über eine Dusche freuen. Über ein Bier vielleicht. Dann ein Bett.«

»Statt des Biers solltest du lieber eine Blutkonserve nehmen. Wenn du dich sehen könntest, Amigo ...«

Manuel blickte an sich selbst hinab. Seine Kleidung war zerfetzt oder verbrannt, sein Körper geschunden. Überall blutete er aus Schnitten und Wunden, an den Beinen, den Armen, dem Rumpf, dem Gesicht.

»Schätze, du hast recht. Und ein bisschen Nähzeug wäre auch nicht verkehrt. Ich habe ein paar Löcher an Stellen, wo sie nicht hingehören.«

»Apropos Löcher. Hast du vorhin wirklich geglaubt, dass ich dich erschießen wollte?«

»Wolltest du nicht? Ich meine, wir stehen hier auf einem Teppich von Dollars. Ein unfassbarer Reichtum. Die meisten würden schießen, oder?«

»Ich bin nicht die meisten. Außerdem bezweifle ich, dass man dich überhaupt erschießen kann.«

Manuel lachte. »Im Ernst?«

Olden verzog das Gesicht zu einem Grinsen. »Ich kenne dich jetzt schon einige Jahre. Eigentlich hättest du schon in scheiß Afghanistan krepieren müssen. Oder in Kasai, bei deinen Kämpfen für die scheiß Yakuza. Oder spätestens bei deiner Landung mit dem Mustang vorhin. Wie kann jemand so etwas überleben? Du musst einen Schutzengel haben. Vielleicht bist du ja auch selbst einer.«

»Nein, bin ich nicht.«

»Dann hast du einfach Glück. Ein verdammtes scheiß Riesenglück.«

»Ja, das wird es wohl sein.«

Manuel humpelte ein Stück zur Seite, überzeugte sich davon, dass Ersu und Müller wirklich tot waren. Er ging weiter zu Michelle, die mit glasigen Augen auf dem Asphalt lag. In ihr steckte noch ein letzter Hauch Leben.

Manuel ging vor ihr auf die Knie, strich ihr eine Haarsträhne aus dem Gesicht. Sie blutete ebenfalls stark, atmete flach. Sie hatte nicht mehr lange zu leben.

»Du warst es also? Das mit der Spritze?«, fragte er.

Trotz ihrer Schmerzen lächelte sie. »War nicht persönlich gemeint, Marcus ... Manuel.«

Er bettete ihren Kopf in seinen Schoß, strich ihr zärtlich über die Haare. »Ich hätte nicht gedacht, dass wir uns noch einmal wiedersehen.«

»Ich auch nicht. Ich habe immer mal wieder an dich gedacht. Unsere Nacht in Japan hat mir gefallen.«

»Mir auch«, sagte Manuel.

Es war eine Lüge, nette Worte für eine Sterbende. »Es hat dich nicht davon abgehalten, mit Müller gemeinsame Sache zu machen und mein Foto der Polizei zuzuspielen, richtig?«

Michelle schaffte ein schwaches Lächeln. »Betrachte es als Nettigkeit meinerseits. Manfred wollte dich sofort töten. Ich habe dir einen gewissen Aufschub verschafft. Aber du solltest wachsam bleiben. Er hat schon vor einiger Zeit einen Killer auf dich angesetzt. Ich weiß nicht, wer es ist. Jetzt kann er ihn nicht mehr zurückpfeifen.«

»Manfred?«

»Müller. Sag bloß, du wusstest nicht, wie er mit Vornamen hieß?«

»Ich dachte, es wäre ein Tarnname. Außerdem sind wir immer beim Sie geblieben.«

Michelle lächelte erneut, sagte mit schwacher Stimme: »Ach, ihr Deutschen ...«

Dann sackte ihr Kopf zur Seite. Sie war tot.

Olden trat an Manuels Seite. »Wir müssen überlegen, wie wir weiter vorgehen.«

»Was gibt es da zu überlegen. Wir sollten abhauen.«

»Sicher, aber vorher ... was ist mit der Kohle?« Olden grinste schon wieder.

»Was soll damit sein?«

»Scheiße, Alter. In dem Container waren neunhundert Millionen Dollar. Ein Teil ist verbrannt, ein Teil fliegt durch die Luft. Aber der Rest liegt immer noch da. Wir sollten zugreifen.«

»Meinst du das ernst?«

»Klar. Oder willst du, dass eure Behörden es kriegen? Und dann? Kommt es in die Staatskasse und wird für neue Autobahnen ausgegeben?«

»Stimmt auch wieder.«

»Siehst du. Lass uns alles brüderlich teilen. Was sagst du?«

Manuel lachte. Offenbar war das absurde Theaterstück noch immer nicht zu Ende.

»Wie willst du das Geld beiseiteschaffen? Ich sehe hier nichts, was noch fahrtüchtig wäre. Abgesehen davon, dass hier gleich jede Menge Polizei auftaucht.«

»Also bist du einverstanden?«

»Sicher. Ich weiß nur nicht, ob wir es schaffen.«

»Werden wir. Ich bin nicht ohne Plan ausgerückt. Meine Leute sorgen gerade dafür, dass die Cops und die Sanitäter nicht so schnell hier ankommen.«

Tatsächlich kam das Geräusch der Sirenen nicht mehr näher, erstarb dann sogar ganz. Manuel hatte keine Ahnung, was vor sich ging.

»Bleibt das Problem, dass wir kein Fahrzeug haben ...«, sagte Manuel.

Olden winkte ab. »Warte kurz. Ich bin gleich zurück. Hol schon mal die ersten Packen Geld aus dem Container.«

80

Manuel und Olden saßen im Führerhaus eines gut zehn Meter langen Winnebago-Wohnmobils, der mittels einer Anhängerkupplung zudem einen großzügigen Hänger hinter sich herzog.

Die einzige Ladung: Bargeld.

Die Summe war durch die dramatischen Ereignisse auf der Straße um einiges zusammengeschmolzen. Während sie die Packen aus dem Container umgeladen hatten, überschlugen sie den verbliebenen Betrag und kamen immer noch auf etwa eine halbe Milliarde US-Dollar.

Bevor sie den Hänger schlossen, hatte Olden noch gute zwanzig Kilo Kaffee über den Noten verstreut, anschließend mehrere Kisten kleiner Espressopakete so darüber verteilt, dass das Geld zumindest auf den ersten Blick nicht zu sehen war.

»Kaffee?«, fragte Manuel.

»Wegen der Köter vom Zoll. Ein paar der Viecher können Bargeld erschnüffeln. Ich verstehe gar nicht, warum nicht mehr Privatleute so ein Tier halten. Aber egal, wenn ein guter Kenia Robusta draufliegt, fällt es ihnen zumindest schwerer.«

Sie fuhren in Richtung Norden. Olden hielt mit einer Hand das Steuer, mit der anderen einen Coffee-To-Go-Becher. Im Radio lief ein Oldie von Creedence Clearwater Revival.

Manuel, der auf dem Beifahrersitz saß, fühlte sich gar nicht schlecht. Zu Beginn der Fahrt hatte er ein wenig geschlafen. Im Vergleich zu vorhin war er geradezu erholt und gut gelaunt.

Es lag auch daran, dass Olden vor ihrer Abfahrt einen seiner Leute angefunkt und zur Unfallstelle beordert hatte. Der Mann war ein Special Agent mit medizinischer Zusatzausbildung. Er hatte Manuel untersucht und gemeint, dass er sofort in eine Klinik müsse. Sonst könne er für nichts garantieren.

Olden aber hatte abgewinkt. »Glaub mir, der stirbt nicht. Mach ihm einfach die Löcher zu und gib ihm was, damit er auf der Fahrt nicht so rumjammert.«

»Wie du meinst, Melvin.«

Der Agent hatte Manuel daraufhin an sechs verschiedenen Stellen genäht, seine Wunden desinfiziert und ihn von einem großen Teil der Metall- und Glassplitter befreit.

Anschließend meinte er: »Was Sie jetzt brauchen, ist in erster Linie Ruhe.«

»Kein Problem. Wir nehmen den Winnebago. Er kann sich hinten reinlegen«, erklärte Olden.

»Klingt gut«, meinte Manuel.

Der Agent rollte mit den Augen: »Mit Ruhe meinte ich eher ein richtiges Bett.«

»Ist ein richtiges Bett. Mehr als das«, erklärte Olden. »Und jetzt lass uns fahren.«

Tatsächlich war Manuel dem Rat des Agenten gefolgt und hatte auf dem Wasserbett im Fond des Wagens zwei Stunden die Augen zugemacht. Dann war er wieder aufgewacht und hatte sich nach vorne neben Olden auf den Beifahrersitz gesetzt.

Sie hatten Rendsburg hinter sich gelassen und fuhren in gemächlichem Tempo in Richtung dänische Grenze. Einmal hielten sie an einer Rastanlage. Während Olden mehrere Happy Meals verputzte, aß Manuel einen Salat und ein belegtes Brötchen. Er sehnte sich nach einer gut ausgestatteten Küche, wo er etwas Vernünftiges zubereiten konnte. Bevor sie weiterfuhren, tranken sie einen Espresso. Olden fütterte dabei einen der Merkur-Spielautomaten. Als Manuel neben ihn trat, sagte Olden: »Euer ganzes scheiß Deutschland ist ein einziges Las Vegas. Aber ihr merkt das nicht einmal. Ihr seid wirklich ein komischer Haufen.«

Sie fuhren weiter. Im Radio lief ein Song von Bruce Springsteen. Olden mochte den Sänger aus New Jersey, erklärte er Manuel. Springsteen und genauso Billy Joel, der übrigens gar nicht weit vom Boss entfernt auf Long Island aufgewachsen sei.

»Was ist mit dir? Auf welche Musik stehst du?«, fragte Olden.

»Keine Ahnung. Ich höre keine Musik.«

»Solltest du. Musik ist gut für die Seele. Glaub mir, ohne meine Musik könnte ich die ganze Scheiße nicht ausgehalten.«

»Ich mag die Stille«, erklärte Manuel.

Olden warf ihm einen Seitenblick zu, schüttelte verständnislos den Kopf. Dann jedoch lachte er freundschaftlich. »Was wirst du mit deinem Teil der Kohle machen? Schon Ideen?«

Manuel blickte aus dem Fenster. Es war mitten in der Nacht,

und auf der Autobahn waren kaum noch Fahrzeuge unterwegs.

»Ich weiß es noch nicht. Könnte sein, dass es sich heute Nacht oder morgen entscheidet.«

»Ein Mädchen?«

»Mmh.«

»Diese Thea?«

Manuel verzog das Gesicht. »Du weißt wirklich alles.«

Olden zuckte mit den Schultern. »Mach dir keine Sorgen. Bevor ich in den Einsatz gestartet bin, habe ich dafür gesorgt, dass dein Datensatz gelöscht wird. Du bist aus unserem System verschwunden. Dir wird nichts mehr passieren. Deiner Thea auch nicht.«

Manuel nickte. »Wo wir gerade darüber sprechen … damals in Japan. Yūko. War es wirklich Kondo, der Yakuza? Oder habt ihr dahinter gesteckt? Um mich gefügig zu machen?«

Olden, eigentlich immer gut gelaunt, presste die Lippen zusammen. Erst mit Verzögerung erklärte er: »Nein, es war der Yakuza. Aber ich kann nicht ausschließen, dass Steve Penn nachgeholfen hat. Zumindest hat er es nicht verhindert.«

Manuel nickte stumm. »Aber jetzt ist es wirklich vorbei? Ihr lasst mich gehen? Ich bin frei?«

»Bist du, Amigo. Du kannst tun und lassen, was du willst. Nach heute Nacht wirst du nie wieder von mir oder einem anderen Mitarbeiter der Agency etwas hören.«

Manuel musste schlucken.

Wieder sagte er lange Zeit nichts.

»Das ist gut«, brachte er schließlich leise hervor.

»Allerdings … die Fahndung in Hamburg läuft weiter. Das konnte ich nicht mehr zurückdrehen.«

»Ich kann also nicht zurück.«

»Nicht, wenn du nicht im Knast landen willst.«

Manuel nickte. Er hatte damit gerechnet.

Im Radio lief weiter Musik. Manuel drehte die Lautstärke hoch. With or without you.

»Ich mag U2«, erklärte er.

Olden schnalzte mit der Zunge:»Katholische Spinner, wenn du mich fragst. Iren, was will man da erwarten.«

Manuel lachte.»Soweit ich weiß, ist Springsteen auch katholisch. Und Ire. Jedenfalls halber.«

»Red keinen Scheiß, Mann.«

»Es ist die Wahrheit.«

Olden verzog das Gesicht. Er lauschte der Musik, zuckte schließlich mit den Schultern.»Okay, so schlecht ist es nicht. Ich denke, ich lade sie mir in meine Playlist.«

Er trank von seinem Kaffee und Manuel warf eine weitere Schmerzpille ein.

»Was ist mit dir, Melvin? Was wirst du mit dem Geld machen? Lieferst du es in Langley ab? Machst weiter wie vorher?«

»Machst du Witze? Dann hätte ich kaum mit dir geteilt, oder? Ich wäre beim Lkw geblieben, hätte den deutschen Cops meine Marke gezeigt und gesagt, dass sie sich verpissen sollen.«

»So etwas könntest du?«

»Was glaubst du denn?«

»Aber du hast es nicht getan. Warum?«

Olden trommelte übermütig auf dem Lenkrad.»Ich bin auch raus. Darum. Ich habe gekündigt. Ich bin genau wie du ein freier Mann.«

»Du hast gekündigt? Echt?«

»Nicht formell. Aber ich tauche einfach ab.«

»Man wird dich suchen.«

»Klar. Und man wird mich auch finden. Dafür habe ich gesorgt.«

»Was meinst du?«

»Der Agent, der dich vorhin zusammengeflickt hat, ist ein Freund von mir. Er präpariert gerade Müllers Leiche. Sie wird das eine oder andere biometrische Merkmal von mir ausweisen. Vielleicht klappt es. Dann wäre Melvin Olden tot, mon frére. Wahrscheinlich bekomme ich in Washington ein Ehrenbegräbnis. Schade, dass ich nicht dabei sein kann.«

»Was wirst du also tun?«

»Erst einmal fahre ich ein wenig durch Europa. War schon lange ein Traum von mir. Die meisten Länder kenne ich zwar schon, aber ich war immer nur beruflich dort. Du weißt schon, Leute töten und so. Jetzt habe ich zum ersten Mal Zeit, mir ein paar Sehenswürdigkeiten anzusehen.«

»Guter Plan. Allerdings solltest du lieber in Richtung Süden fahren, allein wegen des Wetters. Frankreich, Italien, Portugal ...«

»Gute Idee! Aber erst einmal treffe ich in Kopenhagen ein paar Leute. Hat mit meinem Geld zu tun.«

»Erklärst du es mir?«

»Klar, ist kein Geheimnis. Ich treffe ein paar junge Gründer. Du weißt schon, sie ziehen ein Start-up hoch. Es sind Dänen, aber auch Amerikaner, Deutsche, Franzosen. Eine bunte Truppe. Ich möchte in ihr Business investieren. Es heißt Unite The World Technologies, kurz U-Tech.«

Manuel sah Olden skeptisch an »Klingt wie eine Tochterfirma der CIA.«

Der Amerikaner lachte. »Diesmal nicht, ich schwöre. Diese Jungs und Mädchen wollen eine echte globale Vernetzung aufbauen. Jeder Mensch bekommt Online-Zugang, kann sich melden, wenn er Hunger oder Durst hat, und dann wird ihm geholfen. Egal, wo er ist. Verstehst du, Manuel? Der Hunger auf der Welt wird durch U-Tech endgültig beseitigt.«

»Wow, das klingt toll. Aber nicht nach dir. Ich meine, nach allem, was du bisher getan hast.«

»Ich habe mich verändert, Bro. Ich weiß jetzt, dass das alte Spiel sinnlos geworden ist. Wir sind einfach zu viele geworden, bald zehn Milliarden. So viele können wir nicht töten. Darum ist es Zeit, etwas Neues auszuprobieren.

»Und was?«

»Kooperation. Und zwar in globalem Maßstab.«

»Du kennst das Wort? Obwohl du Amerikaner bist?«

»Wir sind nicht so blöd, wie ihr Europäer glaubt. Im Gegenteil. Ihr redet drüber, wir sorgen dafür, dass es wirklich passiert.«

»Schön wär's.«

»Warte es ab. Und achte auf U-Tech. Mit der App werden wir den Globus verändern. Andere Start-ups erfinden neue Taxidienste oder smarte Jogging-Apps. Was für ein Scheiß! Unser Ding wird den Grundstein dazu legen, die Welt zu transformieren. Wir werden sie zu einem Ort des Friedens machen.«

»Ich entdecke ganz neue Seiten an dir, Melvin.«

»Weil du mich nicht kennst. Im Grunde meines Herzens bin ich ein Hippie. Immer gewesen. Die Firma hat's mir ermöglicht, zwanzig Jahre lang durch die Welt zu reisen. Klar, dafür musste ich Dinge tun, die nicht so nett waren. Aber was soll man machen? Jetzt aber weiß ich, was ich wirklich will. Make love, not war.«

Olden hob vielsagend die Augenbrauen. »Wenn du möchtest, kannst du mitmachen. Du wärst eine Bereicherung fürs Team.«

»Du meinst es ernst?«

»Absolut. Ich mag dich, Manuel. Das Start-up wird schnell wachsen, vor allem jetzt, wo die Finanzierung gesichert ist. Wenn du deinen Anteil auch noch einbringst, wird das Ganze abheben. Was sagst du?«

Manuel blickte aus dem Seitenfenster. Im Osten färbte sich der Himmel grau, bald würde es Tag werden.

»Ich weiß das zu schätzen, Melvin. Aber es geht nicht. Bevor ich die Welt rette, muss ich erst einmal mein eigenes Leben auf die Reihe bringen. Vor allem die Sache mit Thea.«

»Kann ich verstehen. Aber wenn du irgendwann soweit bist, melde dich. Unser Tür wird dir immer offenstehen.«

»Danke.«

Auf Manuels Bitten hin lenkte Olden den Winnebago einige Kilometer südlich von Flensburg von der Autobahn. Sie fuhren auf einer Landstraße. In einem namenlosen kleinen Ort drosselte Olden die Geschwindigkeit. Sie blickten beide suchend auf die Straße. Schließlich sagte Manuel: »Der dort sieht gut aus.«

»Alles klar. Ich warte, bis du soweit bist.«

Olden hielt an, Manuel stieg aus. Er ging hinüber zu einem geparkten Kleintransporter, einem französischen Modell. Er brauchte keine halbe Minute, um den Wagen kurzzuschließen. Dann folgte er dem Winnebago hinaus aus dem Ort.

Einige Kilometer weiter bogen beide Fahrzeuge in einen Waldweg ein. Sie stellten die Motoren aus, löschten die Lichter, stiegen aus.

Gemeinsam luden Manuel und Olden die Hälfte der Dollars in den Kastenwagen. Da Manuel schnell Zeichen der Erschöpfung zeigte, seine Verletzungen forderten ihre Tribut, erledigte Olden den größten Teil der Arbeit. Am Ende war der französische Transporter bis unters Dach voll mit Bündeln aus Bargeld. Auch hier baute Olden eine Schicht aus Kaffeepackungen davor. Sicher war sicher.

Dann war die Zeit des Abschieds gekommen.

Olden grinste. Dennoch war ihm anzusehen, dass ihn der Moment bewegte. »Lass dich umarmen, Amigo. Ich wünsche dir alles Gute.«

»Ich dir genauso.«

»Danke. Da ist allerdings noch eine Sache, bevor ich fahre.«

»Was?«

Olden trat zurück, so dass sie sich in die Augen sehen konnten.

»Ich habe vorhin gehört, dass Michelle es dir schon gesagt hat ... Müller hat jemanden auf dich angesetzt.«

»Und?«

»Ich habe versucht, Näheres herauszufinden. Ohne Erfolg. Allerdings spricht viel dafür, dass er schon in deiner Nähe ist. Oder sie ...«

Manuel brauchte einen Moment.

Er schüttelte ungläubig den Kopf. »Thea?«

»Ich will es zumindest nicht ausschließen.«

»Dann ist sie ... jemand anderes?«

»Ich weiß es nicht. Im Computer war nichts über sie zu finden. Entweder ist sie wirklich ein unbeschriebenes Blatt. Oder sie ist verdammt gut.«

»Scheiße.«

»Bleib locker. Es kann immer noch sein, dass ich mich täusche. Halt einfach die Augen auf.«

Manuel nickte niedergeschlagen. »Danke, Melvin.«

»Schon gut, Tiger. Pass auf dich auf.«

Olden klopfte ihm ein letztes Mal auf die Schulter. Dann stieg er in den Winnebago, drehte ihn in einem mühsamen Manöver und fuhr davon.

Manuel ließ sich Zeit. Er trat durch einen schmalen Waldstreifen an den Rand eines Feldes. Im Osten kroch die Sonne über den Horizont. Es würde ein schöner, warmer Spätsommertag werden.

81

Die Fahrt dauerte länger als gedacht, so dass Manuel erst nach neun Uhr am Morgen die Gegend bei Sandebüll erreichte, einem nordfriesischen Dorf inmitten einer grenzenlose Weite aus Feldern, Hecken, kleinen Wegen. Am Horizont drehten sich träge die Windkraftanlagen.

Er ließ das Dorf hinter sich, brauchte noch einmal eine ganze Weile, bis er den richtigen Abzweig gefunden hatte.

Schließlich folgte er einem Feldweg, der in einem Zickzack-Kurs durch Mais- und Kohlfelder führte. Das Haus stand einsam inmitten der Landschaft. Es war eine alte Bauernkate, umstanden von einem dichten Kranz aus Pappeln und Eichen, die das Grundstück gegen den ewigen Wind abschirmten. Und gegen allzu neugierige Blicke.

Thea hatte recht gehabt. Es war ein gutes Versteck.

Manuel fuhr bis an das Tor heran. Es war verschlossen. Er stellte den Wagen auf dem Grünstreifen neben dem Haus ab, stieg aus und trat durch die Pforte.

Der Vorgarten war verwildert. Hohe Farne standen dicht an dicht. Rechts war ein Schuppen, dahinter eine Wiese, die im Gegensatz zum sonst wuchernden Grün akkurat gemäht war. Ein Fußball lag dort, dazu zwei mit Stöcken markierte Tore. Er blieb stehen, lächelte, stellte sich vor, wie Thea und Ragib sich hier an den Nachmittagen ausgetobt hatten.

Wie viel würde er drum geben, wenn Olden sich täuschte. Wenn das hier wirklich die Idylle wäre, nach der es aussah. Wenn er ein Teil davon werden könnte.

Er klingelte.

Im Haus blieb es ruhig. Ob die beiden gar nicht da waren? Aber vor der kleinen Garage stand Theas Wagen. Sie und der Junge mussten hier sein.

Schließlich hörte Manuel Geräusche im Haus. Die Tür wurde erst aufgeschlossen, dann geöffnet. Thea stand im Nachthemd vor ihm, ihr Gesicht verschlafen, ihre Haare zerwühlt. Sie sah ihn an, musterte ihn, das Gesicht reglos.

Manuel spürte, wie sein Herz bis zum Hals klopfte.

Erst mit unendlicher Verzögerung erschien ein Lächeln auf ihrem Gesicht. Sie breitete die Arme aus, zog ihn an sich, küsste ihn. »Du lebst.«

Nach einem üppigen Frühstück spielten sie Fußball im Garten. Thea, Ragib und Manuel. Sie lachten, tobten miteinander, verteilten imaginäre gelbe und rote Karten. Am Ende rollten sie alle miteinander über die Wiese, balgten und umarmten sich.

Glück.

Jetzt einmal davon abgesehen, dass es möglicherweise Theas Job war, ihn umzubringen.

Der Junge ging schließlich hinein, er wollte am Computer spielen. Sie ließen ihn ziehen.

Als sie allein waren, sagte Manuel mit leiser Stimme: »Ich möchte dir etwas zeigen.«

»Was?«

»Lass dich überraschen.«

Ihre Wangen wurden rot, sie sah ihn voller Spannung an. »Kannst du es mir nicht sagen?«

»Nein. Du sollst es sehen.«

Er führte sie durch die Pforte vor das Haus und zu dem Lieferwagen. Er öffnete die Heckklappe, schob die zur Tarnung aufgestapelten Kaffeepackungen zur Seite.

Thea lachte. »Was ist das? Bist du unter die Kaffeehändler gegangen? Keine Currywurst mehr? Ein Café?«

»Warte noch.«

Er legte weitere Packungen zur Seite. Die Bündel mit Geldnoten kamen zum Vorschein. Manuel griff zu, zog einen Packen Scheine hervor. So als wäre es Kleingeld. Dabei waren es Tausende von Dollar.

Thea schüttelte ungläubig den Kopf. »Das ist Falschgeld, oder?«

»Nein.«

Langes Schweigen. »Woher kommt es? Was ist das für Geld?«

»Soll dich nicht interessieren.«

»Tut es aber.«

»Es ist so viel, dass es für alle Zeiten reichen wird. Für dich, für mich, für den Jungen. Für unser gemeinsames Leben. Wenn du es möchtest.«

372

Thea legte die Stirn in Falten. Sie sah auf das Geld, sie sah zu Manuel. Immer hin und her. »Das ist mir unheimlich. Wo so viel Geld ist, sind auch Leute, die es haben wollen.«

»Du hast recht, diese Leute gab es … aber sie leben nicht mehr. Keiner weiß also von dem Geld. Niemand wird uns davon abhalten, wenn wir ein gutes Leben damit führen. Du musst dir keine Sorgen mehr machen. Wir können alles vergessen, was war. Ganz von vorne anfangen.«

Thea schluckte, laut und hörbar. Ihr Gesicht wirkte angestrengt. Als sie erneut zu Manuel sah, wirkte sie hin- und hergerissen. Zuneigung und Misstrauen. Hoffnung und Angst.

»Ich weiß nicht, was ich sagen soll.«

»Sag einfach Ja.«

»Ich bin nicht sicher, ob ich das kann.«

»Warum? Bist du jemandem verpflichtet? Musst du etwas erledigen? Etwas, wofür du vielleicht auch viel Geld bekommen hast?«

Sein Tonfall geriet schärfer, als er es beabsichtigt hatte.

Sie verzog in Zeitlupe das Gesicht. »Wovon redest du? Was soll das? Wieso siehst du mich so an?«

Tatsächlich musterte er ihr Gesicht, kühl, abweisend. Auch ängstlich. Er suchte in ihren Zügen nach einem Hinweis.

Er fand nichts.

Hatte Melvin sich doch geirrt? War sie nicht diejenige, die auf ihn angesetzt war?

Er hoffte es. Er wollte es glauben. Er entschied sich, dass es so war.

»Vergiss es, in Ordnung? Aber es gibt da noch eine Sache, die du wissen musst.«

373

»Was?«

»Wenn du dich entscheidest, mit mir zu leben, dann bedeutet es, dass wir weggehen müssen. Wir können nicht nach Hamburg zurück, wir können auch nicht hierbleiben. Wie müssen weg, müssen das Land verlassen.«

»Wieso?«

»Die Polizei fahndet immer noch nach mir. Es kann auch sein, dass andere hinter mir her sind. Ich habe keine Wahl, Thea. Ich muss gehen. Die Frage ist nur, ob du und der Junge mitkommen.«

»Wieviel Zeit habe ich, um mich zu entscheiden?«

»Nicht lange.«

»In Ordnung.«

Thea ging spazieren. Er konnte sie von der Terrasse des Hauses aus sehen. Eine einsame Silhouette inmitten der weitläufigen Felder. Der Wind ließ ihre Haare tanzen. Dahinter drehten sich die Windräder. Immer wieder schüttelte sie den Kopf. Dann schrie sie in das weite, offene Land hinaus. Keine Worte, nur Gefühle.

Als sie zurück kam, vergewisserte sie sich, dass der Junge in seinem Zimmer war, dort in seinen Computer versenkt war. Sie nahm Manuels Hand und zog ihn ins Schlafzimmer, zog ihn ins Bett. Sie liebten sich leidenschaftlich. Dann weinte sie und sagte: »Ich gehe überall mit dir hin.«

»Wir müssen noch heute aufbrechen.«

»Das geht nicht. Ich muss noch einmal nach Hamburg, in meine Wohnung. Ich muss ein paar Dinge holen. Dinge, die ich nicht zurücklassen kann.«

»Muss es sein?«

»Ja.«

»In Ordnung. Dann fahr. Beeil dich. Aber sei vorsichtig. Es kann sein, dass sie auch hinter dir her sind. Ich glaube es zwar nicht, aber es lässt sich nicht ausschließen.«

»Keine Sorge. Ich passe auf. Du bleibst bei dem Jungen. Rede mit ihm, erkläre ihm alles. Ich fahre sofort los. Dann bin ich noch vor Mitternacht wieder zurück.«

»Ich möchte dir etwas mitgeben. Es ist für Mamdouh und die anderen. Du weißt schon, für Dacian, Sasikarn, Klaus, Karolis, Juliette. Die ganze Bande.«

»Klar. Tu es in meinen Wagen.«

Manuel holte große Müllbeutel aus der Küche. Draußen beim Wagen stopfte er sie mit Geld voll. Abermillionen von Dollar.

Thea sah ihm zu, schüttelte ungläubig den Kopf. »Wirklich?«

»Sie sind meine Freunde. Sie haben es verdient. Für uns ist immer noch genug da.«

Sie winkte ab. »Von mir aus kannst du ihnen auch alles geben. Ich will dich. Nicht dein Geld.«

Er küsste sie.

82

Manuel stand mit dem Jungen auf der Straße vor dem Haus. Sie winkten Thea nach. Der Wagen entfernte sich, wurde kleiner, verschwand schließlich in der endlosen norddeutschen Weite.

»Wohin fährt sie?«, fragte Ragib.

»Nach Hamburg. Sie holt ein paar Sachen.«

»Und dann?«

»Fahren wir alle zusammen weg.«

»Wohin?«

»Ich weiß es noch nicht.«

»Ist es, weil sie dich suchen? Weil du einen umgebracht hast?«

»Wer sagt so etwas?«

»Na, du.«

»Du hast gelauscht?«

»Du hast laut gesprochen.«

»Die Dinge sind kompliziert.«

»Das sagen Erwachsene immer.«

Sie spielten wieder Fußball, lachten, vertrugen sich.

»Wir fangen irgendwo ganz neu an, Ragib. Irgendwo, wo uns niemand kennt. Es wird uns gut gehen.«

»Ihr nehmt mich mit? Thea und du? Wirklich?«

»Na, hör mal. Du gehörst dazu. Wir sind eine Familie. Natürlich nehmen wir dich mit.«

Der Junge umarmte Manuel, legte seinen Kopf an seine Brust und weinte lange. Manuel strich ihm über die Haare. Er schloss die Augen und zog den Jungen dicht an sich heran.

Am Abend kochte Manuel für sie beide. Es gab Nudeln und To-matensauce, dazu Salat und Gemüse. Der Junge aß wenig. Er blickte Manuel immer wieder an, wirkte nachdenklich und in sich gekehrt.

»Was ist los?«, fragte Manuel.

»Nichts.«

»So siehst du nicht aus.«

»Du hast gesagt, dass wir eine Familie sind.«

»Ich meine es so.«

»Ich hatte eine Familie ... sie sind tot. Alle.«

»Es tut mir leid, das zu hören.«

Ragib zuckte dann mit den Schultern. »Es ist normal, dass Leute sterben. So ist Krieg.«

»Wo wir hingehen, gibt es keinen Krieg. Das verspreche ich dir.«

Der Junge verzog das Gesicht. »Überall ist Krieg.«

Manuel stand auf. Er wollte den Tisch umrunden, dem Jungen über die Haare streichen. Aber schon nach einem Schritt verlor er das Gleichgewicht, musste sich festhalten. Alles schwankte. Ihm war schlecht. Es war bestimmt der Blutverlust, die Anstrengung. Auch die Aussicht, dass sich nun alles zum Guten wendete.

»Ragib, mir ist ... nicht gut. Ich muss mich hinlegen.«

Der Junge starrte ihn mit ausdruckslosem Gesicht an. Nur seine Augen glühten.

Manuel fühlte, wie seine Beine versagten. Er klammerte sich an den Stuhl, sackte langsam zu Boden. Er blickte den Jungen an.

Dann wurde es ihm klar. Olden hatte sich getäuscht. Es war nicht Thea.

»War etwas im Essen?«

»Klar. Macht, dass du schläfst. Dann ...«

»Du tötest nicht mich, Ragib. Du tötest dich selbst.«

Der Junge schüttelte den Kopf. »Ich bin schon tot. Schon lange.«

»So wie ich. Und doch könnten wir leben. Wir alle zusammen.«

»Das wäre schön.«

»Aber?«

»Es geht nicht.«

Manuel lag hilflos auf dem Küchenboden. Er sah nur noch verschwommene Bilder. Der Junge stand vor ihm und blickte auf ihn hinab. Er hielt etwas in der Hand. Eine Klinge. Er beugte sich zu Manuel hinab. Ein helles Licht, eine kurze schnelle Bewegung.

Dann wurde alles schwarz.

83

Manuel Jessen, der Mörder von Kabir Awad, der Mörder von so vielen, wurde knapp drei Wochen später auf dem großen Friedhof im Hamburger Stadtteil Ohlsdorf beerdigt.

Ein Träger brachte die Urne gemessenen Schrittes von der kleinen Kapelle zum offenen Grab. Die Trauergesellschaft, die dahinter folgte, war nicht sonderlich groß. Sie bestand aus einer Handvoll seltsamer Gestalten, darunter einem osteuropäischen Hünen, einem Volltätowierten, einem thailändischen Ladyboy. Eine feine Dame, die manche als Flaschensammlerin kannten, ging Arm in Arm mit einem lockigen Araber.

Aber auch der einschlägig bekannte Immobilienmogul Mettmann hatte sich eingereiht. Genauso wie Deniz, der Mops, der weinte und seine Tränen im Fell seines Hundes trocknete.

Die zwei Polizisten, die zur Beobachtung abgestellt waren, schüttelten irritiert die Köpfe. Andererseits, was wollte man erwarten, wenn einer, der auf dem Kiez eine Wurstbude betrieben hatte, unter die Erde gebracht wurde?

Immerhin hatte das Ganze auch eine gute Seite, fanden die Polizisten. Mit dem Tod von Jessen galt der Fall um den ermordeten Awad als abgeschlossen. An Jessens Täterschaft bestand kein Zweifel, auch wenn sein Motiv immer noch ungeklärt war. Aber dabei würde es für alle Zeiten bleiben. Der Täter war tot, damit wurde die Akte geschlossen. Ein Fall weniger, ein paar Überstunden weniger. Immerhin etwas.

Der Urnenträger ließ das Gefäß mit der Asche in die Erde nieder, zog sich dann dezent zurück. Die Trauernden traten nacheinander ans offene Grab. Sie warfen Blüten in die Grube, auch andere Dinge wie Pommesgabeln, ein Glas Ketchup, den Gürtel eines japanischen Gi-Anzuges. Dazu murmelten sie Abschiedsworte.

Der Verlust, den sie empfanden, ging tief. Einige von ihnen weinten, wurden von den anderen getröstet. Der Mops, der an der Leine des vierschrötigen Deniz' ging, winselte.

Dann zogen die Trauergäste Astraflaschen aus ihren Taschen, öffneten sie und stießen vor dem Grab miteinander an. Ein seltsames Ritual. Kizianer halt.

Was nicht so recht zum Bild passen wollte, waren die Kleider, die die Trauergäste trugen. Nicht nur die Luden und die Türsteher, sondern auch alle anderen. Es waren edle Stoffe und feinste Zwirne, in die sie gekleidet waren. Nadelstreifen von Zegna für die Herren, Roben von Sander und Chanel für die Damen.

Am Ende der Zeremonie begaben sich die Trauergäste zum Parkplatz, und auch was dort geschah, ließ die beobachtenden Polizisten grübeln. Denn die Kizianer stiegen nicht in schrottreife Rostlauben, auch nicht in Linienbusse. Sie bestiegen Limousinen der edelsten Marken, italienische Sportwagen, Rolls Royce, Benz – die richtig dicken Modelle.

Als wenn Geld keine Rolle für sie spielte.

Die Beamten folgten dem Zug unauffällig. Die Feier zum An-
gedenken des Toten fand in einem Imbiss auf St. Pauli statt. Der
Araber mit den Locken war der Betreiber. Es gab Champagner für
alle. Dazu Currywurst und Pommes.

84

Die Yokochō von Kichioji lag weit im Westen von Tokio,
in unmittelbarer Nähe zum gleichnamigen Bahnhof. Die kleine
Amüsiermeile bestand aus winzigen Gässchen, in denen sich
kleine und kleinste Lokale aneinanderreihten. Es gab Bars, in denen man nur trinken konnte, andere, die auch Speisen anboten,
darunter Yakitori-Spieße oder Donburi-Aufläufe, Ramen-Nudel-
suppen oder Okonomiyaki-Bratkuchen.

Seit neuestem gab es ein Lokal mit einer weiteren, ungewöhnlichen Leckerei. Die japanischen Gäste standen gerne dafür in
einer langen Schlange an, warteten geduldig darauf, einen der wenigen Plätze in dem winzigen Lokal zu ergattern. Es gab dort eine
deutsche Spezialität, von der bisher in Japan noch niemand etwas
gehört hatte. Es waren deutsche Bratwürste mit Ketchup, der mit
indischen Gewürzen angemacht war. So war es auch über der Bar
zu lesen: *German Curry Wurst*.

Eine absolute Köstlichkeit! Curry mochten die Japaner sowieso.
Aber dazu deutsche Würste! Phantastisch!

Die Beliebtheit des Lokals lag nicht zuletzt daran, dass der Wirt
des kleinen Lokals, ein gebürtiger Deutscher, sämtliche Zutaten
selbst herstellte. Er gab sich große Mühe, bei allem, was er tat. Außerdem war er, genau wie seine Frau, die ebenfalls in der kleinen

Bar arbeitete, ungeheuer fleißig. Abend für Abend, an sieben Tagen der Woche, standen die beiden Wirtsleute in ihrem Lokal. Oft dauerte es bis zum frühen Morgen, bevor sie Feierabend machten. Sie nahmen es klaglos hin. Der Sohn des Ehepaares schien ganz nach seinen Eltern zu schlagen. Er war ein ernsthafter junger Mann, der gerne in der Bar war und dort seinen Eltern aushalf. Meistens aber saß er in dem kleinen Hinterraum und machte emsig seine Schularbeiten. Ein vorbildlicher Junge!

Es schien, als hätte die ganze Familie erkannt, dass Glück aus der bedingungslosen Hingabe ans eigene Tun resultierte. Diese Hingabe machte das Selbst klein, so dass die Zufriedenheit groß werden konnte.

Gelegentlich, wenn sich die Nächte dem Ende neigten und nur noch wenige Gäste im Lokal waren, stand der Wirt vor der Tür seines Lokals und gönnte sich eine Verschnaufpause. Er rauchte eine Zigarette und hing seinen Gedanken nach, gab sich für kurze Momente einer süßen Melancholie hin. Den Grund dafür kannte niemand, dabei war er recht einfach. Der Mann war in einem früheren Leben einmal Soldat gewesen. Dasselbe galt im Übrigen für seinen Sohn. Auch er war ein Kämpfer gewesen, bedingungslos einer Sache verschrieben.

Aber beide, Vater wie Sohn, hatten den Weg zurück in ein friedliches Leben gefunden, auch wenn es beinahe zu spät dafür gewesen wäre. Im letzten, im entscheidenden Moment hatten sie erkannt, dass man immer frei war, eine Entscheidung zu treffen. Eine Entscheidung gegen den Tod und für das Leben.

Kai Havaii
Rubicon
Thriller
573 Seiten. Broschur
ISBN 978-3-7466-3804-1
Auch als E-Book lieferbar

»Hochspannung bis zum Ende. Ich ziehe meinen Hut.« Udo Lindenberg

In Afghanistan war Carl Overbeck der beste Scharfschütze seiner Einheit, doch zurück in Deutschland kommt er mit seinem Leben nicht mehr zurecht. Da macht ihm ein alter Jugendfreund ein besonderes Angebot: Er soll in Italien einen Mafioso erschießen, der sich der Polizei als Kronzeuge angedient hat. Carl übernimmt den Job und wird damit zum Auftragskiller, der still und heimlich seine Aufträge versieht. Bis er sich in die falsche Frau verliebt.

Packend, aktuell und hochemotional – der erste Roman von Kai Havaii, dem Sänger der Band Extrabreit

Regelmäßige Informationen erhalten Sie über unseren Newsletter.
Jetzt anmelden unter: www.aufbau-verlage.de/newsletter

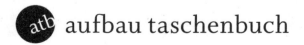 aufbau taschenbuch

Deon Meyer
Todsünde
Ein Bennie-Griessel-Thriller
Aus dem Afrikaans von Stefanie Schäfer
477 Seiten. Gebunden mit Schutzumschlag
ISBN 978-3-352-00966-2
Auch als E-Book lieferbar

Gefährliche Gier

Bennie Griessel und sein Partner Vaughn Cupido sind in Schwierigkeiten. Aus disziplinarischen Gründen werden sie auf einen Posten ins vermeintlich ruhige Städtchen Stellenbosch abgeschoben. Doch kaum angekommen halten sie zwei Fälle in Atem. Ein Student, der sich bei ihren Nachforschungen als genialer Hacker erweist, verschwindet spurlos. Wenig später wird ein zweiter Vermisstenfall gemeldet. Der skrupellose Geschäftsmann Jasper Boonstra, der viele Menschen um ihr Geld betrogen hat, ist ebenfalls verschwunden. Und dann wird auch noch ein hochrangiger Polizist in Kapstadt erschossen – und Bennie ahnt, dass die Fälle irgendwie zusammenhängen.

Hochspannend und mit einem unverwechselbaren Ton – Deon Meyer schreibt raffinierte Thriller mit herausragenden Charakteren

**Regelmäßige Informationen erhalten Sie über unseren Newsletter.
Jetzt anmelden unter: www.aufbau-verlage.de/newsletter**